짐승의 여왕

Aileen

에일린

짐승의 여왕

에일린 I
Aileen

초판 1쇄 인쇄일 2017년 01월 18일
초판 1쇄 발행일 2017년 01월 25일

지은이 | 이지혜
펴낸이 | 김기선

편집장 | 김은지
편집부 | 임종성, 박지은, 김지현, 정미정

펴낸곳 | 와이엠북스(YMBOOKS)
출판등록 | 2012년 7월 17일 (제382-2012-000021호)
주소 | 서울시 도봉구 노해로 379, 1005호(창동, 대성빌딩)
전화 | 02)906-7768 / **팩스 |** 02)906-7769
E-mail | ymbooks@nate.com

ISBN 979-11-322-4027-3 04810
ISBN 979-11-322-4026-6 (set)

값 9,000원

짐승의 여왕

Aileen

에일린

이지혜 장편소설

I

YMBOOKS
ROMANCE STORY

ym
BOOKS

차 례

프롤로그

   마디가 살아 있는 길고 하얀 손가락이 금빛 테두리가 둘러져 있는 두꺼운 책을 펼쳐 들었다. 바싹 마른 나뭇잎이 밟히듯 하얀 책장 넘어가는 소리가 아스라하게 부스럭거렸다.

   나라의 보물이라 말할 수 있는 고서적들이 가득한 비밀의 서재 안. 빛과 온도, 습도와 소리마저 통제된 그곳에 들어선 아름다운 이는 한참을 서서 책 한권을 읽었다.

   이미 수십 번을 읽고 또 읽은 책이었지만 종이 위의 활자를 읽어 내리는 사내의 눈은 마치 세상의 빛을 처음 본 아기처럼 깊은 경외심과 호기심으로 그윽하게 빛나고 있었다.

   늦은 아침부터 시작된 독서는 해가 저물어가는 저녁까지 이어졌다. 뻣뻣한 다리가 아플 만도 한데 사내는 꼿꼿하게 서서 내리 한 권의 책을 읽었다. 그러곤 만족한 듯 가만히 눈을 감고 한숨을 내쉬며 마지막 구절을 되새겼다.

"……아쉴로 태어난 자, 황금의 일족을 조심하라."

조용한 서재 안에 사내의 낮고 그윽한 목소리가 울려 퍼졌다. 허공에 울리는 제 목소리를 음미하듯 가만히 눈을 감고 있던 사내가 천천히 눈을 떴다. 눈꺼풀이 열리자 꿀보다 더욱 달콤하게 빛나는 금빛 눈동자가 드러났다. 숨소리를 갈무리 한 아름다운 사내는 곧 비밀의 서재를 빠져나와 천장이 높은 복도로 나왔다. 그의 곁으로 거대한 짐승 한 마리가 호위처럼 따라붙었다.

거추장스러운 병사들과 조용한 복도를 몇 번이나 지나쳐 사내는 자신의 방에 도착했다. 방 안으로 들어서자 그를 보좌하는 시녀장이 들여놓은 특별한 허브의 향기가 가장 먼저 그를 반겼다. 사내는 깊게 숨을 들이마시며 허파 가득 식물의 향을 채워 넣었다. 머리가 맑아지는 느낌이었다.

"온종일 보이지 않아 한참 찾았습니다. 대체 어디 계셨던 겁니까?"

늦은 티타임 시간에 맞춰 티 테이블을 차리고 있던 젊은 시녀장이 방으로 들어선 사내에게 다가와 외투를 받아 들며 물었다. 다정하고 따스한 시녀장의 목소리엔 은근한 걱정이 묻어 나왔다.

사내는 산뜻하게 대답했다.

"미안, 리엔나. 서재에 좀 다녀왔어."

"서재라면……. 또 그걸 읽고 오신 겁니까?"

사내는 소리 내어 대답하는 대신 가볍게 고개를 끄덕여 대꾸했고 그녀가 차려놓은 티 테이블에 우아하게 착석했다. 잡음 하나 없는 사내의 모든 움직임에 기품이 넘쳤다.

"또 그 소녀의 꿈을 꾸셨나 보네요."

시녀장은 사내의 앞에 놓인 찻잔을 가득 채워주며 안타까운 목소리로 물었다. 긴 다리를 꼬고 앉아 테이블 위에 마련된 찻잔을 움켜쥔 사내는 한동안 말없이 차향을 음미했다.

"……도망을 갔는데 또 잡혀버리고 말았어. 바보같이. 도망갈 것이면 더 확실히 숨었어야지."

이름은 빠졌지만 시녀장은 알 수 있었다. 사내가 꿈을 꾸는 바로 그 소녀의 이야기였다.

"이번에도…… 많이 맞았나요?"

"응. 팔이 부러지고 머리가 바닥에 몇 번이나 내려쳐졌어. 그리고 그 돼지같이 역겨운 남자는 또 에일린의 피를 가져갔지. 얼마나 아팠는지 한참을 웅크려 울다가 잠이 들었지. 이불도 없는 그 찬 바닥에서……."

담담하게 말하고 있었지만 사내의 눈빛은 잘게 흔들리고 있었다. 시녀장은 알 수 있었다. 그가 지금 속으로 얼마나 치열하게 싸우고 있는지를.

당장 달려가 안아주고 싶을 것이다. 다친 곳을 정성 들여 치료해주고, 그가 먹는 맛있는 것을 나눠주며 거위의 털을 뽑아 만든 이 자리에 소녀를 쉬게 해주고 싶을 것이다. 세상에서 가장 진귀한 꽃처럼 소녀를 아끼고 사랑해줄 수 있는 사내였다. 하지만 그럴 수 없었다. 사내는, 소녀에게 달려갈 수 없었다.

"정말…… 구해주러 가지 않으실 겁니까?"

시녀장 리엔나는 안타깝고 마음이 아파 물었다. 한편으론 사내가 소녀를 만나지 않아 다행이라 생각하는 이기적이고 못난 제 가슴이 싫었다.

"안 가. 아니, 못 가."

피식 웃던 사내가 찻잔에 남아 있는 식어버린 차를 마저 들이켰다. 가슴 안에 뜨겁게 울컥거리는 속을 달래는 데는 오히려 식은 차가 나을 것 같았다.

"알잖아. 이곳에 오면 그녀는……."

사내는 눈을 감았다. 꿈속의 소녀가 웃는 모습을 상상하며 타는 듯한 갈증을 참는다. 심장이 욱신거리고, 손 마디마디가 저려올 만큼 보고 싶다.

사랑하지만 사랑할 수 없고, 그리워하지만 그리워할 수 없는 나의 에일린.

"내 손에 죽어."

그가 이 끔찍한 저주의 굴레를 끊어버리려 버둥거리는 동안 부디 너만은 살기를, 부디 그의 작고 어여쁜 소녀만은 구원되기를 사내는 부질없이 소원했다.

〔달이 정수리 위로 온전히 닿는 그 순간을 조심하라.

'그들'을 변화시키는 것은 바로 그 찬란한 달빛이었으니. 하이얀 달의 기운이 머리 꼭대기에 닿는 그 순간, 그들은 당신의 시선을 잡아먹을 것이다. 당신은 영혼의 바닥까지 홀릴 것이다.

머리카락 한 올, 눈동자 깊은 곳까지 그들은 붉게 물들어간다.

조심하라, 붉게 변하는 그들에게 홀리지 않도록, 그들에게 지배당하지 않도록, 조심하라, 그대여. 황제 아수스를 잡아먹었던 타락한 성녀 마리에의 죄상처럼 눈을 뗄 수 없는 붉은 빛으로 물든 그들을. 그 누구도 잊을 수 없을 것이리라. 달빛 아래 붉게 취해가는 그 순간을.

붉게 물든 환몽의 끝자락에서 누구든 그들에게 자신의 심장 한 자락을 내어주어야 할 것이었으니.

……누군가는 이미 천 년 전에 사라진 마녀의 저주라고도 했고, 또 누군가는 하늘의 축복이라고도 했다. 저주이건 축복이건 중요한 것은 살아야 한다는 것.

……그 붉은 운명의 승자는 과연 누가 될 것인가? 붉은 운명으로 태어난 자, 그 누구든 황금의 일족을 조심하라.

-탈레스 경전 발췌-)

그것은 오직 소수의 몇 명에게만 전해져 내려오는 은밀한 전설이었다. 대부분의 사람들은 죽는 그 순간까지도 알지 못하는 붉은 운명, 아쉴에 관한 이야기.

같은 시대, 같은 운명을 가지고 태어나는 소년과 소녀가 있다. 등을 맞댄 태양과 달의 전설처럼 두 운명은 같지만 결코 같지 못했다.

그리고 여기, 그 붉은 운명을 깨트리고자 하는 검은 사자, 야생의 날것 그대로 거친 짐승의 사내가 있다. 자신조차 그 운명에 휘말릴 것을 알지 못했던 사내는 홀리고야 말았다.

그날 밤, 그 달밤 아래, 붉게 물드는 여린 소녀의 영혼에 혼을 빼앗겼고, 마음을 빼앗겼고, 결국 사로잡히고 말았다.

이 짐승의 유일한 것이 되어버린 소녀, 그의 보석을 취하려는 자, 머리부터 발끝까지 잘근잘근 씹어 삼켜질 것이었으니!

검은 사자의 집착과 광기에 낡고 사나운 운명의 수레바퀴가 변

화했다. 그 누구도 깨트릴 수 없던 아쉴조차도 이 검은 짐승 앞에
먹이처럼 던져졌다.

소녀와 야수, 그리고 아름다운 왕자의 뒤엉킨 사랑의 이야기.

1. 구원하소서

    에일린은 집시의 딸이었다. 어미는 그녀를 안고서 그저 발길이 닿는 대로, 바람이 이끄는 대로 그렇게 정처 없이 떠돌았다. 굶주림은 일상이었고 추위와 더위는 그들과 함께 떠도는 동반자였지만 그래도 그럭저럭 행복하게 살던 그때, 자유가 뭔지도 모른 채 한껏 자유의 은혜로 살아가던, 어리고 순진했던 그 시절.

    '딸아, 세상을 가늠하려 들지 마라. 가늠하려 드는 순간 너는 한 없이 어리석어질 테니.'

    에일린의 머리를 쓰다듬으며 어미는 그리 말했다.

    '아름답다고 좋아하지도, 두렵다고 손가락질하지 말거라. 하늘을 이고, 땅을 밟고 사는 우리는 모두 같으니.'

    에일린의 뺨을 쓰다듬으며 어미는 속삭였다.

    '붉은 피를 가지고, 굶주림을 느끼고, 세상을 두려워할 줄 아는

존재는 모두 하나란다.'

그 나긋한 목소리를 기억했다. 그 살뜰한 손길을 기억한다.

'우리 안에 괴물은 없단다.'

그것이 에일린이 기억하고 있는 어미와의 유일한 대화였으니까.

뿌연 눈물이 차오르는 눈을 질끈 감으며 에일린은 격렬하게 고개를 내저었다. 틀렸어요, 어머니. 괴물은 있어요. 그녀를 쫓아오는 저 더럽고 흉악한 계부가 괴물이었고, 그 계부를 피해 달아나는 그녀 또한 괴물이었으니.

"헉! 허억! 헉헉!"

에일린은 달렸다. 달리다가 죽을 것처럼, 이대로 숨이 턱까지 차올라 그대로 죽어버릴 것처럼 에일린은 온 힘을 다해 달렸다. 깜깜한 어둠 끝에 아스라이 빛나는 저 달빛처럼 그녀의 눈앞을 유혹하는 한 줄기 자유의 빛을 향해, 에일린은 달렸다.

……자유, 자유!

차가운 공기가 폐부를 찌르는 날카로운 가시가 되어 그녀를 고통스럽게 했다. 가슴은 찢어질 것처럼 부풀어 올랐고, 목구멍에서는 비릿한 피맛이 올라왔건만 에일린은 멈출 수 없었다.

"크흑……!"

언제 벗겨진 것인지 에일린의 오른발에는 신발이 없었다. 덕분에 거친 흙바닥에 짓이겨진 발바닥은 넝마가 되어 있었다. 하지만 그런 고통 따위 느낄 여유가 없었다. 숨 쉴 틈도 없이 턱턱 막혀오는 목구멍 너머의 피 냄새가 역겨웠지만 지금 멈춰 서 구역질을 할 정도로 여유롭지도 않았다. 이 정도 고통 따위 에일린은 하나도 겁나지 않았으니까. 이따위 고통, 그녀에겐 너무나 익숙하니까. 조금만 더 달리면, 조금만, 조금만 더 힘내면…….

'……자유!'

마치 보이지 않는 그것을 움켜쥘 것처럼 에일린은 허공을 향해 마른 손을 뻗었다. 앙상하고 가녀린 손가락이 달빛에 반사되어 시리게 빛났다. 달려가는 방향으로 끝없이 뻗어가는 소녀의 손가락이 애처롭다. 애처로울 만큼 절박하고 처절했다.

"달려, 에일린. 달려……!"

자신에게 주문을 걸기라도 하듯 에일린은 끊임없이 중얼거렸다. 지금 달리지 않으면, 지금 달리지 않으면 난.

"죽어……!"

짙은 죽음의 향기가 코끝을 시리게 틀어쥐었다. 핑 도는 눈물이 결국 습윤하게 차올랐다. 숲의 끄트머리가 보이는 순간, 벅찬 감정이 성급한 눈물이 되어 주르륵 흘러내렸다.

희망의 빛처럼 반짝거리는 마을 입구를 향해 에일린은 지친 몸을 끌고 갔다. 줄줄줄 흐르는 눈물이 앞을 가린 탓에 심술궂은 돌부리를 보지 못했다. 아차, 하는 사이에 그대로 풀숲을 데굴데굴 굴러버렸다.

쿠당탕탕!

물기 머금은 다정한 나뭇잎들이 그녀의 몸을 푹신하게 받쳐준 탓에 찢어진 곳은 없었다. 그럼에도 불구하고 온몸으로 바닥을 몇 번이나 구른 탓에 다시 일어나기가 쉽지 않았다. 풀린 다리가 경련으로 바르르 떨렸다. 간신히 상체만 일으켜 숨을 몇 번 고른 그녀가 덜덜덜 떨리는 턱으로 뒤를 돌아봤다. 아아, 저기, 저기,

괴물이 쫓아오고 있다.

"가야 해. 얼른."

몸아, 말을 들어라. 다리야, 힘을 내렴. 조금만 더 힘을 내주렴. 자신을 다독이며 에일린은 바스라질 것 같은 몸뚱이를 일으켰다. 하얗게 말라버린 입술만큼이나 창백하게 질린 얼굴이 새까만 밤하늘을 올려다봤다. 연약한 갈색 눈동자 속으로 순식간에 공포가 점령하고 들어섰다.

달이, 달이…… 보였다. 벌써 저만큼이나 올라온 달이 그녀의 뒤를 바짝 뒤쫓아왔다. 공포에 질린 에일린의 눈동자가 잘게 흔들렸다. 하늘 위의 달이 그녀를 집어삼킬 괴물이라도 되는 듯 작고 마른 몸은 두려움에 쉴 새 없이 떨리고 있었다.

'아아, 안 돼, 안 돼.'

고개를 도리질 치며 에일린은 다시 한 번 다리에 힘을 줬다. 다리를 절단할 것만 같은 고통에 절로 애끓는 신음이 터져 나온다.

"움직여. 멈추면 안 된다고. 움직이란…… 말이야!"

그 지긋지긋한 절망에서 벗어나기 위해서, 그녀가 무너지는 것을 막기 위해서 에일린은 기운을 쥐어짰다. 희망이 보였다. 저 멀리, 마을이 보이고 있지 않은가!

저 빛에 닿기만 하면 되는데, 그러면 되는데……. 글썽거리는 눈물로 아련한 마을의 빛이 뭉개졌다. 화들짝 놀란 에일린이 손등으로 눈을 꾹꾹 누르며 발을 움직였다. 한 발짝, 한 발짝. 그러나 채 다섯 걸음을 옮기지 못하고 힘이 풀린 무릎으로 철퍼덕 고꾸라지고 만다. 상처 가득한 앙상한 무릎이 숲 바닥 위에 다시 한 번 짓이겨졌다.

바늘로 찌르는 듯이 날카로운 통증이 무릎에서 느껴진 그 순간 에일린은 등줄기 위로 익숙한 오싹함을 느끼고 말았다. 등줄기를 타고 천천히 올라오는 소름…….

번쩍 고개를 치켜들고 하늘을 노려봤다.

"아…… 안 돼. 안 돼!"

정확히 머리 위로 떠오른 둥그런 만월의 달. 그녀를 짓이겨 버릴 듯 커다란 그 달이 하늘에서 그녀를 내려다보고 있었다. 차고 시린 그 눈으로.

'이러지 마, 다 왔단 말이야. 저기 보인단 말이야.'

울음에 가까운 비명을 내지르며 에일린이 갈색 머리카락을 움켜쥐었다. 그 작은 몸을 둥글게 말아서 그 자리에 웅크리기 시작했다. 마치 이 세상에서 자신의 모습을 조금이라도 줄여보겠다는 듯 움켜쥔 머리통을 무릎 안으로 숨기려 발악했다. 그러나 누군가의 난폭한 가위질에 잘린 삐뚤삐뚤한 단발 머리카락을 그 작은 손안에 모두 감춰둘 수 없었다.

손가락 사이사이로 빠져나온 그녀의 머리카락이 서서히, 서서히 변하기 시작했다. 달빛이 닿았던 정수리부터 천천히, 그러나 확실하게 색이 변해가고 있었다.

달에서 미약이라도 흘러나오는 것일까? 소녀의 머리카락은 환상처럼 아름다웠다. 희미하지만 확고한 붉은 여명이 그녀의 머리카락에서부터 서서히 밝아왔다. 서러운 몸짓으로 그 작은 머리를 가려봤자, 달은 말없이 그녀를 변화시키고 있었다. 새하얀 도자기처럼 희고 매끄러운 피부. 은빛인지 붉은빛인지 구분이 가지 않을 정도로 찬란한 머리카락. 부엉이 소리 하나 나지 않던 검은 숲 속에 서서히 붉은 빛이 번지고 있었다. 홍금(紅金)과 은을 섞어 놓은 것처럼 달빛을 받은 에일린의 머리카락은 매끄럽고 아름답게 반짝거렸다.

쿵! 쿵! 쿵! 쿵! 저 멀리에서부터 무겁고 다급한 땅울림 소리가 가까워지고 있었다. 완연하게 변해버린 에일린은 울고 있었다. 조금 전 그 초라하고 투박한 외형의 소녀가 맞나 싶을 정도로 아름다워진 모습으로 에일린은 소리 없이 눈물을 흘렸다. 이제 도망가는 것은 부질없어졌다. 바로 지척까지 좇아온 저 짐승의 발소리가 들리지 않는가.

에일린은 원망과 분노가 가득한 눈으로 하늘을 노려봤다.

'달 따위 영원히 뜨지 않았으면……'

속절없는 소망을 빌어보지만 이미 17년을 그러했듯 그녀의 소망은 내일 또다시 그녀를 배신하리라.

쿵! 쿵! 쿵! 심장을 옥죄어 오는 공포의 소리가 지척으로 다가왔다. 소녀는 체념하듯 물기 가득한 눈을 감았다. 바들바들 떨리고 있는 심장을 움켜쥐며 다가올 공포 앞에 목을 내밀었다. 기다림은 길지 않았고, 흉악한 짐승의 포효 같은 거친 계부의 목소리가 바로 머리 위로 다가왔다.

"이 계집년이 또 도망을 가!"

"……윽!"

가차 없이 머리채를 휘어잡는 손길에 에일린의 가녀린 목이 확 뒤로 꺾여 넘어갔다. 고통에 일그러진 눈꺼풀이 바르르 떨리더니 길고 풍성한 속눈썹이 조심스럽게 위로 올라간다.

두려움과 물기에 일그러진 눈동자는 머리카락만큼이나 붉게 물들어 있었다. 그 아름다운 눈동자를 희번덕거리는 눈으로 내려다보던 사내가 히죽- 웃음을 보인다. 일말의 망설임도, 동정심도 없이 사내의 투박한 손이 에일린의 온몸을 내려쳤다. 퍽! 퍼억! 철썩!

"감히 도망을 가! 감히! 네년이!"

무차별한 폭력이 이어졌다. 그 폭력 아래에 내몰려진 작은 소녀는 비명 한번 내지르지 못했다. 다만 몇 번이고 깨물었을 입술을 다시 깨물고선 더 이상 아픔도 느껴지지 않는 그 상태가 오기만을 소리 없이 기다리고 있을 뿐이었다.

"퉤! 돌연변이 년! 넌 인간도 아니야. 괴물이라고! 그런 널 데리고 있어주는 나를 배신해? 그러다 네 어미처럼 소리 없이 뒈질 수 있어! 알아들어? 이 괴물 같은 년아!"

주먹보다 아픈 것은 소리였다. 저 말이 그녀의 귀를 파고들어 뇌를 쥐어짠다. 펄펄 끓는 수프를 뇌 속에 들이붓는 것처럼 뜨겁고 강렬한 통증이었다.

사내의 손이 쥐고 흔드는 대로 종잇장처럼 흔들리는 에일린은 말없이 하늘을 노려봤다. 달을 바라보는 소녀의 붉은 눈동자에는 처연한 원망이 살고 있었다.

인간과 괴수가 공존하는 아이러니한 나라, 엑시움(EXIUM). 카잔은 그곳에서 가장 험악하다 알려진 타르카지오 출신의 사냥꾼이었다. 괴수들은 엑시움을 감싸고 있는 산맥에 서식하고 있는데 신성한 왕궁의 수호로 그것들이 나라 안을 침범하여 질서를 어그러트리는 일은 많이 없었다. 뭐, 괴수들의 먹이로 사라지는 인구수가 상당하더라도 괴수들이 폭주하진 않기에 나라가 망할 정도는 아니었다. 거기다 괴수들의 그 강인한 이빨과 털가죽은 고가에 거래되는 품목이었기에 전문 사냥꾼들은 그들을 생계로 산다. 괴수와 인간이 서로 먹고 먹히는 이상한 나라, 그곳이 바로 엑시움이었다.

스타르테(Starte).

마을의 이름이 쓰인 표지판 앞에 한참을 서 있는 근사한 미남자, 카잔 또한 괴수들을 사냥하며 먹고사는 사냥꾼이었다. 그는 엑시움 내에서도 가장 험준하다고 알려진 괴수들의 산맥, 타르카지오 출신의 수상한 사냥꾼이었다.

"흐음."

딱딱하게 굳은 턱을 문지르며 카잔은 의문의 신음성을 흘렸다. 스타르테, 고작 거주자 300여 명의 작은 마을이었다. 20여 년을 넘게 떠돈 그가 이름 한 번을 들어보지 못했을 정도였으면 지도에 표시조차 되지 않은 작은 마을이라는 뜻이었다. 그러나 사실 마을의 크기 따위는 카잔에게 별로 중요치 않았다. 떠돌이 사냥꾼에겐 그저 등이나 좀 편안하게 뉘이고 따뜻하고 맛있는 수프 한 그릇만 있다면 어디든 만사형통이었으니.

그런 카잔이 이런 작은 마을 표지판 앞에 멈춰 선 이유는 따로 있었다.

'뭔가 이상한데.'

그는 날카로운 눈빛으로 마을로 이어진 노란 흙길을 응시했다. 눈빛과는 다르게 목울대를 빠져나오는 음성이 아찔할 만큼 낮고 그윽하다.

"이 마을에 뭔가 있는 것 같긴 한데……."

기민하게 주변을 살피며 중얼거리던 카잔은 잠시 고민했다. 따뜻한 수프 한 그릇과 부드러운 요가 그립긴 했지만 기묘한 긴장감이 마을에서 뿜어져 나왔다. 뭐라 한마디로 정의 내릴 수 없을 만큼 날카로운 살의로 동물들의 기척이 분주하고 불안했다.

'귀찮은데 그냥 지나치자.'

매끄럽게 다듬은 턱을 문지르던 카잔은 하루 이틀 더 땅바닥에서 잘 생각을 하며 발걸음을 돌렸다. 귀찮은 건 딱 질색이었으니까.

그때였다.

-살려줘!

귓가에 이명처럼 들리는 희미하지만 날카로운 목소리에 카잔이 흠칫 놀라 발을 멈춰 세웠다. 주변을 살펴봤지만 사람의 기척은 없었다.

"⋯⋯잘못 들었나?"

그는 천천히 뒤를 돌아 다시 마을 입구를 봤다. 푸드덕 날갯짓을 하며 날아오르는 몇 마리의 새가 보였다.

한참 하늘을 응시하던 카잔은 무슨 변덕이 생긴 건지 천천히 발길을 돌려 마을 안으로 들어갔다.

과연 300여 명밖에 살지 않는 마을이라 그런지, 마을은 작기도 참 작았고 편의 시설도 턱없이 부족했다. 관광객도, 나그네도 그다지 없는지 카잔은 마을의 유일한 여관을 찾아 꽤나 오랜 시간을 헤매야만 했다.

"여기 방 하나 주십시오."

한참을 헤맨 끝에 카잔은 작고 오래된 여관 하나를 간신히 찾아 냈다.

"독방은 없수."

여관 안으로 들어섰음에도 손님에게 흥미가 없는 듯 여주인은 고개도 들지 않은 채 대답했다. 카운터에 가까이 다가선 카잔은 무언가 열중해서 적고 있는 여주인을 지그시 바라보며 다시 물었다.

"그럼 무슨 방이 있습니까?"

카운터 안으로 길고 묵직한 그림자가 졌다. 누런 종이 위가 침침해지자 귀찮은 기색을 숨기지 않으며 여주인이 대충 대답을 나불거렸다. 신경질적으로 휙 고개를 쳐드는 것도 잊지 않았다.

"아, 뭐, 2인실도 있고 3인실도 있…… 고…….."

상대를 확인한 순간, 젊은 여주인의 눈이 확 뜨여졌다. 그뿐만이 아니었다. 남자와 눈이 마주치자마자 여주인은 말이 끊긴 것도 잊고 무표정한 남자를 멍하니 올려다봤다.

'허, 허허…….'

믿기지 않는다는 듯 여주인이 몇 번 눈을 깜빡이더니 침을 꿀꺽 삼켰다. 졸음이 가득한 그녀의 눈을 번쩍 뜨게 할 만큼 엄청난 미남자였다.

'심봤다!'

여주인은 얼굴을 붉히며 비죽비죽 올라가는 입꼬리를 다잡았다. 이런 근사한 남자를 이 촌구석에서 보게 될 줄이야!

카운터를 다 가릴 만큼 훤칠한 키, 그에 걸맞게 떡 벌어진 어깨하며 서늘하고 깊은 눈매를 가진 남자는 그녀의 39년 인생을 통틀어 가장 근사하고 잘생긴 남자였다. 반듯하고 도도한 콧대와 그에 어울리는 무표정한 얼굴은 어딘가 모르게 거칠고 야성적인 매력이 느껴졌다. 남자가 슬쩍 눈살이라도 찌푸려 채근한다면 그녀는 그의 허리 아래 넙죽 엎드려 무엇이든 들어줄 수 있을 것 같았다.

"그럼 2인실은 있습니까?"

거기다가 소름 끼치도록 중후한 목소리까지……. 여주인은 척추를 가르는 서늘한 소름에 부르르 몸을 떨었다. 낡고 허름한 망토에 가려져 있었지만 남자는 분명 끝내주게 탄탄한 가슴을 가지고 있을 것이었다.

다듬어지지 않은 거칠고 투박한 야생의 기운이 느껴지는 사내의 눈빛 앞에 여관 주인은 순식간에 표정을 바꿔 카잔을 대했다. 여주인의 목에서 조금 전과는 전혀 다른 간드러진 목소리가 노랫소리처럼 흘러나왔다.

"어머, 멀리 오신 분인가 봐요? 아! 생각해보니까 독방이 있었네. 내 바로 옆방이라 비워놨던 방인데…… 깨끗하고 조용해요. 거기 줄게요. 어때요?"

발딱 일어난 여주인이 슬쩍 탄탄한 카잔의 팔뚝을 잡아끌며 2층으로 그를 안내했다. 노골적인 여주인의 시선에서 느껴지는 사심을 카잔은 모르는 척하며 그녀를 따라 계단을 올랐다.

"그나저나, 검을 쓰시는 분인가 봐? 어후, 이 근육 딴딴한 거 봐."

입맛을 다신 여주인이 카잔의 팔근육을 만지작거리며 그를 자극했다. 작은 마을이라지만 이곳에서 제일 예쁘단 말을 들었던 그녀였다. 지금이야 아주 조금 나이가 들었다지만 그녀는 여전히 자신의 미모를 과신하며 카잔을 유혹했다.

"여행은 오래 하셨어요? 식사는 하셨고?"

여주인은 끊임없이 카잔에게 질문과 관심을 던졌지만 그의 반응은 여지없이 시큰둥하고 냉랭했다. 하지만 카잔의 그런 무심함이 여주인을 더욱 달아오르게 만들었다.

"말이 없으신 분인가 봐? 과묵한 것도 매력이네. 자, 여기 이 방이에요. 아 참, 얼마나 있을 거죠?"

"오래 있을 생각은 없습니다만."

"어머, 어머, 어머. 아쉽네! 조금 더 오래 있어 봐요. 작지만 우리 마을이 평화롭고, 사람들도 좋고, 참 있을 만해요. 잠깐 들렀다가 정착하는 사람들도 꽤 있답니다. 호호호!"

"그렇습니까."

관심이 없다는 듯 짤막한 카잔의 대답에도 여주인은 끈질기게 그에게 말을 붙였다.

"그나저나 다른 짐은 없어요? 아 참, 식당은 요 뒷문으로 나가면 있어요. 지금 다른 손님들이 모여서 술판 벌이고 있을 테니 심심하면 거기도 한번 가보셔도 좋을 거예요."

"예."

"그리고 씻는 곳은……."

기어이 방의 한 자리를 차지하고 앉아 더 이야기하려는 뻔뻔한 여주인을 카잔은 서늘한 시선으로 내려다봤다. 비뚜름한 자세로 팔짱을 끼고 서서 어서 나가라는 듯 노골적으로 고개를 비틀어 그녀를 뚫어져라 쳐다봤다.

숨 막히게 잘생긴 미남자가 뚫어져라 직시하자 여주인은 부르르 몸을 떨며 항복하고 말았다. 아쉬운 듯 입맛을 쩝쩝 다시는 그녀를 밀어낸 카잔은 개운하게 씻고 나서 아래로 내려가 치킨 수프 한 그릇을 뚝딱 해치우고 일찌감치 잠자리에 들었다. 생각보다 침대가 푹신한 것이 푹 잠이 들 것 같았다.

－살려줘!

머리를 찌르고 들어오는 외마디 비명에 카잔의 감겨 있던 눈이 번쩍 떠졌다. 숨통이 바짝 조여와 숨 쉬는 것도 잊고 있던 그가 뒤늦게 격렬하게 공기를 토해냈다.

"크윽, 헉, 헉……!"

기도 아래를 누르며 카잔은 미간을 찌푸렸다. 목숨이 위협당하는 불쾌한 감각에 그의 기분이 한순간에 바닥으로 떨어졌다. 나약했던 어린 시절을 제외하고 이렇게 무력하게 무언가 '위협'을 당한다는 기분은 처음이었다. 고작 꿈 주제에!

"젠장!"

지끈거리는 머리를 부여잡은 카잔이 희미한 새벽빛이 새어 들어오고 있는 창문을 노려봤다. 카잔이 부글부글 끓어오르는 정체 모를 분노와 짜증을 진정시킨 것은 아침이 꽤 지난 후였다.

"또?"

식당에 앉아 아침을 먹던 카잔의 귀에 성난 남자들의 대화가 들려왔다.

"머리를 들이박고 죽었어?"

"어, 이것들이 왜 열흘이 멀다 하고 미쳐서 저 지랄인지 모르겠구먼."

"안 그래도 마을에 미크론이 내려와서 난장판을 벌였다던데? 그것들도 좀 미친 모양이더라고."

"아주 내가 더 미치고 팔짝 뛰겠구먼. 젠장, 이러다 굶어 죽겠다고!"

수군거리는 남자들의 말에 카잔은 딱딱한 미간에 주름을 잡았다. 짐승과 괴수들이 미쳐가는 이유를 얼핏 알 것도 같기 때문이었다.

'새벽잠을 깨운 그것 때문인가?'

정확히 어떤 것인지는 기억이 안 났지만, 그것은 분명 생명을 위협하는 공포였다. 눈이 뒤집어지고, 흥분을 감출 수 없을 만큼 그를 흉포하게 만드는 공포.

탁. 뜨거운 차를 조용히 음미하던 카잔은 가만히 마을을 둘러봤다. 작은 야산이 몇 개 뒤로 겹쳐졌고 그것을 넘어가면 커다란 산맥이 하나 나온다. 거기에 호페라는 제법 큰 도시가 하나 있었다. 여기서 그곳까지 카잔의 걸음으로 대략 8일 정도가 걸린다.

'며칠 더 쉬었다가 출발하려고 했는데……'

낡은 여관의 생각보다 푹신한 침대도, 조용한 마을의 분위기도 마음에 들었다. 음식도 하나같이 맛있었기에 한 3일은 넉넉히 쉬었다가 가려는 마음이 컸다. 비록 새벽에 더러운 기분에 잠에서 깨긴 했지만 그 정도는 통제가 가능했다. 깊이 잠들지 않으면 되니까.

"그래도 어제 그 지랄을 떨었으니 며칠 괜찮겠지. 한번 지랄 떨면 그래도 며칠간은 조용했잖아? 그니까 그 안에 마을 경비대에서 원인을 찾아줄 거야."

"그런가? 제발 그래줬으면 좋겠는데……. 아, 근데 벌써 몇 달째 찾지 못한 원인을 당장 내일 찾아줄까?"

"그렇긴 한데……. 뭐, 믿어봐야지 우리네야 별다른 수가 없잖나."

사내들의 대화를 듣고 있던 카잔은 흡족한 얼굴로 찻잔을 내려놓았다. 며칠은 괜찮을 거란다. 어차피 이틀 후엔 떠날 것이니, 오늘 당장 짐을 챙겨 떠나지는 않아도 될 것 같았다.

하지만 그날 새벽, 카잔은 자신이 두 가지를 잘못 생각했다는 것을 깨달아야 했다. 첫째는 머리를 찌르는 두통을 통제할 수 있을 것이란 오만이었고.

"……헉!"

둘째는 당분간 괜찮을 거란 사내들의 말을 믿은 것이었다.

-찌잉!

머리가 깨질 듯한 울림과 살을 에는 듯한 살기를 느끼며 카잔은 번쩍 눈을 떴다.

"제길."

점잖은 얼굴로 점잖지 못한 욕지거리를 내뱉은 카잔이 몸을 일으켰다. 이 마을에 신경계에 이상을 일으키는 괴수라도 흘러 들어온 모양이었다. 칼을 집어 든 카잔은 이 거슬리는 괴수를 손수 찢어 죽이겠다 이를 갈며 여관을 빠져나왔다.

아직 시간은 휘영청 달이 떠오를 만큼 어두운 새벽이었다.

숲은 기묘할 만큼 고요했다. 마치 숲 전체가 무슨 일이 벌어지길 기다리고 있는 듯, 숨죽인 정적으로 가득 차 있었다.

숲 안쪽으로 이어지는 노란 흙길을 따라 걷던 카잔은 눈앞을 지나치는 장황한 생쥐들의 행렬에 우뚝 발걸음을 멈췄다. 수십여 마리의 쥐는 마치 거대한 화마를 피해 도망가듯 부지런히 다리를 움직여 필사적으로 도망치고 있었다.

"뭔가 있긴 한 것 같은데."

카잔은 담담하게 중얼거리며 딱딱하게 굳어 있는 턱을 문질렀다. 가늘어진 눈이 새까만 숲 안쪽을 날카롭게 응시하고 있었다.

야생 동물들은 기민하고 예민한 감각을 가지고 있었다. 오로지 살겠다는 본능만을 가지고 있는 단순한 것들이라 위험을 감지하면 곧바로 줄행랑을 친다. 그것들이 이리도 부산하다는 것은 필히 저 안에 그들의 감각을 긁어대는 뭔가가 있다는 말이었다.

'정말…… 머랭인가?'

신경계를 건드리는 머랭이니만큼 짐승들을 혼란스럽게 하기엔 충분했을 것이었다. 그것도 아니면 그 돼지 같은 미크론이나 차우론이 침입했을 수도 있다.

카잔은 온몸의 근육을 긴장시키며 검은 숲 안으로 성큼성큼 들어섰다. 숲을 응시하는 그의 짙은 회백색 눈동자에 흥분의 불꽃이 점화되었다.

피가 끓었다. 점잖은 흥분의 불길이 조금씩, 조금씩 그의 안에서 범람하고 있었다. 카잔은 사냥꾼으로 태어났고, 사냥꾼으로 길러졌다. 그가 나고 자란 타르카지오에는 머랭 그 이상의 포식자들이 많았다. 아니, '많다'라는 표현조차 우스울 정도로 들끓었다. 평범한 사람이라면 일생동안 구경 한 번 못 해본 것, 혹은 이름조차 없는 흉포한 괴수들, 그것들과 싸우며 자란 그였다.

사냥하지 않으면, 사냥당한다. 그것이 타르카지오의 유일한 진리였다. 카잔에게 사냥은 일상이었고, 삶이었으며, 지금의 그를 만들어 낸 훈육자였다.

카잔은 사냥꾼의 차갑고 날카로운 눈으로 숲을 노려봤다. 검은 숲 위로 달이 제법 높이 떠 있었다. 푸드득! 불안하게 울던 밤 부엉이가 나뭇가지를 박차고 하늘 높이 날아올랐다. 불안한 날갯짓으로 바삐 숲을 벗어나는 새를 보며 카잔은 밤 부엉이가 떠난 빈자리를 바라봤다.

이상하기도 하지……. 그의 발걸음은 마치 가야 할 곳을 아는 것처럼 뚜렷한 방향을 향해 있었다. 굳이 머리로 따지지 않고, 주변을 둘러보지도 않았음에도 그는 어느 방향을 향해 빠르지도 느리지도 않게 걷고 있었다.

한 발 한 발 앞으로 갈수록 숲은 더욱 공포에 떨고 있었다. 바람을 따라 흔들리는 나뭇잎조차 불안하고 서글퍼 보였다. 또다시 드는 그 낯선 감각.

'서글픈 숲이라니…….'

말도 안 되는 소리라며 피식 웃던 그가 고개를 털고 등 뒤를 더듬었다. 서늘한 철의 감촉이 손끝에 닿았다. 스르릉. 차갑고 맑은 소리를 내며 거대한 검이 칼집을 빠져나왔다. 묵직하게 손에 감기는 그것을 들고 카잔은 더욱 깊숙한 곳으로 들어섰다.

쿠웅. 쿠웅. 쿠웅. 심장이 거세게 박동하고 있었다. 알 수 없는 무언가가 그를 끌어당기고 있었다. 놀라울 정도로 좋은 그의 눈이 어느 한 곳을 노려보기 시작했다. 찌푸려진 눈이 곧 흐릿한 무언가속에서 빛 한 점을 잡아냈다. 환영처럼 반짝이던 빛이 곧 실제가 되었다.

카잔의 걸음이 달의 여신에게 이끌렸던 사르테논의 정령처럼 스륵스륵 옮겨졌다. 검을 잡은 그의 손등 위로 굵은 핏줄이 우뚝 솟아났다.

달그닥. 식기가 부딪치는 소음에 작은 어깨가 움찔 떨렸다. 그리고 이어지는 차가운 금속성에 에일린은 새하얗게 질린 안색으로 마른 다리를 접어 꼬옥 끌어안았다. 바짝 끌어당긴 탓에 무릎 위로 찢어진 상처가 쩍 하고 벌어졌다. 순간적으로 미약한 신음성이 터져 나오려는 입을 두 손으로 황급히 막아버렸다.

'아파…….'

흙만 대강 털어놓은 상처 딱지 안으로 불그스름한 속살이 보였다. 영양분이 충분치 않은 탓에 뭐든 회복이 더뎠다. 손바닥의 온기가 상처를 아물게 해주지 않을까 하는 부질없는 희망으로 무릎을 꾸욱 눌러봤다. 하지만 싸늘하게 식어버린 제 손은 그녀를 더욱 춥게 만들 뿐 따끔한 통증을 완화시켜주지 못했다.

달그닥. 달그닥. 다시 들려오는 분주한 소리. 에일린은 몸을 더욱 움츠리며 좁고 캄캄한 방 안으로 스며드는 실낱같은 빛줄기와 향긋한 수프 냄새를 쫓았다. 눈은 빛에 취해 있었고, 코는 냄새에 취했다.

'추워. 배고파…….'

굶주린 배는 고프다 못해 쓰려오고 있었다. 웅크린 몸은 살 한 점 없이 뼈만 앙상했고, 그 가녀린 몸이 추위와 배고픔에 바르르 미약하게 진동했다.

에일린은 가느다란 문틈 사이로 조심스럽게 눈알을 들이밀었다. 문틈 사이로 계부의 커다란 뒷모습이 들어왔다. 맑은 갈색 눈동자에 불안과 공포가 차올랐다. 곧 저치가 그녀를 잡아먹을 것이다. 이 보잘것없는 몸뚱이에서 피 한 방울 남기지 않고 모두 빼서 입안으로 흘려 넣을 것이다. 상상만으로 온몸의 핏기가 가시는 듯 끔찍했다.

언제부터 이렇게 되었나……. 언제부터 이렇게 그녀의 삶이 절망과 고통으로 얼룩지게 되었을까. 까마득해 보였지만 그렇게 오래되지는 않았다. 그래, 3년 정도. 그 정도 지난 것 같았다. 계부가 짐승으로 변한 것이. 만월의 밤이 되면 그녀가 변한다는 것을 처음 알았을 때만 해도 그는 그저 그녀를 괴물 취급하기만 했다. 하지만 곧 그녀를 괴물이라며, 밖에서의 화풀이를 그녀에게 하기 시작했다.

맞는 것은 괜찮았다. 몸으로 느껴지는 고통은 그래도 견딜 만한 것이었다. 하지만 그가 던진 의자에 머리에서 피가 터진 그날, 계부는 짐승으로 변했고 고통은 심적인 것으로 바뀌었다. 계부는 마치 뭐에 쓰이기라도 한 듯 그녀가 흘리는 붉고 끈적끈적한 피를 한참이나 바라보더니 뚝뚝 떨어지는 그 피를 맛보기 시작했다. 그것은 정말 소름 끼치는 광경이었다. 계부는 피를 맛보고선 짐승처럼 울부짖었다. 그녀를 보며 희번덕하게 눈을 빛내더니 그 피에 취한 듯 웃었다.

그때부터였다. 단순히 고통스러웠던 삶은 언제 죽을지 모른다는 끔찍한 절망으로 변해버렸다. 특히 그녀가 변하는 그 끔찍한 붉은 달의 밤에는…….

문틈 사이를 훔쳐보던 그녀의 눈동자가 창문에 닿았다. 작은 창문에 가려 보이지는 않았지만 오늘 분명 보름달이 떠 있을 것이었다. 시간은 너무나 빠르게 흐르고, 오늘은 또다시 오고야 말았다.

에일린은 하얗게 말라버린 입술을 꽉 깨물었다. 차라리 죽어버렸으면, 죽기라도 하면 이 영원한 고통의 삶에서 벗어나기라도 할 텐데…….

'……아냐, 아냐. 그래도 살고 싶어. 난, 살고 싶어.'

곧 있으면 이 작은 창고의 문이 열리고 계부는 그녀를 끌어낼 것이다. 차라리 갇혀 있는 것이 좋았다. 깜깜한 고독이 도리어 따뜻했다. 실낱같은 빛줄기 사이로 그녀가 있는 창고로 몸을 돌린 계부가 보였다. 헉. 숨을 멈춘 채 에일린은 황급히 뒤로 물러섰다.

뚜벅. 뚜벅. 가까워지는 발소리와는 달리 에일린은 가진 힘을 다해 엉덩이를 뒤로 뺐다. 달달달 이가 부딪혔고 몸은 금방이라도 바스러질 듯 진동했다. 에일린은 제 마른 등을 최대한 나무 벽 가까이에 밀어붙였다. 오돌토돌 부딪히는 등뼈가 벽에 저항하며 아파왔지만 이 정도의 아픔은 저치의 손에 끌려가는 것의 반의반도 못한 고통이었다.

자잘한 상처가 가득한 손이 파르르 떨렸다. 그 손으로 바싹 마른 팔을 거세게 움켜 안은 그녀가 물기 없이 바짝 마른 입술을 깨물었다. 그와 동시에 철커덕 자물쇠 열리는 소리가 들렸다. 쿵쾅쿵쾅. 죽어 있던 심장이 불안한 운동을 시작했다. 상처가 터진 손가락이 피로 가득했다. 거칠게 문이 열리는 소리와 함께 빛무리가 좁고 어두운 창고 안으로 들이닥쳤다.

"나와."

그리고 이어지는 무자비한 손길.

"……!"

팔뚝을 으스러뜨릴 듯 무지막지한 손길에 끌려 나온 에일린의 작은 몸이 바닥을 몇 번이나 구르며 넘어졌다. 피딱지가 얹어져 있던 무릎에 다시 한 번 충격이 가해지고 주르륵 피가 흐른다. 그것을 고스란히 보고 있던 사내의 눈이 광기에 번들거렸다.

"으, 으으……."

간신히 몸을 일으킨 에일린은 헤진 무릎을 움직여 필사적으로 뒷걸음질 쳤다. 힐끗 곁눈질한 눈에는 탁자 위에 준비된 따끈한 수프와 이가 빠진 와인 잔이 보였다. 흐릿한 눈으로 그녀의 무릎을 뚫어지게 보던 계부가 우악스럽게 그녀를 일으켜 세웠다.

"이리 와."

싫어……. 싫어! 난, 죽기 싫단 말이다!

"이년이……!"

미약하게나마 저항하는 에일린이 거슬린다는 듯 그녀를 붙잡고 있는 손길에 힘이 더욱 거세졌다. 사내는 작고 초라한 계집을 종잇장처럼 잡고 흔들었다.

"아악!"

뇌가 흔들려 토악질이 나올 것 같았다. 비틀거리다 바닥에 쓰러진 에일린은 궁지에 몰린 쥐처럼 사내를 노려봤다.

"네까짓 게 째려보면 어쩔 건데?"

원망과 두려움이 한데 섞여 요동치는 눈동자를 내려다보며 계부는 얼굴을 일그러뜨리며 잔악하게 웃었다.

"어쩔 건데!"

솥뚜껑 같은 거대한 손이 날아와 에일린을 후려쳤다. 둔탁한 파격음과 함께 그대로 에일린은 바닥을 굴러다녔다. 고개는 아래로 고꾸라졌고, 작은 몸은 후들후들 떨려오기 시작했다. 사내는 그것이 무척이나 마음에 든다는 듯 클클클 즐거운 웃음을 터트렸다.

"이 계집년아, 너는 나한테 그냥 가축이야. 소, 돼지만도 못한 가축이라고."

쉿소리처럼 기분 나쁜 웃음을 흘리며 그가 날선 칼날을 꺼내 들었다. 매일 아침 콧노래를 부르며 그가 날카롭게 다듬은 칼날이었다. 붉은 촛불이 반사된 서늘한 칼날을 보며 에일린은 흠칫 놀라 필사적으로 뒷걸음질 쳤다.

"사, 살려주세요."

"……누가 죽인데? 네가 죽으면 나도 손해라고. 클클클, 네 피는 진짜 이상해. 마약 같아. 아니, 마약이지! 달콤하고, 환상적이야. 클클. 네 피는 영원히 내 거라고!"

사내의 눈은 탐욕스럽게 번들거렸고 굶주림이 가득한 거친 입술을 붉은 혀를 날름거리고 있었다. 도망가려던 에일린은 머리채가 붙잡혀 끌려왔다. 악 소리도 나오지 않을 만큼 두렵고 끔찍한 시간.

"……읏!"

기어이 칼날이 그녀의 가녀린 팔 한쪽 위에 길고 깊은 상처를 만들어 냈다. 순식간에 뚝뚝 흐르는 그녀의 피를 사내는 와인 잔에 받아내며 웃었다.

소름 끼쳐. 햇빛 한번 보지 못해 새하얀 팔 위로 작게 돋아나는 닭살이 느껴졌다. 칼날이 가른 상처보다도 그냥 이 순간이 끔찍했다. 절망의 끝에선 눈물도 나오지 않았다. 이 미치광이 앞에서 그녀는 그저 한낱 먹이일 뿐이었다.

"좋아. 아주 좋아."

잔에 피가 찰수록 사내의 웃음은 짙어졌다. 집 안에 피 냄새가 짙어질수록 사내의 눈동자는 흐릿해져 갔다.

이자는 미쳤어. 피가 빠져나가면서 점점 머리가 지끈거리며 아파왔다. 현기증이 도는 와중에도 에일린은 짐승 같은 웃음을 흘리는 계부를 혐오에 찬 눈으로 노려보는 것을 잊지 않았다.

빈 잔이 반 이상 채워졌을 때 기어이 에일린은 비틀거리며 쓰러졌고, 방심하고 있던 계부는 들고 있던 와인 잔을 떨어트리고 말았다. 쨍그랑! 유리 파편이 흩어지는 날카로운 소리와 함께 바닥으로 에일린의 피가 이리저리 튀었다. 험악하게 일그러지는 사내의 얼굴을 보며 에일린은 사시나무 떨듯 바들바들 몸을 떨었다.

"아……."

"이런, 씨!"

씩씩거리던 사내의 눈이 뒤집어졌다. 계집을 두드려 패봤자 죽기만 할 뿐이었다. 대신 사내는 피가 뚝뚝 흐르는 에일린의 새하얀 팔뚝을 잡아 올렸다. 팔목을 지나쳐, 팔꿈치와 팔뚝 위로 새하얀 피의 길이 만들어졌다. 참을 수 없는 탐욕의 눈으로 그것을 바라보던 사내가 게걸스럽게 그녀의 팔뚝을 핥아냈다.

"……!"

그 순간 에일린은 온몸 위로 벌레가 기어 올라오는 것 같은 소름이 돋았다. 참을 수 없이 역겨웠고 메스꺼웠다. 징그럽고 끔찍했다! 말라버린 줄 알았던 눈물이 에일린의 말간 눈동자 위로 순식간에 차올랐다.

"……싫어!"

무슨 힘이 났는지 모르겠다. 스스로 보기에도 앙상하게 마른 팔로 어떻게 그를 밀쳐냈는지 그녀조차도 알 수 없었다.

"으윽!"

마지막 힘을 쥐어짜듯 그를 밀쳐낸 뒤 김이 모락모락 올라오고 있는 뜨거운 수프 냄비를 그에게 내던졌다.

"으아악!"

팔팔 끓던 수프를 몽땅 뒤집어쓴 사내는 눈도 뜨지 못한 채 악소리를 질러댔다. 저가 더 놀라 멍하니 그를 보고 있던 에일린은 뒤늦게 정신을 차리고 정신없이 밖으로 나가는 출구를 찾았다.

문을 잡아당겼지만 열리지 않았다. 몇 번이나 탈출을 시도했던 그녀로 인해 계부는 언제고 자물쇠를 단단히 걸어 잠갔다.

"으아악! 가만두지 않을 거다, 네 이년!"

쩌렁쩌렁한 고함과 광분한 듯 주변의 것들을 밀쳐내는 그의 포악함에 에일린의 등 뒤로 땀이 흥건하게 쏟아졌다.

'열려, 열리라고! 열어줘!'

달달 떨리는, 피가 뚝뚝 떨어지는 손으로 에일린은 계속 자물쇠를 흔들었다. 단단한 쇳덩이에 에일린의 붉은 선혈이 흥건하게 묻어 나왔다.

"이년! 네가 도망갈 수 있을 것 같아?"

뜨거운 수프로 인해 부어오른 얼굴을 한 손으로 가린 계부가 눈이 뒤집어져 에일린에게 달려들었다.

"으, 윽!"

황급히 옆으로 몸을 피한 그녀가 주변을 둘러봤다. 창문! 창문 한쪽이 열려 있었다. 그렇게 크지 않았지만 그녀의 작고 마른 몸은 충분히 빠져나갈 만한 크기였다.

"크아아아! 오늘 네년의 피를 모조리 빼서 산송장을 만들어주지!"

"흐, 흐윽…… 흑흑."

뺨을 타고 흐르는 눈물을 느꼈지만 닦을 시간이 없었다. 에일린은 죽을힘을 다해 창문을 기어올랐고 정신없이 밖으로 뛰쳐나왔다. 쿵, 창문 아래로 높이 뻗어 있던 이름 모를 풀들이 고꾸라지는 에일린의 작은 몸을 받쳐줬다.

"크흑! 저년이!"

다시 한 번, 필사적으로 달렸다. 찢어진 팔과 벌어진 상처들이 붉은 피를 흘리고 있었고, 시퍼렇다 못해 보라색으로 부어오른 몸 여기저기서 고통의 비명을 질러대고 있었지만 괘념치 않았다.

'살고 싶어…… 살고 싶어!'

소리 없는 비명이 절박한 눈동자 속에 넘실거렸다.

'아아, 제발 신이 있다면 저를 거두어주소서!'

그녀는 어둠 속으로 달려가면서도 빛을 구하며 속살거렸다. 이미 신 따위는 없다고 수백, 수천 번을 원망했지만 오늘도 그녀는 다시 미련하게 신을 찾았다.

"네 이년!"

짐승처럼 포효하는 계부의 고함소리가 쩌렁쩌렁 울렸다. 오싹한 두려움에 에일린의 얼굴은 이미 죽은 자의 그것과 다를 바가 없었다. 하늘 위에 고고하게 떠 있는 달빛은 오늘도 지나치게 선명했다. 그 두려운 달빛 아래 에일린은 몇 번이고 헤쳐 왔던 숲 속으로 정신없이 달렸다. 아가리를 쩍 벌리고 있는 검은 숲 속으로 뛰어 들어가려는 그때, 그 바로 직전⋯⋯.

달빛을 등진 암흑보다도 어두운 그림자가 에일린의 발밑으로 길게 드리워졌다.

"⋯⋯!"

거대했다. 거대하고 압도적이었다. 그녀의 존재 따위는 한낱 나뭇잎처럼 느껴질 정도로 거대하고 압도적인 존재가 눈앞에 있었다. 그녀가 그토록 두려워하는 달을 모두 가려버릴 정도로 거대하고, 압도적인 존재.

바르르 떨리는 눈동자는 간신히 부여잡았지만 달리던 중력을 이기지 못한 작은 몸은 풀썩 앞으로 고꾸라졌다. 마른 두 손으로 입을 틀어막은 에일린은 눈앞의 거대한 존재 앞에 무릎 꿇었다.

"여자⋯⋯?"

검은 갈기를 휘날리며, 은빛 대검을 손에 쥔 검은 사자.

'신이시여⋯⋯.'

말을 하고, 두 발로 땅을 짚고 서 있었지만, 그는 분명 검은 사자였다. 초월적인 존재. 굶주린 짐승 따위는 한입에 물어뜯어버릴 것만 같은, 그런 존재감을 가진 사내가 시린 눈동자로 그녀를 바라본다.

'저를 구원하소서.'

2. 에일린Aileen

　오들오들 떠는 꼴이 꼭 작은 다람쥐 같았다. 나무에 오르다 실수로 발을 헛디뎌 떨어진 새끼 다람쥐가 작게 몸을 말아서 나뒹구는, 딱 그 짝이었다. 척 보기에도 눈을 찌푸릴 만큼 앙상하게 마른 몸과 해쓱한 얼굴은 그렇다 치자. 하지만 여기저기 피딱지가 앉아진 몸과 이제 막 찢어진 듯 피가 줄줄 흐르는 팔까지 보고 있자니…….

　"……처참하군."

　부서지기 직전의 나무 인형처럼 참혹한 모습에 카잔은 저도 모르게 눈살을 찌푸렸다. 하얗고 갸름한 얼굴에 눈만 동그랗게 빛나고 있는 계집아이. 신기하게도 버석하게 마른 얼굴 위로 눈빛만 홀로 살아서 촉촉하게 빛나고 있었다. 색이 없는 도화지에 툭, 떨어진 물감 한 방울처럼 그 눈빛이 시선을 잡아끌었다.

신기한 얼굴이었다. 아니, 정확히 말하자면 신비한 얼굴이었다. 분명 성숙하고 농염한 여자의 느낌은 아니었지만 저 투명하게 젖어 있는 눈빛은 사람의 시선을 빨아들이는 힘이 있었다.

"아……."

무슨 말을 하려는 듯 피딱지가 앉은 입술이 달싹거렸다.

카잔의 시선이 계집의 눈에서 터진 입술로 옮겨갔다. 찢어지고 갈라진 입술 사이로 붉은 혀가 슬쩍 모습을 보이다가 사라졌다. 과연 어떤 목소리로 어떤 말을 할지 기대하고 있던 카잔은 머뭇거리다 닫혀버리는 입술에 실망감을 감출 수 없었다.

"말해."

카잔은 조금 고압적인 목소리로 소녀를 압박했다. 듣고 싶었다. 저 마른 입술에서 무슨 말이 나올지 호기심이 일었다. 그러나 움찔 어깨를 떤 계집은 그가 무서운 듯 입술을 꽉 다물어버렸다. 찢어진 입술에서 핏방울이 톡 터져 계집의 입술을 적신다. 그 모습을 보던 카잔은 쯧, 혀를 차고 말았다.

그의 시선이 마른 입술을 벗어나 작은 콧방울로 이동했다. 해쓱한 볼과 매끄러운 이마를 천천히 더듬어 바라보던 그의 시선이 마침내 계집의 눈동자에 닿았다. 투명하게 빛나는 눈동자가 마치 갓 태어난 아기의 그것처럼 깨끗하고 맑았다. 여인과 소녀의 경계에 아슬아슬하게 놓여 있는 상처투성이 영혼이 투명한 눈동자에 그대로 투영되었다. 카잔은 어쩐지 계집에게서 눈을 뗄 수가 없었다.

'……타버릴 것 같아.'

정탐이라도 하는 듯 느릿하게 저를 살피는 사내의 눈동자에 에일린은 혼이 빠질 것만 같았다. 사내의 눈빛은 차가웠지만 뜨거웠고 동시에 날카로웠지만 그 어떤 감정도 담겨 있지 않아 도리어 따뜻했다. 그녀를 쫓아오는 괴물도, 달도, 저 검은 사자의 눈빛 앞에 모두 침몰되어 사라졌다. 그에게서 뿜어져 나오는 긴장감에 에일린은 숨을 쉴 수가 없었다. 바짝 타들어간 목으로, 꿀꺽 마른침이 넘어갔다.

작게 요동치는 계집의 가녀린 목울대를 쳐다보던 카잔은 눈살을 찌푸렸다. 보호 본능과 정복욕을 동시에 자극하는 계집이었다. 소녀도 어른도 아닌 것이 위험한 분위기를 풀풀 풍기다니. 카잔은 제 생각에 혀를 찼다.

'이 꼴을 한 어린애를 보고 무슨 생각을……'

짧게 실소하며 고개를 내젓는 그의 행동에 에일린이 반응했다. 무엇이 그녀를 위협했는지 모르겠지만 작고 마른 몸이 사시나무 떨듯 오들오들 떨리기 시작했다.

"왜 떠는 거지?"

묻는 말에 대답하는 법이 없었다. 조가비처럼 꾹 다문 입술은 말하는 법을 모르는 것처럼 열리는 법이 없다. 대답을 기다리던 카잔은 짜증이 솟았다. 그의 눈썹 한쪽이 비죽하게 올라갔다. 그 미세한 표정 변화에 놀란 계집의 입술이 벌어졌다.

하지만 거기까지였다. 그들을 향해 누군가 다가오고 있었다. 카잔도 그것을 느꼈고, 계집도 마찬가지였다. 계집의 떨림이 더욱 커지면서 그를 절박하게 올려다봤다.

"네 이년! 이 죽일 년!"

쩌렁쩌렁 울리는 괴성에 숨죽여 있던 숲이 진동했다. 잠들어 있던 새가 검은 밤하늘로 솟구쳐 날아갔고, 숨어 있던 늑대가 웅크리고 있던 몸을 일으켜 사나운 하울링을 내뱉었다. 바들바들 떠는 계집만큼이나 숲이, 어둠이 불안하게 흔들렸다.

카잔은 잠시간 고민했다. 아버지? 아니다, 아닐 것이다. 누가 아버지에게 저렇게 일그러진 공포를 표출할까. 포주? 하지만 이 작은 여자가 몸으로 장사를 할 수 있을 것 같지는 않았다. 버석하게 마른 어린 계집을 좋아하는 특이한 취향을 가진 단골이 없는 이상 말이다. 더군다나 이 근처는 물장사를 하기에 썩 좋은 곳으로 보이진 않았다.

"아…… 아아……."

다물어져 있던 계집의 입에서 처음으로 터져 나온 소리는 애처로운 신음성이었다. 달빛 아래 빛나던 새하얀 얼굴은 하얗다 못해 파랗게 변색되어 있었다. 황급히 뒤를 돌아보던 그녀가 지척까지 다가온 사내를 보며 필사적으로 손발을 움직여 뒤로 기어갔다.

"시, 싫어……."

당장에라도 눈물이 툭 떨어질 것만 같은 처절한 눈동자가 카잔에게 절박하게 매달렸다. 도와줘야 하나 잠시 고민이 들긴 했다. 하나 도와줘야 한다는 의무감은 들지 않았다. 안쓰럽긴 하지만, 애처롭긴 하지만 그와는 전혀 상관없는 일이었으니. 그는 본디 남의 일에 간섭하지 말자는 주의였다.

쿵쿵쿵쿵!

"……일리이이인!"

얼굴을 무섭게 일그러트린 사내가 지척으로 다가왔다. 짐승인지 인간인지 구분이 가지 않는 포효였다. 그 순간이었다. 카잔의 낡은 옷자락을 강하게 움켜쥐는 손길이 느껴졌다.

"……살려주세요."

신음 따위가 아닌 완전한 문장. 비록 까끌까끌한 목소리였지만, 그 순간 카잔은 기묘한 전율을 경험했다. 처절하다 느껴질 만큼 절박한 눈동자. '도와달라'가 아니라, '살려달라'였다. 피부가 저릿할 만큼 필사적인 한마디였다.

소녀는 카잔을 붙잡고 애원했다. 뼈만 앙상하게 남은 손가락이 하얗게 변할 만큼 그의 옷자락을 거세게 움켜쥐었다.

"살, 살려주세요."

빨갛게 부어오른 눈가는 금방이라도 눈물을 떨어뜨릴 것같이 보였지만 절대 울음을 보이진 않았다. 그저 물기만 듬뿍 머금은 채 그를 잡고 매달리고 있었다. 매달리는 것에 대한 비참함도 없을 만큼 필사적인 눈으로…….

"제발……!"

쿵. 그게 무엇이었을까. 가슴 안의 무언가가 그를 움직였다. 고요한 수면 위에 떨어진 빗방울처럼 불안했고 격랑이 몰아치는 바다처럼 흉포한 충동의 덩어리가 울컥 그를 집어삼켰다.

"네 이년! 도망갈 수 있을 줄 알았지! 이 죽일 년아!"

어느새 그들 앞으로 다가온 사내가 쓰러져 있는 계집의 머리채를 휘어잡으며 소리를 질러댔다. 갑작스러운 고통에 계집의 눈이 질끈 감기는 그 순간, 카잔의 손이 움직였다.

퍼억!

"크악!"

그저 가볍게 툭 밀어냈을 뿐이었지만 덩치의 사내는 뒤로 몇 바퀴를 나뒹굴었다. 밀가루 포대처럼 볼품없이 구르던 사내가 새빨간 얼굴로 벌떡 일어나 카잔을 노려봤다. 카잔은 에일린에게 시선을 고정시킨 채 물었다.

"살려줄까?"

놀라 크게 뜬 눈. 그 눈을 바라보며 카잔이 다시 한 번 물었다.

"……마지막으로 물어볼 거야. 내가 널 도와주길 원하나?"

에일린은 마치 그의 눈길에 사로잡힌 듯 멍하니 그를 올려다봤다. 하지만 고민은 오래가지 않았다. 성난 계부의 발소리가 그녀를 떠밀었으니.

"네."

잿빛 눈동자. 그 탁한 색깔과는 어울리지 않을 정도로 맑은 눈동자. 그 눈동자를 직시한 에일린은 입술을 깨물며 다시 말했다.

"네, 제발, 살려주세요."

놓치면 안 돼. 이자를 놓치면 안 돼. 심장이 명령했다.

"죽여버리겠어! 둘 다 죽여버리겠어!"

이성을 잃은 계부가 카잔과 에일린을 향해 두 팔을 뻗어왔다. 드잡이라도 하겠다는 듯 질서가 없고 난폭한 움직임이었다. 하지만 그 공격은 애초에 카잔에게 먹히지 않았다.

"……!"

순식간에 에일린을 제 몸 뒤로 넘긴 카잔이 눈앞의 계부를 향해 발을 날렸다. 슬쩍 밀어버린 것 같았는데 몇 바퀴를 구르고 넘어졌다. 돌부리에 걸린 것인지 발에 차여 그런 것인지 가슴뼈가 부러지는 소리가 들렸다.

"컥, 커헉!"

쓰러진 채 몇 번을 컥컥대던 사내가 이를 갈며 카잔을 노려봤다.

"너, 넌 뭐야, 이 새끼!"

"말로 시작했으면 말로 끝났을 텐데."

"내 딸을 내가 잡겠다는데, 네놈이 무슨 상관이야! 죽고 싶지 않으면 상관 말고 꺼져!"

계부의 말에 의문스럽게 눈썹을 밀어 올린 카잔이 뒤를 돌아 에일린을 바라봤다.

"딸?"

에일린은 필사적으로 고개를 저었다. 저 사내는 단 한 번도 그녀의 아버지였던 적도 없을뿐더러, 사람이라고 생각하고 싶지도 않았다.

"저년이!"

에일린의 반응에 계부가 성을 내며 다시 한 번 달려들었다. 하지만 조금 전의 반복일 뿐이었다. 몇 번을 더 나뒹굴던 사내의 상태가 심상치 않았다. 누런 이를 드러내고 눈을 뒤집은 모습이 미친개처럼 흉포했다.

"크으으! 죽, 죽여버린다!"

희뜩하게 돌아간 눈동자나 비정상적으로 침을 흘리는 모습, 그리고 카잔의 뒤에 몸을 웅크리고 있는 계집을 향한 집착적인 눈동자까지. 저것은 분노가 아니라 광기(狂氣)였다.

상태가 심상치 않음에 카잔은 검을 들어 올렸다. 달빛에 검날이 희게 번득였다.

"물러나. 더 이상 공격하지 않는다면 나 또한 이대로 가겠다."

이미 카잔에게 한바탕 당한 후였던지라 사내는 쉽사리 덤벼들지 않았다. 다만 숨을 거칠게 몰아쉬며 씩씩거리고 있을 뿐. 잠시간 거리를 가늠하던 카잔이 뒤에 숨어 있던 에일린의 손목을 잡아끌며 그 자리를 빠져나오려 했다. 하지만 그가 뒷모습을 보인 그 순간, 멈춰 있던 사내가 나이프를 꺼내 들어 그들을 향해 달려들었다.

"그냥 가게 내버려두래도."

옅은 한숨을 내쉰 카잔이 뒤를 돌아섰다. 그리고 눈에 보이지 않을 움직임으로 칼을 들고 다가오는 사내를 공격했다. 날카로운 날의 뒤편으로 바꿔 든 그가 사내의 머리통을 힘껏 내려쳤다. 이런 약해빠진 미친놈을 상대하면서 피를 보고 싶지 않았다. 하지만 그렇다고 내려치는 손속에 자비를 두는 것도 아니었다.

빠각, 뭔가 부러지는 소리와 함께 커다란 덩치가 앞으로 고꾸라졌다. 그대로 땅바닥에 얼굴을 박은 사내가 다시 일어나 그들을 공격할 수 있을 것처럼 보이진 않았다. 순식간에 사위는 다시 한 번 고요를 되찾았다.

칙칙한 검은 망토가 스산한 새벽 바람결을 따라 펄럭였다. 바람이, 그리고 그의 펄럭이는 옷자락이 향하는 곳은 몇 발자국 뒤에서 멍하니 그 광경을 지켜보고 있던 마른 계집이었다.

'강하다……'

눈앞에 태산처럼 서 있는 사내를 보며 에일린은 전율했다. 그에게서 뿜어져 나오는 강렬한 기운에 그녀는 숨이 다 가빠올 지경이었다.

'강해.'

그녀로서는 전혀 상상도 못 해본 압도적인 힘이었다. 지옥 같던 몇 년의 시간을, 그렇게 탈출하고자 했던 그녀의 어둠을, 그녀의 절망을 너무나도 쉬이 제압해버렸다. 단숨에 쓰러뜨렸다. 새까만 그의 눈을 들여다보며 에일린은 경외심을 느꼈다.

단 한순간도 눈을 뗄 수 없었다. 이 검은 망토를 펄럭이는 거대한 사내의 모습을 에일린은 두 눈 가득 박아 넣었다. 그 어떤 어둠 앞에서도 이 사내는 의연하게 승리할 것이었다. 뼛속에 스미는 한기처럼 강렬한 느낌이 그녀 안에서 휘몰아쳤다.

검은 숲 속에서 잉태되어 나온 사자처럼, 새카맣고 강인한 사내가 시린 눈으로 그녀를 내려다보고 있었다. 저 남자의 강인한 어둠은 에일린의 죄받은 붉음마저 숨겨줄 수 있을 것만 같았다. 그럴 것만 같았다!

"넌 뭐지?"

낮고 굵은 목소리였다. 언제나 들어왔던 가래가 끓는 것처럼 탁한 목소리가 아니라 나직하고 깨끗한 음성이었다.

"나는⋯⋯."

바짝 말라 피가 터진 입술이 꿈을 꾸듯 중얼거린다.

"에일린."

"에일린?"

그가 인상을 찌푸렸다. 에일린이 저도 모르게 그를 따라 인상을 찌푸렸다. 그러자 그가 고개를 옆으로 움직여 묘한 표정을 지었다. 그 묘한 표정마저도 그를 따라 할 뻔했던 에일린이 움찔 놀라며 표정을 갈무리했다.

"이름이 에일린이라는 말이겠지? 그래, 아까 저치도 널 그렇게 불렀던 것 같군. 뭐, 이름이야 어쨌든. 근데 저자는 왜 너를 저렇게 쫓고 있는 거지?"

그를 보고 있던 카잔의 눈썹 한쪽이 의뭉스럽게 올라갔다. 서늘한 그의 손끝이 그녀의 턱으로 향했다. 작은 턱이 그의 손짓에 따라 스르륵 올라왔다. 한층 가까워진 그가 조용한 목소리로 되물었다.

"그럼 말해. 왜, 저자가 미친 듯이 너에게 집착하고 있는지."

그의 말에 뭐라 할 말을 찾을 수 없었다. 어디서부터 이야기를 해야 하는 걸까 도대체? 몇 년 전부터 갑자기 그녀가 변하기 시작했을 때부터? 아니면 그녀가 보름달 아래 변한다는 것을 계부가 알아챘을 때부터? 그것도 아니면, 그가 그녀의 피맛을 봤던 그날부터? 어디서부터 이야기를 꺼내야 할지 도무지 알 수 없던 탓에 에일린은 여전히 입을 다물고만 있었다.

"……말을 못 알아듣는 것은 아닐 테고."

그녀가 아무 말도 하지 않아서일까. 그는 기분이 좋아 보이지 않았다. 바로 눈앞에 보이는 그의 눈빛이 차갑게 가라앉는 게 느껴졌다. 에일린은 당황했지만 도무지 입이 떨어지지 않았다. 하지만 에일린의 작은 머릿속도 그와 다를 바 없이 혼란스러웠고 의문투성이였으니 아무 말도 나오지 않을 수밖에.

그리고 무엇보다…….

'이 사람을 믿을 수 있을까?'

두려움이 앞섰다. 이 거대하고 엄청난 존재가 과연 그녀를 저 계부처럼 학대하지 않을 거라는 그런 확신이 없었다.

'나는 괴물이니까. 인간이 아니었으니까…….'

서글픈 자괴감에 입술만 더욱 세게 깨물어버렸다. 한 번도 남을 믿어본 적이 없는 그녀로서는 절대적인 강함을 가진 이 남자를, 이 사내를 믿고 무턱대고 입을 연다는 게 쉽지 않은 일이었다.

에일린은 입술을 꾹 다문 채 멍하니 사내를 바라봤다. 그녀가 그토록 벗어나려 발버둥 쳤던 계부를 단숨에 제압한 남자. 딱딱한 얼굴 안에 맑게 빛나는 그의 눈빛이 보였다.

'믿어야 해.'

마음이 속삭였다.

'이 남자를 잡아야 해.'

마음의 소리는 점점 거세졌다.

"말을 하지 않겠다는 건가?"

하지만 그는 그녀의 침묵을 부정의 뜻으로 받아들인 건지 곧 서늘한 얼굴로 그녀의 턱을 잡고 있던 손을 거둬들였다.

그러고 보니 깜짝 놀랄 일이었다. 아무렇지 않게 그녀의 턱을 잡았는데도 에일린은 아무런 저항이 일지 않았다. 계부가 손을 뻗칠 때는 닿기도 전에 소름이 돋아났는데.

"좋다. 그럼 나는 가보지."

그는 아무런 미련이 없다는 듯 뒤를 돌아섰다. 그 순간 에일린의 심장이 철렁 내려앉았다.

'아, 안 돼……. 안 돼!'

뒤돌아선 그의 모습은 암흑이었다. 그의 머리 위로 달이 보였다. 그에게 가려져 있던 달이 모습을 드러내고 있었다. 에일린의 얼굴 위로 두려움이 짙어졌다.

"끄으윽."

쓰러져 있던 계부가 신음을 흘려댔다. 에일린은 흠칫 놀라 뒤에 쓰러져 있는 계부와 떠나가는 검은 사내를 번갈아가며 쳐다봤다. 한 발작, 두 발작. 그가 멀어졌다.

'가면 안 돼. 가지 마요……!'

엉거주춤 일어난 그녀는 달려가 그의 옷자락을 잡아챘다. 멈칫, 카잔은 그 자리에서 멈춰 섰다. 그리고 다시 서서히 뒤돌아서는 그의 몸.

"……."

"나는……."

간신히 입술을 달싹였다. 그의 식어버린 눈을 마주하고 있자니 더 이상 망설일 순 없었다. 잡아야 했다. 믿을 수 있는 사람이고 아니고를 떠나서 무조건, 무조건 그를 잡아야 했다. 그렇게 그를 따라야 한다고 본능이 소리 지르고 있었으니까.

"나는……."

뭐라 말을 해야 했지만 에일린은 아무 말도 할 수 없었다. 그 대신 그녀는 두려움 가득한 눈으로 그의 머리 위를 바라봤다. 그토록 두려워하던 가득 찬 달이 어느새 그의 머리 위로 풍만한 자태를 드러냈다.

"할 말이 없다면 나는 가볼……."

"나를, 나를…… 봐요!"

그가 그녀의 손을 차게 뿌리치려는 순간, 에일린은 다시 한 번 그의 소매를 잡고 늘어졌다. 앙상하고 마른 얼굴 중에서 유독 촉촉하게 빛나던 동공이 팽창했다.

그녀의 등줄기로 오싹오싹한 소름이 돋았다. 달이 올라왔다. 그녀의 정수리 위로……. 모든 것의 머리 위로 달이 올라왔다.

'뭐…… 지?'

그것은 마치 사내의 눈을 어지럽히는 빛의 장난과도 같았다. 새까만 밤과 대조되는, 은빛으로 찰랑이는 붉은빛은 보고 있는 이의 마음까지 소리 없이 갈취해갈 듯 몽롱하고 환상적이었다.

아무 말도 할 수 없었다. 아무 짓도 할 수 없었다. 아무 생각도 할 수 없었다. 카잔은 마법에 걸린 듯 꼼짝없이 그 자리에 서서 계집을 쳐다봤다. 앙상하고 볼품없는 계집의 위로 달빛이 뿌려졌다. 그의 망막 안으로 붉게 아로새겨지는 그녀의 모습을 그는 망연히 바라볼 수밖에 없었다.

이토록 그를 무력하게 만드는 순간은 처음이었다. 감히 이것을 뭐라고 말할 수 있을까……. 이 아찔하고 은밀한 순간을 뭐라 설명할 단어가 없었다. 한마디로는 정의 내릴 수 없을 만큼 수많은 감정, 수많은 느낌이 넘실거렸다.

정수리부터 서서히 내려오는 붉은빛은 그를 바라보고 있는 눈동자까지 점령했다. 그저 붉기만 한 것이 아니었다. 은하수를 덧발라 놓은 듯 은밀하게 반짝거렸다.

"……."

마치 봐서는 안 될 금기의 것을 봐버린 것처럼 숨조차 제대로 쉴 수 없었다. 찰나의 순간 그곳의 공기를 바꿔버릴 만큼 신비로운 모습에 카잔은 단숨에 취해버렸다. 그것을 부정할 생각도 하지 못할 만큼, 흠뻑 취해 바라보고 있었다.

"아윽……!"

억눌린 신음을 흘리며 휘청거리는 계집의 모습에 카잔은 다시 정신을 차렸다. 그 크기도, 얼굴도, 무엇도 크게 변한 것은 없었다.

다만 계집의 색이 달라졌을 뿐인데……. 그것에 온 정신을 다 빼앗기고야 말았다.

정신이 나갔군. 자신의 정신 상태를 비웃으며 카잔이 뒤를 돌아봤다. 사냥꾼은 언제고 넋을 놓으면 안 된다. 넋을 빼앗기는 순간 사냥감에게 사냥당하는 처지가 되는 것이다.

자조의 웃음을 비릿하게 흘리던 그 순간, 카잔의 머릿속을 스치고 지나가는 늙고 괴팍한 음성.

'클클클. 조심해라 꼬마. 눈을 빼앗기면 혼을 빼앗기고, 혼을 빼앗기면 네 삶도, 영혼도 빼앗기는 거야. 그 붉은 것에…….'

흐릿한 기억 속을 비집고 흘러나온 음성이었다. 그것을 좀 더 선명하게 기억해내려고 인상을 쓰자 계집의 마른 어깨가 흠칫 떨렸다. 그를 말갛게 올려 보던 붉은 눈동자 안에 두려움이 스쳐 지나갔다.

뭐라 말을 하려고 입을 달싹이던 카잔은 이내 자조하며 다시 입을 다물어버리고 말았다. 위로라도 하려는 거냐? 두려워하지 말라고?

피식 웃던 그가 고개를 내저으며 뒤로 물러섰다. 그래, 이 모습을 보고 있자니 저 짐승 같은 남자가 이 계집에게 집착하는 것도 짐작은 갔다. 하지만 거기서 끝이었다. 더 이상 카잔이 간섭하거나 말려들고 싶은 생각은 없었다. 귀찮고, 복잡한 일은 딱 질색이었으니까.

"알려달라고 하니까 이렇게 직접 보여주다니……. 퍽 친절한 계집이군."

메마른 목소리로 중얼거린 카잔은 그대로 뒤로 돌아섰다. 참견하지 않으련다. 저 계집의 정체가, 저 모습이 무척이나 그의 호기심을 자극했지만 그 정도는 이성으로 누를 수 있었다. 조금 전 계집이 변하던 모습이 눈에 아른거렸지만 그것도 억지로 지워낼 수 있었다.

저벅저벅, 그는 부러 발소리를 내는 듯 큰 보폭으로 걸었다. 아무것도 생각하지 않으려는 듯 앞만 보고 똑바로 걸었다. 하지만 그의 눈앞에 물기 어린 촉촉한 눈동자가 자꾸 나타났다가 사라졌다. 멍청하다 못해 순진해 보이던 그 말간 얼굴이 자꾸 어른어른거린다.

몇 발자국을 그렇게 성큼성큼 걷던 그가 우뚝 멈춰 서고 말았다.

"할 말이 있나."

언제 쫓아온 건지 계집이 그의 옷자락을 꽉 잡고 서 있었다. 숨이 가쁜지 마른 가슴을 들썩이던 그녀가 고개를 도리질 쳤다.

카잔은 불편한 얼굴로 그녀를 내려다봤다. 그 위협적인 얼굴에 에일린의 어깨가 벌벌벌 떨리고 있었지만 끝까지 잡고 있는 그의 옷자락을 놓지 않았다. 어딘가 모르게 필사적인 얼굴이었다.

"……"

한참을 쏘아보던 그가 다시 성큼성큼 발을 옮겼다. 딱히 그녀의 손을 털어내거나 하진 않았다. 어차피 저 작은 몸은 그의 걸음을 따라올 수 없을 테니까. 그리고 역시나 몇 발자국 가지 못해 그의 옷자락을 잡고 늘어지는 손에 힘이 들어갔다.

"으흣……."

미약한 신음에 카잔은 저도 모르게 발걸음을 늦췄다. 힐끔 내려다본 그녀는 얼굴이 벌게지도록 힘겹게 그를 쫓아오고 있었다. 숨은 이미 턱까지 차올랐는지 마른 입술에선 쉴 새 없이 거친 숨을 내뱉고 있었다.

두어 발 자국 더 앞으로 내딛던 그가 한숨과 함께 그 자리에 우뚝 멈춰 섰다. 그를 쫓아오던 에일린도 자동적으로 멈춰 섰다. 망설이던 그가 애써 무덤덤한 목소리로 물었다.

"어디 아픈가?"

그러나 작은 입은 풀이라도 발린 듯 도통 열리질 않는다. 그저 입술을 꾹 다물고선 뭔가를 망설이는 눈으로 바라보기만 할 뿐. 그러나 카잔은 눈만 보고 사람의 마음을 읽어내는 재주 따윈 없었다. 그러니 그녀가 말하지 않으면 그는 알 수 없었다.

잠시간의 침묵. 그녀를 바라보던 카잔이 작게 한숨을 쉬며 다시 길을 가려고 몸을 돌렸다. 막 그가 발을 떼려고 할 때 미약한 힘이 옷자락 끝을 슬그머니 잡아당겼다.

"천천히……."

작게 달싹이는 입술 사이로 어떻게든 말하려고 노력하는 게 분명했다. 귀를 기울이지 않으면 거의 들리지 않는 목소리였다. 카잔의 고개가 다시 그녀에게 돌아갔다. 그러자 용기를 내는 듯 지그시 입술을 깨문 에일린이 다시 말했다.

"조금만 천천히 걸어주세요."

카잔은 고개를 돌려 다시 계집을 봤다. 놀란 듯 움츠러들긴 했지만 그의 눈을 피하진 않았다. 그제야 카잔의 검은 눈동자가 천천히 에일린을 훑기 시작했다. 머리부터 발끝까지 세세하게. 그녀를 자세히 보면 볼수록 욕지거리 같은 신음성이 절로 터져 나오지 않을 수 없었다.

"이런……"

드러난 팔과 다리, 모든 곳에 울긋불긋 멍울이 있었다. 무자비한 폭력이 있었다는 건 묻지 않아도 알 수 있을 만큼 계집은 얼룩져 있었고 움츠러들어 있었다.

자세히 보니 팔에는 길고 잔인한 칼자국이 보였다. 다행히 깊은 상처는 아니었는지 조금씩 피가 나왔지만 뚝뚝 떨어지는 정도는 아니었다.

"빌어먹을 새끼."

순간적으로 잠들어 있던 그의 분노가 치솟아 올랐다.

'돌아가서…… 죽여버릴까.'

낯선 계집의 넝마 같은 모습을 보며 이런 감정을 느낀다는 것 자체가 생소한 일이었다. 하지만 묘하게도 분노가 치솟았다. 쓰게 한숨을 내쉰 그가 그대로 무릎을 숙여 그녀의 발을 살폈다. 역시나 그의 예상대로 신발 따위 신겨져 있지 않은 발은 상처가 가득했다. 이 발로 그를 쫓아왔다는 게 신기할 정도였다.

이런 발로 그를 따라잡으려고 필사적으로 뛰어온 것이다. 하지만 결국엔 참지 못하고 그를 잡은 것이리라.

"미련하긴."

카잔은 씁쓸하게 중얼거리곤 걸치고 있던 망토를 벗어 그녀에게 둘러줬다. 움찔 놀라긴 했지만 계집은 그가 하는 대로 가만히 버티고 서 있었다. 검은색에 가까운 짙은 갈색의 망토는 마르고 작은 여자를 머리부터 발끝까지 감싸주었다. 커다란 사내의 망토였으니, 고작 그의 반절이나 될 법한 여자에겐 침낭이나 다름없어 보였다.

그것을 꼼꼼히 여며 둘러준 그가 '미안하군.' 하며 짧게 중얼거렸다. 그리고 그와 동시에 그가 에일린의 무릎 뒤로 손을 넣어 그녀를 들어 올렸다.

"……!"

입만 뻥긋한 채 소리도 지르지 못하는 계집의 몸이 빳빳하게 굳어졌다. 그것이 그의 팔을 타고 고스란히 느껴졌지만 카잔은 굳이 내려다보지 않았다. 저 앞에 마을로 들어서는 길이 보였다.

에일린은 무작정 그를 따라왔다. 판단이라기보다 본능적으로 그렇게 했다. 그 무엇도 확신하지 못했지만, 적어도 이 남자를 따라가는 것이 그녀에겐 최선이라는 생각은 들었다. 마치 어린 병아리가 알을 깨고 나온 순간 보는 이를 어미라 따르는 것처럼, 에일린은 카잔의 뒷모습이 절박했다.

망토 속에 파묻혀 있던 에일린은 힐끗 그를 올려다봤다. 그의 무심한 눈은 여전히 앞만 보고 있었다.

"……일단 상처 치료는 해주지."

그는 그녀가 자신을 올려다보고 있단 것을 알기라도 하는 것처럼 불쑥 말을 걸어왔다. 갑작스러운 그의 목소리에 에일린은 화들짝 놀라 눈을 크게 떴다. 안 그래도 빳빳하게 굳은 몸이 더욱 빳빳해졌다.

그도 그것을 느꼈는지 픽 웃는 듯했다. 그의 가슴팍에 바짝 붙어 있던 귀를 통해 그의 목소리가 고스란히 전해져왔다. 묵직한 저음이 심장의 박동과 함께 낮게 울리고 있었다.

'……이자는 나를 해치지 않아.'

어째서 그런 확신이 드는지 그녀조차 알 수 없었다. 이런 따스함을 처음 느껴봐서 그러는 것일지도 몰랐다. 낯설었지만 무작정 그를 믿고 싶어지는 그런 따뜻함.

하지만 그것보다도 더욱 그녀를 확신하게 하는 것은 그의 절대적인 강함에 있었다. 그녀를 바라보던 그의 눈이 너무나도 새까맣고 강인해 보여서 마치 그녀의 존재 따위는 아무것도 아닌 것처럼 느껴지게 했다. 그래, 마치 사자 앞에 놓인 한낱 다람쥐처럼. 한입 거리도 되지 않는 다람쥐를 보며 살육의 의지초자 느끼지 못할 테니까.

머리부터 발끝까지 뒤집어쓴 망토에선 희미한 풀냄새가 났다. 흙냄새도 났고 또 한 번도 맡아보지 못했던 희미한 체향도 느껴졌다.

이상했다. 너무나도 생소하고 낯설었다. 그리고 그녀의 귀를 파고드는 타인의 고동소리까지.

그의 걸음을 따라 흔들리던 몸이 우뚝 멈춰 섰다. 불이 꺼진 낡은 목조 건물 앞에서 그는 잠시 망설이듯 서 있었다.

에일린은 건물을 올려다보다가 문득 불안해졌다. 마을에 내려온 기억이 아득했다. 4년 정도 되었나. 변하는 에일린의 모습을 목격한 계부가 그녀를 학대하기 시작했던 시간, 그래 4년 정도.

온몸에 피멍을 달고 나다니게 하지 못했던 탓에 그녀는 숲 속의 오두막에 그렇게 갇혀 살았던 것이다. 바깥은 이제 낯설다 못해 생소하게 느껴질 정도였다. 불안함에 에일린은 저도 모르게 슬그머니 그의 앞섶을 움켜쥐었다. 본능적으로 저를 보호할 수 있는 강인함을 꽉 붙들어 맸다.

그제야 앞만 보던 카잔의 고개가 그녀에게로 내려온다. 2개의 눈동자가 허공에서 부딪쳤다. 그는 가만히 에일린을 내려다보더니 마치 그녀를 다독이듯 어깨를 감싸고 있는 손을 가볍게 힘주어 당겼다.

"조용히……."

건물에 들어서기 직전 그녀를 향해 중얼거리던 그가 이내 뭔가 이상한 듯 피식 웃음을 보였다. 부드럽게 올라가는 그의 입꼬리가 무척이나 다정했다. 에일린은 홀린 듯 그의 입술 끝을 올려다봤다. 그러자 그는 그런 에일린의 시선을 오해한 듯 뒤늦게 설명을 덧붙였다.

"아니, 그런 말 하지 않아도 넌 조용할 거라는 걸 깜빡했거든. 그게 우스워서 말이지."

그의 말에 에일린은 꾹 다물고 있던 입술에 더더욱 강하게 힘을 줬다. 절대 입을 열지 않겠다는 듯 입을 꽉 다물고선 그의 옷자락을 움켜쥐고 있는 손에도 힘을 줬다. 깜깜한 건물 안으로 들어섰다. 멀찌감치 떨어진 곳에서 왁자지껄 떠드는 소리가 희미하게 들려왔지만, 건물 안은 대체적으로 조용했다.

발걸음을 따라 목조 계단이 삐걱거리는 낡은 소리를 내지르는 것을 듣고 있다 보니 둘은 어느새 꽉 닫혀 있는 방문 앞에 다다라 있었다. 부드럽게 문이 열렸고 달빛에 의존해 침대까지 다다른 그가 조심스럽게 그녀를 내려놨다. 푹신한 침대 위에 욱신거리는 엉덩이가 닿자마자 에일린은 조심스럽게 입을 열었다.

"가, 감사합니다."

깜깜한 방 안, 다시 또 둘의 눈이 허공에서 엉켜들었다. 칭칭 감긴 망토에 눈만 덩그러니 나온 에일린이 그를 올려다봤다. 그는 마치 그녀의 눈을 통해 뭐라도 찾아낼 것처럼 깊은 눈으로 그녀를 내려다보고 있었다.

하지만 내어줄 게 없는 그녀였으니, 그가 찾아낼 것도 없을 것이었다. 그리고 역시나 그는 그녀의 눈 속에서 아무것도 발견하지 못한 듯 고개를 돌렸다. 돌아서는 그의 뒷모습을 보며 에일린은 다시 한 번 작게 읊조렸다.

"감사……."

"감사할 것 없어."

그녀의 말허리를 자른 그가 성큼 걸어 방 안에 놓인 램프에 불을 붙였다. 기름 먹인 심지가 활활 타오르며 방 안이 밝아졌다.

"너는 네 의지로 도망친 거야. 그러니 나한테 고마워할 것 없어."

무슨 말일까? 그녀는 분명 그의 도움으로 도망칠 수 있었던 건데……. 이해할 수 없는 그의 말에 잠시간 당황한 그녀가 입을 다물었다.

"나는 네가 살려달라 애원하지 않았으면 널 구해주지 않았을 거다. 그러니 네가 산 것은 네 덕분이지 내 덕분이 아니야. 필사적으로 나를 붙잡은 너의 용기지."

조금 복잡했지만, 어렴풋하게 그가 말하는 바를 이해할 수 있을 것 같았다. 에일린은 미약하게 고개를 끄덕였다. 망토에 폭 싸여 있는 고개가 거의 보이지 않을 정도로 움직였다.

"발."

그녀는 멍한 눈으로 그가 그녀의 발을 들어 올리는 것을 바라봤다. 물에 적신 수건을 가져온 그가 새카매진 발바닥을 조심스럽게 닦아주었다. 젖은 수건의 감촉에 움찔 놀란 그녀가 발을 빼려고 하자 그가 힘주어 그 손을 잡아 눌렀다.

"아주 엉망이군. 살이 너무 연약해. 거의 걷질 않았던 것처럼……."

그의 말은 정확했다. 웅크려 있다가 계부가 나가는 잠시간만 집 안을 서성일 수 있었다. 그것이 그녀가 하루 동안 움직이는 전부였다. 그러다 어쩌다 탈출할 때 죽을 만큼 뛰어댔다. 연약한 다리로 그 정도 빠르게 달릴 수 있는 것도 어떻게 보면 대단한 것이었다.

더군다나 어젯밤 탈출을 감행하다 까지고 헤진 상처 위로 다시 상처가 난 것이니 정도가 평소보다 심할 것이었다. 그 지저분한 발을 보고도 남자는 대수롭지 않은 듯 젖은 수건으로 닦아주었다.

허리춤에서 꺼낸 가루약을 발 위에 뿌릴 때는 쓰리고 따가웠지만 그 위로 붕대를 감아주는 손길이 너무나 부드럽고 조심스러워 곧 괜찮아졌다. 발의 상처를 봐준 그는 곧 피가 고여 있는 팔의 상처를 봐줬다.

발과는 다르게 팔 위에는 푸른 가루를 뿌려줬다. 따갑기는 마찬가지였지만 신기하게도 피가 순식간에 멈췄다. 나뭇가지처럼 앙상한 팔에 붕대를 감아주는 그를 멍하니 보던 그녀가 끝끝내 억눌러두었던 의문을 터트렸다.

'어째서 나를 도와준 걸까?'

누가 봐도 수상하고 이상한 그녀였다. 자신이 생각해도 그녀는 괴물 내지는 더러운 거지에 지나지 않았다.

'왜? 어째서? 왜……?'

끊임없는 의문이 치솟아 올랐지만 입술은 옴짝달싹하지 않았다. 무엇을 어떻게 물어봐야 할지 혼란스러웠다. 오랜 공포와 절망으로 안 그래도 둔한 머리가 더 멍청해진 게 틀림없었다. 제대로 된 상황 판단도, 뭣 하나 똑 부러진 질문도 생각나지 않았다.

다만 딱 한 가지…… 딱 한 가지 묻고 싶은 게 있었다.

'당신 눈에도 내가 괴물로 보이나요?'

차마 두려워 물어볼 수가 없었다. 이 남자가 고개를 끄덕이면, 그러면 정말 그녀는 그 순간부터 '괴물'이 되는 것이었으니까.

그 순간 마치 그녀의 가련한 마음을 아는 듯 남자가 입을 열었다.

"어렸을 때 미친 할망구를 한 명 알고 지낸 적이 있지."

그의 손은 여전히 그녀의 손 위로 붕대를 감고 있었다.

"내가 살던 곳은 괴수가 많았다. 미크론, 머랭, 심지어 키메라며 변종 늑대에 호랑이도 사는 곳이었는데 그런 산의 꼭대기에 어떤 미친 할망구가 살고 있었지."

에일린은 멍하니 그의 목소리에 귀를 기울였다.

"다시 생각해보니까 미친 할망구라기보다, 수상한 할멈인 것 같군. 그 지옥 같은 곳에 늙은 할망구가 태연하게 살고 있었으니. 여하튼 나와 나의 가족들은 어쩔 수 없이 그곳에 숨어 살고 있었는데 나는 종종 심부름으로 그 할멈의 집에 가야 했어."

그의 목소리는 나직했고 무척이나 아득했다. 그 아득한 이야기를 멍하니 들으면서도 에일린은 묘한 의구심이 들었다.

'나한테 왜 이런 이야기를 하는 걸까? 왜? 어째서?'

끊임없이 이유를 들먹이는 것은 어쩌면 학대를 당했던 잔인한 흔적이었는지도 몰랐다. 그것도 아니라면 '호의'가 너무나도 낯설고 어색했던 탓에 그 이유를 찾으려는 발버둥인지도 몰랐다. 이제는 거의 본능이 되어버린 피해 의식이 작은 계집의 몸과 마음에 문신처럼 새겨져 있었다.

'나에게…… 원하는 게 있나?'

본능처럼 올라오는 경계심은 그녀가 어찌할 수 없는 것이었다. 그 지옥 같은 계부에게서 벗어났다는 안도와 동시에 또 무슨 일이 생길 수도 있다는 날선 경계심이 여린 피부 위에 퍼져 있었다.

움찔. 거칠지만 투박하고 따뜻한 손길이 그런 에일린의 상처투성이 피부 위에 몇 번이고 닿았다가 떨어졌다. 누군가 자신을 이렇게 매만진 적은 처음이었다. 아득하게 먼 기억 속에 어미가 에일린의 뺨을 쓰다듬었다는 '기억'만 남아 있을 뿐. 어떤 느낌이었는지, 어떤 감촉이었는지 전혀 생각이 나지 않았다.

"널 보니 그때 할멈이 했던 이야기 하나가 떠오르는군."

카잔의 손길이 스칠 때마다 에일린은 작게 몸을 떨었다. 그럴 때면 카잔의 손길은 더더욱 부드러워졌다. 힘을 주면 부서질 것 같은 가녀린 몸을 그는 한없이 조심스러운 손길로 다루고 있었다.

"잘 기억은 나지 않지만 그때 분명 그 할멈이 말했지."

그는 드러난 모든 상처에 크고 작은 반창고를 붙여줬다. 에일린은 처음 보는 반창고를 신기하다는 듯 한참 바라봤다. 그리고 그것을 붙여주는 커다란 손도 질리지 않게 보고 있었다.

"달빛이 닿으면."

마지막으로 손등 위에 남아 있는 오래된 상처에 반창고를 붙이며 그가 고개를 들었다.

"붉게 빛나는 존재가 있다고."

그를 따라 에일린의 시선도 그의 손에서 눈으로 옮겨졌다. 남자와 눈을 마주한 순간 에일린의 가슴에 스산한 바람이 스며들어왔다.

새까만 사내의 눈은 홀로 살아 있는 듯 빛이 났다. 그의 시선 안에 에일린이 옥죄어 들어갔다. 가슴이, 심장이, 사내의 눈빛에 꽈악 잡혀버린 듯 벅차게 뛰어댔다.

멍하니 그의 눈에 갇혀 있던 에일린은 뒤늦게 정신을 차렸다. 이 사내가 방금 뭐라고 한 거지? 달빛에 변하는 존재……? 기어이 심장이 터질 것만 같았다. 크게 뜬 에일린의 갈색 눈이 파르르 진동했다.

"종족이라고 했던가? 잘 기억이 나지 않는군. 너무 오래된 기억이라서."

치료를 마치고 떠나가는 그의 손을 에일린은 필사적으로 움켜쥐었다.

"종족, 이라고요?"

"글쎄, 기억이 가물가물해. 종족이라고 했던가, 운명이라고 했든가……."

"운명……?"

입안으로 굴러가는 단어의 느낌이 찌르르 그녀의 등줄기를 훑고 지나갔다. 뇌 속을 뒤집어놓는 단어는 그녀의 목구멍을 타고 전신을 진동시켰다. 달빛에 변하는 존재를 누군가 알고 있다는 것은 이미 오래전부터 그녀와 같은 존재가 있었다는 말이었다. 그녀가 돌연변이도, 괴물도 아니라는 증거였다. 혼자가 아니라는 말이었다!

사내의 말은 조용히, 그렇지만 뿌리째 그녀를 흔들었다. 힘이 하나도 들어가지 않은 손으로 에일린은 카잔의 손을 절박하게 움켜쥐었다. 생각을 읽을 수 없는 사내의 먹빛 눈동자가 혼란스러워하는 어린 계집을 훑었다. 그러나 그의 입은 다시 열리지 않았다.

다음 날 아침, 에일린이 눈을 떴을 때 그녀는 혼자였다. 당황한 것은 둘째 치고 그녀는 무척이나 혼란스럽고 두려웠다. 뭘 어떻게 해야 할지, 그는 어디로 간 것인지 혹여…… 계부가 그녀를 찾아오면 어떻게 해야 하는지.

'어떡하지.'

그날 밤은 온몸을 두들겨대는 통증에 기절하듯이 잠들어버렸다. 그가 그녀를 침대에 눕혀주자마자 바로 의식을 잃어버렸으니……. 그러면 안 되는 거였는데, 하고 뒤늦은 후회를 해봤자 그는 어디에도 보이지 않았다.

'어떡하지…….'

굳게 닫혀 있는 문을 바라보며 에일린은 꼼짝하지 못했다. 저 닫혀 있는 문을 벌컥 열고 계부가 들어와 '이 계집애야!' 소리 지르며 그녀를 끌고 갈 것만 같았다. 무릎을 끌어안아 몸을 둥글게 만든 채 이불을 뒤집어썼다. 그리고 그저 하염없이 앉아 있었다. 배도 고팠고 욱신거리는 몸뚱이도 아팠지만 그대로 굳은 듯 꼼짝하지 않았다.

그렇게 한참을 문을 쏘아보고 있는데, 벌컥 문이 열렸다. 깜짝 놀란 에일린은 하마터면 비명을 지를 뻔한 것을 간신히 막았다.

"뭐야? 웬 계집애야?"

날카로운 여자의 목소리였다. 여관의 주인인 칼리였다. 그녀는 아침이 혹시나 좋은 구경거리나 있을까 싶어 방을 급습했지만 그 미남자는 보이지 않고 웬 거지꼴의 초라하고 작은 여자가 방을 차지하고 앉아 있는 것을 보자 기가 막혀 입술만 삐죽거렸다.

"하이고, 응큼하긴! 간밤에 저런 어린 계집애를 끌고 들어왔다, 이거지? 아무리 독방이라지만 이러면 상도에 어긋나잖아. 에잉! 취향도 고약해서는……."

칼리는 에일린을 고깝다는 듯 위아래로 훑어보며 노려봤다. 그 살벌한 눈빛에 에일린이 몸을 더욱 움츠리며 뒤로 물러났다. 저 여자는 계부와는 다른 의미로 무서웠다.

"손님에게 내어준 방을 그렇게 벌컥벌컥 여는 그쪽 취향도 고약하군요."

"에그머니!"

그 남자였다! 언제 온 건지 여자의 뒤에 선 그가 무표정한 얼굴로 칼리를 내려다보고 있었다. 여자는 곧 콧방귀를 뀌며 그를 향해 혀를 찼다.

"독방이지만 사람 들이면 추가 요금 있어요!"

"얼맙니까?"

"한 사람당, 하루에 10페니!"

칼리는 단호하게 말했다. 10페니면 독방 하나를 더 얻을 수 있는 금액이었다. 하지만 카잔은 군소리 않고 안주머니에서 돈을 꺼내 지불했다. 심술 때문에 내뱉은 말이었지만 진짜 돈을 받게 된 칼리는 더 이상 가타부타 뭐라 말을 할 수가 없었다. 결국 그녀는 돈을 가슴팍에 쑤셔 넣고 입만 삐죽거리며 방을 나왔다. 쿵쿵 구르는 발소리에서 그녀의 짜증이 고스란히 묻어 나왔다.

조용히 문을 닫은 그는 곧바로 그녀에게 다가와 뭔가를 내밀었다. 그것을 받기도 전에 알 수 있었다. 향긋한 음식 냄새가 풀풀 났기 때문이었다.

"……이불은 왜 뒤집어쓰고 있는 거지?"

그녀의 꼬락서니를 보던 그가 알 수 없다는 듯 중얼거렸다. 그러나 에일린은 여전히 이불을 뒤집어쓴 채 그가 정말 '그'인지 확인하고 있었다. 회색 눈동자, 까맣고 윤기 나는 머리카락, 그리고 무척이나 넓고 단단한 어깨.

'가지 않았구나.'

안심하고 가슴을 쓸어내리는 그녀 앞으로 남자는 가지고 온 음식을 툭 내던졌다.

"배고프면 그거라도 먹든가."

먹어도, 먹지 않아도 상관없다는 듯이 말했다. 에일린은 남자와 포장된 음식을 번갈아가며 쳐다봤다. 무뚝뚝한 그는 그대로 뒤로 돌아서더니 들고 온 커다란 종이봉투를 낡은 탁자 위에 내려놨다. 망설이던 끝에 조심스럽게 봉투를 개봉했다. 손안에 음식의 따끈한 기운이 올라왔다.

그저 따듯한 빵이었다. 하지만 딱딱하지 않았고 고소한 밀 냄새가 가득한 맛있는 빵이었다. 에일린은 그것을 허겁지겁 먹다가 쿨럭쿨럭 마른기침을 쏟아냈다. 그녀 앞으로 불쑥 물잔이 들이밀어졌다.

"미련하긴."

언짢은 듯 남자의 미간은 찌푸려져 있었다.

'고맙습니다.' 작게 중얼거리던 그녀가 물을 받아 마셨다. 그런 그녀 옆으로 또다시 뭔가 툭, 내던져졌다. 신발이었다. 작고 아담한 가죽 신발 한 켤레와 그가 입고 있는 것보다 작은 가죽 망토 한 벌. 두 손으로 물잔을 쥐고 있던 그녀가 이게 뭐냐는 듯 그를 올려다봤다.

그는 잠깐 한숨을 내쉬고는 무뚝뚝하게 말했다.

"설마 그걸 내가 입을 거라 생각하는 건 아니겠지?"

그랬다. 그가 입기에는 터무니없이 작았다. 그럼 이건 뭐지? 여전히 물잔을 손에 쥔 채 멀뚱멀뚱 그를 올려다보니 그가 답답하다는 듯 짧게 덧붙였다.

"네 거야."

에일린은 놀라 물잔을 떨어뜨릴 뻔했다. 그런 험한 사태는 간신히 막은 그녀가 살짝 입을 벌리고 떨리는 눈동자로 그를 올려다봤다.

'내 거.'

특히 누군가 그녀를 위해 물건을 사다 준다는 건, 단 한 번도 겪어보지 못한 일이었다. 그를 멍하니 바라보던 에일린은 가슴이 한쪽이 뜨거워지는 것을 느꼈다.

"흥."

그는 에일린의 시선이 부담스러운지 휙 등을 돌려버렸다. 잠깐 망설이는 것처럼 보이더니 군말은 덧붙이지 않고 그대로 방을 나가버렸다. 그리고 에일린이 그를 다시 본 것은 그날 밤이었다.

그가 없는 동안 방 안에 마련되어 있는 물로 땟물만 간신히 벗은 그녀는 하염없이 그를 기다렸다. 그렇게 그가 오기를 기다리고 또 기다리다 지쳐 그대로 잠이 들었다. 몇 년 동안의 피로와 아픔이 쌓여 있던 에일린의 몸은 온종일을 침대에 붙어 있어도 여전히 곤하기만 했다.

'고마워요. 고맙습니다.'

깜깜한 방 한구석에 그가 기대어 앉았다. 까무룩 감기는 눈꺼풀을 간신히 밀어 올려 그를 보려 했지만 쉽지 않았다. 온종일 곁에 두고 보고 또 본 그녀의 '것'들. 감사하다고 고맙다고 말하려고 기다렸는데…….

혼몽한 잠의 기운은 쉽사리 그녀를 놓아주지 않았다. 결국 마른 입술만 달싹거린 채 에일린은 다시 스륵 어둠 속으로 침전되어 갔다.

"따라오지 마."

다음 날 아침이 되었을 때, 그는 자리를 정리하며 냉랭하게 말했다. 그러고선 뒤도 돌아보지 않고 짐을 챙겨 나가는 그를 에일린은 헐레벌떡 따라갔다.

길이 들지 않은 새 신발 속 상처가 다 낫지 않은 발바닥이 따끔거렸다. 하지만 성큼성큼 멀어지는 그의 뒤를 쫓기 위해서 자잘한 아픔쯤은 무시할 수 있었다.

그는 무섭지만 두렵지는 않은 존재였다. 그는 무뚝뚝했지만 따뜻했다. 에일린이 태어난 것은 십수 년 전이었지만 어쩐지 저 남자로 인해서 다시 세상 빛을 본 기분이었다. 다시 태어난 기분이었다. 그래서 에일린은 무작정 그를 따라나섰다.

"언제까지 따라올 셈이지?"

뒤돌아보지 않은 채 그가 말했다.

서늘한 말투 끝이 얼음장처럼 차갑다.

"그만큼 돌봐줬으면 내 할 일은 끝난 거라고 생각한다. 다음은 네가 알아서 해. 더 이상 귀찮은 일에 휘말리게 하지 마라. 설마……."

그가 살짝 얼굴을 비틀어 돌렸다. 날카로운 턱선, 콧날이 보였다.

"나에게 너라는 짐을 떠맡길 생각은 아닐 테지?"

그의 말에 에일린의 가슴이 철렁 내려앉았다. 냉정하지만 반박할 수 없는 말이었다. 그래서 서서히 멀어지는 그를 막연히 보고만 있을 수밖에 없었다.

가슴에서 시작된 미약한 진통은 어느새 손끝까지 저릿저릿하게 만들었다. 가슴이 아팠다. 그가 준 신발 안에 갇힌 발도, 그가 준 망토 안에 갇힌 심장도, 저릿저릿 아파왔다.

"가, 가지 마요."

목소리를 쥐어짜 중얼거렸지만 그녀의 목소리는 그에게 닿지 않았다. 그 절망의 밤, 그녀를 구해준 유일한 사람이었다. 유일하고 독보적인 사내였다. 그와 함께 있다면 생명의 위협 따윈 느끼지 않을 것 같았다. 그는 앞을 가로막는 것은 무엇이든 저 크고 육중한 검으로 물리쳐 나아가리라. 맹수의 이빨처럼 날카로운 저 검으로!

"제발……."

신음성처럼 흩어지는 소리로 그를 붙잡아보려 했지만 그는 무척이나 단호하게 앞으로 나아갔다. 그녀의 목소리 따윈 들리지 않는다는 듯 거침없이.

'같이 가요. 같이.'

조금 전까지만 해도 따라가기 어렵지 않은 속도였지만 지금은 달랐다. 다친 발로, 마른 다리로 열심히 뛰어가도 그를 따라잡기가 어려웠다. 에일린은 숨이 턱까지 차올랐지만 필사적으로 그를 쫓아 달렸다. 조금씩, 조금씩 그에게 가까워졌다. 그에게 닿기를 간절히 바라며 에일린은 힘껏 두 손을 앞으로 뻗었다.

"따라오지 말라고 했다."

움찔, 잘 벼린 듯 날카로운 말투에 그녀는 멈춰 서고 말았다. 뻗은 손이 그에게 닿기 바로 직전, 뾰족한 말투에 걸려 에일린은 얼어붙고 말았다. 그러는 사이 그는 점점 멀어져 갔다.

"……."

바로 앞에 있는데, 바로 저기 앞에 걷고 있는데 잡을 수가 없었다. 그녀는 그를 잡을 권리가 없었다. 에일린은 그에게 매달릴 권한이 없었다. 그녀가 그에게 폐만 될 테니. 그 일말의 미안함과 감사한 마음이 그녀의 발걸음에 추를 매달았다.

그가 멀어질수록 에일린의 심장은 불안하게 뛰었고, 맥박은 불안정하게 진동했다. 쫓아가지도, 그렇다고 가만히 있을 수도 없어 발만 동동 구르며 멀어지는 그의 뒷모습을 바라봤다. 거대한 그의 모습이 점점 작아질수록 에일린의 불안은 커져갔다.

'어쩌지……?'

주춤주춤, 그가 가는 방향으로 조금씩 움직여봤지만 그래도 그를 쫓아 뛰어가진 못했다. 시야에서 완전히 그가 사라진 후에도 에일린은 한참을 멍하니 그 자리에 서 있었다. 그가 돌아오리란 기대 때문이 아니었다. 머릿속이 완전히 백지가 되어버린 탓이었을 뿐.

"……어떡하지."

자유는 자유였으되, 그녀가 어찌할 수 없는 자유였다. 머릿속은 온통 검은 사자 같은 그의 모습뿐이었다. 그 마을로 돌아갈 순 없었다. 다른 곳으로 가자니 역시나 그가 걸렸다. 그리고 결정적으로…….

"여긴 어디야 도대체."

그를 쫓아 한참을 왔을 뿐이었다. 여기가 어딘지 알 길이 없었다. 숲을 빠져나왔고 산맥을 타고 올라왔다. 한 시간은 걸은 것 같은데 어디인지 도통 알 수가 없다. 걸어왔던 노란 흙을 따라 돌아가는 방법이 있었지만 그건 절대 하지 못할 짓이었다. 그 마을로는 절대, 절대로 돌아갈 수 없으니까.

'이런 바보같이.'

에일린은 쓰라린 입술을 잘근 깨물었다. 미안하고 무안해도 그를 잡았어야 했다. 아니, 적어도 그에게 어디로 갈 건지 물어라도 볼 것을…….

매달릴 자격 따위 생각하지 말고 무작정 그를 따라가야 했건만, 왜 거기서 움츠러들었던 걸까?

"등신."

언젠가 계부에게 들었던 욕을 따라 중얼거리며 에일린은 질끈 쥔 주먹으로 제 머리를 쿵쿵 내려쳤다. 둘둘 둘러매어져 있는 붕대 탓에 딱히 머리가 아프진 않았다. 이 또한 그가 매어준 것이었다. 색이 바랜 누런빛의 붕대를 멍하니 보고 있던 에일린이 문득 고개를 들었다.

'그를 잡아야 해.'

에일린은 주변을 다시 돌아보았다. 산맥의 능선을 따라 걷던 길의 옆으로 그녀가 들어섰다. 그를 따라잡으려면 좀 더 빠른 길을 찾아야 했다. 그리고 어쩐지 숲 속에 그 길이 있을 것 같았다. 본능처럼 강한 확신에 그녀가 발을 움직였다.

카잔은 쉬지 않고 걸었다. 잘 다져진 노란 흙길이 산 중턱의 거칠고 축축한 흙길로 변할 때까지 그렇게 한참을 걸었다. 아무 생각 없이 걸었던 것 같다. 아니, 생각을 하지 않고 걸으려고 무던히 애썼던 것 같다.

그러다 문득 발에 채인 돌멩이 하나에 걸음을 멈췄다. 발아래 쿡 박혀 거슬리는 것이 딱 그 마른 계집과 같았다.

'제발……'

힘이라곤 하나 없이 하늘거리는 그 목소리가 귓가를 맴돌았다. 이상한 일이었다. 나쁜 짓을 하고 도망 온 것처럼 마음 한구석이 찝찝했다. 어리고 약한 새끼 강아지를 빗속에 버려두고 온 그런 기분.

"……찝찝하군."

곁에 있으나 없으나 여간 성가신 계집이 아닐 수 없었다. 카잔은 반듯한 미간을 찌푸린 채 발아래 깔려 있는 돌멩이를 짓이겨 밟아버렸다.

파사삭, 한순간에 그 자리에서 먼지가 되어버린다. 거슬리는 발아래를 깔끔하게 정리한 카잔은 다시 발걸음을 옮겼다. 한 발, 한 발 앞으로 내딛고는 있었지만 영 뒤가 거슬렸다. 그의 시선은 분명 앞을 보고 있었건만 마음은 뒤를 향해 돌아갔다.

'붕대라도 갈아주고 올 것을 그랬나.'

에일린이라는 그 어린 계집은 세상에 갓 태어난 아기처럼 아는 게 없었다. 자신조차도 몇 년 만에 밖으로 나오는 것인지 알지 못한다고 했다. 붕대는커녕 돈의 개념조차 없었다. 먹는 것, 입는 것, 지내는 것 그 모든 생활 개념이 무지했다. 그러는 주제에 글자는 읽을 수 있다는 것이 놀라웠을 따름이었으니.

에일린에 대한 상념에 젖어 있던 그의 발걸음이 갈수록 더뎌졌다. 카잔, 그 자신은 인지하지 못했지만 점점 느려지는 속도는 앞으로 간다고 보기가 어려울 정도였다.

'그러고 보니 어젯밤에는 변하지 않았던 것 같은데……'

아예 그 자리에 우뚝 멈춰버린 그가 굳게 닫혀 있는 턱을 쓰다듬었다. 어젯밤 자고 있던 계집의 머리 색은 아침과 똑같았던 연한 갈색이었다. 손에 감겨들 것 같은 농도 짙은 블론드와는 다른, 만지면 보슬보슬 부드러울 것만 같은 연하디연한 갈색 머리카락.

'매일 밤 변하는 건 아닌 건가? 그럼 언제 변하는 거지?'

붉게 반짝이는 계집은 신비로웠다. 분명 누군가가 본다면 또다시 계집에게 욕망을 들이댈 것이었다. 그 돼지 같은 남자는 에일린의 피를 탐했다고 했다.

'미친 새끼……'

어젯밤 그를 처리하고 온 것은 백번 생각해도 잘한 일이었다. 카잔은 사냥꾼이었다. 사냥당해야 마땅한 것은 반드시, 무슨 일이 있어도 놓치는 법이 없었다.

하지만, 글쎄…… 과연 다른 사내가 그 아이를 봤으면 피만 취하는 걸로 멈췄을까? 살 한 점 없고, 핏기 하나 없이 말라비틀어졌긴 했지만 그 계집이 가진 분위기는 남달랐다. 거기에 달밤 아래 변하는 그 모습을 한 번이라도 본다면…….

"제길."

위험한 상상에 카잔은 욕지거리를 중얼거렸다. 기분 나쁜 상상에 저도 모르게 와락 인상을 찌푸리고 말았다. 하지만 더 기분 나쁜 것은 저가 끊임없이 에일린이라는 그 계집을 생각하고 있다는 것이었다.

"미쳤군……. 정신 차려."

내가 언제부터 남의 일에 신경을 썼다고. 카잔은 황급히 머리를 털어 에일린에 대한 생각을 지워버렸다. 지금 그는 제정신이 아닌 것 같았다. 쓸쓸하게 자조한 그가 다시 발을 옮겼다. 어느새 그의 머릿속에서 에일린의 기억은 말끔히 지워져 있었다.

몇 걸음 더 가지 못하고 카잔은 다시 발걸음을 멈춰야 했다. '호페(Hope)'와 '이즈낫(Isnot)'을 가리키는 갈림길 위의 이정표 앞이었다. 뜨뜻미지근한 한숨을 내쉰 그가 아무도 없는 허공을 향해 중얼거렸다.

"미적거리지 말고 나와."

그와 동시에 등 뒤에 메어져 있던 검이 스르릉, 맑은 소리를 내며 밖으로 빠져나온다. 결코 작지 않은 그 검을 가뿐히 한 손으로 쥔 그가 거대한 그림자를 드리운 나무 뒤를 차갑게 응시했다.

"이미 들켰다는 걸 알 텐데."

성가시다는 듯 무심하게 중얼거리는 그의 목소리에 나무 그림자가 부산하게 흔들렸다. 곧이어 한 무리의 남자가 그림자 뒤에서 스르륵 모습을 보였다.

"감이 좋은 남자군. 클클클."

"에, 근데 가진 건 그다지 없어 보입니다, 두목."

하나같이 지저분한 행색에 험상궂은 인상이었다. 그다지 훈련받은 전사의 느낌은 아니었다. 다들 덩치는 컸지만 들고 있는 무기가 시원찮았다. 뿐만 아니라 그걸 들고 서 있는 자세 또한 중심이 전혀 잡혀 있지 않았으니.

'잡도둑인가.'

그들의 행색을 훑으면서 카잔은 뽑았던 검을 다시 집어넣었다. 검까지도 필요 없어 보이는 상대들이었다. 검집으로 들어가는 검을 보며 선봉에 서 있던 두목이란 사내가 눈을 빛냈다.

"검은 좀 비싸 보이는군."

남자의 말에 카잔은 진한 비웃음을 흘리며 말했다.

"네가 탐낼 만한 그런 것은 아니다."

"그런 건 네놈이 아니라 내가 판단한다. 자, 순순히 가진 것을 내려놓고 다치지 않고 갈 것이냐, 아니면 비참하게 두들겨 맞고서 가진 것을 다 빼앗길 것이냐? 선택해라!"

쩌렁쩌렁 울리는 목청만큼은 제법 우렁찼다. 하지만 정작 위협을 받고 있는 카잔의 얼굴에는 미동 하나 없었다. 그것이 약이 올랐는지 무리의 두목이 버럭 소리를 지른다.

"쳐랏!"

선택하라고 할 때는 언제고 금세 말을 바꿨다. 곧이어 손도끼며 이가 빠진 검이며 몽둥이를 들고 있던 남자들이 한꺼번에 카잔에게 달려들었다.

"……이래저래 귀찮은 일투성이야."

늑대의 발을 따라갈 수 없었고, 키메라의 날개를 따라갈 수 없었으니 그들은 카잔의 눈에 느려도 너무 느렸다. 달려드는 그들을 무감각한 눈으로 응시하던 카잔이 조용히 고개를 내저었다.

"탈탈 털어주…… . 크흑!"

감히 그들은 상상도 못 할 속도였다. 그런 무시무시한 속도로 카잔은 남자들을 제압하고 있었다. 오른쪽에 있던 비대한 덩치의 사내가 카잔의 주먹에 정통으로 얼굴을 맞고 뒤로 나자빠졌다. 으드득, 콧대가 아작 나는 소리와 함께 남자는 기절한 듯 일어날 기미를 보이지 않았다. 그것을 확인하기도 전에 카잔의 손이 그 옆에 멀거니 서 있던 멸치 같은 남자의 목덜미를 들어 올렸다.

"커걱, 컥! 끄으윽!"

붙잡힌 남자의 목숨줄이 경각에 달았다. 숨을 들이쉬지 못해 컥컥거리던 남자를 가뿐하게 들어 올린 카잔이 다른 이들을 돌아봤다. 온기라곤 하나 없이 차가운 눈동자였다.

얼마 되지 않는 시간 동안 그들은 깨달았다.

'우리의 상대가 아니다!'

쿠웅, 쿵! 입에 거품을 물고 쓰러지는 부하를 보며 선봉에 섰던 남자가 눈을 부릅떴다. 그래도 두목이라고 아직까지 목에 핏대를 세우고 있었지만 겁에 질린 다리는 뒤로 물러서고 있었다.

"이, 이놈이! 이놈이!"

딱히 인간을 사냥하는 취미는 없는지라 그들을 죽이고픈 생각 따윈 없었다. 하지만 이들이 남아 있다면 혹여 뒤따라올 누군가와 마주칠 거란 생각이 들었다. 삽시간에 카잔의 눈빛이 날카로워졌다.

"죽여줄까?"

숨소리 하나 흐트러짐 없이 그렇게 중얼거렸다. 주춤주춤 물러나는 네 사람을 보는 그의 눈빛은 야생의 짐승처럼 매섭고 날카로웠다.

"……!"

"아니면 네놈들 발로 지금 당장 사라질 테냐?"

스르릉, 다시 등 뒤에서 검이 뽑혀 나왔다. 조금 전에는 그저 욕심나는 칼자루였지, 지금은 저의 목줄을 따버릴 연장으로밖에 보이지 않았다. 도적 무리의 얼굴이 하나같이 새파랗게 질렸다.

카잔의 새까만 눈동자가 그들의 얼굴을 하나하나 쏘아보기 시작했다. 같잖은 자존심에 버티고 서 있던 남자가 이를 으득 깨물더니 나머지 부하를 재촉해 쓰러져 있는 두 사람을 부축하게 했다. 쏘아보는 눈빛이 살벌한 것이 분하고 약이 오른 눈이었다. 저 마음까지 죽여줘야 다시 오지 않을 것이었다. 그렇게 판단한 카잔은 검을 들고 있던 손에 힘을 줘 강하게 바닥에 내리꽂았다.

쿵! 거대한 검의 반 이상이 바닥에 꽂혀 들어갔다. 수십 년간 다져진 단단한 길 위에 태연하게 검을 꽂아 넣은 카잔이 으슥한 어투로 말했다.

"네놈들이 다시 돌아온다면……."

잔인한 눈빛이었다. 사람을 죽여본 적이 있는 눈이었다. 도적 두목은 창백해진 얼굴로 부르르 몸을 떨었다.

"이 검에 꿰이는 것은 바로 네놈들의 목이 될 것이다."

소리도 지르지 않은 채 도적들은 그대로 줄행랑을 쳤다. 흙먼지를 자욱하게 일으키며 도망가는 그들을 보던 카잔이 심드렁하게 한숨을 내쉰다.

'별일을 다 하는군.'

꽂혀 있는 검을 빼 다시 등 뒤로 넣었다. 더러워진 손을 탁탁 털던 그가 도적이 완전히 사라진 것을 확인하기 위해 앞을 살폈다. 가늘게 뜬 눈으로 앞을 한참이나 살피던 그가 만족한 듯 다시 눈을 바로 떴다.

"……."

뭔가 석연치 않다는 듯 가만히 그 자리에 서 있던 그가 기어이 못마땅한 얼굴로 휙 뒤를 돌아섰다.

'그래, 마을에 데려다 주고 오는 것까지만. 그것까지만…….'

신경이 쓰여서 안 될 것 같았다. 왜 그런지 모르지만 그 순진한 눈망울이 자꾸만 마음에 걸렸다. 뭐 대단한 거라고 신발을 꼭 끌어안고 자던 작은 어깨도 마음에 걸렸다. 상처투성이인 주제에 아프다는 소리 한번 내지르지 않던 고집스러운 입도, 아니 그냥 그 계집이 신경이 쓰여서 도무지 안 될 것 같았다.

'데려다만 주겠어.'

단단히 다짐한 그가 뒤돌아선 발걸음을 재촉했다. 이미 시간이 많이 지났으니 그 자리에 있을지 없을지는 장담할 수 없었다. 그러나 그 작은 몸이 가봤자 그리 멀리 가지 못할 것이라도 생각했다.

"거기 딱 기다리고 있어라, 꼬맹이."

귀찮다는 얼굴이었지만 돌아가는 카잔의 발걸음은 거의 뛸 듯이 빨라지고 있었다.

"아야야……."

욱신거리는 통증을 느끼며 에일린은 무거운 눈꺼풀을 들어 올렸다. 시린 눈을 몇 번 깜빡거리던 그녀가 상체를 일으키니 자욱한 흙먼지가 따라 일어난다. 카잔이 사준 짙은 회색의 망토는 이미 하얀 흙먼지로 얼룩덜룩 더러워져 있었다.

"으윽."

목뒤와 허벅지 바깥쪽이 몹시도 쓰라렸다. 넘어지면서 쓸린 건지 따끔거리는 상처가 가시처럼 날카롭다. 아픈 곳을 매만지며 에일린은 주변을 둘러보았다. 어딘지 알 수 없는 숲의 한가운데였다. 주변을 멍청한 눈으로 둘러보던 에일린은 뒤늦게 자신에게 무슨 일이 일어난 건지 곱씹었다.

숲을 좀 걷다 보니 샛길이 나왔다. 그 샛길을 따라 걷다 보니 가파르지만 그리 높지 않은 돌 절벽이 나왔다. 그 너머로 널리 펼쳐진 마을이 보였다. 그녀가 살던 그것과 비슷한, 아니 그것보다 조금 더 크고 높은 건물이 많이 보였다. 반가운 마음에 저도 모르게 까치발을 들고 더 멀리 보려 바둥거리던 중에 그만 발이 미끄러지고 만 것이었다.

"아파……."

관자놀이 부위로 따끔하게 느껴지는 통증이 있었다. 손을 들어 확인해보니 바닥에 쓸린 상처가 만져졌다. 쓸린 얼굴도 따끔따끔했지만 그것보다도 아직 성치 않은 몸이 다시 바닥에 부딪힌 충격이 더 컸다. 커다란 망치가 그녀를 통째로 쿵쿵 내려친 느낌이었다.

"걷는 것도 제대로 못 하고……."

한심하기 짝이 없었다. 하지만 신발이랑 망토 덕에 까진 곳은 많이 없었다. 습윤하게 물기가 차오르는 눈가를 주먹으로 꾹꾹 누른 에일린이 벌떡 자리에서 일어났다. 하늘 위에 떠 있는 해가 많이 기울어져 있었다.

기절해 있던 시간이 꽤 된 건지 배가 고파왔다. 꾸르륵. 주린 배를 슬슬 문지른 그녀가 절뚝거리며 근처 나무 아래로 가 앉았다. 커다란 나무에 욱신거리는 몸을 기댄 그녀가 망토 안을 뒤적여 말린 육포를 꺼냈다. 아침에 '그'가 챙겨 넣어준 것이었다. 부드럽게 씹히는 육포를 우물거리던 그녀가 불현듯 움직임을 멈췄다.

"아침부터 헤어질 생각을 했던 건가……?"

에일린의 안주머니에는 그가 챙겨준 육포가 제법 두둑했다. 얼마지는 모르지만 돈도 조금 넣어준 것 같았다. 어떻게 쓰는지도 모를 가루약도 챙겨줬다.

'다정한 사람.'

무뚝뚝한 얼굴로, 냉정한 발걸음으로 멀어졌지만 그는 참 따뜻한 남자였다. 깜깜한 밤, 그를 발견했던 그 밤, 그의 눈빛이 잊히지 않았다. 달빛을 등져 어둑한 얼굴에 그 시린 눈빛만 형형하게 빛났었다.

고마운 사람이었다. 그녀 인생을 다시 살게 해주었으니. 그에게 그녀가 얼마나 성가신 존재일지 알고 있었다. 그가 밀쳐내는 것에 대한 섭섭함은 없었다. 섭섭하지 않아야만 했다.

'절대, 절대 섭섭하지 않아, 서운하지 않아.'

질근 육포를 뜯어 먹으며 에일린은 고개를 도리질 쳤다. 울지 않을 것이다. 이미 지난 5년 동안 평생 치 눈물을 쏟아낸 그녀였으니. 제발 이 지옥에서 벗어나게 해달라고 기도하고 또 기도했었다. 그렇게 바라던 자유를 얻었으니, 어떤 상황에서도 그녀는 슬프지 않았다.

"맛있다……."

입안 가득 부드러운 육포의 풍미가 들어찼다. 육포라는 것을 처음 먹어본 것이지만 좋은 것이라는 건 먹자마자 느낄 수 있었다.

잘 가라고, 그런 의미에서 육포를 챙겨준 것일까? 무언가 뜨거운 것이 가슴 아래로 울컥 올라왔다. 이런 먹먹한 느낌은 처음이라 당황스러웠다. 어미를 여의었을 때와는 다른 먹먹함이었다.

'섭섭하지…… 않아.'

에일린은 고집스럽게 입술을 앙다물었다. 그의 행동은 당연한 것이었다. 당연히 그의 입장에서는 그녀가 짐짝이나 다름없었을 것이다. 그러니 그녀도 그녀의 입장에서 당연한 일을 할 것이었다.

"으으윽!"

이를 질끈 깨문 그녀가 절뚝거리는 발걸음을 일으켰다. 무거운 걸음으로 한 걸음, 한 걸음 내디디니 저 멀리 노란 길이 보였다. 어쩐지 반가운 마음에 조금 더 서둘러 발을 놀렸다. 길의 한가운데로 들어선 그녀의 눈앞에 낡은 나무 표지판이 모습을 드러냈다.

[당신은 이제 막 '호페(Hope)'에 들어섰습니다.]

옅은 갈색 눈이 반가운 빛을 띠고 반짝인다. 어쩐지 이곳에서 그를 다시 만날 수 있을 것 같았다. 그녀는 반드시 그를 다시 볼 것이었다.

마을은 에일린이 생각했던 것보다 컸다. 그녀가 매우 어렸을 때, 이야기로 전해 들었던 대도시란 곳이 이런 곳인가 싶을 정도로 복작거리고 시끄러웠다. 다양한 사람이 보였고, 다양한 집이 보였다.

"우와……."

복작복작 지나가는 사람들의 모습을 담벼락에 숨어 멍하니 보던 에일린이 그녀를 힐끔거리는 행인의 시선에 움찔 놀라 시선을 내렸다. 한두 걸음만 내디디면 저 속으로 들어갈 수 있었지만 어쩐지 다리가 후들거려 앞으로 나아갈 수가 없었다.

에일린은 계속 담벼락 한구석에 붙어 서서 눈만 들어 밖을 살폈다. 골목 안에 숨어 밖을 보는 모습이 마치 숨바꼭질을 하는 어린아이처럼 조심스럽고 귀여웠다.

'와하하하!'

머리 색도, 옷도, 생김새도 다양한 사람들의 공통점은 표정이 풍부하다는 것이었다. 대부분은 웃고 있었고, 누군가와 떠들고 있었다. 누구 하나 벽에 붙어 숨어 있는 그녀를 보며 인상을 찡그리거나 수군거리는 사람은 없었다.

'신기해.'

다른 세계에 온 듯이 혼몽한 의식 속에서 에일린 주먹을 꼭 쥐었다. 활기 넘치는 거리가 눈부셨다. 그저 햇빛 속으로 들어가는 게 새삼 겁이 났다. 멍하니 그들을 훔쳐보는 저와, 저들은 완전히 다른 존재 같았다.

'그냥 이대로 있을까? 하지만…… 그러면 그를 찾을 수 없는데……. 그러다 만약 그를 찾지 못한다면…….'

그 뒤로는 머릿속이 깜깜했다. 아무 생각도 들지 않았다. 무조건, 무조건 그를 찾아야 했다. 찾고 싶었다. 그러기 위해선 용기를 내야 했다. 밖으로 나아가는 용기를!

주춤주춤 한발 한발 그늘 밖으로 나오던 에일린은 순간적으로 눈을 찌르는 햇살에 어지러움을 느꼈다. 영양도 부족했거니와 하도 긴장한 탓에 오는 빈혈이었지만 스스로는 왜 그런지 이유를 알지 못했다. 푸르르, 고개를 털어낸 그녀가 심호흡을 하고 다시 한발 내디딜 때였다.

찌릉. 생소한 소리가 들렸다. 그와 동시에 무척이나 다급한 목소리가 에일린의 뒤통수에 대고 소리쳤다.

"어어? 거기! 거기 비켜요!"

본능적으로 위험을 감지한 목덜미에 쭈뼛 소름이 돋아났다. 둔한 몸을 돌려 뒤를 돌아보는 찰나 눈을 동그랗게 뜬 중년의 여인이 보였고 그와 동시에 강렬한 통증이 복부를 강타했다.

"에그머니!"

쩌렁쩌렁 울리는 하이톤의 목소리와 함께 에일린의 가녀린 몸이 공중을 향해 부웅 떠올랐다. 머릿속이 핑핑 돌았다. 세상이 온통 하얗다는 막연한 생각이 드는 순간, 에일린의 의식이 새까만 어둠에 빨려들어 갔다.

꿈을 꾸고 있었다. 반짝반짝 윤이 나는 어둠 사이를 멍하니 바라보면서도 에일린은 이것이 꿈이라는 것을 확신했다. 저렇게 아름다운 어둠은 본 적이 없었으니까.

'이리 와.'

제 귀에 또렷하게 들리는 이 목소리는 저의 것이 확실했다. 하지만 제 목소리를 제 귀로 정확히 듣는다는 건 무척이나 생소한 경험이었다. 그녀가 신기해하는 사이 어둠을 향해 뻗어 나온 손이 보였다. 마찬가지로 그것도 에일린, 그녀의 것이었다.

그 순간, 흑단처럼 아름다운 어둠이 술렁이며 요동쳤다. 파도치는 까만 어둠 사이로 2개의 빛이 번쩍 드러났다. 그것은 눈이었다. 형형히 빛나는 짐승의 눈동자.

'이리 오렴.'

저무는 노을처럼 붉었다가도 떠오르는 태양처럼 노랗게 반짝이는 신비한 눈동자. 에일린이 슬쩍 고개를 틀어 자세히 살피니 2개의 빛은 매혹적인 검은색으로 번들거렸다. 한마디로 정의 내릴 수 없는 다채로운 색을 빛내며 짐승의 눈동자는 시리게 빛을 내뿜었다.

그것이 무서울 법도 하건만 에일린은 그저 이 짐승이 한없이 반갑기만 했다. 이리 오라는 그녀의 말에도 새까만 짐승은 멀찍이 떨어져서 미동 없이 그녀를 말갛게 쳐다보기만 했다.

저 육중한 몸으로 그녀에게 달려들면 망가지는 것은 그녀가 될 텐데, 저 날카로운 발톱으로 그녀를 후려치기만 한다면 부서지는 것은 그녀일 텐데 에일린은 도무지 이 짐승이 무섭지 않았다. 오히려 그녀를 경계하는 것은 덩치만 커다랗고 따뜻한 눈빛을 한 짐승이었다.

'네가 오기 싫다면……'

주저앉아 있던 그녀가 일어섰다.

'내가 갈게.'

천천히, 조심스럽게 '그것'에게 다가갔다. 빨려 들어가듯이 부드러운 걸음걸이로, 한 걸음 한 걸음 짐승에게 접근했다. 빛나는 눈동자는 가까워질수록 선명해졌고, 커다란 형체는 점점 또렷해졌다.

그녀의 작은 몸이 어둠 속에 완전히 잠식되었을 때 그 아름다운 검은빛은 어느새 한 마리의 완연한 짐승의 형태를 갖추고 있었다. 사자? 늑대? 정확히 뭔지는 알 수 없었다. 사실 에일린은 두 짐승을 한 번도 본 적 없었으니까. 이것이 뭔지는 중요하지 않았다. 이 아름다운 짐승이 그녀를 받아주었다는 것이 중요했다.

웅크려 있던 그것은 슬쩍 자세를 틀어 그녀를 받아주었고, 그 품 안에 그녀는 완전히 갇혀버렸다. 따뜻하고 아늑했다. 생각보다 짐승의 털은 훨씬 보드랍고 푹신했다.

'너, 다정하구나?'

에일린은 힘껏 팔을 벌려 그것을 끌어안았다. 윤기 가득한 검은 털은 시린 겨울이 하나도 염려되지 않을 만큼 따뜻하고 안락했다.

얌전한 앞발 사이로 숨긴 발톱이 어렴풋하게 보였다. 무엇이든, 어떤 것이든 갈가리 찢어 없앨 수 있을 만큼 단단하고 날카로워 보이는 발톱이었다. 에일린은 그것의 넘쳐흐르는 강함에 매혹되어버렸다. 집채만큼이나 커다란 검은 짐승의 품, 그 매끄러운 털을 두 손 가득 꼭 쥔 채 그녀는 중얼거렸다.

'놓치지 않을 거야. 절대로……'

에일린이 짐승의 품속에서 안심하며 얼굴을 비빌 때였다. 어딘가로 빨려 들어가는 느낌에 그녀는 번쩍 눈을 뜨고 말았다.

3. 다시 만나다

"헉!"

차가운 물이 확 끼얹어진 것처럼 에일린은 깜짝 놀라 눈을 떴다. 안락하고 따뜻한 꿈을 꾼 것 같은데 숨은 턱까지 차올랐다.

'무슨 꿈이었지?'

누워 있는 그 상태로 숨을 고르며 꿈을 되새겨봤지만 거뭇한 그림자에 가려져 잘 생각이 나질 않았다. 기억하고 싶은데, 꼭 기억하고 싶은데 떠오르지 않는다.

그렇게 멍하니 백지가 된 머리로 천장을 올려다보고 있던 에일린은 곧 이곳이 매우 낯선 곳이라는 것을 깨달았다. 처음 보는 나무 천장, 처음 맡아보는 낯선 냄새, 처음 누워보는 푹신한 침대. 에일린은 몽롱한 머리를 일으켜 세웠다. 그녀의 움직임을 따라 부스스한 연갈색 머리가 어깨 위로 흩어졌다.

여긴……? 주변을 둘러보던 그녀는 곧 사내가 그녀에게 사준 망토가 사라진 것을 깨달았다. 순간 말할 수 없는 불안감이 엄습해 왔다. 이 세상에 홀로 남아 있는 듯 엄청난 긴장감이 덮쳐왔다. 달 달달 떨리는 몸을 추스르며 에일린은 작은 손으로 정신없이 누워 있던 이불을 뒤졌다.

"어, 어디 있지? 어디, 어디……!"

막연히 찾아야 한다는 생각만 가득했다. 하지만 침대 위에는 없었다. 이를 악문 에일린이 침대 아래로 발을 내디딜 때였다. 벌컥 방문이 열리며 누군가 불쑥 안으로 들어왔다.

"오, 깼구나!"

카랑카랑한 목소리가 반색하며 말을 걸어왔다.

에일린은 무릎 위에 놓여 있는 묽은 닭고기 스튜를 한참이나 바라보고 있었다. 크라는 이미 방을 나가고 없었고, 에일린 홀로 방에 남아 있었다. 크라는 그녀에게 꼭꼭 씹어 천천히 먹으라며 에일린을 배려해주었지만 정작 에일린은 그녀가 나간 이후로 단 한 숟갈도 뜨지 못했다.

가끔 계부가 먹는 것을 봤었다. 닭고기 스튜. 원수 같은 그 남자가 좋아하던 음식이었다. 언제나 에일린은 이가 아플 정도로 딱딱하고 오래된 빵 하나만 던져주고선 저는 스튜며 수프며 따뜻한 음식으로 배를 채웠다. 그 상을 엎어버리고 싶었던 때가 한두 번이 아니었는데, 정작 그것을 실행에 옮긴 것은 마지막 탈출을 강행했던 그때가 처음이자 마지막이었다.

에일린은 말없이 스튜를 노려봤다. 먹어야 했다. 먹어야 기운을 낼 수 있었다. 기운을 내야, 그 남자를 찾는다. 하지만…….

"욱."

구역질이 올라와서 도무지 입에 들어가지 않았다. 그냥 보는 것만으로도 헛구역질이 나올 정도로 몸이 거부하고 있었다.

'겁먹으면 안 돼.'

소름 끼치는 과거. 그러나 아직까지 완전히 지나간 과거라고 말하기에도 무서운, 가까운 과거. 언제든 다시 계부가 나타나 그녀의 머리채를 쥔 채 끌고 갈 것만 같았다. 그리고 그 좁고 어두운 창고에 다시 가둘 것만 같았다. 생각만으로도 손끝이 달달달 떨려왔다.

떨리고 있는 손등을 움켜쥐었다. 질끈 입술을 깨물고 점점 식어가고 있는 스튜를 노려봤다. 살기 위해선 먹어야 했다. 며칠 동안 긴장으로 축난 몸에서 따뜻한 음식을 달라며 아우성이었다. 현기증으로 머리가 핑핑 돌고 있었다.

'기운을 내야 해, 그래야 움직이지. 그러려면 음식 따위에 겁을 먹으면 안 돼.'

그렇게 자신을 다독이며 에일린은 겨우 한 숟갈 들어 올렸다. 원수라도 되는 듯 노려보다가 크게 입을 벌려 단번에 해치웠다. 질끈 눈을 감고 와구와구 입안에 넣었다. 볼이 터질 만큼 부풀어 올랐고, 맛은 거의 느껴지지 않았다.

꾸울꺽.

"켁!"

한꺼번에 너무 많은 양을 넘긴 탓에 식도에 막혔다. 한참을 가슴을 두드리며 숨이 넘어갈 것처럼 기침을 해댔다.

눈물이 찔끔 올라왔다. 가슴이 답답하고 목구멍이 아팠지만 텅 빈 그릇을 보니 어쩐지 더없이 만족스러웠다.

'해치웠어!'

겨우 음식 한 그릇 비운 것이지만 에일린으로서는 세상을 향해 한 발자국 더 다가간 것이었다.

눈물이 그렁거리는 눈으로 뿌듯하게 그릇을 노려보던 그녀가 내친 김에 빈 그릇을 들고 일어났다. 밖에 나가볼 요량이었다. 다행히 창밖에는 겨우 어스름한 어둠이 내려와 있었을 뿐. 아직 달이 머리 위로 솟아오르려면 시간이 더 필요했다.

그녀가 변하려면 정수리에 올라온 달빛이 직접 그녀에게 닿아야 했다. 이렇게 집 안에만 있다면 쉽게 변하지 않았다. 또한 달이 정수리까지 오려면 밤이 매우 깊어야 했다. 에일린은 용기를 내어 발을 내디뎠다.

"으하하하!"

문을 열자마자 그녀를 반기는 것은 떠들썩한 웃음소리였다. 묵직하고 걸걸한 음성은 중년 사내들의 그것이었다. 밖으로 나가려던 에일린의 발걸음이 다시 멈춰 서고 만다.

"얼간이구만? 돼지 똥을 보고 미크론이라고 하다니!"

"미크론이나 돼지나! 아무튼 그걸 왜 풀어놔, 그러니까. 사람 놀라게 말이야."

"멍청이! 돼지도 가끔 풀어줘야 육질이 좋아진다고."

"육질은 무슨! 그딴 건 이 튼튼한 이빨 앞에서 아주 그냥!"

"아이고. 그만들 해! 안에 환자 있다고 말하지 않았어? 기차 화통을 삶아 먹었나, 목구멍들이 왜 이렇게 요란한 거야!"

아는 목소리였다. 크라, 크라의 목소리였다. 에일린은 주춤거리던 발걸음으로 다시 한 발작 앞으로 나왔다. 좁은 복도 양옆으로 방이 있었고, 에일린은 그 중간쯤에 있었다. 불빛이 환한 복도 끝에서 다시 크라의 목소리가 들렸다.

"언제까지 퍼마실 거야? 집에들 안 가?"

"어허? 막 손님을 이렇게 내쫓나?"

"크라 돈 좀 벌었나 봐? 아니, 근데, 저 안에 아가씨는 왜 들이박은 거야? 기운을 주체 못 해?"

"크라라면 맨손으로 미크론도 잡지! 그 기운이면."

다시 또 으하하 웃음소리가 터졌다. 대여섯 명의 목소리가 한데 어우러져 있었다.

살금살금 목소리의 진원지로 향하던 에일린이 뿌연 유리창 너머를 훔쳐봤다. 유리창 너머에는 커다란 홀이 보였다. 테이블도 몇 개나 있었고 의자도 많았다. 마치 식당처럼 보이는 그곳에, 몇 가지 음식을 앞에 둔 아저씨들과 두어 명의 젊은 청년이 술판을 벌이고 있었다.

테이블 옆에 서 있던 크라가 낄낄대던 남자의 등을 크게 후려쳤다. 퍽퍽, 퍽퍽 소리가 커질수록 주변 사람들의 웃음소리도 커졌다.

"시끄러! 육포처럼 두들겨줄까? 어디, 진짜 쥐포 한번 만들어줘? 이 아저씨들을 진짜!"

"아으윽, 아퍼, 아프다고."

크라에게 등을 맞고 앓는 소리를 하던 남자가 문득 식당 문 너머에서 그들을 훔쳐보고 있는 작은 소녀를 발견했다.

"어!"

남자의 손가락질에 모두의 시선이 일제히 에일린에게 쏠린다. 긴장한 빛이 역력한 얼굴로 에일린이 주춤 뒤로 물러섰다. 에일린은 중년의 남자가 무서웠다. 계부를 떠올리게 만들었기 때문이었다. 저도 모르게 작은 어깨가 바짝 움츠러든다.

　"어, 어어! 그 아가씨구나! 그 크라가 거의 죽일 뻔했다는 그 아가씨!"

　"아이고, 참새 같기도 하네. 저런 아가씨를 크라 당신이 박치기를 해버렸단 말이야?"

　"용케 살았구만?"

　"시끄러. 아가씨 깼네? 아휴, 뭐, 여기까지 나왔어. 빈 그릇 가져다주려고 나온 거야?"

　끝까지 짓궂은 사내들의 말에 크라가 그들의 뒤통수를 야무지게 후려치곤 후다닥 움직였다. 다물어진 입술을 달싹거리며 떨리는 눈동자로 어쩔 줄 몰라 하는 에일린의 곁으로 크라가 성큼 다가왔다. 에일린이 들고 온 빈 그릇을 보는 크라의 푸근한 얼굴 위로 다정한 미소가 담뿍 피어오른다.

　"다 먹었네! 입에 좀 맞았나 봐."

　장하다는 듯 활짝 웃는 그녀의 모습에 에일린이 용기를 내어 고개를 끄덕였다. 거짓말이 아니라 크라의 음식은 에일린이 먹어본 것 중에 가장 맛있었다.

　남자가 주었던 육포를 뺀다면…….

　"겁먹지 마, 다 괜찮은 사람들이야."

　에일린의 손에 들려 있던 쟁반을 받아 든 크라가 그녀의 작은 등을 부드럽게 다독였다. 슬쩍 등을 떠밀어주며 인사를 해볼 것을 권했지만 도무지 이런 상황이 익숙지 못한 에일린은 그저 뻣뻣한 고개를 어디다 둬야 할지 방황하고 있을 뿐이었다. 새하얗게 질린 얼굴로 주춤주춤 앞으로 나왔지만 도무지 저 사나운 무리 안에 들어갈 용기는 생기지 않았다.

"응? 아가씨 몸이 많이 아픈가? 내가 또 약초에 일가견이 있으니 상처 좀 봐줘?"

에일린을 보고 있던 남자들 중 하나가 벌떡 일어났다. 산적처럼 커다란 덩치에 더벅머리 중년 남자가 성큼성큼 다가오는 것을 보던 에일린의 얼굴은 이제 하얗다 못해 새파랗게 질려 있었다. 다가오는 남자는 계부처럼 커다랬고, 계부처럼 수염이 덥수룩했다. 눈앞을 스쳐 지나가는 끔찍한 과거의 잔상에 에일린이 저도 모르게 다급히 크라의 등 뒤로 바짝 숨어들었다.

"히익."

달달달 떨리는 손가락이 크라의 넉넉한 치맛자락을 마지막 동아줄이라도 되는 것처럼 꽉 붙들어 잡고 있었다.

저건 계부가 아니다, 저 사람은 계부가 아니야.

알고 있었다. 하지만 몸이 자동적으로 두려움에 반응하고 있었다. 비명조차 지르지 못하고 질끈 눈을 감은 그녀가 파들파들 어깨를 떨며 크라에게 파고들었다.

"아가씨 괜찮아? 응?"

정신없이 고개를 도리질 쳤다. 이를 악물고 숨을 참으며 두려움을 이겨보려고 노력했지만 쉽지가 않았다.

'아니야, 아니니까 괜찮아. 괜찮아!'

에일린이 수없이 같은 말로 자신을 다독이는 사이, 크라가 다가

오는 남자를 향해 손을 휘이휘이 내저었다. 남자도 갑작스러운 에일린의 반응에 당황한 것인지 우뚝 걸음을 멈췄다. 잠깐의 어색한 정적이 흘렀지만 곧 크라가 분위기를 무마시키듯 장난스러운 말을 정색하며 건넨다.

"칸. 네 얼굴이 얼마나 무서운지 잊어버린 거야? 그런 얼굴로 다가오니까 겁먹잖아? 으이구, 저 짐승아. 다가오지 마, 겁먹었잖아!"

타박 아닌 타박에 자리에 있던 모두가 웃었다. 칸이라고 불린 남자도 멋쩍게 머리를 긁적이며 자리로 돌아갔다. 하지만 어딘가 모르게 상처받은 표정이었다.

"아니, 내 얼굴이 그렇게 짐승이야?"

"몰라 물어? 그러니까 자네 부인이 자네랑 각방 쓰는 거 아니겠어?"

"이놈이! 각방 아니래도!"

칸이 버럭버럭 성질을 내니 다시 조금 전의 왁자지껄한 분위기로 바뀌었다. 비정상적으로 겁을 먹은 에일린의 모습을 일부러 모르는 척하는 것인지, 중년의 사내들은 더욱 시끄럽게 떠들어댔다. 그 틈 사이로 크라가 에일린의 손을 잡아주며 부드럽게 말했다.

"조금 무섭게 생겼지만, 착한 남자들이야. 나쁜 짓 할 아저씨들이 아니지. 그리고 내가 이렇게 있으니까 장난도 못 칠 거야. 괜찮아 아가씨."

"……죄송합니다."

"아니지. 감사합니다, 겠지. 호호, 죄송할 게 뭐 있어?"

에일린의 손에 닿은 크라의 손은 무척이나 따뜻했다. 잔주름이 진 눈가도, 거친 손바닥도 너무나 따뜻했다.

에일린은 이상한 기분에 휩싸여 그녀를 멍하니 바라봤다. 그런 에일린을 웃으며 바라보던 크라가 신기하다는 듯 그녀의 머리를 토닥이며 말했다.

"말라서 그런지 몰라도, 아가씨는 묘하게 보호 본능을 자극하는 것 같아. 자꾸 감싸줘야 할 것 같거든. 아유, 부러워라. 호호호. 그나저나, 무서우면 위에 올라가 있어도 돼. 저 인간들도 조금 있으면 갈 테니까."

토닥여주는 손길에 머리 위가 어쩐지 불에 덴 듯 화끈했다. 저도 모르게 크라 아줌마의 손이 닿았던 머리 위를 어루만지며 에일린이 방으로 올라갔다. 알 수 없는 위화감이 계속 그녀의 가슴을 두드렸지만 그게 도통 뭔지 짐작도 할 수 없는 에일린이었다.

다음 날 해가 뜨자마자 에일린은 망토를 챙겨 입고선 침대를 반듯하게 정리했다.

다른 생각은 들지 않았다. 오직 그 남자를 찾아야 한다는 생각만 했다. 하지만 막상 밖으로 나왔을 때 갈 곳은 있냐는 크라의 말에 에일린은 입을 다물 수밖에 없었다.

천애고아인 그녀가 갈 곳이 어디 있겠는가? 그저 발길이 이끄는 대로 막연히 떠도는 수밖에. 그런 에일린을 크라가 붙잡았다. 온몸에 붕대를 감고서 어딜 가냐며, 자신 때문에 크게 다쳤으니 그 몸이 성해질 때까지만이라도 무조건 이곳에 붙어 있어 달라고 했다.

당분간 이곳에서 카잔을 찾을 생각이었고, 또 마땅히 갈 곳도 없었던지라 에일린은 그녀의 호의를 거절하지 않았다.

"좋아, 좋아! 저녁 준비해둘 테니까 저녁 먹을 때는 들어오고. 아! 몰래 떠날 생각일랑은 말고! 그럼 이 아줌마 마음이 편치 못해서 밤에 잠도 못 자. 알았지?"

"네."

얌전히 고개를 끄덕이는 에일린의 모습이 크라는 그저 예뻐 보였다. 저 작은 처자가 무슨 사연이 있어서 저런 눈빛을 하고 있는지 궁금했지만, 크라는 아무것도 묻지 않았다. 다만 꼭 저녁 먹으러 돌아오라는 당부만 했을 뿐이었다.

밖으로 나온 에일린은 잠시 주변을 둘러봤다. 크라는 식당을 하고 있었지만 그녀의 가게가 시가지 중심에 있는 것은 아니었다. 오히려 시가지에서는 조금 떨어져 있는 한적한 곳에 위치해 있었다.

크라는 말이 많은 편이었는데, 에일린이 입을 다물고 있어도 그녀의 시끄러운 수다 덕분에 어색하거나 불편한 느낌을 받지 않을 수 있었다. 아침밥을 먹으면서 크라는 근처에 마을 경비대와 관공서가 있어서 굶어죽진 않을 정도로 번다고 말했다. 어젯밤 시끄럽게 떠들던 사내들도 마을 경비대원이라고 귀띔해주기도 했다.

"정말 원수 같은 인간들이라니까. 식사하러 왔으면 곱게 밥이나 처먹고 갈 것이지 만날 술판이야. 와서는 속이나 뒤집고 가면서 말이야."

누가 누구이며, 어디에 살고 무엇을 하는 사람인지를 세세히 일러주며 크라는 정말 밉다는 듯 몸서리를 쳤지만 끝에선 항상 그 특유의 푸근한 미소로…….

"그래도 참 사람은 착해."

라는 말을 덧붙였다. 에일린은 그런 크라를 보면 몇 번이고 머리를 갸웃거렸다. 그러니까 크라의 말을 쭉 정리해보자면 이런 것이었다.

'얼굴은 짐승에 힘은 장사요, 멧돼지를 잡아오라 시키면 토끼밖에 잡아오지 못하면서 괴수사냥이라도 다녀온 것처럼 매번 으스대며 크라를 귀찮게 구는……. 하지만 그래도 참 착한 사람들.'

에일린은 그래서 어제 그 사람들을 크라가 좋아하는지 아닌지 헷갈렸다. 하지만 끝에선 푸근하게 웃었으니까 좋아하는 거겠지? 하며 막연히 추측만 할 뿐.

경비대 아저씨들과 마을 위원회 사람들은 자주 크라네에서 회동을 한다고 했다. 근처에 마을정청이 있었고 경비관도 그곳에서 멀지 않아서 거의 전용 식당처럼 쓰인다고. 특히 근래 들어 마을 인근에서 흉흉한 사고도 많았고 괴수를 봤다는 신고가 속속 들어와 회의가 잦아졌다고 했다.

이곳 말고도 다른 도시에서는 벌써 대책 위원회가 소집될 정도로 분위기가 좋지 않다 말하며 크라는 에일린을 걱정했다. 목적지가 어디냐며, 당분간 돌아다니는 것은 좋지 않다고 다정하게 걱정하는 크라의 말에 에일린은 다시 합죽이가 돼버리고 말았다.

'……근데 괴수는 대체 어떻게 생긴 거지?'

아이러니하게도 에일린은 가장 무서운 괴물 손에 길러졌으면서 동시에 사람들을 공포에 떨게 하는 진짜 괴수는 한 번도 본 적이 없었다. 그 언젠가, 아주 어렸을 적 어미와 떠돌 때 철장에 갇혀 있는, 뿔이 달린 거대한 짐승을 본 적은 있었지만, 그건 너무 어렸을 때였고 딱히 그 짐승이 무섭다는 생각도 들지도 않았다.

에일린은 그런 짐승들이나 괴수보다 인간이 더 무섭다고 생각했다. 한 번도 마주친 적이 없기 때문에 드는 순진한 생각일 수도 있겠지만……. 그녀가 짐승만도 못한 계부를 통해 겪은 공포는 충분히 그런 생각이 들 수 있게 만들었다.

생각을 할 수 있는 괴물이란 얼마나 무서운가. 그녀를 가둔 채 죽지 못하게 했고 피를 빼서 마셨으며, 종종 그녀에게 화풀이까지 했다. 에일린은 새삼스럽게 다시 또 몸이 덜덜 떨려오는 것을 애써 억누르며 고개를 털어냈다.

그렇게 이런저런 생각을 하는 사이, 에일린은 문득 주변을 지나다니는 사람들이 많아졌다는 것을 깨달았다. 일단 돌아다녀볼 것이었다. 남다른 남자니 만약 마을에 왔다면 반드시 눈에 띌 것이었다. 둘둘 둘러 입은 망토 안으로 주먹을 질끈 쥔 에일린이 전투적으로 도심지 안으로 들어섰다.

[당신은 이제 막 '호페(Hope)'에 들어섰습니다.]

카잔은 마을 입구에 들어서는 표지판을 무심하게 지나쳐 갔다. 이미 몇 번 와봤던 곳이기에 새삼스럽게 길을 둘러볼 필요까지도 없었다. 그렇게 흙길을 조금 걷다 보니 돌로 다듬어진 인도가 나왔다. 마을로 들어가기 직전, 카잔은 야트막한 언덕에 올라 드넓게 펼쳐진 호페의 전경을 내려다봤다.

'호페'는 어디에서나 흔히 볼 수 있는 작은 마을이었다. 그렇게 크지도, 작지도 않은 평범함으로 가득 찬 이곳은 수도 '그라시아스'로 가는 중앙 길목에 위치한 다섯 번째 마을이었는데 위치가 좋아 상업이 제법 발달해 있었다.

카잔이 특히 호페를 잘 알고 있는 이유는 이 마을이 그의 고향

타르카지오와 수도인 그라시아스의 딱 중간지점이었기 때문이었다. 타르카지오에 가기 위해서도 이곳을 지나쳐야 했고, 그라시아스로 가기 위해서도 이곳을 지나쳐야 했다.

오늘도 평화로워 보이기만 하는 마을을 가만히 내려다보던 카잔은 텅 빈 주머니를 더듬어 확인했다. 며칠 전까지만 해도 묵직했던 주머니는 지금 거의 텅텅 비어 있었다. 딱히 아끼는 것도, 사치하는 것도 아닌 그였던지라 쓰는 돈은 거의 일정했었다. 원래대로라면 아직까지 주머니의 반은 차 있어야 했건만 며칠 전 구해준 그 계집으로 인해 예상외 지출이 많아졌다.

에일린을 위해 쓴 돈이 딱히 아까운 것은 아니었다. 특 S급 용병인 그는 금고에 꽤 많은 재산을 축적해두었다. 모으려고 모은 것은 아니었고, 그냥 받는 대로 집어넣다 보니 금액이 상당히 모여 있던 것뿐. 상당하다는 말로는 모자랄 정도로 카잔은 꽤 부자였지만 그런 금은보화에 그다지 감흥이 없었다. 그냥 이렇게 떠돌아다니면서 좋은 방을 잡고, 먹고 싶은 것을 마음껏 먹는 정도로만 쓰고 다닐 뿐이었다.

그런데 그마저도 할 수 없을 정도로 지금 주머니가 비었다. 원래라면 이 마을을 그냥 지나칠 수도 있었지만 모자란 자금을 충당하려 들리게 된 것이었다.

그리고, 뭐, 딱히 서두를 일도 없었고…….

카잔은 여느 때처럼 항상 애용하는 리츠금고를 찾아 나섰다. 생각해보니 이 마을에서 금고에 들른 것은 처음이었다. 그렇게 많이 다녀갔는데 금고는 또 처음이라니 아이러니한 상황이었다.

중앙 광장으로 나온 그는 리츠금고가 있다는 21번가를 향해 걸었다. 마을은 여느 때처럼 분주하고 활기찬 기운이 가득했다. 골목 골목에서는 맛있는 냄새가 진동했고, 그 사이로 갓 구운 빵 냄새가 맡아졌다.

문득 카잔은 그가 사다 준 빵을 허겁지겁 먹던 계집을 떠올렸다. 대단할 것도 없는 따뜻한 빵 하나를 거의 울 듯한 얼굴로 먹던 앙상한 계집. 저를 에일린이라 소개한 그 어린 여자.

'······돈이라도 좀 쥐여주고 보내고 싶었는데.'

자금이 똑 떨어져 버렸으니. 쓸쓸하게 입맛을 다시던 그는 이내 그 마른 계집의 생각을 털어냈다. 어차피 다시 마주칠 일 없는 인연이었다. 그날 그녀를 구해준 것 또한 그의 변덕이었던 것뿐. 그게 아니었다면 서로 얼굴도 몰랐을 두 사람이었다.

내가 언제부터 그렇게 착한 놈이었나. 자조하던 카잔이 중앙 안내소를 지나쳐 막 리츠금고를 발견한 참이었다. 무심히 지나치던 광장 게시판 위의 구인 공고문이 눈에 들어왔다.

[정찰조 / 사냥꾼 구함]

어디에서나 흔히 볼 수 있는 용병 구인이었다. 정찰치고는 지원조건이 까다로웠지만 그만큼 포상금도 두둑했다. 필요하다면 숙식제공까지. 잠깐 구미가 당기긴 했지만 지원 일자가 딱 오늘까지였다. 당장 돈이 궁한 편도 아니었고 며칠을 걸었던 탓에 일단은 숙소부터 구할 생각이었다. 그렇게 카잔은 게시판을 무심히 지나쳤다.

그리고 카잔이 발걸음을 돌리고 얼마 후, 마을 광장 한구석에서 모든 것을 신기한 눈으로 보는 작고, 초라한 계집이 나타났다.

에일린은 부단히 돌아다녔다. 조급증이 일어 도무지 가만히 있을 수가 없었다. 이 광장도 벌써 몇 번째 도는 건지 기억이 나질 않을 지경이었다. 첫날은 그렇게도 발걸음을 떼기가 어렵더니 한번 용기를 내니 거리를 나다니는 것 따윈 이제 하나도 어렵지 않았다. 사람들은 생각보다 무심했고, 세상엔 그녀보다도 훨씬 신기하고 이상한 사람이 많았다. 덕분에 에일린처럼 작고 초라한 계집은 그다지 눈에 띄지도 않는 것 같았다.

다리가 뻐근해 잠시 멈춰 서 하늘을 올려다보는 순간, 어지럼증이 올라왔다. 좁은 곳에 갇혀서만 지내던 몸이 갑자기 늘어난 활동량을 감당하지 못하는 듯했다. 거기다가 그녀가 둘러쓰고 있는 이 가죽 망토가 제법 두툼한 탓에 열이 올라오는 몸은 축축 처질 만큼 진이 빠져나가고 있었다.

"안 되겠다. 좀 쉬어야겠어."

결국 핑그르르 현기증이 도는 머리를 부여잡은 채 에일린은 구석진 벽에 기대 털썩 주저앉았다. 실핏줄이 보일 만큼 투명하고 하얀 뺨이 한껏 공기를 머금고 크게 부풀어 올랐다.

"휴."

어린 장미꽃처럼 통통하게 살이 오른 입술 사이로 가쁜 숨이 터져 나왔고 매끄러운 이마 옆으로 식은땀이 촉촉하게 올라와 있었다. 며칠 사이 놀라울 정도로 혈색을 회복한 에일린은 맑은 눈으로 멍하니 사람들이 돌아다니는 광장을 쳐다봤다.

'배고프다…….'

에일린은 그저 멍하니 사람들을 구경했다. 배가 고픈 것을 잊기 위해 한없이 신기한 눈으로 저마다 다른 얼굴을 한 사람들을 바라보았지만 소용없었다. 배 속에서 먹을 것을 내놓으라고 아주 성화였다. 꼬륵. 꼬르르륵. 꼬륵. 뱃고동 소리가 하도 커서 지나가는 사람까지도 그녀를 돌아보며 킥킥 웃음을 터트렸다.

하얀 얼굴이 새빨갛게 달아올랐다. 배를 진정시키듯 두 팔 가득 끌어안은 그녀가 푸욱 고개를 숙이며 오목한 배를 주물거렸다.

'왜 이러지?'

몸이 조금 이상했다. 불과 열흘 전까지만 하더라도 거의 매일을 굶다시피 지냈음에도 배고픈 줄도 몰랐는데 요새는 식사를 하고 조금만 있어도 허기가 졌다. 한 번에 먹는 양도 어지간한 사내들보다 많았다. 크라는 괜찮다고 음식을 퍼줬지만 에일린은 여간 낯부끄럽지 않을 수 없었다.

'아줌마가 저녁때 오라고 했는데……'

배가 고프다고 당장 돌아가기에는 해가 아직 중천이었다. 사실 밖에 나온 지 겨우 세 시간 정도가 지났을 뿐이었다. 그러니 지금은 아무리 배가 고파도 조금 참는 수밖에.

에일린은 힘을 줘 배를 꼬옥 끌어안았다. 그러자 품속에서 뭔가 부스럭거리는 게 느껴졌다. 그 순간 머릿속에 무언가 번뜩하고 떠올랐다.

"맞다. 그게 있었지!"

허겁지겁 망토 안의 주머니를 뒤지니 잊고 있었던 육포가 모습을 드러냈다. 에일린이 눈을 반짝거렸다.

"……있다!"

그때 그 남자가 사줬던, 잘 건조된 육포가 종이 포장지 안에 곱게 남아 있었다. 아까워서 많이 먹지도 못했던 그것을 허겁지겁 입안에 밀어 넣었다. 향긋한 불 냄새와 쫀득한 고기의 식감이 일품이었다.

맛있다. 줄어드는 게 아까울 정도로 맛있었다. 코끝이 찡해지는 것을 느끼며 에일린은 남은 육포를 정성스럽게 씹어 먹었다. 허기가 조금 가시고 나니 그제야 광장의 풍경이 눈에 들어오기 시작했다. 거리 이곳저곳에서 향긋한 빵 냄새와 고소한 수프 냄새가 넘쳐났고, 꽃을 파는 사람과 꽃을 사는 사람, 그리고 꽃을 받는 사람이 거리 곳곳에 보였다. 각기 다른 옷차림, 각기 다른 표정과 생김새를 가지고 있었지만 그들은 모두 하나같이 역동적이었다. 그들의 표정, 목소리만으로도 생생한 활기가 전해졌다.

'다들 어디로 가는 걸까.'

모두들 확실한 목적지가 있는 것처럼 보였다. 다들 어디를 향해 가는 걸까? 대체 무엇으로 인해 저들은 저렇게 분주하게 사는 걸까?

입안의 육포를 질겅거리며 거리의 사람들을 하나하나 쳐다보고 있던 그때였다. 길쭉하고 어두운 그림자 하나가 에일린의 앞을 가리며 나타났다.

"아, 안 돼!"

날카로운 비명 소리였다. 소년은 곧 엉엉 울음을 터트렸고 뒤이어 낑낑거리는 구슬픈 짐승의 소리도 뒤따라 들려왔다.

"안 된다고! 하지 마! 하지 말라고!"

악을 쓰는 목소리에 에일린의 고개가 저절로 돌아갔다. 평화롭던 광장이 순식간에 웅성거리는 사람들의 목소리로 어수선해졌다.

"네가 내 동생을 훔쳐봤으니, 그 대가를 치러야 할 것 아냐!"

"아니야, 아니라고! 내가 왜 네 동생을 훔쳐봐!"

"흥! 거짓말! 새끼야, 내가 네가 훔쳐보는 걸 똑똑히 다 봤단 말이다. 더러운 새끼, 감히 내 동생을 훔쳐봐? 눈알을 뽑아버리고 싶지만 이 개새끼로 참아주는 걸 고맙게 여겨!"

덩치 큰 소년은 그렇게 말하며 목줄을 틀어쥐고 있던 개를 발로 찼다. 퍽퍽, 둔탁하게 내려치는 소리와 함께 누런 개가 죽을 듯이 깨갱거렸다. 그것을 보고 있던 소년의 안색이 새하얗게 질렸다.

"하, 하지 마!"

소년은 제 몸을 던져 개를 감싸 안았다. 이런 일이 적지 않았는지, 지나가던 행인들은 그저 쯧쯧 혀를 차며 고개를 돌렸다. 폭력을 휘두르고 있는 덩치 큰 소년은 이 지역에서 알아주는 문제아였다. 뒷골목 어느 조직에 들어갔다더니 그 뒤로는 틈만 나면 폭력 사건을 일으키는 바람에 아주 골칫덩이였다.

"이놈들! 뭐 하는 거야! 당장 그만두지 못해!"

지나가던 어르신이 호통을 치며 소년들을 막으려 했지만 소용없었다. 소년들 중 하나가 험악한 얼굴로 튀어나와 어르신의 어깨를 밀쳐버렸다.

"아이쿠!"

"가던 길 가쇼. 하루라도 일찍 황천 가고 싶지 않으면."

뒤로 넘어진 어르신의 어깨를 발로 퍽 차서 무너트린 소년이 무서운 얼굴로 으름장을 놓았다. 분개한 청년 몇몇이 다가오려 하자 소년 중 하나가 칼을 꺼내 들었다.

"끼어들면 여기서 피 봅니다. 가만히 있으면 개 목 따는 걸로 끝나지만 끼어들면 누가 다칠지 몰라!"

소년들은 안하무인이었다. 그들은 험악한 얼굴로 저들끼리 욕지거리를 내뱉으며 주변인을 위협했다. 그쯤 되니 아무도 소년들에게 다가가지 못했다. 킬킬킬 웃던 소년들이 목줄을 잡고 있던 개를 덜렁 들어 올렸다.

잡혀 있던 작은 소년은 악다구니를 쓰며 울음을 터트렸지만 아무도 도와줄 수가 없었다. 목줄에 걸려 컥컥거리던 개가 발버둥 쳤다.

지켜보던 에일린은 구역질이 나올 것만 같았다. 짐승보다 못한 인간들. 적개심이나 공격성 때문이 아니라 단순히 저들의 '재미'를 위하여 타인을 괴롭히는, 짐승보다 못한 괴물들.

불한당 손에 잡혀 있는 개는 울고 있었다. 제 주인이 저로 인해 구타당하는 모습을 보며 몹시도 슬퍼하고 있었다. 달려가 지켜주고 싶은데 몸이 꼼짝하지 않았다.

'……물어.'

지켜보던 에일린은 저도 모르게 개를 향해 속삭이고 있었다.

'지지 마.'

가늘게 흘겨 뜬 눈이 붉게 반짝거렸다.

"자, 이제 처형 시간이다!"

선두에서 소년을 괴롭히던 덩치가 손바닥만 한 칼을 허공에 번쩍 들어 올렸다. 그 순간이었다. 광장 여기저기에서 사람들의 비명 소리가 울려 퍼졌다.

"꺄아아악! 쥐야! 쥐다!"

"이, 이게 다 뭐야!"

놀랍게도 이곳저곳에서 갑자기 쥐가 들끓기 시작했다. 수십 여 마리의 들쥐가 광장을 뛰어다녔고 그중 일부가 소년들이 있는 곳을 향해 달려들었다.

"으아악! 이, 이게 뭐야!"

"끄악! 저, 저리 가! 으악!"

"살려줘!"

어디에서 이렇게 많은 쥐가 갑자기 들이닥쳤는지 알 수 없었다. 기이한 것은 막 뛰어다니던 그것들이 특정 인물들만 공격하고 있다는 것이었다.

어느새 개를 잡고 있던 손을 놓친 덩치가 악 소리를 내며 바닥에 뒹굴었다. 혼란한 틈에 사납게 개가 으르렁거리는 소리가 들렸지만 아무도 그것에 신경 쓸 겨를이 없었다.

혼비백산한 사람들은 마치 비라도 피하는 것처럼 한순간에 모두 건물 안으로 사라졌고, 광장에는 괴롭힘을 당하던 소년과 개, 그리고 불한당만 남아 있었다.

아니, 저 멀리 골목 끝에 당황한 얼굴로 서 있는 자그마한 계집을 제외한다면 말이다.

"으……."

한순간에 고요해진 그곳에 끊어질 듯 가는 신음이 들렸다. 숨어 있던 사람들의 시선이 일제히 그곳으로 쏠렸다.

"어머나, 세상에!"

놀라 숨을 들이켜는 사람들, 저도 모르게 인상을 찡그리는 사람들 일색이었다. 작은 소년을 괴롭히던 불한당이 하나같이 바닥에 쓰러져 있었다. 여기저기 살이 뜯겨 피가 흥건했고, 덜덜 떨면서 바지에 오줌을 지린 소년도 있었다.

"누, 누가 좀 내려와 봐요!"

근처에 있던 사람들이 놀라 쓰러진 청년들을 에워쌌다. 뒤늦게 도착한 경비대도 도무지 믿기지 않는 제보에 눈을 크게 떴다. 그 혼란의 틈에 뒤늦게 정신을 차린 소년의 앞으로 개가 낑낑거리며 다가왔다.

덜덜덜 떨리는 손으로 소년은 개의 목을 꼭 끌어안았다. 소년은 개의 입가에 붙어 있는 찢어진 천 조각을 서둘러 떼어냈다. 얼핏 묻어 있던 핏기도 서둘러 닦아냈다. 모두가 정신이 없는 틈, 소년은 서둘러 개를 데리고 그 자리를 벗어났고 사람들은 그것을 모르는 척해줬다.

소년과 개가 사라진 골목을 바라보고 있는 에일린의 얼굴 위로 당황이 슬쩍 어리다 사라졌다.

그리고 그들이 모두 보이는 광장의 가장 높은 건물의 꼭대기 소년과 개, 그리고 멀리 떨어져 있던 소녀를 한 금발의 사내가 흥미로운 눈길로 지켜보고 있었다.

아무런 수확도 없이 에일린은 다시 크라의 집으로 돌아와야 했다. 내일은 더 열심히 찾아봐야겠다는 다짐을 하며 잠자리에 들기 전, 에일린은 문득 오늘 낮의 일을 떠올렸다.

갑자기 들끓던 쥐, 그리고 마치 그녀의 명령을 들은 듯했던 개까지.

'이상해. 마치 내 마음이 전달된 것 같잖아.'

그 불한당을 혼내주고 싶었다. 죽이고 싶다는 마음까지도 아니었다. 그저 저 소년을 괴롭히지 못할 만큼 혼쭐을 내주고 싶었던 것이다. 그런 마음을 먹자마자 들쥐가 광장에 들끓었고, 불한당을 향해 달려들었다. 더군다나 그 틈으로 개는 그중 우두머리의 팔을 물어뜯지 않았던가.

멍하니 천장을 바라보던 에일린은 고개를 갸웃 흔들었다.

'내 착각인가?'

예전부터 동물들과 쉽게 친해지곤 했다. 때때로 그들의 감정을 전달받는 기분을 느끼기도 했지만 제 의사를 그들에게 전달해본 적은 없었다. 그것도 어디에 있는지도 모를 들쥐들을 향해서? 그럴 수도 있나?

혼란스러운 에일린은 몇 분 더 끙끙거리며 이런저런 생각을 했지만 곧 졸음을 이기지 못하고 잠에 빠져들었다.

그리고 다음 날 아침, 에일린은 일어나자마자 크라의 집을 나와 시가지로 향했다.

어쩐지 오늘은 그를 만날 수도 있을 것 같은 예감이 들었다.

"······그게 무슨 말입니까?"

이제까지 점잖았던 카잔의 얼굴 위로 미세한 그림자가 드리워졌다. 그의 앞으로 말끔한 옷차림에 멋들어진 콧수염을 기른 남자가 진땀을 뻘뻘 흘리며 다시 한 번 카잔에게 같은 말을 반복했다.

"고객님께서 마지막으로 들리셨던 알지오 지점의 직원 실수로 고객님 기록이 일시적으로 날아갔습니다. 스캔스톤이 낡았던 탓에 뭔가 오류가 생겼던 것 같은데 그걸 이제 알았던 거지요. 그래서······."

지점장이라 자기를 소개한 남자는 카잔 앞에서 얼굴을 들지 못한 채 이 난처한 상황을 설명하려 애썼다. 그에게도 이런 경우는 처음이라며 카잔의 눈치를 살피는 꼴이 안쓰럽기까지 했지만 카잔은 그런 지점장의 안위를 챙겨줄 이유가 없었다. 지금 이 상황에서 피해자는 엄연히 그였으니까.

"인출을 못 한다……?"

"예. 그, 그게 지금 당장 복구가 안 돼서……. 한 일주일 정도 걸릴 것 같은데……."

"그럼 며칠간은 인출을 못한다?"

카잔의 얼굴을 덮은 그림자가 더욱 짙어졌다. 덕분에 안 그래도 무뚝뚝한 그의 얼굴이 얼음장처럼 서늘하게 느껴졌다. 그 날카로운 눈빛 앞에 지점장은 식은땀만 뻘뻘 흘리고 있었다. 슬그머니 카잔의 눈빛을 피한 그가 마른 입술을 축이며 어렵게 대꾸했다.

"그, 그렇지요. 하, 하하."

하아, 젠장. 왜 나한테 이런 일이 벌어진 것인가, 왜! 리츠금고 호페 지점장 랄프는 이를 갈며 알지오 지점을 향해 무시무시한 저주를 내리고 있었다. 리츠금고 역사상 이런 사건은 전무후무했다. 그런데 그 일이, 왜 지금, 터진 것인가. 그것도 그가 있는 지점에서 일어난 일도 아닌데 왜, 어째서 수습은 자신이 해야 하냔 말이다!

하아. 식은땀을 뻘뻘 흘리던 지점장은 무시무시한 기운을 뿜어대는 눈앞의 VIP 고객을 바라봤다. 이 허름한 옷차림의 남자가 VIP 일 줄이야. 그것도 무공 훈장을 받은 VIP라니!

'사냥꾼(클래스 S)' '약초꾼(클래스 S)' '엑시움 타르페 용병 길드(골드)' '전쟁 공헌 훈장' 두 번 수여 등등등……. 이 정도면 하나의 용병 길드를 차리고도 남을 정도의 실력과 경력을 가진 남자였고 그 자산도 일반인은 언감생심 감히 꿈도 꾸지 못할 정도였다. 그런데 대체 왜 저런 허름한 옷을 입고 다니는지 이해가 안 갈 정도였다.

평생 펑펑 써도 돈이 남는데 왜? 아차, 지금은 이런 쓸데없는 생각을 할 때가 아니었지! 서둘러 정신을 차린 지점장은 카잔의 등 뒤에 메여 있는 거대한 검을 의식하며 최대한 부드러운 미소를 지었다.

"당장 돈을 인출해 드리는 것은 불가능하지만, 저희 측의 실수인지라 필요하신 서비스를 제공……."

"그런 건 됐습니다. 그것보다 하루빨리 기록을 제자리로 되돌려 주십시오."

카잔은 냉정하게 말했다. 랄프 지점장의 얼굴이 더욱 창백해졌다.

"에, 그건 아무리 빨라도 족히 일주일……."

버벅거리는 지점장의 말을 듣던 카잔이 눈매를 가늘게 일그러 트렸다. 사실 카잔으로서는 별 의미 없이 한 행동이었다.

그저 그럼 오늘내일, 혹은 모레까지 지낼 돈이 충분한가를 되새기는 중일뿐이었다. 하지만 그런 카잔의 표정을 잘못 읽은 지점장은 울상이 된 얼굴로 대답을 쥐어짰다.

"사, 사흘……."

사흘? 사흘 안에 가능하단 말인가? 그렇다면 어쩌면 지금 가지고 있는 돈만으로도 괜찮을 것 같기도 했다.

가만히 돈의 액수를 가늠하던 그가 주머니 안쪽에 부스럭거리는 약초주머니를 떠올렸다.

'……그게 있었지.'

그러고 보니 오는 길에 괜찮은 버섯과 원석 몇 개를 캐왔던 게 기억이 났다. 아아, 그래. 그걸 약초상회에 팔면 어느 정도 여비가 나올 것도 같았다.

가슴을 더듬거려 약초를 뒤적이던 그가 미간에 힘을 줘 가방에 뭐가 들어 있는지를 떠올렸다. 카잔의 미간도, 눈빛도 어둡게 침전되었다. 갑자기 표정이 달라지는 카잔을 보던 지점장이 헉, 숨을 들이켜더니 그 자리에서 벌떡 일어났다.

두 주먹을 불끈 쥐고 바들바들 떨던 그가 카잔을 향해 당차게 외쳤다.

"예! 저희 리츠금고 호페지부에서 사흘 안에 해보겠습니다! 최대한 빨리!"

이 지점장은 왜 이리도 호들갑일까. 영문을 모르는 카잔의 미간만 더더욱 깊어졌다.

순백색의 분수대는 붉은 노을로 인해 농염한 빛에 물들어 있었다. 에일린은 노을 색으로 물든 분수대 앞에서 발걸음을 멈춰야만 했다.

"……어?"

분수대 위를 장식하고 있는, 상반신은 아름다운 여자, 그리고 하반신은 물고기 모형의 동상. 그것을 쳐다보고 있던 에일린은 당황스럽지 않을 수 없었다.

'아까도 이걸 본 것 같은데?'

분명 오늘, 언젠가 이 분수대, 정확히는 이 동상을 봤던 기억이 났다. 언제 봤더라, 가늘게 뜬 눈으로 자세히 동상을 쳐다보던 에일린은 곧 고고하게 누워 있는 여자의 형태를 멍하니 올려다봤다.

'그리고 보니 이건 대체 뭐지? 사람? 물고기? ……괴물?'

혹시…… 혹시 그녀처럼 그 무엇도 아닌 그런 존재인 건 아닐까? 이런저런 생각이 뿌리를 뻗쳐 도리어 그녀를 멍하게 만들었다.

바람이 부는 것을 느끼며 에일린은 귀 뒤로 귀찮은 머리카락을 꽂아 넘겼다. 빗질은 하지 못했지만 고양이털처럼 얇고 보드라운 갈색 머리카락이 오후의 바람결을 따라 춤을 췄다.

"엄마, 인어공주! 인어공주님!"

지나가던 꼬맹이 하나가 에일린이 쳐다보고 있던 동상을 가리키며 엄마를 불렀다.

'인어공주.'

동상을 가리키는 말에 에일린은 소스라치게 놀랐다. 괴물이 아니라 공주란다. 그 어떤 것보다 고귀하다는 바로 그 공주란다.

"……넌 공주구나. 우와."

멍하니 동상을 바라보고 있던 에일린은 순간 떠오른 생각에 숨을 헉 하고 들이켰다.

"내가 이제까지 같은 자리를 맴돌았던 건가?"

당황스러움에 잠깐 넋이 나갔다. 곧 고개를 돌려 주변을 돌아보니 모든 것이 굉장히 눈에 익었다. 저 회색 건물 벽은 어제 그녀가 쭈그리고 앉아 있다가 소년을 괴롭히는 불한당을 지켜보던 바로 그 자리였다. 에일린의 작은 얼굴 위로 망연자실함이 역력하게 올라왔다.

"이럴 수가."

며칠 동안 부지런히 움직였다고 생각했는데, 그게 모두 같은 자리를 맴도는 것이었다니. 맥이 탁 풀려버리고 말았다.

"하아, 멍청이."

가눌 수 없는 실망감에 힘이 풀린 에일린은 털썩 자리에 주저앉고선 무릎에 얼굴을 묻었다.

'정말 발바닥이 터지도록 돌아다녔는데…….'

그를 찾지 못했던 이유가 있었다. 그가 만에 하나 이곳에 들렀다고 한들 같은 곳만 맴돌았던 그녀였으니 그를 놓쳤을 확률이 컸던 것이다.

'바보, 진짜 난 바보야.'

아둔한 제 머리를 탓하며 에일린은 자책감 가득한 눈으로 주변을 다시 둘러봤다. 중앙 분수대를 기점으로 다섯 갈래의 길이 퍼져 있었다. 분명 그녀는 각각 다른 길로 돌아다녔다 생각했는데 계속해서 원점으로 돌아와 있었던 것이었다.

"괜찮아. 내일은, 내일은……. 꼭 찾을 수 있을 거야."

에일린은 반드시 그를 다시 만나야만 했다. 또한 말로 설명할 수 없는 묘한 예감이 그녀를 부추기고 있었다. 그를 만날 수 있을 거라고, 반드시 그를 다시 만날 거라고.

하지만 그러고 나서는?

이제까지 모른 척하고 있던 질문이 튀어나왔다.

그를 찾고 나면? 그러면? 그때도 그는 그녀를 밀쳐낼지도 모르는데, 그땐 어떻게 하려고?

'몰라. 그런 건 아직 몰라.'

그녀는 멍청해서 아직 그것까지 대답할 준비가 되어 있지 않았다. 다만 그녀 안에서 그 남자의 존재가 절대적으로 새겨져 버렸으니 그를 찾아야만 했다. 절망의 끝, 암흑의 바닥에서 그녀를 구원해준 검은 사자, 그 남자를.

찾자, 찾을 수 있다. 반드시 그를 다시 만나야만 했다. 오직 그것만이 지금 에일린이 가질 수 있는 희망의 전부였고, 유일한 목적이되었다. 그 이후의 답은 그를 찾고 나서, 그를 만나고 나서 생각해도 된다.

그런데 대체 그는 어디 있는 걸까? 에일린은 하늘을 올려 보며 초조한 입술을 깨물어댔다. 잘근잘근 깨물어대던 통에 입술이 빨갛고 탐스럽게 부풀어 올랐다.

"설마 벌써 지나갔나?"

더럭 불안감이 치솟았다. 검은 연기처럼 매캐한 불안의 향기가 그녀의 코끝을 진하게 스쳐 지나갔다.

슬슬 배가 고파졌지만, 오늘은 조금 더 그를 찾다 가야 할 것 같았다. 욱신거리는 발바닥을 움직여 앞으로 나아가려는 그때, 광장 안으로 이상한 광경이 눈에 들어왔다.

'뭐 하는 거지?'

북적거리는 사람들 틈새로 우스꽝스러운 짓을 하고 있는 남자한 명이 보였다. 바삐 움직이던 사람들도 바닥에 바짝 엎드려 슬금슬금 기어 다니고 있는 남자를 힐끗 뒤돌아보며 킥킥 웃음을 터트렸다.

남자는 지나가는 사람들에게 제발 조용히 좀 해달라는 듯 입술 앞으로 손가락을 가져가며 애걸복걸했다. 그는 광장 안에 놓여 있는 벤츠, 동상, 배가 동그란 임산부의 뒤에 숨어 슬그머니 앞으로 이동하고 있었다. 마치 뭔가를 피해 도망이라도 가는 것 같았다.

역시나 저 멀리서 남자를 찾는 듯한 여자가 씩씩거리며 나타났다. 몇 번 고개를 휘휘 돌리던 여자는 어설프게 사람들 사이를 기어 다니던 남자를 기가 막히게 찾아냈다.

서슬 퍼런 눈빛을 한 여자가 성큼성큼 사내가 있는 곳으로 다가갔다. 에일린은 사내를 바라보는 그녀의 눈에서 뾰족한 가시라도 튀어나올 것 같단 엉뚱한 생각이 들었다.

"여보오오."

여자가 다가가며 그 한마디를 내뱉자마자 남자의 움직임이 딱 멈췄다. 마치 마법의 주문처럼 남자는 옴짝달싹하지 못한 채 그대로 굳어 있었고 지나가던 사람들까지도 가던 걸음을 멈추고 두 사람을 지켜봤다.

풍성한 치맛자락을 펄럭거리며 한 걸음 더 성큼 다가간 여자가 이번엔 좀 더 새된 목소리로 외쳤다.

"아, 여보옷!"

그 순간 남자가 발딱 일어났다. 그 남자뿐만이 아니었다. 주변에 있던 모든 사람이 가던 길을 딱 멈춰 서서 뒤를 돌아 여자를 봤다. 멈춰 선 대다수는 남자들이었다.

'와……'

신기한 광경이었다. 여자의 그 외침 하나에 사람들이 모두 멈춰 섰으니.

'여보?'

나이 든 남자를 부를 때 쓰는 소리인가? 멈추라는 소리인가? 처음 들어보는 말이었다. 이름은 아닌 것 같았다. 그 뒤로 신나게 남자의 등짝을 퍽퍽 내려치며 여자가 '쟈이르, 당신이란 사람은 정말이지 철딱서니가 없어서! 언제까지 노름판에 돈을 뿌려댈 거야!'라는 말을 했으니까.

얻어터지던 남자는 결국 여자에게 귓불을 잡힌 채 끌려갔다. 그런 두 사람을 돌아보며 사람들이 킥킥 웃음을 터트렸다. 에일린이 보기에도 뭔가 웃기는 광경 같기는 한데 이상하게 그들처럼 웃을 수가 없었다. 입가의 근육을 씰룩거린다는 것 자체가 에일린에겐 영 어색하고 낯설기만 했다. 결국 수줍게 그들을 따라하다가 고개를 푹 숙이고 말았다. 어색한 짓을 하려니 여간 쑥스럽지 않을 수 없었다.

"쯧, 도박은 패가망신의 지름길인데 왜 하는지 모르겠단 말이야."

불쑥 낯선 목소리가 곁으로 다가왔다. 움찔 놀라 뒷걸음질 치는 에일린의 곁으로 길쭉한 그림자 하나가 졌다.

"저러다가 손목 하나 잘려봐야 정신 차리겠지만……. 뭐, 내가 상관할 바는 아니지."

딱 듣기 좋을 만큼 경쾌하고 울림 좋은 사내의 목소리였다. 고개를 돌리니 가장 먼저 보이는 것은 사내의 조끼에 달려 있는 화려한 문양의 금색 단추였다. 그리고 주름 하나 없이 말끔하고 깨끗한 정장이 보였고 반짝이는 금발의 머리칼이 보였다.

'와……. 예쁘다.'

사내를 올려다본 순간 가장 먼저 든 생각은 그것이었다. 예쁘다. 아니, 아름답다. 사람을 보고 이런 생각이 드는 것은 처음이었다. 그것도 여자도 아닌 사내를 보고 이런 생각이 들다니……. 에일린은 놀라움에 입이 다 벌어질 지경이었다.

노을에 반사되어 반짝이는 금빛 머리카락도, 연녹색의 신비한 눈동자도, 그리고 그녀만큼이나 하얀 피부까지도 모두 하나같이 아름다운 남자였다. 키도 훌쩍 컸고 늘씬하고 반듯한 자세까지도 어쩐지 사내의 아름다움에 일조하고 있었다.

"내 얼굴이 신기해? 뭘 그렇게 봐?"

노골적이다 싶을 만큼 빤히 올려다보는 에일린의 시선에 사내는 눈썹 한쪽을 비죽하게 들어 올리며 심드렁하게 반응했다. 그러더니 시선을 내려 에일린보다 더욱 노골적인 시선으로 그녀를 하나하나 뜯어보기 시작했다.

"피부는 푸석푸석하고, 안색은 파리한 걸 보니 제대로 영양 공급이 된 상태는 아닌 것 같고. 옷은 새것이긴 한데 영 잘 맞는 스타일은 아니고……."

악의를 가지고 하는 말은 아닌 듯했지만 그다지 듣기 좋은 말은 아니었다. 아름다운 외모에 조금 수다스럽고 뜬금없는, 이상한 남자였다.

에일린은 이내 남자에게 흥미를 잃고 다시 조금 전의 그 남자와 여자를 찾아 고개를 돌렸지만 두 사람은 이미 사라지고 난 후였다. 아쉽단 생각에 입맛을 다시는 그녀의 곁으로 사내가 다시 말을 붙여왔다.

"야, 너. 그래. 너 다람쥐."

다람쥐? 저를 가리키는 말인가 싶어 사내를 돌아보니 그가 고개를 끄덕였다.

"그래, 너. 너 거지냐?"

사내의 물음에 에일린은 조금 당황스러웠다. 그녀는 지금 옷도 깨끗했고 손, 발, 얼굴 그 어디에도 더러움은 묻어 있지 않았다. 근데 왜 저한테 거지냐고 묻는지 이해할 수 없었다.

그녀의 눈빛을 읽은 것인지 사내는 어깨를 으쓱하더니 광장에서 제일 높은 건물을 가리키며 말했다.

"내가 저 위에서 지내는데 말이야. 며칠 전부터 네가 계속 광장을 빙빙 도는 게 보이더라고. 그리고 가끔 벽에 붙어 앉아 있기도 하고. 근데 또 누굴 만나는 것 같지도 않은 게 행색은 남루하고……. 뭐, 그래서 혹시나 해서 해본 말이야."

뭐라 대꾸를 해줄까 말까 망설이던 에일린이 그냥 입을 다물고 말았다. 사실 슬슬 이 예쁜 남자에게서 성가시단 느낌을 받고 있던 참이었다.

"야, 다람쥐. 너 지금 나 무시하는 거야?"

옆으로 온 남자가 어이가 없다는 듯 에일린의 팔을 툭 건드렸다. 사내의 접촉에 움찔 몸을 떤 에일린이 잔뜩 경계심 어린 눈빛으로 그를 흘기다 획 고개를 돌려버렸다.

"아쭈? 이거 봐라?"

남자는 오히려 재미있다는 듯 에일린 옆으로 또다시 성큼 다가왔다. 싱글싱글 웃는 낯으로 그녀의 옆얼굴을 요리조리 훑어보더니 쯔쯧 혀를 찬다.

"흐음, 근데 진짜 여자애 얼굴이 이게 뭐야? 어디서 굴렀어? 뭉개진 다람쥐 꼴이구만. 야."

겉모습도 말짱하고, 잘 알지도 못하는 사람이 그녀에게 왜 이럴까 싶었다. 이렇게 사람이 귀찮단 느낌은 또 처음이었다. 에일린은 남자를 피해 이리저리 고개를 돌리다가 문득 궁금해졌다.

"근데 내가 왜 다람쥐예요?"

아까부터 다람쥐, 다람쥐. 처음엔 거지냐고 묻더니 이젠 계속 다람쥐 타령이었다. 처음으로 나온 에일린의 대꾸가 반가웠던지 남자는 화악 밝아진 얼굴로 대꾸했다.

"너? 너 계속 이 광장을 도니까. 비잉비잉. 엊그제부터 한 스무 바퀴는 돌았을걸? 마치 다람쥐 쳇바퀴 돌듯 말이야."

그의 말에 에일린은 얼굴이 새빨갛게 달아오르고 말았다. 엊그제부터 빙빙 돌았다니, 오늘 하루만 제자리를 맴돈 게 아니었단 말이었다. 이제까지는 한곳에 갇혀 살아 몰랐지만 실은 에일린은 엄청난 길치였던 것이다.

'그렇구나. 내가 진짜 빙빙 도는 거였네.'

화끈 붉어진 에일린의 얼굴을 보던 사내가 재미있다는 듯 피식 웃었다.

"뭐야? 몰랐어? 네가 계속 여기 돌고 있다는 거?"

당황하고 있던 에일린은 눈앞의 사내에게 꾸벅 인사를 건네고 그를 지나쳐 가려 했다. 그러자 남자가 다시 소리 높여 에일린을 불렀다.

"다람쥐! 야, 야 다람쥐! 어디 가는 거야?"

두어 걸음, 그에게서 멀어졌던 에일린이 확 뒤를 돌아 그를 쳐다봤다. 이상하게도 이 남자와 대화하는 것은 그렇게 어렵지 않았다. 반듯하게 눈을 올려 뜬 에일린이 남자를 향해 또랑또랑한 목소리로 말을 꺼냈다.

"저기요. 나 다람쥐 아니에요."

"뭐?"

"쳇바퀴를 돌고 있는 게 아니라, 나는 지금⋯⋯."

"지금?"

그게 무슨 말이냐는 듯 그녀를 응시하고 있는 연녹색 아름다운 눈동자를 바라보며 에일린이 힘주어 말했다.

"나는 지금 앞으로 나아가고 있는 거예요."

그를 향해 하는 말이 아니라 저 자신을 향해 하는 말이었다. 그렇게 말한 에일린은 뒤를 돌아 앞을 향해 힘차게 발을 내디뎠다.

'그래, 나는 지금 앞으로 나아가고 있는 거야.'

카잔은 느지막한 오후가 돼서야 눈을 떴다. 어제는 온종일 금고에 잡혀 있었고, 오늘은 무척이나 오랜만에 늦잠을 잤다. 평소엔 2, 3시간만 자도 거뜬하게 생활했지만 어쩌다 한 번씩 밀려 있던 잠을 몰아서 잘 때가 있었다. 그럴 땐 12시간도 넘게 자곤 했다.

개운하게 씻고 밖으로 나온 카잔은 약초상회를 찾아갔다. 남아 있던 돈을 탈탈 털어 어젯밤 여관비로 몽땅 써버렸다. 금고 계좌가 풀리는 내일모레까지 쓸 여비 충당을 위해서였다.

"⋯⋯."

그런데 가는 날이 장날이라던가. 시가지에서 제일 큰 약초상회는 오늘 쉬는 날이었고 다른 상회에서는 지금 그의 물건을 구매할 돈이 없단다. 헐값에 넘기겠다고 하니 그건 또 약초법 위반

이라나 어쩐다나.

'이를 어쩐다.'

카잔은 단숨에 다시 곤란해지고 말았다. 리츠금고에서 제공해준다는 편의 시설을 받아들일 걸 그랬나 하는 짧은 후회가 스쳤지만 곧 마을 게시판에 남아 있는 공고문을 발견하곤 잊어버렸다.

[정찰조 / 사냥꾼 구함]

그리고 그 밑에 쓰여 있는 네 글자.

'숙식제공.'

두 번 생각할 것도 없이 카잔의 발걸음은 마을시정청으로 향했다.

"고, 골드 마크!"

그 한마디에 주변에 흩어져 있던 사내들이 우르르 모여들었다.

"우오오! 진짜 골드 마크야? 우오오오!"

"히야, 내 43년 인생에 골드 마크를 다 보다니……. 거기다 S급 사냥꾼이라고? 엄청나구만, 엄청나."

"아이구야, 이 동패 번쩍거리는 것 좀 보소! 아주 반짝반짝 눈이 부셔서 눈을 못 뜨겠구만! 크헐헐헐!"

이 모든 소란은 카잔이 신분증으로 쓰고 있는 사냥꾼 동패(銅牌)를 내밀면서 생긴 것이었다. 생긴 건 험악하지만 '그래도 사람은 참 착한' 시골 아저씨들이 어린애처럼 눈을 반짝이며 소란을 떨었다. B급 사냥꾼만 되더라도 어깨에 힘을 주고 다니는데 무려 S급이라니! S급은 나라에서 겨우 100여 명밖에 되지 않는다는 특급 실력자였다. 그런 실력자를 실물로 봤다는 사실에 중년의 남자들은 민을 수가 없다는 듯 카잔을 요목조목 살펴봤다.

"이거 설마……. 사기는 아니겠지?"

개중 더벅머리의 약초꾼, 칸이 못 미덥다는 듯 카잔을 향해 눈을 흘겼다. 그의 말 한마디에 카잔을 둘러싼 사내들이 술렁거렸다.

"뭐, 기분 나쁘라고 하는 말은 아닌데 말이야. 근데 S급을 받기에는 좀 너무 젊지 않나? 거기다 골드 마크를 받으려면 S급을 2개 이상 가지고 있다는 말인데……."

칸은 의심스럽다는 눈으로 다시 한 번 카잔을 머리부터 발끝까지 훑어봤다. 사냥이든 약초든 뭐든 최고위급을 판정받는 데 일평생이 걸렸다. 일평생이 되고 받지 못하는 사람들도 더러 있었는데, 지금 이 새파랗게 젊은 남자가 2개 이상을 받았다는 게 도무지 믿기지 않았다.

"동패는 위조가 불가능합니다."

하지만 이런 의심을 한두 번 받았던 게 아니었던지라 카잔은 화도 나지 않았다. 그가 무덤덤하게 맞받아치니 칸을 비롯한 다른 경비대들은 더욱 혼란스러워졌다. 저토록 당당한 걸 보니 거짓말 같지가 않았다.

"세상에 안 되는 게 있겠나. 확인해보기 전까지는 알 수 없지, 뭐."

"뭐, 믿지 않으셔도 상관은 없습니다. 정 그렇게 의심이 가면 스캔으로 확인해보시죠."

담담한 카잔의 말에 가만히 턱을 문지르던 칸이 불쑥 뒤를 돌아 물었다.

"우리 스캔스톤 있지?"

"진짜 확인하게?"

"뭐, 그냥 안전검증이랄까."

"에이! 동패 위조를 뭣한다고 하겠는가? 거기다 이렇게 정찰조 일을 하러 와서……."

"믿을 수가 있어야지 말이야! 사냥은 그렇다 쳐. 하지만 약초꾼 S클래스라니……. 그런 건 진짜 심마니들 사이에서 흔한 게 아니라고."

칸은 여전히 미심쩍은지 찝찝하다는 듯 고개를 갸웃거렸다. 그들의 이야기를 듣고 있던 카잔은 옅은 한숨을 쉬며 동패를 다시 집어넣었다. 그래, 의심이 많다는 것은 나쁜 게 아니었다. 순진하게 이 말 저 말 다 믿고 당하는 것보단 의심하고 확인하는 것이 훨씬 현명한 것이었으니. 하지만 의심을 당하는 상대방 입장에서는 조금 귀찮은 일이긴 했다.

"고향이 타르카지오라서 그럽니다."

타르카지오, 그 한마디에 술렁거리던 경비대원들의 목소리가 더 커졌다.

"타, 타르카지오? 정말 타르카지오가 고향이라고?"

"거기는 거의 사람이 살지 않는 곳인데……."

그곳이 어떤 곳인가! 험준하기로는 엑시움 으뜸이요, 듣도 보도 못한 괴물들이 산다는 바로 그 산맥 아니던가! 엑시움에서 유일하게 영주가 없는 자유의 땅이었고, 수많은 광물과 보물이 묻혀 있는 천연 금고이기도 했다.

"이것도 뭐, 안 믿으신다면 어쩔 수 없지만……. 어려서부터 이 것저것 많은 약초와 괴수를 접하다 보니 자연스럽게 이런 동패를 얻은 것뿐입니다."

괴수와 독충의 천국. 온갖 짐승이 살고 있었고 오만 가지 신기한 나무와 약초가 즐비한 위험한 산맥이었다. 그곳은 들어가는 것도 어려웠고 살아남는 것은 더더욱 어려운 그런 곳이었니. 그런 곳에서 살아왔다는 남자가 눈앞에 있었다.

칸은, 경비대원들은 모두 눈앞의 남자에 기염을 토했다. 저 말이 모두 사실이라면 정말 신기하고 기이한 사내를 만난 것이었다.

짧게 한숨을 내쉰 카잔은 그들을 돌아보며 다소 냉소적으로 물었다.

"그래서 지금 나를 쓰겠다는 말입니까, 아닙⋯⋯."

"써! 써야지, 당연히! 아, 뭣들 하는 거야? 계약서 안 써?"

불쑥, 걸죽한 목소리가 그들 사이를 가르고 나타났다. 쿵, 문이 닫히는 소리와 함께 2층에서 누군가 내려오기 시작했다.

"아주들 한심해서, 원. 여기가 무슨 소고기 품평회 하는 것도 아니고, 험한 일 하겠다고 온 사람 앞에 두고 뭐 그렇게 말들이 많누. 진짜 S클래스면 어떻고, 아니면 어떤가. 사기를 친 거면 사기 칠 배짱이 있어서 마음에 들고, 진짜 S클래스라면 특급 용병을 데려와 쓰는 거라 좋고. 좋은 게 좋은 거 아닌가!"

"촌장님!"

모여 있던 사내들이 일제히 다가오는 노인을 향해 예를 갖췄다.

노인은 척 보기에도 80살은 거뜬히 넘어 보일 정도로 주름이 가득했지만 그 기세만큼은 여느 경비대 못지않게 정정해 보였다. 주름 가득한 눈으로 사내들을 흘기던 촌장이 이제까지 카잔과 대치하고 있던 칸의 머리통을 후려치며 말했다.

"아, 뭐 해! 빨리 계약하라니까!"

"윽, 아버지. 저도 이제 나이 마흔이 넘었습니다. 제발 머리통은 치지 말라니까요!"

"마흔이고 쉰이고 행동 굼뜬 건 어찌 안 변하누. 자자, 뭐 해. 어여어여 용병 계약서 가져오지 않고!"

"계약서 없어서 오늘 인쇄 맡겼잖아요, 영감님!"

"아차, 그랬지. 흠, 뭐 오늘은 시간도 늦었고 그럼 다 같이 나가서 밥이라도 먹자고. 모처럼 귀한 용병도 왔는데 저녁 한 끼 같이 먹는 것도 좋겠구먼."

노인은 카잔을 놓칠세라 그를 잡아당기며 2차 회유에 들어갔다. 화통한 목소리만큼이나 성격도 화통한 노인이었다.

"오! 그럼 크라네로 가는 겁니까?"

"우리가 갈 때가 거기밖에 더 있나? 자네, 같이 갑세. 안 그래도 내 이방인이 오면 묻고 싶은 것도 있었으니 얘기라도 나누자고."

늙은 촌장이 손수 카잔의 등을 떠밀었다. 뭐, 이렇게 정신없는 무리가 다 있나 싶어 망설이던 카잔도 곧 갈 곳이 없다는 것을 깨닫고 그를 따라 나왔다. 어쨌거나 카잔은 오늘 잘 곳이 필요했으니.

"자자, 크라한테 가자고! 크라한테! 오늘도 크라 등골 한번 빼먹어보자, 이거야!"

"자넨 크라를 너무 좋아해."

"무, 무슨 말이야, 그게! 그런 게 아니라 배고파서……!"

쑥스러워하는 사내를 중심에 두고 무리의 사내들이 웃음을 터트렸다. 조금 시끄럽긴 했지만 순박해 보이는 사람들이었다.

카잔 또한 얼떨결에 그들에게 이끌려 '크라네'로 향했다.

그들이 말한 '크라네'는 경비대 청사와 그리 멀지 않은 곳에 위치해 있었다. 술집인지 여관인지 거의 구분이 가지 않을 정도로 큰 2층짜리 건물 안으로 무리가 우르르 들어갔다.

안에선 그들이 올 것을 예상치 못했던 한 호리호리한 중년의 여인이 화들짝 놀라며 그들을 맞아줬다.

"어제도 왔으면서 또 와? 지겹지도 않누."

못 살겠다는 듯 절레절레 고개를 흔들며 자리에서 일어난 크라가 곧 새로운 얼굴을 발견했다.

"어라? 이 눈 돌아가게 잘생긴 청년은 누구야?"

"어디 나이 꽉 찬 과부가 총각한테 눈을 올려? 치워, 치워, 부정타. 에비. 이쪽은 이번 일 도와주겠다고 온 용병. 카잔이라고 했던가?"

"아, 예."

조금 전, 크라네로 간다며 좋아하던 갈색 머리 사내가 카잔에게 관심을 보이는 크라를 타박하며 나섰다. 저를 소개하는 말에 카잔이 크라를 향해 짧게 목례를 건넸다.

"아아, 용병! 어째 쓸만한 놈이 별로 없다더니 이 친구는 힘 좀 쓸 것처럼 보이는데? 아 참! 난 크라라고 해요. 이 경비대 놈들 먹여 살리고 있다우."

"크라, 크라! 듣고 놀라지 마, 이 친구가 말이야. 무려 S클래스 용병이야! 무려 골드 카드!"

"우와아아……. 젊은 친구가 대단하네."

휘둥그레 눈을 뜬 크라가 카잔을 보며 눈을 빛냈다. 그 모습에 카잔은 슬쩍 웃어주고 시선을 돌렸다. 저한테는 별 의미 없는 등급이었는데 다른 사람들이 그것을 가지고 이렇게 놀랄 때면 어찌해야 할지 몰랐다. 그래서 어지간해서 동패는 잘 꺼내지 않는 그였다.

"아, 네, 뭐."

으스대는 타입도 아니었고, 살가운 성격도 아니었던 탓에 카잔은 간단한 대답으로 그들의 호기심을 일축시켰다.

"그나저나, 자네도 들어봤을지 모르겠군."

익숙하게 테이블 여러 개를 하나로 만든 촌장과 경비대장이 카잔을 옆으로 불러 앉혔다. 희끗희끗한 흰머리가 보이는, 젊었을 때는 꽤나 험악한 인상이었을 촌장은 세월을 따라 모서리가 둥글어진 돌멩이처럼 푸근한 미소를 지을 줄 알았다. 그 넉넉한 웃음을 시작으로 촌장이 이야기를 풀어내기 시작했다.

"요 근처의 마을들이 요즘 괴수들에게 심심찮은 타격을 받았다는 소식 말이야."

"아, 예. 몇몇 마을이 폐허가 되었다는 이야기는 들었습니다."

"음. 그렇군. 그렇다면 그게 시바타(Cibata) 영에서만 일어나는 일이라는 것도 아는가?"

시바타라면 호페와 인근 8개의 마을을 묶어 이르는 말이었다. 카잔이 지나쳐 왔던 에일린의 마을 스타르테(Starte) 또한 시바타 영에 포함되어 있었다. 어렴풋이 그럴 거라고 생각했던 카잔은 촌장의 말에 사실을 확인할 수 있었다. 가만히 고개를 끄덕이는 그를 향해 촌장이 야트막한 한숨과 함께 속에 있던 말을 늘어놓았다.

"이곳 호페와 이 산 너머의 스타르테는 무사한 편이었지만, 스타르테의 바로 옆에 있는 루인과 사인은 아주 난리라더군. 괴수고 짐승이고 닥치는 대로 내려와 마을이 아주 피바다라고 해. 살아 있는 사람들의 말에 의하면 그 짐승들이 모두 미친 것처럼 보였다고 해. 입에 거품을 물고, 흉포하게 사람들을 공격했는데……. 내가 걱정이 되는 것은 그것들이 아무 이유 없이 갑자기 그런다는 거야."

"갑자기라……. 확실히 이상하다 생각은 했습니다. 괴수들은 객체로 행동하는 것들인데 집단적 히스테릭을 일으킨 것도 그렇고. 신경계 괴수라도 내려온 것 아닐까요."

"이것들이 미친 거야. 갑자기 괴수들이 미쳤다니까? 루인에는 키메라까지 보였다고 했으니 말 다 한 거 아니겠어?"

옆에서 듣고 있던 칸이 불쑥 끼어들며 말을 보탰다. 키메라는 뱀과 새의 머리가 달린 돌연변이 괴수였다. 주로 높은 산꼭대기에서 살며 뱀의 일종인 고쿠아라는 생물을 잡아먹고 사는 종이었다. 이빨과 발톱에 모두 독성이 강하였고 성질이 괴팍했으며, 홀로 생활하고 무리를 만들지 않는 것이 특징인 괴수였다. 그런데 그런 것이 다른 괴수와 짐승들 틈에서 사람들을 공격하러 내려왔다니. 퍽이나 이상한 현상이었다.

"혹 신경계 괴수가 내려온 건 아닐까요?"

"그것도 가능성은 있네만, 아직 확신할 수는 없지. 하지만 지금 내가 걱정인 것은 우리 마을이라네. 사실 엊그제까지만 해도 막연했는데, 어제 일어난 사건 때문에 정신이 번쩍 들었어."

"어제요?"

촌장의 말에 카잔은 멈칫했다. 어제라면 그도 마을에 있었을 땐데, 대체 언제……?

"으흠. 실은 어제 마을 광장에 들쥐 수십 마리가 올라와 사람을 공격했어. 아주 순식간에 일어난 일이고, 피해가 크진 않아서 모르는 사람들도 많네. 수십 마리의 들쥐가 올라온 것치곤 딱 한 사람만 공격당했거든."

촌장의 말에 카잔은 눈살을 찌푸릴 수밖에 없었다. 수십 마리의 쥐가 들끓었는데 딱 한 명만 공격을 당했다고? 마치 지능이 있는 것처럼 한 사람을 인지하고 공격했다는 뜻인가?

"뭐, 그건 그거고. 여하튼 어제 그 일로 우리도 확실히 방비를 세워야겠다 생각한 거야. 정찰을 간다, 사냥을 간다 하긴 했는데 차일피일 미루고 있었거든. 사실, 우리 호페는 그나마 안전지대에 속하니까."

들쥐 일은 간단하게 축약한 촌장이 다시 말을 이었다. 촌장의 말마따나 호페는 괴수들의 안전지대였다. 호페의 뒤로 호페라테 산맥이 버티고 서 있었는데, 산맥이 워낙 높았고 중앙 산맥이라 괴수들이 많지는 않았던 탓이었다. 거기다 인간들이 이용하는 주요 통로이다 보니 일찌감치 괴수들을 소탕해놓기도 했다.

"그런데 말이지. 요즈음 호페라테에 미크론 무리가 출몰한다는 제보가 들어왔어."

"미크론이야 뭐, 워낙 자주 나오는 놈이라……."

"아니, 아니, 그놈이 이 마을까지 내려왔다는 게 문제야! 산에서 풀 뜯고 저들끼리 잡아먹는 것을 뭐라 하겠나? 그놈이 이 근처까지 내려온 것을 벌써 몇 마리를 잡았는지 모르겠네. 몇 달 전부터 이틀에 한 번 꼴로 나타나더라니까. 자넨 여기까지 오면서 뭐 특별한 것 좀 본 거 있나?"

촌장이 카잔을 붙들고 묻자 곁에서 듣고 있던 경비대장이 끼어들었다.

"근데 촌장님. 이놈들이 또 열흘 전부터 안 보이던데요?"

"이놈이 지금 안 보인다고 위험이 없다는 뜻이냐! 이놈들이 근처에 둥지를 틀어놨을지도 모를 일이고 저들끼리 무리라도 지으면 그때야말로 큰일이야."

"아이고야! 그런 말씀 마세요. 설마 그런 일이야 있겠습니까?"

"방심하다 항상 일을 그르친다는 거 모르는가!"

경비대원들과 촌장의 무리가 와자하게 소리를 높였다. 안일한 중년들과 예민한 노인의 소리가 높아졌다. 가만히 듣고 있던 카잔은 그들이 내어준 마유주(馬乳酒)를 홀짝 들이켜며 생각에 잠겼다.

여기까지 오면서 봤던 특별한 것?

흐릿해진 그의 시선 앞으로 달빛 아래 영롱하게 반짝이던 붉은 눈동자가 떠올랐다. 정수리부터 서서히 번져가던 그 붉은 머리카락. 한 올 한 올 바람에 나부끼던 그 부드러운 머릿결.

소녀와 여자, 계집과 소년의 사이에 있는 듯 그가 구해줬던 에일린은 모호하고 중성적인 매력을 지니고 있었다. 묘하게 눈을 뗄 수 없게 만드는 그런 이상한 매력.

창문 너머 힐끗 보이는 하늘은 보랏빛 멍울이 까뭇까뭇하게 내려오고 있었다. 곧 저 완전히 새까맣게 변하며 수줍은 달이 뜰 것이었다. 카잔은 이제 달이 뜨면 그 계집이 떠오를 것 같았다. 달빛 아래 선연하게 빛나던, 묘한 구석이 있던 그 계집이……. 아마도 평생 잊을 수 없지 않을까.

'살아 있을까?'

이들의 말마따나 인근으로 괴수들이 출몰하기 시작한 거라면, 아마 계집은 산속을 헤매다 괴수들의 한입 식사거리가 되어 사라져 버렸을지도 몰랐다. 너무 작고, 너무 말랐고, 너무 가냘프던 그 계집은 아마도 머리부터 발끝까지 자근자근 씹히고 뜯겨 뼛조각 하나 남겨지지 않은 채 사라졌을지도 모르지.

카잔은 우유 비린내가 미약하게 남아 있는 마유주를 들이켰다.

'살려주세요.'

파르르 떨던 에일린의 목소리가 귓가에 윙윙거렸다. 그토록 간절히 삶을 갈구했는데, 저가 너무 무심하게 떨치고 온 것은 아닌가 하는 쓸데없는 자책감이 들었다. 목구멍 안이 모래를 삼킨 듯 꺼끌꺼끌했다.

'아냐, 그래도 그렇게 쉽게 죽을 것 같진 않았어.'

그렇게 특별한 존재가 쉬이 죽진 않을 것이었다. 그 미친 계부 아래서도 용케 살아 있지 않았던가. 그 정도 생명력이라면 아마도 끝까지 악바리처럼 살아서 언젠가 다시 마주칠지도 모르지.

'……그러니까 그만 떠올려.'

카잔은 신경질적으로 손에 들고 있던 잔을 비웠다. 꿀꺽, 목구멍을 타고 뜨거운 술이 넘어갔다. 카잔은 남아 있던 계집에 대한 잔상과 미련을 술과 함께 넘겨버렸다.

"아이고, 이 친구 술 좀 하는가 보구만? 자자, 이 잔도 받아! 크라! 여기 안주 멀었는가?"

"갑니다, 가요! 좀 진득하게 기다려보세요."

곧 크라가 큼지막한 냄비 가득 맛있는 닭고기 조림을 들고 나왔다. 큰 접시에 그것을 나눠주니 가게 안으로 금세 맛있는 냄새가 진동을 했다.

"크! 술이 달구만. 아, 근데 자네 혈혈단신인가? 이렇게 능력 있고 잘생겼으면 목매는 여자가 한둘이 아닐 것 같은데?"

"아! 혹시 떠도는 이유가 마을마다 애인이 있어서 그러는 거 아냐? 애인 순회!"

"에이, 애인이라니! ……마을마다 부인이 있는 거 아냐?"

"으하하! 하긴 내가 이렇게 잘생겼으면 부인 열 명은 뒀을 거야!"

시답잖은 농담에 걸쭉하게 술이 들어간 중년들의 입에서 와자한 웃음이 터졌다. 카잔도 적당히 같이 웃어주며 크라가 내온 안주 몇 개를 집어 먹었다. 재료는 단출했지만 요리가 썩 맛있었다.

크르릉! 컹컹컹! 컹컹!

그때였다. 밖에서 갑자기 사납게 개가 짖는 소리가 들렸다. 떠들면 놀던 일행이 깜짝 놀라 소리가 나는 곳을 찾아 고개를 돌렸다.

"이게 갑자기 무슨 소리야? 크라 개 키워?"

"나 혼자 먹고살기도 버거운데 개는 무슨! 근데 갑자기 웬 개소리가."

부촌장 라르고와 함께 조금 전 가게로 합류했던 젊은 경비대원이 손바닥을 치며 일어났다.

"아! 제가 데려온 개예요! 아까 경비견이랑 순찰 돌다가 잠깐 인사드린다고 들렀다 완전히 잊어버렸네요. 하하하!"

"푸죠, 너는 젊은 놈이 왜 이렇게 정신이 없어?"

허겁지겁 배 채우느라 완전히 개의 존재를 잊고 있던 푸죠가 머쓱함에 머리를 긁적거렸다. 곧 그는 손을 닦고 허겁지겁 일어났다. 그때까지도 개가 짖는 소리가 요란했다.

"아이고, 시끄러. 저놈 왜 저렇게 짖는 거야? 짖는 소리 보니까 한 성깔 하겠는데?"

"투견으로 있던 자식이라 가끔 저래요. 괜찮아요, 제 말은 잘 들……. 어? 어! 아오! 이런 씨! 저 아가씨가 왜 저기 있는 거야!"

창밖 너머를 살피던 푸죠가 크게 놀라 튀어 나갔다. 사색이 된 채 갑자기 뛰어 나가는 푸죠의 모습에 촌장의 무리도 덩달아 놀라 자리에서 일어났다. 거기다 방금 '아가씨'란 말을 하지 않았던가?

"아가씨라면……. 아! 크라가 들이받은 그 아가씨 아니야?"

"에그머니, 에일린!"

사내의 말에 주방에 있던 크라가 하얗게 질린 얼굴로 밖으로 튀어 나갔다. 허겁지겁 나가는 그녀의 뒤로 잘 정리되어 있던 나무 식기가 요란한 소리를 내며 바닥으로 떨어졌다. 우당탕탕! 쨍그랑!

"크라!"

"뭐야, 그 아가씨 개한테 물린 거 아냐?"

떠들고 있던 사내들도 몽땅 일어나 우르르 밖으로 뛰쳐나갔다. 가만히 앉아 있던 카잔은 정말 정신없는 마을이란 생각을 하며 고개를 절레절레 내저었다. 카잔은 후각이 예민했는데, 지금 밖에선 피 냄새가 없었다.

'응……?'

그런데 문득 어딘가 모르게 익숙한 향기가 느껴졌다. 어디서 맡은 냄새였지? 여러 가지 냄새가 섞여 있어서 정확히 떠오르지 않았지만 분명 아는 냄새였다.

그 순간이었다.

"꺅! 이, 이게 뭐야?"

밖으로 나갔던 크라의 비명 소리가 들렸다. 자리를 지키고 앉아 있으려 했던 카잔도 그 소리에는 나가보지 않을 수가 없었다.

"세, 세상에, 이게 뭐야?"

경비대가 뭔가를 둘러싼 채 서 있었고 크라는 놀라 입을 틀어막고 서 있었다. 묘한 위화감이 떠돌고 있었다.

대체 뭘 봤기에 저럴까 싶어 천천히 시선을 돌리던 카잔이 그 '무언가'의 정체를 파악한 순간 얼음이 되고 말았다.

"어떻게……."

네가 여기에!

붉은 노을을 끌어 내리고 보라색 멍울로 덮여가는 하늘을 뒤로 하고 서 있는 작고 초라한 여자. 자신의 몸보다 커다란 개를 마치 새끼 강아지 보듯 발아래로 두고선 순진한 눈망울을 빛내고 있는 저 작은 계집.

그 아이였다. 그의 머릿속에서 몇 번이고 불쑥불쑥 튀어나왔던 붉고, 신비한 그 어린 계집.

카잔은 인지하고 있지 못했지만 그는 지금 숨 쉬는 것도 잊은 채 에일린을 보고 있었다. 꽉 다물어진 잇새로 탄성 같은 신음이 새어나왔다.

"말도 안 돼……!"

카잔의 심장이 미친 듯이 박동하는 게 느껴졌다. 계집과 재회한 카잔의 심장이 뛰었다. 의미를 알 수 없는 그 진동에 카잔은 당혹 스러움을 느꼈지만 얼굴은 여전히 무표정하고 태연자약했다.

"에, 에일린?"

크라가 놀라움을 감추지 못하고 그녀를 불렀다. 발아래를 쳐다 보고 있던 작고 앙증맞은 고개가 느릿하게 위로 올라왔다.

머리를 따라 서서히 올라가는 계집의 눈꺼풀, 그 속에 반짝거리 는 따뜻한 갈색 눈동자.

카잔은 다시 한 번 신음했다. 저 눈이었다. 저 눈, 저 얼굴. 이런 우연은 뭔가 믿을 수가 없었다. 사라졌다 생각했던 계집이 바로 눈 앞에 나타나다니. 수상쩍은 감각은 도리어 그의 기분을 나쁘게 만 들었다. 그 감정을 거부하기 위해 카잔이 한발 뒤로 물러서는 그 때, 에일린도 카잔을 발견했다.

잔잔한 갈색 빛이 세차게 진동했다. 그다, 그였다! 에일린은 그 순간 저가 꿈을 꾸는 건 아닌지 의심해야 했다. 세상의 모든 색이 지워지고, 검은 머리와 잿빛 눈동자만 남아 있었다.

그 또한 에일린을 알아본 것이 틀림없었다. 그녀를 보고 있는 그의 눈동자가 흐릿하게 변하는 게 보였다.

'잡아야 해, 잡아, 에일린.'

"아, 저……."

그러나 둔한 팔다리는 어렵게 한 걸음 앞으로 나오기만 했을 뿐 더 이상의 움직임은 없었다. 그러는 사이 그가 등을 돌렸다. 그의 차가운 눈빛 속에서 에일린은 성가심을 느꼈다. 하지만 또다시 버 림받을 순 없었다.

"저기!"

에일린은 용기를 쥐어짜 소리쳤다. 그의 어깨가 움찔 떨리며 멈춰 선다. 하지만 그는 여전히 등을 돌린 그 상태였다.

그를 향해 외친 소리였건만, 정신을 차린 건 마을 사람들이었다. 뒤늦게 굳어 있던 입을 풀며 에일린의 발아래에 굴러다니는 검은 새끼 돼지를 보며 경악했다.

"저거 미크론 맞지?"

"에그머니, 세상에!"

"아가씨가…… 데리고 온 거야?"

돌아오는 길목에서 나무 아래 데굴데굴 굴러다니던 새끼 돼지가 계속 에일린을 따라왔다. 에일린이 데리고 온 건 아니었지만, 어린 괴수는 어쨌든 에일린을 따라왔다. 그게 미크론인지 돼지인지 에일린은 알지 못했다.

"허허! 새끼 미크론이라니! 내 칠십 평생에 처음 보는 광경이군!"

촌장이 어이가 없는 한편, 기가 막힌다는 듯 중얼거렸다. 촌장의 마음과 다른 이들의 마음 또한 별반 다르지 않았다.

에일린의 앞을 막아서는 이게 대체 뭐냐고 웅성거리는 그들 때문에 남자가 잘 보이지 않았다. 그가 멀어지고 있었다. 불안해진 에일린이 사람들을 헤치고 앞으로 나아갔지만, 작고 마른 그녀가 사람들을 밀쳐내기에는 역부족이었다.

또 버림받을 거란 막연한 불안감, 그를 다시 놓치면 안 된다는 압박감. 그를 잡아야 했다. 하지만 어떻게?

불현듯 에일린의 머릿속으로 광장에서의 광경이 떠올랐다. 남자들을 모두 돌아보게 만들었던 그 마법 같은 단어!

카잔을 향해 손을 뻗친 에일린이 필사적으로 외쳤다.

"여보!"

그 순간, 모든 사람의 행동이 멈췄다. 카잔 또한 놀라서 그 자리에 굳어버렸고, 에일린은 때를 놓치지 않고 한마디를 더 던졌다.

"나, 나 버리지 마요, 여보!"

그 한마디가 주는 파급력은 엄청났다.

4. 나를 줄게요

'……내가 뭘 잘못했나?'

미동 하나 없이 벽에 기대어 서 있는 커다란 남자를 에일린은 조심스럽게 훔쳐봤다. 그를 붙잡기는 했지만 분위기는 좋다고 말할 수 없었다. 그는 어쩐지 기분이 좋지 않아 보였고, 크라와 다른 사람들은 갑자기 시끄러워졌다.

서로 바라만 본 채 말이 없는 카잔과 에일린을 크라가 조심스럽게 방에 밀어 넣었다.

"할 얘기가 많은 것 같은데 천천히 풀고 나와."

딱히 할 얘기는 없었는데, 크라는 마치 많은 대화를 하고 오라는 것처럼 에일린의 어깨를 두드려줬다. 그리고 나가면서 카잔을 매섭게 노려보는 것도 잊지 않았다.

이게 어떤 분위기인지, 아둔한 에일린의 머리로는 이해가 가지 않았다. 다만 오직 하나 다행인 것은 눈앞의 남자가 그녀를 뿌리치지 않고 그대로 있어줬다는 것. 그것 하나.

"많이, 찾았어요."

에일린은 그 하나에 기대어 용기를 냈다. 오랫동안 석상처럼 단단히 감겨 있던 남자의 눈꺼풀이 올라왔다. 그 서늘하고 강인한 잿빛 눈동자를 홀린 듯이 바라보며 그녀가 다시 한 번 힘주어 말했다.

"어제도, 오늘도…… 계속 찾았어요. 다시는 못 볼까 봐 겁이 났어요. 그런데 이렇게 봐서 정말 다행이에요."

다행이라 말하면서도 소녀의 얼굴에 웃음기는 없었다. 하지만 느슨해진 눈매로 카잔을 끈질기게 바라보는 걸로 진심을 다 보여주고 있었다. 표정 없는 얼굴로 가만히 그녀를 바라보고만 있자 에일린은 위축된 듯 어깨를 옹송그렸지만 그래도 끝까지 말 줄기를 놓지 않았다.

"저, 저를 버리지 말아주세요. 같이 가고 싶어요. 데리고 가주세요."

그제야 카잔의 얼굴이 살짝 움직였다. 남자답고 진한 눈썹 한쪽이 비뚜름하게 올라섰다. 느슨하게 내려다보는 눈빛이 좋지 않았다.

절대적인 힘. 에일린은 남자의 그 힘에 사로잡혀 있었다. 이 남자는 강했다. 그 어디에서도, 누구에게서도 지지 않을 만큼 강하리라.

그에 비해 그녀는 터무니없이 약했다. 이 우둔한 머리로도 그녀가 약하다는 것쯤은 너무나도 잘 알 수 있었다.

그래서 그녀는 이 남자가 필요했다. 이 남자가 절실했다.

"뭐든지 할게요! 당신이 하라는 대로 다 할게요. 그러니까 저를……."

그 순간 남자가 픽 웃음을 보였다. 버리지 말라는 에일린의 목소리는 그의 발소리에 묻혀버렸다.

어딘가 모르게 잔악한 얼굴을 하고선 카잔이 성큼 그녀가 앉아 있는 침대로 다가왔다. 어두운 짙은 회색빛의 눈동자가 그녀를 내려다봤다. 아무것도 보이지 않는 그 칠흑 같은 눈동자에 스르르 빠져들면서 에일린이 다시 말했다.

"……귀찮게 하지 않을게요. 그냥 곁에만 있을 거예요."

"하!"

카잔은 터져 나오는 웃음을 참지 못했다. 낡은 방 안에 쩌렁쩌렁 울리는 그의 묵직한 웃음소리는 도리어 짐승의 그것처럼 에일린의 귓가를 서늘하게 위협했다.

하지만 그럼에도 불구하고 바짝 들어 올린 고개를 숙이지 않았다. 도리어 그가 지금 이 순간 왜 웃음을 터트렸는지 이해하려는 듯 그를 더욱 뚫어지게 바라봤다.

"웃기는군."

한참을 웃던 그가 언제 그랬냐는 듯 뚝 웃음을 멈추며 에일린을 응시했다. 그의 빛 눈동자가 한층 짙어져 어둠처럼 보였다. 그 오싹한 심연의 색에 에일린은 등줄기를 훑고 지나가는 소름의 잔상을 느꼈다.

"뭐든지 한다고? 제발 데려가 달라고?"

큭큭 웃으며 그가 성큼성큼 다가왔다. 그 무서운 기세에 에일린은 저도 모르게 주춤 뒤로 엉덩이를 물렸다.

한달음에 그녀와 그가 가까워지는 사이, 에일린의 마른 등이 차가운 벽에 닿았다. 따스한 갈색 눈동자와 짙은 잿빛 눈동자가 조용히 엉켜들었다.

'순진한 건지, 용감한 건지……'

계집은 맹한 얼굴을 한 주제에 그의 눈빛을 피하지도 않았다. 카잔은 그게 또 우스워 피식 웃고 말았다. 어지간한 사내들은 물론이거니와, 야생의 짐승들도 카잔과 시선이 마주치면 뒤로 물러섰다. 그런데 갓 세상 빛을 보기 시작한 어린 병아리 같은 계집이 그 눈빛을 꼿꼿하게 맞받아치고 있다니. 아무것도 몰라서 두려움이 없는 걸까? 아니, 그렇다고 하기엔 카잔이 그녀를 구해줬던 그 순간, 그 눈동자 속에 일렁였던 두려움의 빛이 너무나 짙었다.

카잔은 영혼의 밑바닥까지 뒤집어 볼 것 같은 치밀한 눈으로 그녀를 내려다봤다. 그러자 순진한 눈동자가 파르르 떨리고 메마른 꽃잎 같은 입술이 달싹거리며 애원의 말을 쏟아냈다.

"……제발."

오싹할 만큼 가녀린 목소리, 사내의 위험한 파괴 심리를 자극하는 음성이었다. 붉게 변화할 때만이 위험한 게 아니었다.

그냥, 이 계집 자체에 무언가 기묘한 마력이 있었다.

'위험해.'

본능이 소리쳤다. 위험하다. 하지만 이상하리만치 그의 신경을 긁어댔다. 계집의 말간 얼굴에서 눈을 뗄 수 없다.

"그게 얼마나 엄청난 말인지는 알고 하는 건가?"

서늘하게 다가온 손이 그녀의 턱을 들어 올렸다. 움찔할 몸을 움츠리던 에일린은 얌전히 고개를 내저었다.

"몰라요."

순진한 에일린의 대답에 카잔은 서늘하게 웃었다.

그저 입술을 뭉그러뜨린 웃음일 뿐인데도 정신을 몽롱하게 만들만큼 황홀한 미소였다. 그의 아름다운 얼굴이 그녀의 공포를 얼려버린 걸까? 이상하게도 그의 손길은 거부감이 들지 않았다. 저번에도 느꼈지만, 이 남자의 손길은 계부의 그것과는 달랐다.

"에일린이라고 했던가?"

에일린이 작은 고개를 끄덕여 대답했다. 그 순종적이고 얌전한 대답이 마음에 든다는 듯 그는 만족스럽게 웃었다.

턱에 닿은 그의 손가락에 힘이 가해졌다. 그녀가 저도 모르게 여린 미간을 찌푸릴 만큼 그는 굳은살이 단단하게 박여 있는 엄지손가락으로 작은 턱을 짓누르듯 끌어당겼다.

"조심해."

별 힘도 들이지 않았지만 에일린의 고개가 그에게로 끌려 들어갔다. 눈동자와 눈동자가 스쳐 지나가고, 그의 입술이 그녀의 귓가에 닿는다.

"……잡아먹힐 수도 있거든."

카잔은 성가신 일에 휘말리는 것은 딱 질색이었다. 그것을 피하기 위해 나그네의 삶을 선택했고, 홀로 떠도는 이 삶이 썩 마음에 들었다. 책임도 의무도 없는 자유의 몸이 그는 좋았다.

그런 카잔이었으니 에일린은 그에게 최고로 성가신 부류였다. 위험했고, 순진했으며, 그만큼 신경 쓰이는 꼬마 계집. 카잔은 그녀를 피하는 것이 상책이란 결론이 내렸다.

'사냥, 하지 말까……?'

어쩐지 정신적인 피곤함이 몰려왔던 탓에 카잔은 커다란 침대에 벌렁 누워 있었다. 나가는 순간 몰려들 마을 사람들이 성가셔서 나가고 싶지 않았다. 계속 저 시끄러운 무리와 함께할 생각을 하니 벌써부터 머리가 지끈거리는 것만 같았다.

'아직 계약서를 작성하진 않았으니까 딱히 얽매일 필요는 없는데……'

하지 않으면 얼마든지 하지 않아도 되는 상황이었다. 그가 발을 뺀다고 해도 누가, 어떻게 그를 추궁하겠는가? 하지만 이 계약을 파기한다면 당장 숙식을 해결하기가 어려웠다. 돈이 한 푼도 없는 것은 아니었지만 오늘 해결하고 나면 내일은 영락없이 노숙이었다.

갑자기 짜증이 치밀어 올랐다. 돈이 없는 것도 아니었고, 여관이 없는 것도 아니었는데 왜 그가 먹고 잘 것을 걱정해야 하는가?

순간 지난번 이 마을에 들렀을 때 만났던 붉은 머리의 여자가 생각났다. 그녀는 중심지의 커다란 술집을 운영했고, 그곳의 가수로도 활동하고 있었다. 남편을 여의고 그가 남긴 재산으로 술집을 차렸다고.

'카멜, 이라고 했던가?'

젊고 아름다운 미망인은 카잔을 보자마자 적극적으로 그를 유혹했고, 카잔은 그녀의 초대를 기꺼이 받아들였다. 썩 만족스러웠던 밤이었다. 그녀도, 그도 흡족했고 그렇게 며칠을 더 보내고 카잔은 마을을 떠났다.

그냥 그녀를 찾아갈 것을 그랬나? 카멜은 언제든 다시 오라고,

마을에 오면 꼭 자기를 찾으라고 신신당부했다. 그곳에 가면 부드럽고 풍성한 여자의 몸이 그를 기다렸다. 카멜은 능숙하고 남자를 다루는 방법을 잘 알았다.

안 그래도 근래 들어 욕구불만이 정점을 찍고 있었다. 살육에 대한 욕구, 파괴에 대한 욕구, 그리고 무엇보다도 피에 대한 욕구가 들끓고 있는 것을 간신히 막고 있는 그였다. 사냥을 하고 싶었다. 이성을 마비시키고 오로지 본능만이 날뛸 수 있는 그런 잔인한 사냥을…….

하지만 그래선 안 되는 것을 알기에 그는 그런 자신을 끈질기게 억제하고 있었다. 카잔의 잔인하고 흉포한 욕구를 해소해줄 수 있는 다른 것은 바로 여자였다. 부드럽고, 따뜻하고, 향기로운 여자들의 몸은 그의 거칠고 광포한 욕구를 억눌러주는 유일한 것이었다.

'내가 왜 이 생각을 지금 했지?'

카잔이 번쩍 눈을 떴다. 그가 막 몸을 일으키려고 하는 그때 조용한 방 안에 꼬르륵, 배곯는 소리가 울려 퍼졌다. 그의 주의를 단박에 잡아챌 만큼 적나라한 소리. 저가 들은 소리가 맞는 걸까 의심하며 카잔은 고개를 돌렸다. 커다란 침대 한쪽을 차지하고 앉아 있던 에일린이 그와 눈이 마주치자마자 화들짝 놀라며 고개를 돌렸다. 푹 숙인 고개를 따라 부슬부슬한 머리카락이 쏟아져 내렸다. 그 사이로 새빨갛게 변한 귀가 보였다.

"……전 괜찮아요."

묻지도 않았는데 에일린은 주린 배를 끌어안으며 중얼거렸다.

카잔은 기가 막힌다는 눈으로 그녀를 바라봤다. 어이가 없는 한

편, 어쩔 줄 몰라서 잔뜩 움츠러든 어깨가 귀엽게 느껴지기까지 했다.

하지만 거기까지였다. 카잔은 그 자리에서 벌떡 일어났다.

이리저리 그의 눈치를 살피던 에일린도 덩달아 몸을 일으켰다.

오늘로 끝이겠지, 이 기묘하고 질긴 인연은 여기서 끝이겠지 단정하며 카잔은 몸을 돌렸다. 하지만 변수가 생겼다.

"……."

카잔의 서늘한 눈동자가 뒤를 돌아섰다. 계집이 떨어지지 않았다.

방 밖으로 나가던 카잔이 그의 뒤에 바짝 붙어 쫓아오는 에일린을 쳐다보며 귀찮다는 듯 냉랭하게 말했다.

"따라오지 마."

하지만 잔뜩 굳어 있어 길가에 버려졌던 지난번과는 달리, 에일린은 조금 당돌하게 뇌까렸다.

"싫어요."

당황한 것은 카잔이었다. 맹하고 순진한 얼굴이었지만 말투는 고집스러웠다. 카잔은 어이가 없다는 듯 눈썹을 추켜세웠다.

"따라갈 거예요."

"……누구 마음대로?"

카잔의 되물음에 에일린은 당황한 듯 눈을 데굴데굴 굴렸다. 그 모습이 제법 귀엽게 느껴졌지만 그의 얼굴 위로는 아무런 감정도 드러나지 않았다.

카잔은 피식 웃고선 그녀를 무시한 채 방을 나섰다. 그러자 화들짝 놀라며 에일린이 그의 뒤를 따라 나왔다. 다다다. 심술을 부리듯 카잔의 걸음이 조금 빨라지자 거의 뛰다시피 그에게 바짝 밀착한다.

1층 식당으로 들어가기 직전, 에일린이 그의 소매를 덥석 움켜쥐었다. 덜컥 멈춰 세우는 미약한 힘에 카잔이 그녀를 되돌아봤다.

"……."

이게 대체 뭐냐는 듯 카잔은 눈으로 그렇게 물었다. 하지만 그녀는 아무것도 모른다는 그 말간 눈으로 그를 빤히 바라보기만 했다.

순진한 얼굴로 맹랑하게 굴고 있었다. 일부러 그러는 게 아니라는 것을 알기에 더욱 어이가 없었다.

"이것 좀…… 놓지?"

포식자 앞에 선 어린 짐승처럼 그가 말을 할 때마다 움찔움찔 잘도 반응했다. 하지만 끝까지 고집스럽게 고개를 내젓는다.

카잔의 눈이 가늘어지면서 더욱 날카롭게 변했다. 그의 눈치를 살피듯 에일린은 주춤 어깨를 움츠렸지만 끝까지 시선을 피하지는 않았다. 무서워하는 것은 틀림없는데 물러서지 않았다. 그런 에일린이 귀찮은 한편 저 고집스러운 얼굴을 괴롭히고 싶어지는 묘한 기분이 들었다. 카잔은 더욱 목소리를 으슥하게 내리깔며 말했다.

"놔."

울먹거리는 눈동자가 그를 노려봤다. 그러기 싫은데 협박하는 그가 야속하다는 눈초리였다. 에일린이 그 작은 입술을 꽉 깨물더니 고개를 푹 숙였다.

'이겼다'라는 유치한 승리감이 차올랐다. 그러는 제 모습이 우스웠지만 그러는 동시에 겁먹은 계집을 놀리는 재미가 톡톡히 느껴져서 당혹스럽기도 했다.

'내가 뭐 하는 거지, 지금.'

쯧, 가만히 혀를 찬 그가 휙 몸을 돌리는데 옷자락을 타고 전해지는 미약한 힘이 느껴졌다. 울먹거리며 눈도 못 마주치는 주제에 여전히 그 작은 손바닥으로 그의 옷자락을 콱 움켜쥐고 있었다.

"……같이 가요."

작은 목소리였지만 떨림은 없었다. 그를 쳐다보는 당돌한 눈동자에는 여전히 꺾이지 않은 고집이 그득 묻어 있었다.

카잔과 에일린은 말없이 한동안 서로를 응시했다. 거대한 포식자와 작은 초식동물이 대립하는 모양새였지만 어느 한쪽으로 기울어지는 모양은 없었다.

재미있군.

지지 않으려고 되똑하게 뜬 갈색 눈동자, 그 속에 진득하게 깔려 있는 두려움을 봤다. 두렵지만 그것보다도 더 큰 두려움을 알고 있는 눈이었다.

갸름한 턱선, 꽉 다문 입술이 파르르 떨리는 것이 보였다. 빨려 들어갈 것 같은 소녀의 눈과 작은 콧방울, 그리고 연약한 살갗이 다 터져 있는 입술이 그의 시선을 잡아챘다.

한동안 그녀의 얼굴을 살벌하게 내려다보던 카잔이 휙 몸을 돌려 식당으로 나가는 문을 열었다.

"성가셔."

무뚝뚝하게 중얼거렸지만 그의 옷자락을 잡고 총총총 뛰어오고 있는 에일린을 다시 밀어내진 않았다.

"나 원 참……. 내 살아생전에 미크론 새끼를 다 보다니."

부촌장의 떨떠름한 목소리에 모여 있던 사람들이 서로 얼굴을 맞대며 동조했다.

둥그렇게 원을 그리며 모여 있는 사람들, 그 가운데에는 조금 전 그들을 충격의 구렁텅이로 몰고 간 바로 그 까맣고 동그란 새끼 미크론이 있었다.

꾸루. 꾸루루.

다리를 다쳤는지 새끼 미크론은 절뚝거리고 있었다. 신기한 듯 까맣고 순한 눈으로 주변을 둘러보더니 바닥을 킁킁거리며 그 자리를 맴돈다.

흉포한 괴수가 맞나 싶을 정도로 새끼 미크론은 매우 작았다. 돼지를 닮은 들창코에 동그란 까만 눈은 제법 귀엽기까지 했다. 성장을 끝낸 미크론은 기본적으로 70~80kg 정도가 나가고 그 크기도 어지간한 여덟, 아홉 살배기 아이들보다도 크다. 거대하고 단단한 몸집과 괴팍한 성질, 뭐든 먹어치우는 습성 때문에 사람들이 가장 골머리를 앓는 괴수이기도 했다.

"미크론은 새끼들을 절대 자기 영역 밖으로 내보내지 않는데, 어쩌다 이게 여기까지 내려온 거지?"

"근데 좀 돌연변이 같지 않아? 뿔도 하나밖에 없고……. 새끼라서 그런지는 모르겠지만 이거 지나치게 작지 않아?"

경비대장이 혼란스럽다는 듯 옆에 있는 푸죠를 쿡쿡 찌르며 말했다. 고개를 끄덕인 푸죠가 슬그머니 불안감을 풀어냈다.

"그나저나 대장님, 이거 죽여야 하는 거 아닙니까? 막 성장해서 마을을 공격이라도 하면 어떡합니까? 이건 짐승도 아니고 무려 괴수입니다! 지금 이렇게 작고 귀여워 보여도……. 이거 보세요! 여기 이빨이!"

푸죠가 새끼 미크론 주둥이를 잡아 올려 이빨을 드러나게 했다. 단단해 보이는 이빨이 보였지만 아직은 강아지같이 작고 뭉툭하기만 했다.

"그것보다 이놈 어미가 내려오면 어쩌지?"

"아니, 그거야, 우리가 이번에 대대적인 사냥을 할 거니까 그리 걱정할 바는 아니지 않나?"

"흠, 듣고 보니 그렇군. 그나저나……."

경비대장이 힐끔 안채로 들어가는 문을 쳐다보더니 작당모의라도 하는 듯 목소리를 낮췄다.

"저렇게 어린 신부를 들이다니……. 그 남자도 보통이 아니야. 거기다가 뭐? 버리지 마요?"

"그 말인즉슨……."

경비대장의 말을 맞받아치며 푸죠도 목소리를 낮췄다.

"버렸었다는 말이지!"

그의 말이 끝나자마자 분위기가 술렁거렸다. 안절부절못하며 가게를 서성이던 크라가 눈살을 찌푸리며 안채 문을 바라봤다.

"에이, 근데 둘이 진짜 부부일까요?"

"그럼 뭐, 설마, 그 여자애가 거짓말이라도 했을까 봐? 거기다 둘 다 서로 아는 눈치였다고. 가만! 그러고 보니 여자애가 엉망으로 다쳐 있던 게 설마……."

"가정폭력?"

그 대답에 누군가 한 명이 히이익 놀라며 호들갑을 떨어댔다. 멀찍이 떨어져 있던 촌장이 얼씨구 하며 코웃음을 쳤다. 다 큰 어른들의 입이 저렇게들 경망스러워서야……

"잘 알지도 못하는 남의 일에 왈가왈부하지 말고. 자네 가족이나 잘 돌보는 게 어떤가, 칸? 요즘 에밀리가 부쩍 외출이 잦던데? 그 뭐냐, 소꿉친구 마이클 만나고 다닌다는 소문이 파다해."

"마, 마이클이요?"

더벅머리 칸이 놀란 듯 벌떡 일어났다. 아내가 어릴 때 마이클을 짝사랑했다고 언젠가 고백한 적이 있었다. 그 뒤로 포목점을 하는 마이클만 보면 칸의 눈이 세모꼴이 됐다.

'아니, 이 여편네가!' 하며 씩씩거리던 칸을 모두가 낄낄 웃으며 말려댔다. 그러는 사이 굳게 닫혀 있던 안채 문이 열렸다.

"어, 젊은 부부! 화해는 했는가?"

"아하하! 또 남편 잃어버릴까 봐 그렇게 꼭 쥐고 다니는 거야?"

사람들의 관심이 밖으로 나오는 카잔과 에일린에게 쏠렸다. 에일린은 갑작스러운 소란함에 잡고 있던 카잔의 옷소매를 더욱 힘주어 붙들었다. 그 경직된 힘이 옷자락을 타고 고스란히 카잔에게 전해졌다.

"저희는 부부가 아닙니다."

무뚝뚝한 목소리로 카잔은 사람들에게 일갈했다. 눈을 동그랗게 뜬 채 촌장 무리가 숙덕거렸다. 부부 아냐? 그럼 뭐야? 거봐, 내가 아닐 거라고 했잖아. 갈라선 건가? 등등의 말이 터져 나왔다.

변명하는 것조차 귀찮았던 카잔은 그들의 말을 못 들은 척하며 자리를 빠져나왔다. 그의 뒤에는 에일린이 여전히 밥풀떼기처럼 붙어 있었다.

"어? 어어? 어디 가는 겐가?"

밖으로 나가려는 카잔을 촌장이 당황해서 불러 세웠다. 뒤로 돌아선 카잔이 무뚝뚝하게 말했다.

"가겠습니다. 죄송하지만 일은 없던 걸로 하고 싶군요."

"무, 뭐?"

모두가 발칵 뒤집어졌다. S급 용병이 들어왔다고 좋아했건만 갑자기 없던 일이라니? 촌장과 경비대장 모두 벌떡 일어나 멍청한 눈으로 카잔을 좇았지만 그는 이미 찬바람을 일으키며 문을 나선 후였다.

밖으로 나온 에일린은 앞서 걷는 카잔의 뒤를 바짝 뒤좇았다. 그는 키가 컸고, 에일린보다 다리도 훨씬 길었다. 그는 성큼성큼 힘 하나들이지 않고 앞서 걷고 있는데 그런 남자를 뒤좇기 위해 에일린은 거의 뛰다시피 해야 했다.

'숨차⋯⋯.'

냉랭한 그의 걸음을 곧 죽어도 따라 걸었다. 큰 소리로 헉헉거리지는 못했지만 가쁜 숨이 턱까지 차오르고 있었다.

그때까지도 그는 뒤 한 번 돌아보지 않았다. 하지만 그의 뒷모습이 야속하게만 느껴지지 않았다. 그래도 그는 그녀를 모르는 척하지는 않았다. 그녀를 알아보고, 그녀와 이야기를 나누었고 친절한 경고까지 전해줬다.

'잡아먹힐 테니⋯⋯ 조심해.'

표정이 없었고 목소리는 냉랭했지만 그는 친절하고 다정했다. 에일린은 알 수 있었다. 암흑의 세상에서 갓 빠져나온 그녀였기에 알 수 있는 것이었다. 조그마한 다정(多情)도, 온기도 그녀에게는 너무나도 귀중하고 소중했기에 절절히 느껴졌다. 그는 착한 사람이었다.

아직 아물지 못한 발바닥의 상처가 쓰려왔다. 질끈 이를 악물며 멀어져만 가는 그의 뒤를 쫓았다. 하늘 위로 일그러진 달이 둥실둥실 떠올랐다. 에일린은 회색 망토 안으로 더욱 머리를 깊게 들이밀었다.

꾸르! 꾸르꾸르!

정신없이 그의 뒤를 쫓고 있는데 그녀만큼이나 지친 비명 소리가 들렸다. 깜짝 놀라 곁을 돌아보니 새까만 결이 빛나는 새끼 미크론이 그녀의 뒤를 부단히 쫓고 있었다. 불편하고 짧은 다리가 쉴 새 없이 뜀박질을 한다.

꾸르르! 꾸르꾸르.

주춤 멈춰 선 에일린 옆으로 새끼 미크론이 냉큼 달려와 머리를 비볐다. 뭉툭한 뿔이 종아리를 스치는 게 느껴졌다. 작고 통통한 생명체가 그녀의 다리 사이를 정신없이 오가며 따라잡은 것을 기뻐하고 있었다.

"……쫓아온 거야?"

통통한 몸통 중에서 유일하게 날렵한 꼬리가 좋다고 난리를 치고 있었다. 짧고 보드라운 혓바닥으로 에일린의 마른 다리를 핥았다. 간지러운 느낌에 키득 웃던 에일린이 새끼 미크론을 들어 올렸다. 손바닥만 한 주제에 제법 무게가 나갔다.

꾸룩!

미크론이 좋다고 이리저리 몸을 흔들었다. 귀여웠다. 에일린은
살포시 눈가를 접어 웃으며 가슴 안으로 새끼 미크론을 끌어안고
속살거렸다.

"얼른 쫓아가야겠다. 안 그러면 놓쳐버릴 거야."

큰일 났다. 그가 이미 저만큼 멀어져 있었다. 에일린은 황급히
그의 거대한 뒷모습을 쫓아 부단히 발을 놀렸다. 가슴에 품고 있는
새끼가 묵직했지만 그래도 따뜻했다.

불이 나는 발바닥으로 뛰다시피 그를 쫓았다. 헉헉, 숨이 턱까지
차올랐다. 그와의 거리가 점점 좁혀졌지만 여전히 조금 멀게만 느
껴졌다.

'한 번만 뒤돌아 봐줬으면……'

응석이라는 것을 알고 있지만 그렇게 간절히 바라고 있었다. 저
커다랗고 단단한 등이 돌아서 그녀를 봤으면 좋겠다고.

그런데 그때, 정말 그가 발걸음을 멈췄다. 마치 그녀의 바람을
알기라도 한다는 듯이 딱 멈춰 선 것이다. 놀란 에일린도 눈을 동
그랗게 뜨고 그 자리에 멈춰 서고 말았다.

'뭐지……?'

당황한 에일린이 고개를 갸웃거리는 사이, 그가 다시 몸을 움직
였다. 그런데 이제까지와는 전혀 다른 속도였다.

"……어어?"

식겁한 그녀가 소리 없는 외침과 함께 그를 쫓았다. 스무 발자
국 남짓의 거리, 에일린은 마른 입술을 벙긋거리며 그를 따라 죽어
라 달렸다. 하지만 그와 그녀는 근력부터가 달랐다.

그는 곧 순식간에 골목 안으로 사라졌다. 놀란 에일린이 그를 따라 골목 안으로 들어갔다. 그 순간 그가 다시 다른 골목으로 몸을 꺾어 들어갔다. 눈앞이 어지러울 만큼 빠른 움직임이었다. 아찔한 눈을 감았다 뜨는 순간, 이미 그는 홀연히 모습을 감춰버린 후였다.

"어, 어디로……?"

정신없이 고개를 돌려 그를 찾았지만 없었다. 보이지 않았다. 심장이 철렁 바닥을 내려쳤다. 작은 몸이 분주히 골목을 뛰어다녔지만, 없다. 그는 없었다.

'또, 놓친 거야?'

눈앞이 깜깜해졌다. 갑자기 으슥한 골목의 어둠이 그녀의 어깨를 무겁게 내리누르는 것처럼 느껴졌다. 으슬으슬한 한기에 에일린은 가슴에 품고 있는 새끼 미크론을 힘주어 끌어안았다.

꾸르. 꾸르르.

새끼 미크론도 그녀의 마음과 같은지 품속으로 더욱 가깝게 파고들었다. 골목에는 사람 하나 보이지 않았다. 침묵과 어둠이 그녀를 옥죄어왔다. 가녀린 등 뒤로 서늘한 식은땀이 흘러내렸다.

혼자는 싫어. 무서워. 싫어……. 갈색 눈동자 가득 습윤한 두려움이 차올랐다. 세상에 어둠과, 달, 그리고 그녀 이렇게 셋만 남아 있는 것처럼 느껴졌다. 그중에서 가장 약자는 그녀였다. 숨이 막혀왔다.

마치 무언가로부터 위협이라도 받는 듯이 주춤주춤 물러나는 그녀의 등 위로 차가운 벽이 닿았다. 더 이상 물러날 곳도 없다는 느낌에 에일린의 얼굴은 달보다도 하얗게 질려버리고 말았다. 품 안에 있는 온기를 더욱 세차게 끌어당겼다. 꿈틀거리는 그 느낌이 조금이나마 위안이 됐다.

'무섭지 않아. 괜찮아⋯⋯.'

숨을 고르며 다시 한 번 주변을 살폈다. 크고 작은 건물 사이로 난 좁은 골목길, 지나가는 사람도, 소리도 없이 고요한 거리였다. 시간이 지날수록 그가 더 멀어지는 것만 같아 초조해졌다.

그녀는 다시 서툴게 발을 놀렸다. 골목과 골목 사이는 어둠뿐이었다. 그러나 그 어둠 끝에는 반드시 길이 뚫려 있었다.

'그를 찾아야 해. 그를⋯⋯.'

에일린은 본능적으로 그에게 매달리고 있었다. 딱딱한 껍질을 깨고 나온 병아리가 크고 부드러운 어미의 품을 찾아 필사적으로 몸을 일으키는 것처럼, 에일린은 그렇게 카잔을 찾았다.

타닥타닥. 초조한 발소리가 어둠을 흩트려놓았다. 기이할 정도로 조용한 그 밤, 에일린은 지친 발을 끌고 다시 한 번 그를 찾아 달리고 있었다.

엑시움의 부를 쥐고 있는 것은 크게 3개의 세력으로 나뉘었다.

그 첫째는 단연 엑시움을 건국하고 통치하고 있는 왕족이었다. 왕족은 대대로 꿀을 바른 듯 달콤하게 빛나는 황금색 머리카락과 그것보다도 조금 더 진한 호박색의 눈동자를 가지고 있었다. 태생적인 고귀한 아름다움으로 그들을 한 번이라도 봤던 사람들이라면 그 아름다움에 눈이 멀어버릴 정도라고 한다. 이 황금의 일족을 영접하기란 하늘의 별따기보다도 어려웠으니. 오만한 왕족들은 어지간해서는 수도 '그라시아스'를 잘 벗어나지 않았고, 귀족이 아닌 이상 왕족을 보는 것은 평생에 한 번 있을까 말까 한 일이었다.

두 번째는 귀족이었다. 엑시움은 험악한 산지가 많았고 그 산지에는 괴수가 많았다. 척박하다면 척박한 땅이었지만 산지에는 방대한 양의 광물과 값비싼 약초들, 그리고 귀한 나무가 많았다. 또한 괴수들의 가죽과 뿔, 이빨 등은 강력한 무기나 방어구를 제조하기 위한 고급 재료였다. 귀족들은 이러한 것들을 영주민들로부터 수탈하곤 했다. 때때로 할당량을 채우지 못한 영주민들은 강제 노역으로 불려나가 억지로 사냥이나 채집에 참여해야만 했다.

그리고 마지막으로 세 번째. 사실 엑시움에서는 이들이 가장 중요했다. 왕족보다도, 귀족보다도 그 수는 적었지만 압도적으로 엄청난 양의 부를 축적하고 있는 그들. 바로 '부호'들이었다. 10여 개의 가문이 혈족을 중심으로 부를 축적했는데, 그중에서도 비교를 불허하는 두 집안이 있었다.

'리츠'와 '타르페'였다. 상업, 농업, 공업, 그리고 또한 암흑가의 세력까지 이 두 일가의 장악력은 엄청났다. 이 두 세력의 재산을 금으로 환산한다면 타르카지오 산맥을 뒤덮고도 남을 거라는 말이 파다했으며, 작은 왕국 한두 개쯤은 거뜬히 살 수 있을 정도라고 했다. 엑시움의 또 다른 왕족이라고 불리는 이 두 가문은 누가 더 잘나고 못나고를 따지는 게 무의미할 정도로 엄청난 부를 축적하고 있었다.

다만 대중의 지지도는 상당히 다른 양상을 보이고 있었다. 타르페 가문의 상업은 악랄하고, 지독했으며 다소 냉소적이었다. 그들은 '노예'라는 이름으로 사람을 사고 팔았고, 의술과 실험을 위하여 동물은 물론 인체실험까지 마다하지 않았다. 그로 인한 죄책감도, 미안함도 보이지 않는 이 가문을 사람들은 끔찍하게 싫어했다. 바로 몇 다리를 건너면 그들에게 당했다는 이웃들의 증언이 팽배했기 때문이었다.

그에 비하여 사람들은 '리츠'일가는 매우 존중하고 존경하고는 했다. 그들은 가난한 이들에게 돈을 빌려주기도 했고, 땅과 건물을 대여하여 상업에 참여할 수 있게 했다. 서민들의 삶과 밀접한 상업은 모두 '리츠'라는 이름을 달고 있었다. 타르페에 견준다면 한없이 선(善)에 가까운 일족이었다.

바로 그 리츠가(家)의 10번째 도련님, 리츠 체니오가 '호페'에 경영자 수업을 빌미로 잡혀 있다는 것은 대중에게 알려지지 않은 비밀이었다.

"주인님."

체니오, 짧게 줄여 첸이라 불리는 사내의 심복 파비안이 조용히 서재로 들어와 주인을 불렀다. 책상 가득 쌓여 있는 서류들에 고개를 들지 못한 채 첸은 펜을 들고 있지 않은 반대쪽 손을 내밀었다. 파비안은 조용히 주인의 손 위로 들고 온 문서를 올려놨다.

"흐음."

빠르게 몇십여 장의 문서를 훑어 내리던 첸의 시선이 어느 한 장에 고정되었다. 그 문서 위에 무엇이 쓰여 있는지 알고 있는 파비안은 조용히 마음을 가다듬으며 주인의 분노를 기다렸다. 첸의 얼굴이 와락 찌그러진다.

"이, 이, 이……."

그리고 역시나, 몇 초도 지나지 않아 첸이 벌떡 자리에 일어나 길길이 날뛰기 시작했다.

"이 노친네가 미쳤나!"

아름다운 금빛 머리카락을 쥐어뜯으며 첸이 버럭버럭 성을 냈다. 예상한 그대로였기에 파비안은 짧게 한숨을 내쉬며 조용히 주인의 신경질이 잦아들기를 기다렸다.

"하! 그러니까 지금 나를 이따위로 엿을 먹이시겠다? 이 미친 노친네가 뒤통수를 치네, 아주! 어, 어떻게 타르페 미친 할망구한테 파릇파릇한 손주를 팔아먹을 생각을!"

첸의 과격한 말에 파비안은 걱정스럽다는 듯 얼굴을 굳히며 짧은 잔소리를 건넸다.

"팔아먹는다는 말은 너무 과하십니다. 가주님께 미친 노인네라는 것도……. 이곳은 방음이 훌륭한 곳이 아니기 때문에 말을 아끼시는 게 좋습니다."

"흥! 루 형제가 경비 서고 있을 텐데, 뭘."

"아무리 그렇다고는 하나 고용인들도 듣는 귀가 있습니다."

"듣는 귀?"

파비안의 말에 첸은 다소 냉랭하게 웃으며 그를 돌아봤다.

"들으면 뭘 하지? 말하지 못할 텐데……. 그들을 그렇게 만든 게 어디 사는 누구시더라."

파비안은 조용히 시선을 내리며 대꾸하지 않았다. 시가지에 위치한 첸의 6층짜리 대저택은 20여 명의 최소한의 인력만으로 돌아가고 있었다. 첸을 모시고 있는 10여 명을 제외한 나머지는 파비안이 이곳에서 채용한 인력이었는데, 그들은 모두 말을 하지 못하거나 듣지 못하는 장애를 가지고 있었다. 파격적인 근로 조건과 엄청난 임금을 제공하는 이 저택은 들어오는 순간 입과 귀를 빼앗

겨야 한다. 그 모든 일을 총괄하는 것은 첸의 최측근인 파비안과 집사 타젠이었다.

'든든하긴 한데, 참 이놈도 피도 눈물도 없단 말이지.'

첸은 가만히 고개 숙인 파비안을 보며 쯔쯧 혀를 찼다.

거지꼴로 아사(餓死) 직전의 그를 구해준 게 벌써 20년 전이었다. 파비안은 당시 12살 남짓의 소년이었는데 하도 먹지 못해서 당시 6살이었던 첸과 덩치가 그다지 차이 나지 않았다. 차가운 바닥에 쓰러져 하늘을 올려다보는 눈동자는 백태가 낀 것처럼 흐리멍덩했고 생기가 없었다. 어린 체니오는 이미 죽음을 느끼고 있는 듯 바닥에 쓰러진 채 꼼짝도 하지 못하던 그에게 다가갔다.

부유하게 살아온 첸으로서는 초라한 행색으로 비쩍 곯아 죽기 직전의 누군가를 보는 게 처음이었다. 그 첫 느낌은 신기함이었다. 죽음 앞에서 사람은 이런 눈빛을 하는구나, 라는 생각만 막연하게 했다. 아직 살아 있기는 했지만 지금 당장 시체가 된다고 해도 전혀 이상할 것 없이 마르고, 초라한 몸. 그 소년을 한참이나 관찰하듯 내려다보던 첸이 한 첫말은 이거였다.

'너, 왜 움직이질 않아?'

'……'

비로소 허공을 응시하고 있던 파비안의 눈동자가 스르륵 움직였다. 한참을 말없이 첸을 올려다보던 소년의 눈동자가 빨갛게 달아오르기 시작했다. 수 초 후 소년의 눈가에 촉촉하게 올라오는 습기, 악에 바친 눈빛.

그 상태로 죽어가던 소년이 마른 입술을 달싹였다. 소리는 없었지만 첸은 똑똑히 알아들을 수 있었다.

'살려줘.'

발악하듯 매달리는 그 시선에 말을 알아들었다. 그 순간 첸은 재미있는 생각이 났고 곧바로 그것을 그대로 실행에 옮겼다.

'내가 살려주면, 네 목숨은 내 것이야. 날 위해 뭐든지 해야 해.'

작고 아름다운 아이는 통통하고 맑은 얼굴로 그렇게 말했다. 영악한 눈을 반짝이며 귀한 손을 내미는 그때, 파비안은 이미 이 소년의 것이었다.

'다시는 굶는 일도, 추위에 떠는 일도 없을 거야. 내 것이 되면……. 하지만 네 죄책감도, 감정도 내 것이 돼야 해. 어때, 괜찮겠니?'

완전히 매료되었다. 그에겐 없는 이 고귀함과 당당함, 그리고 그 자신감에 그는 흠뻑 매료되어 실낱같이 남아 있는 생명줄을 기꺼이 소년 손에 내어주었다.

'이제 넌 내 거야.'

그리고 20년이 지난 지금, 첸이 가장 신뢰하는 심복이 된 파비안은 그날을 이후로 단 한 번도 굶어본 적이 없었다. 그때 그 소년의 약속대로.

"마리아 타르페 백작 부인은 8일 후에 도착하신다고 합니다. 그때 부인이 주인님께 청혼서를 내밀 것 같습니다. 두 집안끼리는 이미 암암리에 말을 끝낸 것으로 보입니다."

담담한 파비안의 보고에 첸이 조용히 욕지거리를 내뱉었다. 노인네가 노망이 난 게 틀림없었다. 아니, 그 시커먼 속에 무슨 꿍꿍이를 품고 있는 건지. 아무리 그래도, 26살의 손주를 남편을 셋이나 잡아먹었던 38살의 미망인에게 넘겨? 첸은 조용히 이를 악물며 지끈거리는 이마를 짚었다.

타르페와 리츠가문은 몇십 년 동안 결혼으로 결속을 이어왔고 그것으로 서로의 영역을 지켜주자는 암묵적인 결연을 맺고 있었다. 상대는 누가 되었든 여자 쪽에서 결정한다. 리츠가의 영애이든, 타르페가의 영애이든 누가 되었든.

그런데, 그 38살의 미망인이 첸을 골랐다고? 그럴 리가 없었다. 이건 분명 중간 계략이 있었을 것이었다.

"이 결혼의 내정자는 원래 내가 아니었고 크리스였어. 근데 왜 갑자기 바뀐 거지? 노친네가 그냥 크리스에게 넘어간 건 아닐 텐데……. 흐음. 뭐지? 뭘 빌미로……."

머리를 굴리던 첸의 고개가 번쩍 들렸다. 냉소적인 목소리가 목울대를 타고 흘러나왔다.

"엑시타군. 엑시타를 와해시키려고 그러는 거야."

엑시타는 첸이 조직한 비밀정보조직이었다. 정보 길드와는 다르게 개인적인 조직이었고 대외적으로는 전혀 알려지지 않았지만 악덕 귀족과 부자들의 횡포를 까발리거나 뒤엎는 일을 종종 했다. 지극히 개인적인 첸의 취미로 시작한 것인데, 탄탄한 조직망과 탁월한 정보 수집 능력으로 요 몇 년 사이 상위계층이 가장 두려워하는 조직 중 하나가 되어 있었다.

"저번에 노친네가 이케도니아에 들렀지? 엉덩이 무거운 노인네가 고작 후작 하나 만나러 거기까지 가진 않았을 텐데."

"가주님께서 직접 가신 건 아니고 그분의……."

"알아, 알아! 노친네 집사가 간 거! 어쨌든 그 양반도 노인네잖아."

"네, 그렇죠."

"타이밍도 기가 막히게 그때 엑시타의 타깃이 후작이었단 말이지……."

첸은 머리를 굴렸다. 그는 어차피 후계자가 되고 싶은 생각 따위는 눈곱만큼도 없었다. 그따위 자리에 올라가봤자 명만 줄어들고 지저분한 탐욕만 뒤집어쓸 것이 틀림없었으니까.

그렇다고 미망인의 젊은 남편으로 팔려가는 것도 탐탁지 않았다. 늙은 여우에게 쪽쪽 빨리는 건 사양이었다. 뭔가 방법이 필요했다.

'어떻게 할까나.'

머릿속이 바쁘게 돌아갔다. 안 그래도 늙은 노인네 심부름 때문에 이 시골바닥까지 끌려 내려온 것도 화가 나는데……. 슬슬 사고를 좀 쳐줄 때가 된 것 같았다.

'그동안 내가 너무 순한 양이었지.'

첸의 눈이 호기롭게 반짝였다. 빙글빙글 제자리를 돌던 그가 창문가로 다가가 밖을 내다봤다.

"어?"

신기한 일이었다. 이 어두운 밤, 저 칙칙한 후드를 뒤집어쓴 채 달리는 작은 몸이 눈에 들어온 것은. 반경 200m 내의 모든 건물과 가게는 첸 혹은 가문의 소유였다. 시가지의 중심으로 들어가는 길목, 가로등 하나 없이 어두운 거리를 작은 몸이 다급하게 달리고 있었다. 무엇에 쫓기고 있는 걸까?

아니다. 눈을 가늘게 뜨고 보니 쫓기기보단 무언가를 찾고 있는 것처럼 보였다. 뭘까? 첸은 이상하게 저 아이에게 관심이 갔다. 단순히 허름한 거지 계집이라고 보기에 수상쩍은 게 한두 가지가 아니었다. 묘한 분위기를 가진, 숨겨진 뭔가를 가지고 있을 것만 같은 직감.

첸은 빙긋 웃더니 창가에서 몸을 돌려 나갔다.

"나 나간다."

그리고 그의 직감은 아직까지 단 한 번도 틀린 적이 없었다.

"예? 지금 어디를……."

겉옷을 챙겨 들고 나선 첸이 신이 나는 목소리로 중얼거렸다.

"쇼핑."

쾅!

이 밤에 갑자기 쇼핑이라니? 문을 박차고 뛰어나간 첸의 잔상에 파비안은 한숨과 함께 문밖을 향해 외쳤다.

"루이!"

그러자 불쑥 문이 열리며 진한 녹색 머리의 남자가 얼굴을 들이밀었다.

"이미 루이는 주인님 쫓아갔어."

라이였다. 루이와 라이는 쌍둥이였는데 첸의 가드를 맡고 있었다. 싱글싱글 웃는 라이를 보며 파비안이 떨떠름하게 물었다.

"왜 웃어?"

"뭐긴. 오늘 밤은 나 말고 다 일하잖아! 기분 째진다고."

일? 반사적으로 파비안이 뒤를 돌아봤다.

첸이 고개를 파묻고 있던 책상에 서류가 산처럼 쌓여 있었다. 순간 저도 모르게 피곤한 신음성을 내지른 그가 무겁게 걸음을 옮기며 한숨을 내쉬었다.

여전히 문틈 사이로 고개를 내밀고 있던 라이가 비실비실 웃으며 중얼거렸다.

"파이팅. 난 잔다!"

남은 일은 남은 자의 것이었다. 파비안은 조용히 책상에 자리를
잡고 앉았다.

펙.

"……윽!"

골목을 달리던 에일린의 발이 깨진 돌바닥 틈에 걸려버리고 말
았다. 새끼 미크론을 안고 있던 탓에 둔해진 팔다리가 그대로 바닥
에 내리꽂힌다.

"으으……."

철푸덕 넘어진 에일린은 신음성을 참지 못하고 끙끙거리며 무
릎을 감싸 안았다. 품 안에 있던 새끼도 깜짝 놀라 꾸르꾸르 내짖
는 소리가 커졌다.

"쉬…… 미안. 놀랐지?"

욱신거리는 무릎보다도 놀라 버둥거리는 새끼를 다독이며 에일
린은 그 자리에 주저앉았다. 하늘을 올려다보니 위협적일 만큼 커
다란 달이 머리 위로 바짝 올라와 있었다. 처음 크라의 집을 뛰쳐
나왔을 때와는 달라진 위치를 보아하니, 그때보다 시간이 많이 지
나간 것은 틀림없었다.

"어디로 간 걸까?"

덤덤하지만 시무룩한 기운이 듬뿍 묻어 있는 목소리가 공허하
게 울려 퍼졌다. 이 아이가 답을 알고 있을 리가 없었지만, 그래도
이렇게나마 누군가에게 묻고 싶었다.

'어디로 가야 해? 어디로?'

인생의 답을 알고 있는 누군가가 있으면 좋겠다는 생각을 종종 했다. 살아야 할까, 죽어야 할까. 나아가야 할까, 멈춰 서야 할까. 포기해야 할까, 아니면 더 버텨볼까…….

오로지 혼자 보낸 수많은 나날, 그 속에서 에일린은 끊임없이 고민했지만 단 한 번도 누군가가 그녀에게 해답을 건네주지 않았다. 그래, 결국 이것은 에일린의 인생이었다. 누구도 답을 주지 않는다. 스스로 찾아야만 했다. 아무리 어렵고, 힘들지라도 그녀 스스로 답을 찾아야만 한다. 그러기 위해선 제일 먼저 '방법'을 찾아야 하는데, 그 방법을 찾는 방법조차 모르겠다는 게 문제였다. 그러니 일단 머리보다 가슴이 시키는 대로 하는 수밖에.

"……후, 어렵다."

길도, 그도 잃어버렸다.

괜히 차오르는 답답함에 입술만 삐죽거리던 그녀가 작은 손으로 무릎에 묻은 먼지를 조심스럽게 털어내니, 벗겨진 살갗이 보였다. 방울방울 맺히던 핏방울이 주르륵 흘러내렸다.

멍하니 그 빨간 물길을 내려다봤다. 나무토막같이 살점 하나 없는 장딴지를 지나 부러질 것 같은 발목까지 타고 흘러내렸다.

'이대로 잃어버리면 어쩌지.'

머릿속에 오직 그 생각만 둥둥 떠다녔다. 생각만으로도 등 뒤가 오싹했다.

그가 없다면 그녀 따위는 열흘도 가지 못해서 죽을 것이었다. 어떻게든 죽을 것이었다. 그것은 이미 생각이 아니라 확신이었다.

죽음의 공포가 다시금 그녀의 목을 졸라댔다. 계부의 집에 있을 때는 편안하게 죽는 것만도 행운이라 생각했지만 지금은 아니었다.

'안 돼. 죽을 수 없어.'

순간 번쩍 정신이 들었다. 어떻게 얻은 새 삶인데, 이렇게 죽을 수는 없었다.

'그가 있어야, 내가 살아.'

에일린은 쓰라린 무릎과 욱신거리는 발목의 통증을 무시하며 일어나려 애썼다. 비틀거리는 연약한 다리가 기어이 바닥을 짚고 일어선다.

그를 다시 찾으면 뭐든 그에게 쓸모 있는 무언가가 되어야 했다. 하다못해 그가 매달고 다니는 그 검처럼, 쓸모가 있어야 했다.

무엇이든 하겠다는 에일린의 말은 진심이었다. 꼭 그에게 도움이 되는 사람이 되어야 했다. 그래야 '성가시지' 않을 테니까.

억지로 한 발 앞으로 내딛는 그때, 뒤에서부터 검은 그림자가 길게 드리워졌다.

"뭐야? 넘어졌어?"

"……."

아무도 없던 그곳에 홀연히 나타난 누군가가 성큼 그녀 곁에 섰다.

놀라 고개를 드니 알고 있는 얼굴이었다. 비뚜름한 미소의 예쁜 그 남자.

"나 알아보겠어, 다람쥐?"

에일린이 마지못해 고개를 끄덕이니 남자가 활짝 웃음을 보였다.

"바보는 아닌가 보구나?"

기특하다는 듯 그녀의 머리를 쓰다듬으려 하는 그 손길에 에일린이 화들짝 놀라 뒤로 물러섰다. 절뚝절뚝 뒤로 물러서는 에일린으로 인해 남자의 손이 허공에 어색하게 멈춰 섰다.

"흐음? 경계심?"

"여긴 어떻게……."

"나? 산책 겸 쇼핑."

"쇼핑?"

산책이라는 단어는 알지만 쇼핑이란 단어는 몰랐다. 해본 적이 없고 들어본 적도 없으니 당연히 알 리가 없다. 어려서부터 찢어지게 가난했고 조금 지나서는 계부에게 감금당해 살아왔던 그녀에겐 그저 생소한 단어일 뿐이었다.

그게 뭐냐고 물어보려던 그녀가 이내 입을 다물었다. 그런 걸 묻고 있을 시간이 없었다. 얼른 그 남자를 찾고 싶은 생각뿐이었다. 에일린은 남자를 지나쳐 얼른 걸음을 옮겼다.

"어어?"

저게 또 나를 무시하네? 대꾸도 없이 그를 지나치는 에일린을 돌아보던 그가 계속 절뚝거리며 느리게 걷는 그녀를 보더니 쪼르르 곁으로 달려왔다.

"다쳤어? 어디 봐. 어? 피 나네?"

핏자국이 있는 그녀의 다리를 보며 첸이 놀라 눈을 동그랗게 떴다. 하지만 여전히 대꾸 없이 주변만 살피는 그녀의 모습에 눈살을 찌푸린다.

"뭘 그렇게 찾고 다니는 거야? 다리 엄청 아파 보이는데? 이봐.

야. 너. 다람쥐! 너 계속 피 나. 야, 너 괜찮아? 안 괜찮아? 뭐야? 말을 좀 해봐. 야, 야. 다람쥐, 여기 봐봐."

시끄러워. 귀가 얼얼할 정도로 말이 많은 첸을 밀어내며 에일린이 열심히 발을 놀렸다. 점점 시가지가 가까워지는 듯 오가는 사람들이 많아졌다.

조금만 더 찾아보자. 사람 많은 곳에 있을지도 몰라. 에일린은 희망을 가지며 더욱 발을 재게 놀렸다.

"야. 야야! 피 계속 나잖아!"

절뚝거리며 걷는 에일린을 보던 첸이 참다못해 그녀의 팔을 확 잡아당겼다.

"······읏!"

깜짝 놀란 에일린이 미약한 비명을 터트렸고, 안고 있던 새끼 미크론을 떨어트리고 말았다.

꾸룩! 꾸엑!

등으로 떨어진 미크론이 죽자고 소리를 질렀다. 화들짝 놀란 에일린이 잡혔던 팔목을 거세게 털어내며 그를 밀어냈다.

당황한 것은 첸도 마찬가지였기에 순순히 에일린이 밀어내는 대로 물러났다.

"아, 어, 미안. 일부러 그런 건 아니야."

"······알아요."

아프다고 낑낑대는 새끼를 끌어안으며 에일린이 고개를 끄덕였다. 힐끗 그를 흘겨보는 눈빛이 매섭지는 않았지만 서늘하게 가라앉아 있었다. 꼬마 계집치고 눈빛이 맹랑하다.

"어, 어어? 어! 너 그거."

첸이 머쓱한 듯 머리를 긁적거리다 그녀가 끌어안고 있는 것을 보고선 눈을 크게 떴다. 눈을 비비며 몇 번이나 확인했지만 저것은 필히 그것이었다.

"미, 미크론?"

경악에 가까운 비명 소리에 에일린은 품 안에 안겨 있는 새끼를 내려다봤다. 아무것도 모른다는 듯 작고 동그란 눈이 그녀를 올려 본다.

'뭐지, 왜 다들 얘만 보면 소리를 지르는 거지?'

그냥 작고 통통한 생명체일 뿐인데……. 자꾸 사람들이 이 아이를 괴물 보듯 보고 있었다. 고개를 갸웃거리던 에일린이 단단히 닫혀 있던 입을 열었다.

"……이게 왜요?"

"이게 왜요?"

끌어안고 있는 괴수 새끼보다도 그를 더 경계의 빛으로 보는 에일린을 보면서 첸은 혼란에 빠졌다.

"너 그게 뭔지 몰라? 미크론이야, 미크론. 짐승이 아니라 괴수라고! 사람 잡아먹는 괴수! 이것들은 태생적으로 사납고 경계심이 많은 종족이라 이, 이렇게 얌전히 안겨 있을 리가 없다고."

"얘는 얌전한데요."

"그러니까 신기하단 거지! 너 이거 어디서 났어? 이리 줘 봐. 어? 등 돌리냐? 야! 한번 보자! 나도 이렇게 살아 있는 건 처음 본단 말이야!"

뺏으려드는 첸의 손길을 피하며 에일린이 이리저리 몸을 돌렸다. 힘도 없이 쪼그만 한 게 날래기만 했다. 약이 오른 첸이 그녀의 팔뚝을 움켜쥐었다.

"이, 이거 놔요."

겁이 잔뜩 차오른 갈색 눈동자가 첸을 노려봤다. 그런 순간, 눈동자 색깔이 바뀌었다.

'어?'

눈을 깜빡거리며 첸이 유심히 에일린의 얼굴을 살폈다.

"잠깐. 잠깐 가만있어 봐, 너."

움찔 뒤로 물러서며 에일린이 가까이 다가오는 첸을 경계 어린 눈으로 쳐다봤다.

붉은색. 노려보는 크고 동그란 눈망울은 분명 붉은색이 맞았다.

'그때 광장에서 봤을 때는 분명 다갈색 눈이었던 것 같은데……'

첸의 기억력은 타의 추종을 불허했다. 그는 20여 년 전의 일까지 뚜렷하게 기억하고 있는 수재였다. 사고는 많이 치지만 머리가 좋은 탓에 은폐하는 것도 탁월했기에 그는 지금의 저 자리까지 무사히 올라왔던 것이다.

첸이 미심쩍은 듯 고개를 갸웃거리는 사이 에일린이 확 몸을 뒤로 빼며 도망갔다.

"어어? 야, 거기 서!"

"주인님."

어디서 나타난 건지 갈색 머리의 길쭉한 사내가 종종거리며 물러나는 에일린의 앞을 가로막았다.

소리 없이 나타난 낯선 이에 에일린이 흠칫 놀라 발을 멈췄다. 그 사이로 새끼 미크론이 꾸물꾸물 에일린의 품 밖으로 고개를 내밀었다.

"어, 그래 너 잘했다. 루이! 야 다람쥐, 품에 안고 있는 것 좀 보자니까?"

"오, 오지 마요."

"헛? 그렇게 말하면 내가 무슨 짓이라도 하는 것 같잖아."

첸은 덥석 에일린의 팔목을 움켜쥐었다. 에일린은 끙끙거리며 잡힌 팔을 비틀어댔다. 엉덩이를 뒤로 빼며 도망가려고 필사적이었지만 힘이 없었다.

크르르.

에일린의 가슴이 미약하게 진동했다. 가슴 안에 품고 있던 새끼 미크론이 첸을 노려보며 목울대를 진동시켰다. 화가 났다는 듯이 이를 드러내고 있었고, 까만 눈동자에도 붉은빛이 희번덕하게 빛났다.

"놀랐구나."

갑작스러운 새끼의 반응에 에일린이 소곤거렸다. 하지만 미크론은 이를 드러내며 첸을 쏘아보는 것을 멈추지 않았다.

크르르!

순간 에일린의 팔뚝을 잡은 손길에 힘이 억세지는 것이 느껴졌다.

"거봐! 괴수라니까. 이리 줘. 위험해."

첸은 안겨 있는 미크론을 보며 얼굴을 일그러뜨렸다. 그가 에일린에게 손을 내밀자 뒤로 물러서 있던 남자가 앞으로 나왔다.

"주인님 제가……."

"싫어요."

다가오는 남자를 보며 에일린은 다시 한 번 단호하게 고개를 내

저었다. 억지로 몸을 뒤로 빼는 에일린을 보며 첸이 버럭 소리를
내지른다.

"고집불통! 위험하다고!"

"꺅!"

확 잡아당기는 손길에 에일린의 몸이 기우뚱 쓰러진다. 그 순간
그녀의 품에서 새끼 미크론이 펄쩍 뛰어올라 첸을 공격했다. 동그
란 몸통과는 다르게 제법 날카롭고 날렵한 움직임이었다.

크르릉! 커헝!

"주인님!"

첸은 반사적으로 몸을 돌려 미크론의 공격을 피했고, 뒤에 서
있던 루이가 순식간에 그의 앞으로 나타났다. 둔탁한 소리와 함께
미크론이 바닥으로 떨어졌고 에일린도 바닥에 철푸덕 넘어졌다.
깽 소리 한번 없이 벌떡 몸을 일으킨 미크론이 에일린의 앞을 막
아서며 다시 한 번 이를 드러낸다.

"아 씨! 깜짝이야! 저 쪼그만 놈을 콱!"

"위험합니다. 주인님, 뒤로 물러서십시오."

어느새 칼을 빼든 루이가 살기 가득한 눈으로 에일린과 미크론
을 노려봤다.

"새끼 미크론은 제가 다시 잡아다 드리겠습니다."

번쩍 칼을 치며 올리는 루이의 살벌한 눈을 보며 에일린이 얼른
몸을 날려 새끼를 품에 안았다.

'안 돼!'

본능처럼 몸이 움직였다.

"어, 어어! 루이!"

"……치잇!"

이 아이가 뭘 잘못했다고 난데없이 죽어야 하나? 아무것도 잘못하지 않았는데 괴수라고 죽어야 한다면, 그녀 또한 '괴물'이라고 언제든 죽어야 했다. 그래서 에일린은 더욱 새끼 미크론을 죽일 수 없었다. 죽게 내버려 둘 수 없었다.

쿵! 둔탁한 소리가 났다. 하지만 아픔은 없었다. 질끈 눈을 감은 에일린은 다가올 고통을 기다렸지만 아무것도 없었다.

대신 그녀의 앞으로 길고 검은 그림자가 드리워졌다.

"……어지간히 성가시게 해야지."

익숙한 향기가 났다. 들판의 냄새, 햇빛의 냄새, 따뜻한 온기의 냄새. 질끈 눈을 감고 있던 에일린의 고개가 이끌리듯 위로 올라간다.

"……!"

새카만 머리카락, 새카만 망토……. 그였다. 에일린은 눈을 몇 번이나 감았다 뜨며 그를 확인했다.

그리고 그가 정말 환상이 아니라는 확신이 든 순간, 에일린의 얼굴은 저 머리 위의 달처럼 환하게 밝아졌다.

다리가 아픈 것도, 무릎이 까진 것도 모두 잊고 에일린은 벌떡 일어났다. 그리고 두 팔을 한껏 벌려 품 안 가득 그의 허리를 끌어안고 파고들었다.

"찾았다."

허리에 매달린 에일린으로 인해 카잔은 그대로 굳어버리고 말았다. 작고 마른 계집은 마치 그와 한 몸이라도 된 것처럼 한 치의 틈도 없이 완벽하게 밀착해 있었다. 그의 너른 등에 얼굴을 묻고서는 다시 만난 감격을 한껏 표출했다. 보드라운 뺨을 비벼대며 거친 망토 속으로 파고들었다.

따스하면서 연약한 계집의 몸이 한껏 느껴졌다. 카잔은 굳어 있는 눈동자만 아래로 내려 허리에 둘러진 얇은 팔을 내려다봤다.

"……뭐야, 당신?"

첸은 갑자기 나타난 거대한 사내를 위아래로 훑어봤다. 하지만 사내의 눈은 허리에 둘러진 에일린의 팔에 고정되어 있을 뿐이었다.

첸의 눈썹 한쪽이 비뚜름하게 치솟아 올랐다. 명석한 머리는 별다른 고민 없이 답을 찾아냈다.

"그렇군. 그랬어. 보호자가 나타났군."

몸싸움은 첸의 영역이 아니었다. 시정잡배에게 호신할 수 있을 정도의 실력은 있지만 눈앞의 남자는 척 봐도 시정잡배 따위가 아니었다. 압도적인 기운, 실력자에게서 뿜어져 나오는 아우라가 있었다.

그런 첸을 대신해 루이가 한발 더 앞으로 나왔다. 하지만 루이 또한 눈앞의 사내가 결코 만만한 상대가 아니라는 것을 느꼈다. 더군다나 이 남자, 루이가 휘두르는 칼을 팔뚝으로 막아냈다! 몽둥이도 아니었고 철퇴도 아닌 칼을!

루이의 눈빛을 느꼈는지 사내의 고개가 루이에게 돌아갔다. 그와 눈이 마주치는 순간 가슴이 서늘하게 내려앉았다. 어둠에 가려 짙어진 눈빛은 차갑고 냉랭했다. 마치 거리에 치이는 돌멩이라도 되는 기분이었다.

'라이를 불러야 하나.'

조여오는 위압감을 느끼며 루이는 쌍둥이 동생 라이를 향해 전음을 날렸다. 라이와 루이, 두 쌍둥이 형제는 어려서부터 멀리 떨어진 곳에서도 서로의 생각을 전달할 수 있는 특별한 능력이 있었다. 그 능력으로 여러 번 서로의 목숨을 구하기도 했고, 주인인 첸을 살리기도 했었다.

루이가 머뭇거리는 사이 카잔이 먼저 입을 열었다.

"이쯤 하고……."

감정 없이 메마른, 그러면서 가슴을 묵직하게 내려치는 중후한 목소리였다.

"그만 물러났으면 좋겠군."

살기도, 공격 의지도 느껴지지 않았지만 묘하게 사람을 옥죈다.

"그래, 뭐, 거리 한복판에서 서로 싸우지들 말자고! 아, 그런데 말이야."

뒤에 물러나 있던 첸이 불쑥 앞으로 나왔다. 그러곤 긴 손가락을 뻗어 발치에 옹송그리고 있는 새끼 미크론을 가리켰다.

"이거 나 주면 안 될까? 값은 후하게 쳐주지. 음? 어때?"

뭔가를 느낀 건지, 새끼가 이리저리 발을 놀리며 주변을 뱅글뱅글 돌았다. 에일린 하나만도 귀찮았는데, 웬 새끼 돼지 하나가 더 들러붙어서 귀찮았던 카잔은 심드렁하게 새끼의 등가죽을 들어올렸다.

꾸루욱! 꾸에엑!

미크론이 죽자고 비명을 질러댔다. 돼지와 강아지의 울음소리를 섞어놓은 듯 시끄러운 소리였다. 가만히 있던 에일린이 화들짝 놀라며 그가 들어 올린 돼지를 움켜쥐었다.

"아, 안 돼요."

동그랗고 말간 눈동자가 카잔을 간절히 바라보고 있었다. 도리도리, 필사적으로 고개를 내저은 그녀가 가슴 안으로 돼지를 끌어안으며 속살거렸다.

"제가 돌볼게요. 저기로 가면 얘는 죽어요."

"어라? 내가 언제 죽인다고 했어? 난 그냥 옆에 두고 지켜보려는 것뿐이야. 오해하지 말라고."

펄쩍 날뛰는 첸을 뒤로하고 다시 카잔의 곁에 꼬옥 붙어 선 그녀가 순한 눈망울로 카잔을 올려다봤다.

'제발…….'

눈으로 애원한다는 게 바로 이런 걸까? 사람 마음을 약해지게 만드는 눈빛이었다.

하지만 그와 동시에 묘하게 눈물로 얼룩진 얼굴이 떠오르는 얼굴이기도 했다. 따듯한 갈색 눈동자가 습윤하게 젖어 그를 올려다보는 그 모습이 카잔의 뇌리에 제법 오래도록 남아 있었다.

못되게도, 울먹거리는 얼굴이 귀엽게 느껴졌다.

카잔은 비죽 심술궂은 미소를 보이더니 그대로 미크론을 빼앗아 남자에게 내밀었다. 에일린의 안색이 파리하게 굳어졌다.

"값은?"

"지금 가지고 있는 게, 어디 보자……. 20골드? 20골드밖에 없네. 어때, 20골드?"

주머니에 30골드는 더 있었지만 첸은 장사치였다. 최소한의 비용을 최대한의 이익을 뽑아내는 게 습성이었다. 더군다나 20골드면 어지간한 네 가족의 한 달 치 생활비 정도는 되는 돈이었다.

첸의 장삿속을 꿰뚫어 보고 있다는 듯 카잔이 내밀었던 돼지를 다시 거둬들였다. 곁에서 안절부절못한 채 보고 있던 에일린의 얼굴이 삽시간에 밝아진다.

"아, 아아! 오케이, 오케이! 그럼 25골드. 더 이상은……."

"가자."

카잔이 돌아서며 에일린을 끌어당겼다. 물론 그의 다른 손에는 돼지가 대롱대롱 달려 있었다.

"좋아! 30골드!"

피식 웃던 카잔이 한 발자국 앞으로 나아갔다. 첸이 다급하게 다시 값을 올렸다.

"3, 35골드!"

"50골드."

"……."

정확히 첸이 가지고 있는 돈 전부였다. 사내의 눈빛은 절대 뒤로 물러날 것 같지 않았다. 더 이상 승강이를 벌여봤자 시간 낭비가 뻔했다.

'에라이, 도둑놈! 지 것도 아니면서 지독하게 뽑아가네!'

어차피 돈 따위 아쉽지 않은 첸이었다. 흥정은 그저 본능일 뿐. 안주머니에서 묵직한 주머니 하나를 꺼내 통째로 건네줬다. 그제야 얼음으로 만든 것처럼 냉랭하던 사내의 얼굴 위로 비뚜름한 미소가 걸렸다.

금액을 확인조차 안 하고 카잔은 그대로 새끼 미크론과 돈뭉치를 교환했다. 에일린의 얼굴은 다시 파리하게 굳어졌다. 그 모습을 지켜보고 있던 첸이 씨익 웃으며 에일린 앞에 새끼 미크론을 흔들었다.

"야, 다람쥐. 너, 이거 받고 싶지?"

순진한 눈망울로 미크론과 첸을 번갈아 보던 에일린이 살짝 고개를 끄덕였다.

"그럼 나 따라와."

한순간이지만 카잔의 미간 사이가 꿈틀거렸다. 아무도 보지 못할 만큼 삽시간에 지나간 변화였다.

"얘 너한테 돌려줄게. 맛있는 밥도, 따뜻한 잠자리도, 예쁜 옷도 입을 수 있어."

에일린이 입고 있는 옷은 허름했고, 제대로 먹지 못한 듯 팔다리는 앙상했다. 머리카락도 제대로 정리되어 있지 않았고 말투도 어벙했다.

"너는 그냥 나한테 너를 주면 되는 거야. 그럼 넌 안락할 수 있어."

떠돌이가 분명했다. 첸은 그렇게 확신했고, 달콤한 제안과 함께 손을 내밀었다.

"나랑 가자."

에일린은 말끄러미 첸을 바라보다가 카잔을 돌아봤다. 그는 팔짱을 낀 채 날카로운 눈빛으로 두 사람을 보고만 있었다. 에일린은 다시 눈을 돌려 첸과 새끼 미크론을 바라봤다. 반짝반짝 빛나는 금발의 아름다운 남자. 시끄럽고 성가신 사람이었지만 결코 그녀를 해치진 않을 것 같았다. 그녀에게 내밀어진 손은 그녀를 구해준 등 뒤의 남자의 거칠고 투박한 손과는 달리 희고 깨끗했다. 그녀도,

178

그의 손처럼 이렇게 희고 깨끗하게 만들어 줄 수 있을 것처럼 보였다.

너무나도 달콤한 제안이었지만 에일린의 대답은 정해져 있었다.

"그건 안 돼요."

"……안 된다?"

고개를 끄덕이던 에일린이 곁에 선 카잔의 소맷자락을 꽉 움켜쥐며 물러났다. 동그란 두 눈동자에 아쉬움이 가득했지만 발걸음에 정작 망설임은 없었다.

정수리 위로 시선이 느껴졌다. 에일린이 고개를 들어 그 시선에 눈을 맞췄다. 검은 밤처럼 짙어진 사내의 눈동자가 무슨 생각을 품고 있는지 읽을 순 없었다.

"왜냐면."

암흑 속에 빨려 들어가듯 그의 눈을 지그시 응시하며 에일린은 느릿하지만 단호한 어조로 대답했다.

"나는 이미 이분의 것이니까요."

순식간에 50골드라는 거금이 생긴 덕택에 크라의 가게로 다시 돌아갈 필요가 없었다. 카잔은 근처의 여관으로 가 방을 잡았다. 죽어도 떨어지지 않으려는 에일린과 승강이를 벌이다가 결국 침대가 2개인 방으로 들어왔다.

넉넉한 값을 치른 방은 넓고 쾌적했고 안에는 따로 씻을 수 있는 작은 욕실까지 마련되어 있었다. 먼저 씻고 나온 카잔의 뒤를 이어 욕실로 들어가던 에일린이 멈칫 뒤를 돌아봤다.

"……도망가면 안 돼요."

불안보다는 불신에 가까운 얼굴이었다.

"……."

"절대, 절대, 절대, 저얼대 안 돼요."

"들어가."

"나가려거든 꼭 말해주……."

"안 가. 안 가니까 들어가."

작은 입술을 오물거리며 몇 번이나 되묻더니 기어이 다짐을 받아내고서 겨우 욕실로 들어갔다.

'도망이라니.'

기가 찰 노릇이었다. 누가 누구한테 도망이라는 말을.

"하, 참."

벌러덩 드러누운 상태로 카잔은 헛웃음을 터트렸다. 눈을 감고 설레설레 고개를 내젓고 있는데 곧 물이 떨어지는 소리가 들렸다. 촤아악, 촤아악……. 일정하게 떨어지는 물소리를 듣고 있자니 몸도 마음도 나른하게 가라앉았다. 사냥도, 살인도 하지 않았는데 하루가 무척이나 고단했다. 아침부터 저녁까지, 하루가 무척 길었던 탓이었다.

원래 카잔은 정말 에일린을 떨쳐내려고 했다. 그는 혼자 있는 것이 편했고, 혼자 지내야만 했다. 에일린은 여러모로 손이 많이 가는 계집이었고 언제까지고 그녀를 데리고 다닐 수도 없었으니 일찌감치 손을 때려 했던 것이건만…… 영 발길이 떨어지지 않았다. 어느새 카잔은 저 멀리 떨어진 곳, 에일린이 그를 발견할 수 없는 건물 위에서 그녀를 지켜보고 있었다. 넘어지고, 깨지고, 헤매도 저 작은 몸으로 그를 찾는 것을 포기하지 않았다. 이쯤 되면 포기할 법도 하건만, 시간이 지날수록 더욱 필사적으로 찾는 것이 눈에 보였다. 카잔은 그것을 멀리서 오랫동안 지켜봤다.

발걸음이 떨어지지 않는 이유 따윈 찾지 않았다. 그냥 한참을 집요하게 지켜보고 있었다. 아마 그녀가 포기할 때까지, 밤이 새도록 보고 있었을지도 모른다. 카멜에게 가려던 애초의 목적은 까맣게 잊고선.

'……왜 눈을 뗄 수 없는 거지.'

물이 흐르는 소리가 점점 멀어지고 있었지만, 카잔은 깨닫지 못했다. 그저 그를 찾아 헤매던 에일린의 절박한 얼굴을, 그를 부르던 그 목소리를, 그리고 그에게 매달리던 온기를 되새김질 하고 있었다.

'나는 이미 이분의 것이니까요.'

맹한 것 같으면서 가끔씩 당돌한 말을 한다. 아마 무슨 뜻인지도 모르고 한 말일 테지…….

'뭐든지 할게요! 당신이 하라는 대로 다 할게요!'

그때도 그랬다. 저가 얼마나 위험한 말을 내뱉었는지 전혀 모른다는 순진한 얼굴로 아찔한 말을 흘렸다. 인정하고 싶진 않지만, 저 작은 계집에게 홀려들 뻔했다. 그의 손에 걸려 있던 가녀리고 연약한 턱의 움직임이 너무나 부드러워서, 분홍빛 입술에서 나오는 그 말이 너무 달콤해서…….

기꺼이 위험한 유혹에 빠져 저 가녀리고 연약한 계집을 품어버리고 싶어졌던 것이다. 말도 안 되는 충동이었다. 고작 열여섯이나 되었을까? 그런 어린 계집에게 욕심이 서다니.

짐승이 따로 없군. 카잔은 저 자신에게 욕설을 내뱉었다. 아무래도 정말 그에겐 해소의 시간이 필요한 것 같았다. 벌써 한 달이 넘도록 성인군자 생활을 했던 탓에 끓는 혈기가 주체가 안 되는 것 같았다.

'나는 이미 이분의 것……'

그런데 그 말의 의미는 무엇일까? 대체 무슨 의도로 그런 말을 한 거지? 일정하게 들렸던 물소리가 어느새 완전히 멀어졌다. 카잔은 그녀가 나오면 그 의미를 물어봐야겠다고 되새겼지만, 에일린이 나왔을 때 이미 그는 완전히 곯아떨어진 직후였다.

짹짹. 귀에 선명하게 들려오는 새소리에 카잔은 번쩍 눈을 떴다. 눈을 뜨자마자 머리가 맑다는 것을 인지할 수 있었다. 밤새 잠을 아주, 매우 잘 잤다는 뜻이었다.

'내가 언제 잠이 들었지……?'

카잔은 당황스러웠다. 잠이 들었던 기억이 없었다. 언제 잠이 든 줄도 모른 채 잠에 빠졌다니, 살다 살다 이런 일은 처음 겪는 일이었다.

'내가, 경계를 풀고? 잠을……?'

그래서 되레 당황스러웠다. 밖에서 밤을 자든, 푹신한 요에 등을 뉘이든 깊게 잠드는 법 따윈 모르고 살아온 그였건만. 사는 데 지장이 없을 만큼만 잠을 잤고, 그마저도 항상 기민하게 살아 있는 감각으로 인해 대부분이 선잠이었다.

어떻게 이렇게 푹 잘 수 있었던 거지?

얼떨떨해하며 가뿐한 몸을 일으키려던 카잔은 문득 팔 한쪽이 묵직함을 느꼈다. 따뜻하고 부드러운, 적당한 무게감. 뭐지 싶어 눈을 돌리자마자 희미한 아카시아 냄새와 함께 강아지 같이 보슬보슬한 머리카락이 느껴졌다.

"으음……."

그의 팔 하나를 두 팔로 꽉 틀어쥐고 가슴 깊이 끌어안고 자고 있는 에일린이 보였다. 침대 끝에 떨어질 듯 말 듯 걸쳐 누워 있는 꼴이 아슬아슬했다. 세상모르고 그의 어깨에 기대어 잠들어 있었다. 살짝 벌어진 꽃잎 같은 입술에선 쉴 새 없이 들숨과 날숨이 오가고 있었다. 2차 당황이 몰려왔다. 하, 어처구니가 없어 마른 입술에선 헛웃음이 터져 나왔다.

"이젠 아주……."

침대까지 침입해 오다니. 반쯤 몸을 일으키다가 다시 벌러덩 뒤로 드러누웠다. 햇살이 따스한 아침, 개운한 머리와 품을 데우고 있는 따뜻한 온기가 썩 나쁘지 않았다. 숙소의 침대도 적당히 푹신했고, 적당히 단단했다.

……뭐, 좀 더 이렇게 있어볼까. 안락한 잠자리로 마음이 느슨해졌던 걸까. 카잔은 긴장으로 딱딱하게 굳어 있던 어깨와 팔뚝에서 힘을 풀었다. 느슨해진 근육들이 부드럽게 요동쳤고, 그의 가슴에 딱 붙어 있던 에일린이 그 미약한 움직임에 반응하며 더욱 바짝 품으로 파고들었다.

"……으응."

어린 강아지 같은 잠투정을 하는 에일린의 목소리가 아침 햇살만큼이나 보드랍고 사랑스럽게 울려 퍼졌다. 피식 웃던 카잔은 모로 누워 품에 달라붙어 있는 작고 보드라운 계집을 관찰했다.

그의 손바닥을 넘기지 못하는 작은 얼굴도, 동그란 이마와 앙증맞은 콧방울도 참으로 어린 짐승처럼 귀여운 얼굴이었다. 전혀, 단 한 번도, 이런 얼굴에 시선을 준 적 없던 카잔이었는데 이상하게도 지금 보고 있는 에일린의 얼굴은 봐도 봐도 질리지 않을 것만 같았다. 화려한 미색도 아니었고 단아하고 깨끗한 인상도 아니었지만 묘하게 시선이 가는 얼굴. 꼭 감겨 있는 이 눈이 열리면 아기처럼 맑은 눈빛이 드러날 것임을 알고 있었다. 공포와 고통에도 망가지지 않았던 그 어여쁜 눈동자가.

'……입술은 많이 좋아졌군.'

버석하게 말라 하얗게 부서질 것 같던 그 입술에 어느새 생기가 돌아왔다. 장미를 머금은 듯 생생한 분홍빛이 올라왔고, 이슬을 묻힌 듯 촉촉한 물기로 탱글탱글하게 빛났다. 놀라울 정도로 앙증맞고 어여뻐진 입술에 카잔은 잠시 위험한 호기심이 일었다.

살짝 손을 올려 입술을 어루만졌다. 역시나, 보는 것만큼이나 아니, 보는 것보다도 훨씬 탄력 있고 매끄러운 감촉이 손끝을 감전시켰다.

찌릿하고 올라오는 묘한 흥분에 카잔은 흠칫 놀라 손을 뗐다. 색색 입술 밖으로 흩어져 나오는 밭은 숨결이 그의 손끝을 간질였다. 망설임이 없던 처음과는 다르게 잠시 머뭇거리던 손가락이 금지된 무언가에 접근하듯 조심스럽게 움직였다.

"……"

부드러울 것이라 예상은 했지만 손끝에 감기는 감촉은 상상 그 이상이었다. 그 언젠가 우연히 먹어봤던 생크림의 식감과 비슷했다. 실크보다 부드러웠고 물의 표면처럼 연약하고 매끄러웠다. 그리고 무엇보다도 손을 떼고 싶지 않게 만드는 그런 유혹적인 감촉이었다.

카잔의 손가락이 다시 슬그머니 벌어져 있는 에일린의 입술을 문질렀다. 탱탱한 살이 그의 손끝을 따라 탄력 있게 움직였다. 쌕쌕거리는 숨결이 움찔 떨린다 싶더니 카잔의 거친 손가락을 허락한 입술 사이로 신음 같은 잠투정이 흘러나왔다.

"아웅······."

부르르 떨리던 속눈썹이 서서히 움직이며 숨겨왔던 맑은 눈동자를 드러냈다.

잠에 취하여 반쯤은 감겨 있고 반쯤은 떠진 멍한 눈동자와 한층 짙어진 눈으로 그를 응시하고 있는 먹빛 눈동자가 아침 햇살 사이로 어지럽게 엉켰다.

5. 수상한 남자, 카잔

에일린은 꿈속에서 다시 그 검은 짐승을 봤다.

둘은 같이 길을 걸었다. 걷고, 걷고, 또 걷고. 나무가 우거진 숲을 걸었다. 햇살이 투명하게 부서졌고 새소리와 물이 흐르는 소리가 어우러진 아름다운 곳이었다.

숲은 꽃과 잔디가 광활하게 펼쳐진 들판과 이어져 있었다.

에일린과 검은 짐승은 한데 엉켜 들판을 뛰어놀았다. 그녀가 넘어지면 검은 짐승이 부드러운 털로 그녀를 감싸줬다.

에일린은 까르르 웃으며 짐승의 혓바닥과 꼬리의 감촉을 즐겼다.

크르르.

그런데 갑자기 어두워진 하늘과 함께 짐승은 사납게 울었다. 그녀를 향해서가 아니었다. 새까만 어둠이 몰려오고 있는 하늘을 향해 이를 드러냈다.

크르릉! 크아아항!

짐승의 포효는 지척을 울렸고, 하늘을 꿰뚫었다. 성이 나 있었다. 검은 짐승은 몹시 화가 나 있었다.

'괜찮아, 난 괜찮아.'

에일린은 영문도 모른 채 그렇게 중얼거리며 짐승을 감쌌다.

그 너른 등을 쓸어내리고, 단단한 대리석 기둥 같은 다리를 끌어안으며 짐승을 달랬다. 짐승이 보는 곳을 그녀도 같이 봤다. 어둑해진 하늘과 들이 맞닿은 곳에 뭔가가 보였다.

실루엣……. 사람의 실루엣이었다.

크르릉!

짐승은 그것을 보며 다시 이를 드러냈고, 커다란 몸으로 에일린을 감싸 안았다. 마치 그녀를 보호하기라도 하듯이, 그렇게. 에일린은 다시 두 팔을 벌려 짐승을 달랬다. 화가 난 짐승을, 상처 입은 짐승을 두 팔을 벌려 꼭 끌어안고 달래고 있었다.

'어……'

분명 눈을 뜬 것 같은데, 잠에서 깨어난 것 같은 느낌이었는데 에일린은 여전히 검은 짐승을 보고 있었다. 깜빡깜빡 둔한 눈을 움직여봤지만 그 검은 짐승이 여전히 눈앞에 있었다. 꿈에서처럼 날카로운 눈빛, 보드라운 검은 털이 보였다.

그래서 에일린은 꿈에서 그랬던 것처럼 검은 짐승을 두 팔 가득 끌어안았다. 딱딱하게 굳어 있는 단단한 어깨와 듬직한 등을 작은 손으로 꽉 끌어안으며 속살거렸다.

"……괜찮아. 괜찮아."

짐승의 품은 너무나도 따뜻하고 포근해서 웃음이 나왔다. 어느새 졸린 눈은 다시 스르륵 감겨 있었고 뺨과 코, 입술에 닿은 부드러운 살결에 얼굴을 묻고 비비적거렸다. 움찔, 작은 진동이 느껴졌지만 이미 에일린의 정신은 잠결을 타고 다시 아늑하게 멀어지고 있었다.

"괜찮아. 괜찮…… 아."

그녀가 짐승을 안아주는 것인지, 짐승이 그녀를 감싸고 있는 건지 분간이 가지 않았다.

다만 맞닿은 2개의 몸은 부드럽고 따스하게 엉켜 있었다. 그것에 더욱 바짝 밀착하며 에일린은 깊고 깊은 잠에 다시 한 번 빠져들었다.

"으음."

……잠결에 입술에 뭔가 부드러운 것이 닿는 게 느껴졌지만, 잠에서 깨어났을 때는 정작 아무것도 기억하지 못한 에일린이었다.

에일린이 완전히 잠에서 깨어난 시간은 그로부터 한참이 지난 후였다. 점심이 다 되어갈 때쯤 에일린은 고픈 배를 이기지 못하고 부스스 침대에서 일어났다. 일어나자마자 그녀가 찾은 것은 당연히 카잔이었다.

"어디 갔지?"

당황한 그녀가 발딱 자리에서 일어나 주변을 살폈다. 하지만 방 안에는 개미 하나 지나가지 않았다.

"어, 어어?"

서둘러 침대에서 내려와 바닥을 짚는데, 발이 뭔가 이상했다. 어딘가 모르게 둔탁한 느낌에 밑을 내려다보니, 하얀 붕대가 그녀의 발을 꼼꼼하게 둘러싸고 있었다. 자세히 보니 이제는 거의 다 회복된 팔뚝 위에 깨끗한 새 밴드가 붙여져 있었다.

"언제 이렇게……."

팔과 다리의 상처를 치료해주는데도 깨어나지 못했단 뜻이었다. 어쩐지 늑장을 부린 것 같아 에일린은 조금 부끄러워졌다. 열두어 살의 지식밖에 없었지만 그녀는 결코 지능이 떨어지는 것은 아니었다. 계부에게 잡혀 살았던 몇 년 동안만 교육도, 교류도 없었을 뿐 그녀도 어려서부터 다른 사람들과 부대껴 살았다. 기본적인 부끄러움, 어색함, 민망함 등을 느꼈지만 고됐던 몇 년 사이에 그 기본적인 감정들이 많이 무뎌진 것뿐이었다.

웃으면 꽃처럼 예쁠 나이 열여덟. 에일린은 지금 웃는 것이 어색할 만큼 감정의 샘이 얕아졌다. 그래서 더더욱 그녀의 얼굴에 표정이 없는 것일지도 몰랐다.

멍하니 붕대를 보고 있던 에일린이 정신을 차리고 발을 내디뎠다.

충분한 휴식과 꼼꼼한 치료 덕분인지 통증은 거의 없었다. 한 걸음 한 걸음 조심스럽게 내딛던 그녀가 방문을 열고 밖으로 나섰다.

"……."

그런데 막상 밖으로 나와도 갈 곳이 없었다. 그가 또다시 그녀를 냉정하게 뿌리치고 가버린 것은 아닌 것 같았다. 그렇다면 얌전히 방 안에서 기다리는 게 나을까?

안절부절못하며 에일린은 그 자리를 서성였다. 문을 열고 나왔다가 안으로 들어갔다가 다시 나왔다가 다시 들어갔다가.

그렇게 십여 분을 서성이는데 삐걱삐걱 계단을 밟는 소리가 들렸다. 토끼처럼 귀를 쫑긋거리던 그녀가 계단을 향해 사뿐거리며 뛰어갔다. 다친 부위를 조심하려고 발끝으로 뛰는 탓에 품새가 통통통 경쾌했다.

계단 위를 올라오는 그의 모습에 에일린의 얼굴이 단박에 환해진다. 활짝 웃는 얼굴은 아니었지만 슬쩍 벌어진 입술과 크게 확장된 눈동자, 홍조 띤 뺨이 그녀의 기쁨을 말해주고 있었다.

'안 가.'

그 말을 지켰다.

에일린이 반가워서 어쩔 줄 모르겠다는 듯 그의 곁으로 달려가자 카잔도 그녀 쪽으로 시선을 줬다.

어쩐지 눈에 보이도록 안심하는 얼굴이 귀여웠다. 혹여 그가 도망이라도 간 줄 알았던 걸까? 우습기도 하고 귀엽기도 하고…….

혹은 이렇게 필사적일까 싶어, 저도 모르게 슬쩍 웃던 그가 손을 뻗어 그녀의 머리카락을 헤집었다. 자신조차도 의식하지 못한 자연스러운 행동이었다.

"안 도망간다 했잖아."

사르륵, 사르륵. 기쁜 그녀의 마음을 읽기라도 한 것처럼 카잔이 그녀의 머리카락을 가볍게 쓰다듬었다. 누구에게도 받아본 적 없는 손길에 에일린은 묘하게 얼굴이 붉어졌다.

하지만 정작 그는 아무 생각 없이 한 행동인 듯 그녀를 지나쳐 방으로 가고 있었다.

'이상해…….'

에일린은 뭔가 가슴 한쪽이 이상했다. 그의 손길이 닿았던 머리 위가 화끈거리는 느낌이었다. 더듬더듬 손을 올려 그가 쓰다듬었던 그 부위를 매만져봤다. 손길의 온기가 여전히 남아 있는 것만 같았다.

'이상해, 하지만……'

배시시, 작은 얼굴 위로 옅은 미소가 올라왔다.

'싫지 않아.'

머리 위를 더듬거리던 손을 떼지 못한 채 여운이 가시지 않기를 바랐다. 문질문질, 그가 했듯이 머리 위를 매만져봤다. 가슴이 콩콩콩 뛰는 게 느껴졌다.

"밖에서 뭐 해. 이리 들어와."

"……네, 네!"

부르는 목소리에 화들짝 놀란 그녀가 방 안으로 총총총 뛰어갔다. 배시시 웃던 웃음의 흔적이 그녀의 입술 끝에 희미하게 남아 있었다.

"둘이 한방에?"

루이의 보고를 듣던 첸이 놀라 그를 돌아봤다. 볕이 좋은 이른 아침, 두 사람은 호페에 있는 리츠 점포들을 돌아보고 있는 중이었다.

"뭐, 뭐지? 둘이 무슨 그렇고 그런 사인가? 아니, 그렇게 친밀한 관계로는 안 보였는데……"

"네. 그렇지만 침대가 2개 있는 방이라고 했습니다. 밤새 지켜봤지만 이렇다 할 기적은 없었습니다."

"그럼 대체 뭐야……. 그 둘은 무슨 관계라는 거야?"

어젯밤. 골목에서의 그 일 직후 첸은 떠나는 두 사람의 뒤로 루이를 딸려 보냈다. 남자는 예민한 감각을 가지고 있는 듯 루이의 기척을 귀신같이 알아듣고 뒤를 돌아봤다. 덕분에 루이는 조금씩, 조금씩 거리를 벌려야 했고 나중에 가서는 완전히 멀어져 간신히 두 사람이 들어가는 숙소까지 쫓아갈 수 있었다.

하지만 아무리 루이라고 하더라도 하룻밤 사이에 많은 것을 알아올 순 없었을 터. 루이를 대신하여 라이가 여전히 두 사람의 곁에 붙어 있었다.

리츠금고 호페지부에 막 들어서려는 그때, 첸을 따라 걷던 루이가 멈칫하며 뒤를 돌아섰다. 루이의 얼굴이 사늘하게 가라앉았다.

"왜 그래?"

첸이 갑자기 멈춰 선 루이를 이상하다는 듯 돌아봤다.

"라이가……."

"음? 라이? 라이가 왜?"

첸의 물음에 머뭇거리던 루이가 무거운 입을 간신히 열었다. 다소 충격을 받은 듯 루이의 목소리가 떨려왔다.

"다쳤답니다. 지금……. 저택으로 복귀하겠다는 전음이 왔습니다."

"뭐? 다쳐? 왜?"

고작 미행을 붙였을 뿐이었다.

"그 남자……. 그 남자와 한판 붙었다고 합니다."

전투 실력도 전투 실력이었지만 두 사람의 추격, 미행, 잠입 실력은 타의 추종을 불허했다. 조사기관 '엑시타'의 핵심 멤버. 그게 바로 라이와 루이였다.

"……"

첸의 얼굴이 단박에 굳어졌다. 젠장, 거친 욕설을 중얼거리던 그가 금고로 향하던 발걸음을 틀었다.

"지금 당장 저택으로 간다."

"예."

그런 라이의 잠입을 눈치챘다고? 첸은 신음했다. 라이와 루이. 이 두 형제의 잠입이 깨진 적은 단 한 번도 없었다.

첸은 감히 이 두 사람이 왕자의 침실까지 침투할 수 있는 실력자라고 믿고 있었다. 왕궁에 마녀라도 살지 않는 이상, 라이와 루이의 잠입을 눈치챌 수 있는 사람은 없다고 첸은 확신했다.

'대체 그 남자…… 정체가 뭐야?'

첸의 영민한 눈동자가 혼란스럽게 번득였다.

"아깐 어디 다녀오셨어요?"

여관 식당 2층 테라스. 선선한 바람과 함께 두 사람은 느지막이 점심을 시작했다. 신선한 채소와 과일이 올라와 있었고 해산물 요리와 수프가 있었다. 그 푸짐한 상차림 구석에는 육포도 한자리를 차지하고 있었다.

"음, 그냥. 아침 운동."

"아. 아침 운동."

심드렁한 카잔의 대답을 따라 말하며 에일린이 육포를 우물거렸다. 한 개, 두 개, 세 개, 수북이 쌓여 있던 육포가 어느새 바닥을 보였다. 포크를 놀리던 카잔이 문득 인상을 찡그린다.

"육포만 먹지 말고 다른 것도 먹어."

"네, 그럴게요."

순순히 고개를 끄덕이는 에일린의 대답이 마음에 드는 듯 카잔은 만족한 얼굴로 다시 식사에 열중했다.

눈앞에 있던 수프를 두어 번 떠먹던 에일린이 수저를 내려놓더니 다시 또 슬그머니 육포에 손을 뻗었다.

찰싹.

"아야!"

고개를 들지도 않고 정확히 에일린의 손등을 때렸다. 놀란 눈을 동그랗게 뜬 에일린을 향해 카잔이 엄하게 말했다.

"다른 것도 먹어."

"……네."

아프지 않은 손등을 괜히 문지르며 에일린이 다른 요리에 손을 뻗었다. 음식은 모두 맛있었지만, 에일린의 눈에는 계속 육포가 들어온다.

'이따가 먹어야지. 꼭.'

야채를 우물거리며 에일린은 다짐했다. 곧 다시 조용한 식사 시간이 이어졌다. 두 사람의 주변으로 테이블은 꽉 차 있었고, 조금 어수선한 정도의 소음이 깔려 있었다.

에일린은 힐끗, 카잔을 훔쳐봤다. 그는 매우 조용히, 그리고 느긋하게 밥을 먹고 있었다. 식기가 부딪치는 소리도 없었고, 음식을 쩝쩝대며 먹는 것도 아니었다. 때때로 밖을 보기도 하고, 편식하지 않고 고르게 음식을 골라 먹는다.

'저런 게 우아하다는 건가?'

그는 마치 에일린이 쳐다도 볼 수 없는 저 꼭대기의 포식자 같았다. 그녀는 한낱 먹이일 뿐인데, 그는 만물을 모두 씹어 삼킬 수 있는 그런 포식자의 느낌을 가졌다.

이런 남자를, 그녀가 도와줄 일이 있을까? 없으면 안 되는데, 그런 일이 생기는 것도 기껍지는 않았다. 이 남자가 곤란한 일이 없으면, 그랬으면 하고 그저 바랐다.

"근데 말이야."

"네?"

그는 식사를 마쳤는지 조용히 포크를 내려놨다. 너른 가슴 앞으로 탄탄한 팔을 꼬아, 팔짱을 낀 그가 에일린을 향해 느른한 어투로 물었다. 햇살 아래 그의 잿빛 눈동자가 더욱 신비하게 반짝였다.

"그 말의 의미는 대체 뭐지?"

그 말? 에일린이 잘 모르겠다는 듯 고개를 갸웃 옆으로 흘렸다. 그러자 카잔이 설명을 덧붙였다.

"내 것이라는 말."

"아아……."

그의 물음에 에일린이 빤히 그를 바라봤다. 그의 얼굴은 평온했고 무심했다. 그 속에서 생각을 읽어내는 것은 무리였다.

"음……."

대답할 말을 고르듯 한참을 고민하던 에일린이 적절한 말을 찾은 듯 씹고 있던 육포를 꿀떡 삼키고 입을 열었다. 도톰한 입술이 오물오물 열리더니 범상치 않은 말을 뱉어냈다.

"당신을 위해서라면 나는 뭐든지 하고 싶어요."

쿨럭. 마시던 향기로운 재스민 차를 그대로 뿜어버릴 뻔했다. 마른 손등으로 젖은 입술을 닦아낸 카잔이 난감한 눈으로 에일린을 흘긴다.

"또, 또 그런 위험한 발언을."

"위험? 뭐가요?"

아무것도 모른다는 듯 순진한 눈망울에 대고 어떻게 위험한 발언인지 구구절절 설명해줄 자신이 없었다.

"됐다."

카잔은 대충 넘어가겠다는 듯 손을 내저으며 고개를 돌렸다. 제대로 된 대답은 못 듣겠구나 싶어, 그는 다른 곳으로 시선을 던지며 한숨을 쉬었다. 내가 뭐한다고 이런 걸 물어봤지. 절레절레 고개를 내젓는데, 종달새 같은 귀여운 목소리가 웅얼거린다.

"내 목숨, 당신이 살려주셨잖아요. 나는 보답을 하고 싶어요. 그리고 다시 살아난 만큼 예전 같은 삶을 살고 싶은 생각도 없어요. 그러니까 나는, 음, 나는……."

카잔의 시선이 다시 에일린에게로 돌아왔다. 뺨을 조금 붉게 물든 에일린이 괜히 남은 육포를 우물거리며 눈을 내리깔았다.

눈 아래로 속눈썹 그림자가 길게 드리워졌다. 카잔은 어느 순간부터 그 귀여운 그림자를 보고 있었다.

"나는, 당신이 필요하니까. 그러니까……. 당신도 내가 필요했으면 좋겠어요. 그러니까, 나는 당신한테 도움이 되는 건 뭐든지 하고 싶어요. 그리고 당신 곁에 있고 싶어요."

횡설수설하듯 말을 이어갔지만 어쩐지 그 어지러운 말이 썩 듣기 좋았다. 저 작은 입술로 달콤한 말을 잘도 지저귀고 있었다.

이상하게 보면 볼수록 이 앙상하게 마른 계집이 귀여워지고 있었다. 하지만 카잔은 그런 티를 내지 않고선 담담하게 말을 이었다.

"너는 스스로 살아난 거라니까. 기회를 잡은 건 너 스스로의 역량이야. 그러니까 나한테 그렇게……."

"그래서 그래요! 당신이 나에게 기회인 거예요!"

그의 말허리를 끊은 에일린이 고개를 바짝 들어 올리며 비장하게 말했다. 그녀는 진심이었다. 그래서 진심을 가득 담은 목소리로 카잔을 설득하려 했다.

"그래서, 나는 당신 거라고요. 당신이 나의 기회이니까!"

갑자기 톤이 높아진 에일린의 목소리에 주변 테이블에서 두 사람을 돌아봤다. 수군거리기도 하고 킥킥 작게 웃음을 터트리기도 했다. 아마도 마지막 에일린의 말을 들은 것이 분명했다. 그제야 에일린도 남의 눈을 의식한 듯 조잘거리던 입술을 꾹 다물었다.

아무 말도 하지 않은 것처럼 하나 남은 육포를 입에 넣고 능청스럽게 우물거린다. 하지만 뽀얀 뺨 위에 물든 홍조는 숨기지 못했다.

'저 뺨은 참 잘도 붉어지는군.'

조금만 더워도, 뛰어도, 흥분해도 금방 붉어져 올라온다. 얼굴 전체가 아니라 신기하게 뺨 위, 야트막한 광대 위에만 보기 좋게 올라왔다. 카잔은 손등에 턱을 괴고 대놓고 에일린의 얼굴을 구경하고 있었다.

흐음, 흐음. 알겠다는 듯 고개를 끄덕거리며 안 그런 척 눈길을 피하고 있는 에일린의 얼굴을 조목조목 살핀다. 아침에 일어났을 때 실컷 봤는데도 이렇게 밝은 햇살 아래 보고 있자니 또 새로웠다.

"그럼, 언제까지 내 거지?"

카잔의 갑작스러운 질문에 에일린이 당황해 먹던 육포를 씹지도 않고 꿀꺽 삼켰다.

"켁, 케엑!"

쯔쯧, 혀를 찬 카잔이 물을 챙겨 건네줬다. 부서질 듯 가녀린 목덜미 너머로 꿀꺽꿀꺽 시원하게 넘어가는 물길이 눈에 걸린다.

컵의 물을 반 이상 마시고 있는 에일린을 보던 카잔이 심술궂게 되물었다.

"영원히 내 건가?"

이상하게 장난을 치고 싶어진다. 저도 모르게 장난을 치고 싶어진다.

"……."

"언제까지 내 거라는 거야? 영원히?"

나는 당신 거라고 주구장창 말할 때는 언제고 '영원히'라는 단어 앞에서는 대답하기를 멈칫거렸다. 그런 건 생각해보지 않았다는 듯 대답하기를 꺼리는 그 모습이 카잔은 마음에 들지 않았다. 카잔의 눈썹 한쪽이 비뚜름하게 틀어졌다.

그런 카잔의 표정을 살피던 에일린이 어물어물 시선을 돌리더니 엉뚱한 질문을 했다.

"저기 근데, 이름이 뭐예요?"

어쭈? 말을 돌리신다? 그러니까 '영원히'까지는 아니라, 이건가?

"글쎄."

어깨를 으쓱하고서 카잔은 맞혀보라는 듯 입을 다물었다.

"⋯⋯?"

어, 어쩌라는 거지? 에일린의 당황스러움이 고스란히 표정에 묻어 나왔다.

"저기, 이름⋯⋯. 그럼 나는 당신을 뭐라고 불러요?"

"마음대로."

다시 물었지만 카잔은 그저 입을 꾸욱 다문 채 그녀를 보고만 있었다. 에일린은 난감했다. 난감해서 어쩔 줄 몰라 눈알만 데룩데룩 굴리고 있었다.

그녀의 얼굴이 뚫어지도록 보고 있는 저 눈빛은 그녀에게 대답을 내놓으라고 종용하고 있었다. 그다음에 나도 네가 원하는 대답을 내놓겠다는 의도가 다분하게 느껴졌다. 한참을 곤란한 듯 입을 다물고 있던 에일린은 느른한 카잔의 눈빛에 못 이겨 입을 열었다.

"어, 그러니까요. 내가 당신을⋯⋯."

"내가 당신을⋯⋯?"

딱히 그녀를 재촉하는 것은 아니었지만 저 남자는 조이는 방법을 알고 있었다. 잿빛 눈동자에 꼼짝없이 사로잡힌 에일린은 열심히 머리를 굴렸다. 적당한 말을 찾는 건 항상 어려운 것 같았다. 많은 단어를 알지 못하는 그녀의 탓이었다.

'뭐라고 말해야지? 어떻게 말해야 하지? 영원? 영원히는 아닌데⋯⋯. 그럼 언제까지인 거지? 음, 그러니까⋯⋯.'

끙끙거리며 생각을 쥐어짜던 에일린이 파드득 고개를 들었다. 카잔과 눈을 마주친 에일린의 눈에 반짝, 빛을 봤다고 카잔은 생각했다.

"내가 당신의 목숨을 구해줄 때까지!"

제 대답이 꽤나 만족스러운 듯 에일린의 입술 끝이 말려 올라갔다. 어떠냐는 듯 초롱초롱한 눈으로 카잔을 봤다.

"그때까지 나는 당신 거예요."

"……."

"……안, 돼요?"

순진무구한 에일린을 무심하게 마주하고 있던 카잔이 불현듯 싱긋 웃음을 보였다. 그녀의 대답이 꽤나 흡족한 얼굴이었다.

"그럼 영원히네."

"……네?"

"그런 조건이라면 넌 영원히 내 거겠어."

카잔은 다시 한 번 재미있다는 듯이 웃으며 차게 식은 차를 들이켰다. 그의 말뜻을 이해하지 못한 것인지, 아니면 그의 말에 당황한 것인지 에일린은 큰 눈을 끔뻑거리며 그를 봤다.

"카잔."

"……."

짐이라고 생각하는 것보다 그래……. '내 거'가 생겼다고 생각하는 게 데리고 다니기 쉽겠지.

"내 이름은 카잔이다."

카잔은 찻잔에 남아 있는 차향을 음미하며 남은 일정을 상기했다. 가장 먼저, 옷가게에 들러야 했다.

볕이 잘 들어오는 방 안, 푹신한 베개를 등 뒤로 몇 개나 겹쳐놓고 그 위로 몸을 누인 진한 녹색 머리의 청년이 사뿐사뿐 다가오는 메이드를 보며 부드럽게 미소 지었다. 발아래 놓인 두꺼운 카펫으로 인해 발소리 하나 없었지만 날카로운 감각은 인기척을 놓치지 않았다.

"시나몬 케이크와 레몬 티 부탁해요, 레이디."

단정하게 머리를 틀어 올린 메이드가 라이의 매력적인 미소 앞에 얼굴을 붉히며 얌전히 고개를 숙였다. 체니오의 저택은 오늘도 이렇게 매우 조용하고 평화로웠다.

꾸르륵! 꾸에엑! 꾸륵! 꾸륵!

문밖의 복도를 쩌렁쩌렁 울려대고 있는 정체불명의 비명 소리만 제외한다면 말이다.

"뭐, 뭐야. 이 아름답지 못한 소리는?"

편안히 눈을 감고 아픈 목을 뉘이고 있던 라이가 찌릿찌릿한 뒷목을 움켜쥐며 벌떡 일어났다. 저택 안에서 돼지를 잡나……? 대체 어디서 이런 돼지 멱따는 소리가 들린단 말인가?

그러나 얼마 안 가 이 괴상망측한 소리의 진원지가 밝혀졌다. 벌컥, 방문이 열리고 어린아이 머리통만 한 작고 통통한 검은 생명체가 쏜살같이 뛰어 들어왔다.

꾸에에! 꾸룩!

"헉!"

우다다다! 다다다! 다다다! 꾸에엑!

삽시간에 그의 평온하고 고요한 휴식 시간은 와르르 무너지고 괴상망측한 돼지 울음소리와 요란한 발소리가 가득했다.

"뭐, 뭐야, 이건……."

와락 얼굴을 찌푸린 라이가 방구석에서 그를 노려보고 있는 검은 생명체를 노려봤다. 그러나 얼마 안 가 찌푸린 얼굴은 경악의 얼굴로 바뀌고 말았으니.

"미, 미크론 새끼?"

꾸에엑! 꾸룩!

방 안을 뛰어다니는 모양이 꼭 유라시아 대륙에서 본 화약 총탄이 날아다니는 것 같았다. 두다다! 피슝! 피슝! 두다다다! 퍼억! 다다다! 저 짧고 퉁퉁한 몸으로 어떻게 저렇게 뛰어다니나 싶을 정도로 놀라운 움직임이었다. 라이는 넋을 놓고 방을 헤집고 다니는 검은 새끼 미크론을 응시했다.

"와, 미크론이 원래 힘이 넘치는 건 알았지만……."

목과 팔에 가벼운 기브스를 한 라이가 침대 위에 앉아 감탄 반 놀라움 반을 섞어 중얼거리는 그때,

"꼴좋군."

소름이 돋을 정도로 냉랭한 목소리가 들렸다. 라이가 뻣뻣한 목을 부여잡고 눈동자를 굴려 목소리의 주인을 바라봤다.

"파, 파비안."

라이를 향해 걸어오는 파비안의 얼굴은 그야말로 사늘했다. 라이는 크흠 목청을 다듬고선 슬쩍 눈을 피하며 말을 돌렸다.

"저건 뭐야? 새끼 미크론 맞지? 갑자기 어디서 난 거지?"

"주인님이 가져오셨다. 그러는 너야말로 왜 여기 있지?"

왜 부상당해 이 꼴로 누워 있냐는 뜻이었다. 냉랭한 파비안의 태도에 라이가 금세 얼굴을 바꿔 살살 웃는다. '냉혈한 자식, 괜찮느냐고 물어보는 게 먼저 아니야!'라고 한마디하고 싶었지만 그러면 당장 엉덩이를 걷어차여 저택에서 쫓겨날 게 빤했다. 주인을 보

호하기 위한 명목이 아닌 다른 이유로 다쳐 오는 것은 가드의 수치였다.

그것은 곧 실력이 없다는 것을 반증하는 것이었으니. 그리고 파비안은 능력이 없는 것들에 대한 처우가 매우 칼 같은 남자였다.

"그, 그렇게 보지 말라고. 나라고 지금 이 자리가 편한 줄 알아? 그리고 너도 내 실력을 알잖아! 그 남자가 괴물이었다고, 완전 괴물! 그런 괴물에게서 이만큼이나 멀쩡하게 돌아온 내 실력……."

"닥쳐. 변명 같지도 않은 변명은 집어치우시지."

말에서 얼음이 뚝뚝 떨어졌다. 파비안은 안 그래도 요즈음 뺀질거리며 돌아다니던 라이를 눈여겨보고 있던 차였다. 이참에 이 뺀질이 놈의 머릿속에 '의무'와 '책임'이라는 단어를 똑똑히 심어줄 생각이었다.

"네놈이 다친 것은 모두 실력이 모자란 네놈 탓이다. 그런데 뭐? 네놈 실력이 어쩌고 저째? 그렇게 괴물 같은 놈들이 첸 님의 목을 노린다면, 지금처럼 나는 최선을 다했지만……. 따위의 말을 중얼거리며 주인님의 목을 가져올 테냐? 그것이 어려서부터 네놈과 네놈 형제에게 이리 편안하고 안락한 잠자리와 따뜻한 수프를 가져다준 주인에 대한 네놈의 충성인 것이냐?"

살기 띤 파비안의 잔소리에 라이의 얼굴에 병색이 완연해지기 시작했다.

"또한 네놈이 다쳤기 때문에 주인님 가드에 구멍이 생겼다. 너의 그 연약한 목뼈와 팔뚝이 회복될 때까지 루이가 가드를 전면 책임지게 생긴 것이다."

컥. 목과 어깨의 연결 부위에 살짝 금이 갈 정도로 다쳤을 뿐이었다. 하지만 라이는 다친 그 부위보다 공기를 압도하는 파비안의 무시무시한 잔소리 어택에 더더욱 숨을 쉬기가 어려워졌다.

'사, 살살 해줘, 파비안. 살살……'

그러나 루이를 내려다보는 냉랭한 파비안의 눈빛에 자비란 없었으니.

"자, 그것에 대한 책임은 어떻게 질 거지?"

기가 눌린 시무룩한 얼굴로 라이가 푸우욱 고개를 숙였다. 그리고 지금 마냥 마음이 편한 것이 아니었다. 라이 또한 어젯밤 그 전투 이후로 자신의 실력에 대한 회의가 생겼다. 불과 어젯밤까지만 해도 저와 제 형제의 실력에 대해서 한 치의 의심을 해본 적이 없었다. 내로라하는 왕궁 기사들과 겨뤄봤고, 그들이 눈치채지 못하게 집에 침입해 골려주기도 했다. 하지만, 어젯밤 그 남자는…….

"어디 입이 있으면 말을……."

꾸에엑! 꾸엑! 꾸르륵! 꾸엑! 꾸왁! 꾸룩!

멈칫, 파비안은 말을 멈추고 구석에서 절규하는 새끼 미크론을 노려봤다.

"너, 조용히 하지 못해?"

냉랭한 눈길로 짐승도 아닌 괴수에게 사람의 말로 명령했다. 당장이라도 죽여버리겠다는 듯 살기 가득한 눈빛이었다. 라이는 꿀꺽 마른침을 삼키며 파비안의 눈치를 살폈다. 그는 몹시, 매우 심기가 불편해 보였다.

꾸엑……. 꾸루루.

야생의 감인 것인지 새끼가 멈칫하며 파비안의 눈치를 살폈다. 서열상 자신이 밀린다는 것을 아는지 울부짖는 소리가 잦아들었다. 구석으로 엉덩이를 질질 밀며 뒷걸음질 치는 새끼 미크론이 모습에서 라이는 자신의 모습을 봤다.

꾸르, 꾸르르.

"조용히."

작은 소리 하나 용납하지 못한다는 듯 파비안의 눈빛이 사나워졌다. 신기한 건 저 짐승, 아니 괴수가 그것을 알아듣기라도 한 것처럼 구석에 얌전히 찌그러져 있다는 것이었다.

'파비안 이놈은 진짜…… 대단해.'

존경과 두려움을 담아 파비안을 올려 보니, 새끼 미크론을 보던 그 냉랭한 눈을 그대로 돌려 라이를 내려다봤다.

"두 달 치 월급은 감봉이다."

"뭐? 왜! 아, 아니 그, 그것만은 제발!"

청천벽력이었다. 아픈 목을 부여잡고 라이가 펄쩍 일어났다. 하지만 파비안은 단호했다.

"재고는 없다."

"파비안 님, 파비안 나리! 파비아아아안! 제발, 안 돼 안 돼, 나에겐 책임져야 할 레이디들이 한둘이 아니라고."

"이참에 그 책임져야 할 레이디들을 다 정리하면 되겠군. 그래야 네놈의 정신머리가 본업에 충실할 테니까."

진심이었다. 지금 파비안은 진심이 틀림없었다. 라이는 울부짖으며 파비안의 바짓가랑이를 붙들었다. 하지만 그런 라이를 쳐다보는 파비안의 얼굴에 흔들림은 보이지 않았다. '제발, 열심히 살 테니, 열심히 회복할 테니 감봉만은 면해주세요.' 하며 매달리는 라이를 보며 파비안은 비뚜름한 미소를 지었다.

잔인한 자식이라며 온갖 욕을 떠올리는 그때, 요란한 발소리가 들렸다. 가까워지는 기척만으로도 누군지 알 수 있었다.

"라이! 설명해!"

벌컥 문을 열고 들어선 첸이 파비안의 바짓가랑이를 잡고 매달려 있는 라이를 향해 다짜고짜 설명을 요구했다.

오늘 새벽 일이었다. 라이는 동이 트기 전 루이와 임무를 교대했다. 타젠이 있었다면 둘이 교대할 것 없이 그에게 맡겼겠지만 그는 지금 백작 부인을 조사한다고 자리를 비운 참이었다. 하는 수 없이 쌍둥이 형제가 돌아가면서 일해야 했다.

"조심해. 이 남자 심상찮아. 기척을 감지하는 것도 그렇고 예사 실력이 아니야. 방심하는 순간 눈치채고 우리를 공격할지도 몰라."

평소 신중한 성격의 루이가 라이를 향해 다시 한 번 신신당부 했다.

"알았어. 알았다니까? 거참, 루이. 나 못 믿어? 그런 거야?"

"어, 너 못 믿어. 못 믿어서 지금 엄청 걱정이다."

얄짤없는 형제의 답변에 라이의 입술이 30센티쯤 튀어나왔다. 불퉁거리기 시작하는 형제를 두고 라이가 마지막으로 당부했다.

"5층 끝 방. 얼씬도 하지 말고, 그냥 여기서 얌전히 그 남자가 나오는지 안 나오는지만 지켜봐."

"우우, 그런 재미없는 거면 다른 애들 시켜도 되잖아. 난 사실 오늘 밤 약속이 있었······. 아!"

라이의 불퉁거림에 루이는 그의 머리통을 휘갈겼다.

"얌전히. 자리. 지켜."

살벌하게 번득이는 형제의 눈빛이 점점 저택의 호랑이, 파비안과 닮아갔다. 아아, 소름 끼쳐. 파비안이 두 명이 되어가고 있어. 라이는 부르르 몸을 떨며 얌전히 고개를 끄덕였다.

곧 루이가 돌아가고 라이가 혼자 남았다. 아껴뒀던 껌을 씹으며 라이는 50미터는 떨어져 있는 5층 건물 꼭대기 방을 멍하니 바라봤다. 지켜본 지 5분도 되지 않았는데 벌써 지루했다. 과일향이 느껴지는 껌을 질겅거리며 라이는 형제의 명령대로 멍하니 여관을 지켜봤다.

"······그냥 저 건물 위층에서 지키고 있으면 안 되나?"

멀리서 지켜보려니 눈도 피곤했고, 다른 건물에 가려진 사각지대까지 있어서 여간 불편한 게 아니었다. 하지만 근처에만 다가가도 그 괴물 같은 남자가 알아챌 거라며 절대, 절대 접근하지 말라던 형제의 명령이 떠올랐다.

"아놔, 잠복근무 짱 싫은데."

철없는 소리를 중얼거리며 라이가 벌러덩 드러누웠다. 옆으로 몸을 돌려 누운 그가 한쪽 팔을 괸 느슨한 자세로 타깃이 있는 건물을 쳐다봤다.

그렇게 또 10여 분이나 흘렀을까. 아직 동도 트기 전인 새파란 새벽이었다. 날은 으슬으슬 추웠고, 졸음이 솔솔 쏟아졌다.

'자면 안 되는데, 그러면 안 되는데······.'

눈꺼풀이 깜빡거리는 속도가 조금 느려진다 싶은 그때, 팔에 힘이 풀리고 그대로 바닥을 향해 머리가 곤두박질쳤다. 쿵 소리와 함께 화들짝 놀며 라이가 머리를 들었다.

"아······ 졸았네. 흐아암!"

이 자세로는 안 되겠다 싶어 다시 허리를 펴고 앉았다. 역시 아무것도 안 하고 그냥 쳐다보기만 하는 일은 고역이었다. 특히 라이처럼 한시도 가만히 있지 못하는 성격엔 이런 일은 최악 중의 최악이었다.

타깃이 움직이기라도 하면 보는 재미라도 있지. 이건 뭐, 허공만 바라보고 있으라는 거니. 저 방 안에는 지금 남자 하나와 여자 하나가 들어가서 얼마나 재미난…….

"……아니, 잠깐? 남자 하나, 여자 하나라고 했겠다?"

남녀가 한방에 들어갔다! 하면 재미난 일이 저 안에서 벌어지고 있지 않겠는가? 그리고 그 재미난 일이 여전히 진행 중이라면 아무리 기척에 예민한 남자라도 방심하게 되어 있었다. 설사 거사가 끝난 후라도 몸이 후끈후끈, 노곤할 테니 푸욱 자고 있을 가능성이 컸다.

'그리고 무엇보다도 그 누구도 아닌 이 라이 님의 잠입이, 그렇게 쉽게 깨질 리 없지 않은가?'

라이는 갑자기 신이 난 듯이 벌떡 몸을 일으켰다. 저 멀리로 성급한 먼동이 슬금슬금 올라오고 있었다. 하지만 아직 찬란한 태양의 머리가 보이는 건 아니었다.

──최대한 조심해서 감시해.

엉덩이를 들썩거리며 타깃의 건물로 갈까 말까 마지막 결단을 내리려는 그때, 쌍둥이 형제의 목소리가 귓가에 윙윙거렸다.

끄응.

라이는 루이를 가장 존중했고, 루이는 라이를 가장 존중했다. 그런 형제의 목소리를 귓등으로 흘릴 수는 없었다. 들썩들썩, 안절부절. 가만히 있지 못하던 라이가 모든 것을 체념한 듯 털썩 자리에 주저앉았다.

"그래. 난 말 잘 듣는 라이니까. 루이, 너를 내가 마아않이 존중하고 친애하니까 네 말을 들어주겠다, 이거야."

아무도 없는 허공을 향해 구시렁거리던 라이가 결국 참지 못하고 자리를 옮긴 것은 그로부터 약 3시간 후인, 아침 7시쯤이었다.

'여관 손님인 척, 아니지! 여관 시종인 척하고 문을 두드려봐야겠다. 그래, 내가 타깃의 얼굴조차 모르면 안 되잖아?'

이미 바깥 거리에는 아침의 활기가 가득했다.

아무도 없던 거리 위에 하나, 둘 사람들이 보이고 이곳저곳 가게의 문이 열렸다. 분주해진 거리의 틈바구니, 타깃의 위치와 조금 더 가까워진 곳에서 라이가 여관 문을 노려봤다.

'가만? 루이랑 마주쳤다고 했지. 아! 그럼 이미 내 얼굴도 아는 거나 다름없잖아?'

젠장, 이럴 땐 정말 쌍둥이인 것이 안타까웠다. 라이와 루이, 두 사람이 완전히 똑같이 생긴 것은 아니었다. 머리 색도 라이는 푸르른 녹음같이 진한 녹색이었지만 루이는 어린 새싹처럼 부드러운 녹색이었다. 하지만 겨우 한두 번 본 사람이 라이와 루이를 구분하는 것은 어려운 일이었다.

'끙.'

기껏 여기까지 내려왔건만……. 또다시 접근 금지라니. 뭔가 더 근처에서 가까이 지켜보고 싶었다. 심심한 거야 둘째 치고라도 멀리 떨어져서 감시하는 것은 아무래도 정확한 자료조사가 불가능했다.

'그래, 차라리 옆방을 빌려야겠어. 손님을 가장해서 자연스럽게 섞여 들어가면…… 살기가 없으니까 들킬 확률도 적고. 차라리 그 편이 편할지도 몰라.'

고민하던 라이가 결심을 굳힌 듯 여관으로 들어갔다. 옆방을 얻는 것까지는 무척이나 수월했다. 다행히도 방이 비어 있었고, 아침이라 여관 자체가 분주했던 탓에 라이는 자연스럽게 그들의 기척에 숨어서 잠입에 성공했다.

'이거 봐, 이거 봐, 이렇게 곁에서 감시하는 게 쉬운데. 역시 머리는 루이보다 내가 더 좋다니까.'

방 안에 들어선 라이가 소리 없이 거만한 웃음을 지었다. 음하하하, 어깨를 잘게 떨며 스스로에게 한껏 도취되어 있던 그가 살금살금 벽 쪽으로 다가갔다. 시간은 벌써 9시가 조금 안 된 시간.

"……흐음, 9시라."

엑시움 사람들은 부지런했다. 대부분은 새벽같이 일어났고, 귀족이 아닌 이상 아무리 늦어도 대부분은 7시에서 8시 사이엔 일어나 하루를 준비했다.

라이가 벽에 귀를 붙이고 앉았다. 이렇게 하지 않는다고 해서 옆방의 소리를 듣지 못한다거나, 기척을 못 느낀다는 건 아니지만, 이렇게 하면 조금 더 잘 들릴 것만 같았다.

라이가 벽에 귀를 붙인 지 10여 분이 지났을까? 때마침 기가 막히게도 움직이는 기척이 잡혔다. 침대에 내려선 묵직한 발소리를 들어보니 여자 쪽이 아니라 남자 쪽이 틀림없었다. 라이는 눈을 감고 옆방의 움직임에 집중했다.

남자의 형태가 검은 그림자가 되어 루이의 머릿속에 나타났다.

사람의 기운을 감지하여 그들의 모습을 선명하게 그려내는 것은 라이와 루이의 특기이자 비장의 기술이었다.

'과연 듣던 대로 덩치가 크군. 몸을 푸는 건가?'

목과 허리를 이리저리 돌려 슬쩍 몸을 푼 그가 방 안을 맴돌았다. 몇 발자국 걷던 남자는 그대로 방 밖으로 문을 열고 나왔다.

성큼성큼 걷던 그가 우뚝 멈춰 섰다. 몇 발자국 가지 않아서였다.

'방에 뭘 놓고 온 건가?'

벽에서 몸을 뗀 라이가 더더욱 남자의 움직임에 집중했다. 가만히 서 있던 남자가 스르륵 몸을 틀었다. 그때 라이의 등 뒤로 오소소 소름이 돋아났다. 그가 정확히 라이가 있는 방문을 쳐다보고 있었기 때문이었다.

'우연이겠지?'

하지만 바로 그다음 순간 라이는 그 '우연'이란 확률이 생각보다 크지 않다는 것을 깨달아야 했다.

-나와.

정확히 그를 향해 말하는 낮고 위협적인 목소리. 그가 숨어 있는 방문 앞에서 하는 말이었다. 식은땀을 흘리며 번쩍 눈을 뜬 라이가 황급히 뒷걸음질 쳤다. 우연 따위가 아니잖아!

"……뭐, 뭐야, 저 새끼?"

라이는 경악하며 문을 노려봤다. 괴물인가? 아니 언제 눈치챈 걸까? 싸우면 이길 수 있나? 여러 가지 생각이 그의 머릿속을 어지럽게 뛰어다녔다. 하지만 이럴 때 가장 좋은 생각은 36계 줄행랑이었으니. 라이는 재빨리 창문까지의 거리를 가늠했다.

그 순간이었다. 쾅! 엄청난 소리와 함께 강제로 문이 열렸고, 정확히 그를 노려보고 있는 검은 머리의 거대한 사내가 서 있었다.

"도망갈 생각은 버려라, 애송이."

음습한 남자의 중얼거림에 라이는 이를 악물어야 했다.

"그래서 내가 조심하라고 했잖아, 이 멍청아!"

라이의 이야기를 듣던 루이가 저도 모르게 버럭 소리쳤다. 항상 침착하고 차분한 편인 루이가 소리를 높이자 모두가 신기한 듯 그를 쳐다봤다.

루이조차도 당황한 것인지 황급히 첸을 향해 무례함을 사죄했다.

"……죄송합니다."

"괜찮아, 괜찮아. 나라면 쥐어팼을 텐데 루이가 인내심이 좋아."

"엑! 첸 님! 너무하시잖아요."

언성을 높이는 루이를 향해 파비안이 눈을 번득였다. 루이와 파비안의 눈치를 살피며 라이가 뾰루퉁 입술을 내밀고 투덜거렸다.

"나는 완벽했다고요. 계획도, 기척을 없애는 것도."

"완벽한데 들어가자마자 들켜?"

"그건 불가항력이었어요. 그 남자는 기척을 읽는 게 아니라 냄새를 읽었으니까요!"

모두의 시선이 다시 라이에게 쏠렸다. 영혼까지 끌어모은 듯 길고 긴 한숨을 내쉬며 라이가 전투의 흔적이 남아 있는 목덜미를 주물렀다.

붕대에 감겨 보이진 않았지만 그곳에 선명하게 새겨져 있는 빨간 손자국…….

라이가 여관 밖으로 나오자 남자가 기다리고 있었다. 이슥한 골목 끝, 두 사람은 마주 본 채 팽팽한 눈빛을 교환했다. 남자를 보자마자 라이는 생각했다.

'자뗐다.'

딱 벌어진 어깨, 탄탄한 허벅지와 올곧은 자세만 봐도 남자의 실력이 그저 시정잡배 정도가 아니라는 것이 파악되었다. 그리고 무엇보다도 남자에게서 풍겨 나오는 기운이 심상찮았다. 그저 눈이 마주치기만 했는데도 어마어마한 살기에 등골이 오싹했다.

물론 루이의 실력이 시정잡배나 잡는 정도는 아니었다. 루이 또한 검에는 일가견이 있었고, 한때는 기사를 꿈꾸기도 했다. 하지만 눈앞의 남자가 주는 위압감은 루이에게 허세 따위를 허용하지 않았다.

"너는……."

먼저 입을 연 것은 남자였다. 살짝 찡그린 얼굴, 비뚜름하게 고개를 틀더니 곧 재미있다는 말투로 말을 이었다.

"어젯밤 그 남자가 아니군?"

루이 말하는 게 틀림없었다. 두 사람은 어제 마주쳤다 했으니까.

"그런데 매우 흡사한 냄새를 풍겨……. 형젠가?"

'냄새?'

그는 분명 냄새라고 말했다. 기척이나 기운, 뭐, 그런 종류가 아닌 '냄새.' 라이는 대답 없이 조금 더 날카로운 눈으로 남자를 노려봤다.

"뭐, 상관없지……."

그렇게 중얼거리더니 남자는 곧 순식간에 라이를 향해 뛰어왔다.

좁은 공간 안에 바람을 가르는 속도가 스산하게 울렸다. 바람과 같은 속도! 하지만 라이 또한 그 정도의 속도를 낼 수 있었다.

가뿐히 그를 피했다 생각하는 순간, 콰직!

"크윽!"

목덜미를 물어 뜯겼다. 아니……. 정확히 말하자면 사내의 손이 라이의 목덜미를 움켜쥔 것이었다.

하지만 왜인지 라이는 그 순간 사나운 짐승에게 목을 물어뜯긴 것만 같은 착각이 들었다. 숨이 막혀왔다.

"커헉!"

한 손으로 라이의 목덜미를 움켜쥐고 허공으로 들어 올렸다. 라이의 발은 붕 떠서 허공을 헤매고 있었다. 그런 라이를 가까이 끌어당긴 채 남자는 스산하게 속삭였다.

"……어떻게 해줄까?"

건물과 건물 틈, 아침의 찬란한 햇빛조차 스며들지 못한 으슥한 골목에서 그의 회색 눈이 야생 짐승의 그것처럼 형형하게 빛났다.

라이는 온 힘을 다해 몸을 비틀었다. 숨구멍이 콱 막혀서 숨을 쉴 수가 없었고, 산소가 부족한 몸은 축축 늘어지고 있었지만 마지막 힘을 짜내서 단도를 꺼내 그의 팔을 내리쳤다.

타앙!

'이럴 수가.'

팔이, 검을 튕겨냈다. 마치 거대한 바위를 내리친 듯 오히려 라이의 팔이 저려왔다. 남자의 팔은 기괴할 만큼 단단했다. 도구, 혹은 가죽을 둘렀나 싶었지만 남자의 팔뚝에는 근육을 보호하는 붕대만 감겨 있을 뿐이었다.

"마음 같아선 확 죽여버리고 싶지만."

남자는 으득 이를 갈았다. 라이를 향해 증오나 분노를 담은 표정이 아니었다. 자신을 잔뜩 억누른다는 듯이, 뭔가를 참아내는 듯이 절제를 담은 얼굴이었다.

잠시 숨을 참고 깊게 내쉰 남자가 라이를 바닥에 내팽개쳤다. 막혀 있던 숨구멍으로 라이는 정신없이 공기를 주입했다.

"케엑! 켁. 헉, 허억!"

"살려주겠다. 대신, 네 주인에게 돌아가서 똑똑히 전해."

그는 죽음의 경각까지 다녀왔건만 남자는 숨소리 하나 흐트러뜨리지 않은 채 침착하게 말했다.

"어쭙잖게 내 뒤를, 아니, 나와 계집의 뒤를 캐는 짓 따위로 시간 낭비하지 말라고."

"어우, 이런 짐승!"

시가지에서 가장 큰 부티크의 마담 아르델이 팔꿈치로 카잔의 옆구리를 쿡쿡 찌르며 까르르 웃음을 터트렸다.

"어쩜, 이렇게 어린 아내를 두셨대? 아직 20살도 안된 거 같은데? 어우, 짐승이다, 진짜."

카잔의 단정한 얼굴이 단박에 굳어졌다. 그 앞에 에일린이 아무것도 모른다는 듯이 새하얀 원피스를 입고 그를 순진한 눈으로 바라보고 있었다. 하필이면 에일린이 다시 그를 '여보'라고 불러버린 탓에 마담이 착각을 해버렸다. 옷을 갈아입는 시간이 꽤 오래 걸려 잠깐 바깥바람을 쐬러 나가는 그를 에일린이 다급하게 불러 세운 것이었다.

도대체 왜 그 호칭으로 부른 건지 카잔은 알 수 없었다. 눈앞의 이 꼬마 아가씨는 과연 그 뜻을 알고서나 한 말일까?

'이름까지 알려줬는데 왜⋯⋯.'

마담의 호들갑이 영 달갑지 않은 그의 입에서 절로 한숨이 나왔다. 그의 한숨 소리를 듣던 에일린이 조용히 그의 옷자락을 잡아당기며 말했다.

"벗고 싶어요."

"불편해?"

"어머, 불편해요? 이건 품이 제법 넉넉한 옷인데? 한 치수 큰 거?"

"아, 그게 아니라⋯⋯."

"그럼?"

"뭐야, 뭐야? 왜 그러는데?"

왜 그러느냐는 듯 카잔이 물었지만 에일린은 마담의 눈치를 살피며 입을 열기를 꺼리고 있었다.

조가비 같이 꽉 다물려 있던 그녀의 입술이 카잔의 서늘한 눈빛 앞에 마지못해 열렸다. 비밀을 속삭이는 듯 그의 귓속으로 작은 입김이 오물거리며 퍼진다.

"이렇게 예쁘고 깨끗한 옷은 불안해요. 처음 입어봐서⋯⋯. 그런데 그렇게 말하면 카잔이 곤란해질 것 같아서요."

"아아."

조금 전 에일린이 입고 온 옷을 보며 마담이 여자 옷이 이게 뭐냐고 난리를 쳤다. 그렇게 안 보이는데 남편분이 참 검소하시네, 하며 카잔을 은근슬쩍 힐난하는 것을 에일린이 의식하고 있었던 것이었다.

'뭘 그런 걸 가지고……'

카잔은 괜찮다는 듯 픽 웃으며 다시 물었다.

"원래 새 옷은 깨끗한 건데, 뭘. 그것보다 움직이기 불편하진 않고?"

결코 옷이 불편한 것은 아니었기에 에일린은 고개를 가로저었다. 몸을 따라 살짝 라인이 드러나는 원피스였지만 품은 넉넉한 편이었고, 길이도 신축성도 좋았다. 다만 한 가지 걸리는 것은,

'너무 하얀데……'

이 하얀색이 그녀를 불편하게 만들었다. 조금만 부딪혀도 금방 더러워질 텐데…… 잘 넘어지고, 다치는 에일린 같은 경우는 하루도 가지 못해서 옷을 넝마로 만들게 틀림없었다. 처음으로 사서 입는 새 옷. 에일린은 그 새 옷을 더럽히고 싶지 않았다. 좋지만, 포기해야 했다. 미세하지만 얼굴 위로 시무룩함이 드러났다. 아쉬운 듯 옷을 만지작만지작하는 에일린을 보며 카잔이 그녀의 어깨 위를 툭툭 털어주며 말했다.

"여기 뭐가 묻었네."

그의 말에 에일린은 움찔 어깨를 떨며 그를 올려다봤다. 뭐가 그렇게 속상한지 입매 끝이 시무룩하게 내려갔다. 카잔은 가끔씩 나오는 이 울 듯 말 듯 한 얼굴이 꽤 마음에 들었다. 에일린은 표정이 다채로운 편이 아니었기에 이렇게 짧게나마 감정을 드러내줄

때 묘한 희열이 느껴졌다. 저 얌전하고 순진한 얼굴에서 더 많은 것을 끌어내고 싶게 만드는 그런 묘한 희열.

머뭇거리던 에일린이 카잔의 옷자락 툭툭 잡아당겼다.

"이거 안 입어도, 괜찮을 것 같아요."

내가 안 괜찮아서 그렇지. 카잔은 쯧, 속으로 혀를 차곤 다른 옷을 집어 들었다.

"이건?"

마찬가지로 하얀 계통의 원피스였다. 에일린은 다시 고개를 저으며 옷을 쳐다봤다.

"옷이 마음에 들지 않아?"

"아니요."

"그럼? 이걸로 할까?"

"아니요."

"그럼 이거?"

이번엔 하얀색과 보라색의 투피스였다. 마찬가지로 깔끔하고 예쁜 옷. 에일린은 곤혹스러운 얼굴로 다시 고개를 가로저었다.

"왜지? 이유를 말해봐. 불편한 것도 아니고, 나는 지금 네가 입고 있는 게 썩 잘 어울리는 것 같은데."

"저한테 맞지 않는 것 같아서요."

"무슨 의미지?"

"불편해요. 옷도, 저도 서로 불편해요."

"흐음."

움찔움찔, 움츠러드는 꼴만 보면 겁을 한가득 먹은 것 같은데 곧잘 자기가 할 말은 했다.

"아깐 불편하지 않다며?"

그런 의미가 아니잖아요. 에일린은 저도 모르게 말꼬리를 잡고 늘어지는 카잔을 흘기고 말았다. 하지만 뭐가 즐거운지 카잔은 씨익 웃기만 할 뿐 다른 말이 없다.

안절부절못하던 에일린이 탈의실로 몸을 돌렸다.

"어머? 갈아입으시게요?"

말없이 고개만 끄덕거리며 종종 걷는 그녀의 뒤로 카잔의 충격적인 말소리가 들렸다.

"좀 더 화려한 거 있습니까? 완전 화려하고 밝은 것."

에일린이 깜짝 놀라 그를 돌아봤다. 그녀와 눈을 마주친 채 카잔은 씨익 웃었다. 에일린은 어딘지 모르게 불안한 기분에 사로잡혔다.

"귀족 부인처럼 아주, 아주 화려하고 밝은 것 말이죠."

"있죠! 있고말고요! 잠시만요! 오홍홍홍, 남편분이 화끈하시네!"

화려한 옷은 곧 값비싼 옷이었다. 신이 난 마담이 곧이어 조금 전의 옷과는 비교도 할 수 없을 만큼 화려하고 치렁치렁한 옷들을 한 아름 들고 나타났다.

섬세한 자수가 요란하게 달려 있었고, 레이스가 겹겹이 쳐졌다. 여기저기 달려 있는 장신구는 어찌나 많은지. 에일린이 질색인 얼굴로 카잔을 향해 고개를 내저었지만 카잔은 어쩐지 지금 이 상황이 재미있다는 얼굴이었다.

"오, 정말 잘 어울리겠네요. 어서 입고 와봐."

말도 안 돼! 에일린이 하얗게 질린 얼굴로 마담의 손에 질질 끌려갔다.

코르셋이 어쩌고 쩌고를 떠드는 마담도 즐거워 보였고, 끌려 들어가는 에일린을 보는 카잔의 즐거워 보였다. 오직 당사자인 에일린만 괴로운 상황이었다.

"더, 더 이상은 못 입어요."

벌써 몸에 맞지도 않고, 어울리지도 않는 괴상망측하게 화려한 드레스를 네 벌이나 갈아입었다. 에일린은 녹초가 된 얼굴로 마지막 연한 노란색의 미니 드레스를 입고 나왔다.

"어머나, 세상에⋯⋯."

카잔도, 마담도 놀란 듯 눈을 크게 뜨고 그녀를 봤다. 그렇게 놀랄 정도로 이상한가 싶어 에일린은 귓가를 붉게 물들이고 그 자리에 멈춰 섰다.

"어머! 다른 건 모르겠고 그 옷 참 잘 어울리네요! 역시 피부가 뽀얘서 밝은 색이 잘 어울려요."

바, 밝은 색은 더 이상 그만.

"⋯⋯이건 이제까지 본 거랑 조금 다르군요."

"아, 요즘 수도의 젊은 아가씨들 사이에서 유행하는 드레스 디자인이에요. 예쁘지 않나요? 역시 젊은 아가씨들은 이 뽀오얀 살결이 무기야, 오호호호! 너무 잘 어울려! 어머, 어머."

요란한 마담의 칭찬에 에일린은 볼을 붉히며 거울을 봤다. 예뻤다. 이제까지 마냥 화려하고 거북한 옷과는 다르게 그녀의 몸에 피부처럼 잘 맞아들었다. 에일린은 처음으로 자신의 모습이 예뻐 보이는 신기한 경험을 했다. 하지만 이 옷의 치명적인 단점이 있었으니⋯⋯.

마담과 카잔을 돌아보며 에일린이 서툴게 불만을 토로했다.

"숨을 못 쉬겠어요."

"아! 코르셋 처음 입어본다고 했죠? 그래서 그런 걸 거예요. 그래도 코르셋을 차야, 이렇게 가슴이 빵빵하게 올라와요. 자, 봐요, 이게 훨씬 보기 좋죠?"

상의는 깊고 넓게 파여 있어서 여성의 가슴골을 부각시켜주는 옷이었다. 요즈음 유행이라며 꺼내준 옷이었다. 드레스 길이는 무릎 정도로 매우 짧았고, 가슴은 넓게 파여 있던 탓에 정작 에일린은 불편한 듯 몸을 움츠렸다. 하지만 그렇게 움츠러들수록 가슴골은 깊어만 졌다.

"부인이 말랐는데도 몸매가 꽤 훌륭해요! 어쩜 이렇게 허리가 가늘어요? 어우, 가슴도 훌륭하고…… 옷 입히는 맛이 나네, 아주!"

정작 본인은 불편해하고 있지만 옷 주인인 마담 아르텔은 흡족하다는 듯 손뼉을 쳐가며 좋아했다. 시끄러운 마담의 목소리는 마음에 들지 않았지만 카잔도 내심 드레스를 입은 에일린의 모습이 흡족했다. 이제 적어도 '거지'꼴로는 안 보였다. 거기다가 생각 이상으로 성숙한 그녀의 실루엣이 썩 보기가 좋았다.

'가만…… 그러고 보니 정확히 몇 살인 거지?'

어색한 듯 거울에 제 모습을 비춰 보고 있는 에일린을 보며 카잔은 턱을 문질렀다. 워낙 체구가 작았고 포대자루 같이 커다란 옷을 입고 있던 탓에 그녀는 매우 어려 보였다. 막연히 열대여섯 살쯤 되지 않았을까, 생각했는데 이렇게 보니 열일곱 살쯤은 되어 보였다.

특히 푹 파여 있는 옷이 보여주고 있는 특정 부위의 발육이 그러했다. 하지만 저 옷으로 여행을 하기에는 무리가 좀 있었으니.

"이렇게 불편한 것 말고, 편한 옷은 없습니까?"

"편한 거요? 음, 그럼 조금 전의 그 원피스들을 다시 보여드릴까요?"

"원피스보다, 상의랑 하의랑 따로 입는 그런 건 없습니까?"

"있죠! 왜 없겠어요! 투피스! 타이트한 거?"

카잔은 단호하게 고개를 내저었다.

"치마는 조금 넉넉하게 퍼진 게 좋습니다. 길이는 저 드레스 정도로. 그리고 상의는 불편하지 않게, 움직이기 편한 걸로."

"어머, 그건 그냥 평상복이잖아요."

어쩐지 실망한 투였지만 카잔이 마담의 기분까지 챙겨줄 필요는 없었다. 그게 없다면 더 이상의 볼일이 없다는 듯 냉정한 얼굴로 뒤돌아섰다.

"없습니까? 그럼 저흰 이……."

"없다뇨! 차고! 넘치게! 많이 있죠!"

재빨리 표정을 수습한 그녀가 직원을 시켜 카잔이 주문한 종류의 옷을 한 무더기 가져왔다. 좌르륵 펼쳐지는 옷들을 보며, 카잔은 흡족한 얼굴로 몇 개의 옷을 골라 값을 치렀다.

"저, 이거……."

카잔이 값을 치르고 나왔고, 마담은 그가 고른 한 무더기의 옷을 포장하러 춤을 추듯 뛰어 올라갔다. 그런 그의 앞으로 에일린이 두 손을 내밀었다.

"이게 뭐지?"

손가락을 열어 안을 확인한 그가 황당하다는 얼굴로 그녀를 내려다봤다. 은화 2개가 그녀의 손바닥 위에 덩그러니 놓여 있었다. 일전에 첸이 그녀에게 거지냐며 던져준 바로 그 돈이었다.

"이건 어디서 났지?"

"주웠어요."

틀린 말은 아니었다. 에일린은 말간 얼굴로 다시 한 번 카잔에게 손바닥 위의 돈을 내밀었다. 사실 이 돈이 얼마만큼의 가치가 있는지 그녀는 알지 못했다. 하지만 에일린은 자신이 가진 모든 것을 그에게 탈탈 털어 내어주고 싶을 뿐이었다.

"이건 꽤 거금인데……. 이런 돈을 흘리고 다니는 덜렁이가 다 있군."

"……."

흘렸다기보다 던져준 거였지만. 거기까진 군이 말하지 않았다. 에일린은 그저 가만히 카잔이 돈을 가져갈 때까지 손바닥을 내밀고 있을 뿐이었다.

카잔은 눈앞의 이 작은 여자의 머릿속을 들여다보고 싶었다. 도대체 무슨 생각을 하고 사는 걸까? 아니, 어떤 생각까지 할 수 있는 걸까? 저를 준다고 하더니, 딱 봐도 가진 것 하나 없는데 제 주머니를 털어 다 내어주는 꼴이라니.

'뭐, 이걸로 은혜라도 갚겠다, 이건가?'

은혜라. 딱히 카잔이 에일린에게 그런 것을 베푼 적도 없었고, 그녀에게서 뭔가를 바라는 것도 없었으니 받을 이유가 없었다.

"그건 너 가져."

"왜요?"

"난 필요 없으니까."

카잔은 딱 잘라 말했다. 곧이어 위층에서 마담과 직원이 한 보따리의 짐을 들고 내려왔다.

"어우, 옷이 상당해서 포장하는 데 시간이 좀 걸렸네요. 자, 여기 물건 확인해보세요."

마담에게서 물건을 건네받고 확인하려는 차에 불쑥 작은 손이 튀어나오더니 그에게서 포장된 옷과 신발들을 가져갔다.

"……제가 들게요!"

응? 이게 대체 뭔 말이야, 라는 눈으로 마담이 에일린을 바라봤다.

에일린은 끙끙거리며 카잔의 손에서 포장된 옷을 빼앗아 들었다. 그에게는 가뿐한 양이었지만 에일린으로서는 몸이 휘청거릴 만큼 묵직한 부피였다. 무게보다도 워낙 부피가 크다 보니 균형을 잡는 게 어려워 보였다.

"어, 아니에요, 사모님. 이건 저희 쪽에서 댁으로……."

"그래."

카잔이 이쪽에서 배달해줄 거라고 말하려는 마담의 말을 댕강 잘라먹었다. 짐을 드느라 에일린은 카잔을 보지 못했지만, 곁에 있던 마담은 카잔의 얼굴을 정면으로 똑바로 봤다. 마담의 입술이 삐죽 올라갔다. 그는 지금 웃고 있었다.

'남편이 장난꾸러기네.'

어린 아내가 휘청거리며 낑낑거리는 모습을, 남자는 귀엽다는 듯 보고 있었다. 악하거나 못된 남자 같지는 않은데, 어린 아내를 괴롭히는 재미가 들렸나 보다. 곤란해하는 아내에게 터무니없이 화려하고 노숙한 옷을 입힐 때부터 알아보긴 했다.

어린 아내의 얼굴이 붉어지거나, 당황하거나, 어쩔 줄 몰라 발을 동동거릴 때마다 남자의 입꼬리는 미묘하게 올라갔다. 그런데 남자의 그 사악한 입꼬리가 묘하게 섹시했다.

'근데 왜 괴롭힘을 당하는 것도 이렇게 부럽니. 어우⋯⋯.'

가게를 나서는 남녀의 모습을 멍하니 바라보던 마담이 부르르 몸을 떨며 시린 옆구리를 긁어댔다. 저런 섹시한 남자라면 얼마든지 괴롭힘 당하고 싶은 그녀였다. 침대에선 또 얼마나 심술궂을까? 저 서늘한 눈이 깜깜한 어둠 속에서 자신을 내려다본다면⋯⋯. 생각만으로도 침이 꼴깍꼴깍 넘어갔고, 배꼽 아래가 후끈 달아올랐다.

"어머, 어머, 나 좀 봐. 남의 남편을 상대로!"

화끈거리는 뺨을 두 손으로 감싼 마담이 총총총 2층으로 올라갔다. 생김새도, 씀씀이도 화끈한 남자가 놓고 간 돈을 확인할 차례였다.

6. 떨어지지 않는 계집

균형이 잘 잡히지 않았다. 에일린은 이리 비틀, 저리 비틀거리는 몸을 간신히 다잡았다. 팔이 빠질 것처럼 아팠지만 아직은 견딜 만했다. 거리의 사람들과 자꾸 부딪치는 바람에 걷는 게 조금 버거운 것 빼고는.

"근데 언제 변하는 거지?"

"……?"

"그, 붉게 변하는 거 말이야."

그가 무슨 말을 하는 것인지 깨달은 에일린이 잠시 말을 고르는 듯 호흡을 멈추더니 차분히 말을 꺼냈다. 하지만 짐을 들면서 말을 하는 게 조금 힘겨워 가끔 숨을 몰아쉬었다.

"보름달이 뜨면 변해요. 보름달이 뜨는 그 이삼 일에 달빛이 닿으면 변하더라고요. 밖에 안 나가면 안 변했어요."

요즈음은 완전한 보름달이 아니어도 가끔 변하기도 했지만, 그건 정말 가끔이었다. 그것까지 말할까 하던 에일린은 조심스럽게 입을 다물었다. 확실치 않은 이야기까지 전하고 싶진 않았다.

"달빛이라……. 그럼 모습만 변하는 건가? 성질이 변하거나, 뭐, 그런 건 없고?"

에일린은 고개를 저었다.

"혹시 무슨 다른 능력 같은 건 안 생기나?"

잠깐 생각해보던 에일린이 다시 고개를 저었다. 다른 건 모르겠지만 그런 능력이 없다는 건 확실했다. 무슨 대단한 능력이 있었다면 진작 그녀 스스로 그곳을 탈출했을 테니까.

"흐음……. 그래."

카잔은 알겠다는 듯 고개를 끄덕였다. 넘어질 듯 말 듯 간신히 균형을 유지하던 에일린이 결국 참지 못하고 자리에 우뚝 멈춰 섰다. 새 옷을 입었는데 등이 벌써 축축했다.

"왜 그러지?"

차마 힘드니까 쉬어 가자는 말은 못 하겠어서 에일린은 애써 다른 말을 찾았다. 하지만 갑자기 멈춰 선 이유를 찾기가 어려웠다.

한참을 헤매던 에일린이 간신히 그럴듯한 이유 하나를 찾아냈다. 에일린이 카잔을 향해 공손히 허리를 숙였다.

"옷, 감사합니다."

흡. 웃음소리가 들려서 위를 올려다봤지만 카잔의 얼굴은 변화가 없다. 깜빡거리는 눈으로 그를 올려 보던 에일린이 주변을 둘러봤다. 몇몇 사람들이 빠르게 지나갈 뿐 아무도 곁에 있지는 않았다.

"……가자."

"아, 네. 근데 지금 어디 가는 거예요?"

"아니, 약초상회에 들러야 해. 가지고 있는 것들을 좀 팔려고 하거든."

약초상회. 에일린은 저릿한 팔을 주무르지도 못하고 조심스럽게 되물었다.

"……멀어요?"

"응. 멀어."

아, 안 돼. 에일린의 얼굴이 하얗게 질렸다. 이걸 다 들고 온종일 걸어 다녀야 한다는 얘기였다. 도망치고 깨지는 건 단련되어 있었지만 무거운 걸 들고 다니는 것에 대한 면역은 없던지라 더욱 힘겹게 느껴졌다.

"아, 네……."

창백한 얼굴로 에일린이 내려놨던 짐을 들었다. 들자마자 팔이 뻐근했다.

휘청휘청, 비척비척 애써 씩씩하게 걷는 에일린이 모습을 카잔이 힐끔 곁눈질해 쳐다봤다. 싫다는 말도 못 하고, 안 간다는 말도 못하고 낑낑거리며 씩씩하게 걷는 모습이 눈에 밟혔다. 귀여웠다. 괴롭히는 맛이 있달까?

피식피식 터져 나오려는 웃음을 삼킨 카잔이 그제야 에일린이 들고 있는 짐을 가져갔다. 에일린이 눈을 동그랗게 뜨고 그의 손으로 옮겨가는 짐가방을 보다가 그를 올려다봤다. 무심한 그의 얼굴을 맑은 눈에 한껏 담아 올려 본다. 하지만 다시 짐을 달라는 말은 절대 하지 않았다. 그것마저도 어쩐지 귀엽게 느껴졌다. 카잔은 그런 제 마음이 이상하단 생각도 하지 못한 채, 평소와 같은 무덤덤한 어조로 말을 꺼냈다.

"네가 바깥 생활이 익숙해질 때까지 같이 다녀주겠어. 하지만, 몇 가지 따라줬으면 하는 규칙이 있다."

말없이 에일린은 열정적으로 고개를 끄덕였다. 뭐든지 듣겠다는 태도였다.

"첫째, 내 사생활에 대하여 일체의 말도 꺼내지 말 것. 참견도, 걱정도 하지 말고. 나에게도 개인적인 용무라는 게 있으니까."

"……그 개인적인 용무가 몇 날 며칠 떨어져야 하는 건가요?"

조심스러운 그녀의 질문에 카잔은 고개를 저었다.

"그런 건 없다. 설령 있다고 하더라도 그런 건 미리 말해놓을 테니 걱정 말고."

"네."

그거면 됐다. 에일린은 고개를 끄덕이며 살며시 가슴을 쓸어내렸다.

"둘째. 네가 변화하거나, 혹은 다른 이상이 있다면 반드시 말해줘야 해. 아무리 사소한 것이라도."

두 번째 말은 조금 가슴이 아팠다. 당연한 말이었지만, 어쩐지 '네가 변하면 내가 곤란하거든'이라는 말로 들려 가슴이 서늘했던 탓이다.

하지만 괜찮았다. 이해할 수 있었다. 당연한 거라고 생각하며 다시 고개를 끄덕였다.

"마지막으로……."

건널목 앞에 멈춰 선 그가 에일린을 내려다봤다. 그녀도 언제나처럼 그 말간 눈으로 그를 올려다봤다. 꿀꺽. 마지막 규칙이 '많이 먹지 말 것' '돈 벌어 올 것' '쫓아다니지 말 것' 뭐, 이런 거면 어떡하나 싶었다. 요즈음 이상하게 부쩍 배가 고팠고 허기를 참을 수가 없었다. 또한 그녀는 돈을 버는 재주는 없었으니 돈을 벌려면 시간이 조금 걸릴 것 같았다.

하지만 그의 마지막 규칙은 생각보다 쉬운 것이었다.

"떼쓰지 말 것. 고집부리지 말 것."

걱정하고 있던 에일린의 얼굴이 단박에 밝아졌다. 그것이야말로 쉬운 일이라고 생각했다. 그녀에겐 고집이란 게 없었고, 떼쓰는 법 따위 모른다고 생각했으니까. 하지만 에일린은 자신만 몰랐지 꽤 고집쟁이였다. 곁에 있게 해달라고 그를 쫓아왔을 때부터 카잔은 그것을 알고 있었기에 마지막 조건을 단 것이었다.

"할 수 있겠어?"

"네, 할 수 있어요."

그녀의 망설임 없는 대답이 마음에 든다는 듯 그는 흡족한 얼굴이었다.

고개를 끄덕이는 사이 몇 대의 마차가 지나쳐 갔고 두 사람은 다시 발을 뗐다. 에일린의 머리 위로 따듯한 손길이 지나갔다.

"한번 잘해보자고."

토닥토닥, 머리 위를 쓰다듬는 커다란 손. 지나가듯 무심한 그 손길을 느끼던 에일린의 뺨에 발그레한 물이 들었다. 홀가분해진 손으로 그의 손이 지나쳐 갔던 제 머리 위를 더듬었다.

오늘 아침, 그때 그 느낌과 똑같았다. 다정하고, 따뜻하고, 기분을 둥둥 뜨게 만드는 손길이었다. 그는 아무렇지도 않다는 듯 앞을 보고 있었지만 에일린은 그가 남긴 여운으로 인해 발이 동동 떠다녔다.

벌어지려는 입술을 가볍게 깨문 채 넓고 듬직한 그의 등을 바라봤다. 다른 사람과 닿는 것은 끔찍했다. 하지만 그의 손길은 싫지 않았다. 아니, 오히려 그녀를 기분 좋게 만들었다. 이상하지만 기분 좋은 것. 정체를 알 수 없지만 그녀를 설레게 만드는 그것.

정체를 알 수 없는 설렘의 마음으로 그의 옆모습을 훔쳐보던 그때였다. 우뚝 멈춰 선 카잔이 뒤를 돌아보기도 전, 총총총 경쾌한 발소리와 함께 숨 막힐 듯 매혹적인 향기가 두 사람의 뒤를 덮쳐왔다. 그리고 곧 누군가 에일린의 어깨를 툭 치며 카잔의 넓고 듬직 가슴 안으로 뛰어들었다.

"카잔!"

청명한 하늘을 가르는 톤이 높은 목소리. 카잔의 품으로 뛰어든 여자가 새하얀 얼굴 가득 미소를 머금은 채 그에게 안겨들었다. 둥둥 뛰어대던 에일린의 가슴이 철렁 내려앉았다.

어쩐지 꿈자리가 좋다고 했다. 카멜은 특유의 거칠고 섹시한 분위기의 키가 훤칠한 사내를 발견하자마자 얼굴에 함박웃음을 매달고 무작정 달려갔다. 꿈에서도 잊을 수 없었던 바로 그 사내였다. 비록 단 일주일간의 뜨거운 연정이었지만 그날 이후로 한시도 잊을 수 없었던 바로 그 남자, 카잔이었다.

"언젠가 다시 마주칠 줄 알았어요! 언제 온 거예요?"

카멜은 한껏 상기된 얼굴로 그의 품엔 파고들며 물었다. 그를 부르는 목소리에서 달콤한 꿀이 뚝뚝 떨어져 내렸다.

"아아, 얼마 전에."

사내는 언제나 그렇듯 그다지 친절한 화법을 구사하진 않았다. 하지만 그마저도 그의 남성미를 보여주는 듯해서 카멜은 그저 좋기만 했다. 한동안 유약하기 짝이 없는 부잣집 망나니 아들만 상대했더니 이런 터프함이 그저 반갑기만 했다.

"꿈에서도 당신이 그리웠어요. 왔으면 날 찾았어야죠. 얼마나 내가 당신을 그리워했는데……."

카멜은 적당히 달콤하고 적당히 농염한 목소리로 그의 귓가에 원망의 말을 속삭였다. 카잔이 이 고양이 같은 목소리를 좋아했단 것을 그녀는 기억하고 있었다.

"보는 눈이 많아."

어머? 그런데 이 남자, 뭔가 변했다. 카멜은 무심한 손길로 그녀를 밀어내는 카잔을 동그랗게 뜬 눈으로 올려다봤다. 남의 눈을 의식하며 사는 사내가 아니었는데?

시원하게 위로 뻗은 눈매가 이상하다는 듯 그를 흘기다 곧 카잔의 곁에 덩그러니 서 있는 작고 마른 소녀 하나를 발견했다. 여자? ……아이? 카멜은 에일린을 천천히 위아래로 훑어보며 고개를 갸웃 흔들었다. 그녀의 고갯짓을 따라 풍성한 머리카락이 그녀의 아찔한 가슴골 사이로 파고들었다. 에일린의 눈동자가 그 거대한 가슴 둔덕에 머물다 황급히 내려왔다. 순진한 복숭앗빛 뺨이 순식간에 붉게 물들었다.

어머, 귀여워라.

키는 카멜보다 조금 작은 편이었다. 하지만 마른 몸과 순수한 눈빛이 그녀를 훨씬 어리게만 보이게 했다.

그러다 슬쩍 눈꺼풀이 올라오고 눈이 마주친 순간, 뭔가 알 수 없는 아찔함이 카멜을 덮쳤다. 흔하디흔한 갈색 눈동자였다. 유난히 맑고, 유난히 투명하다는 것만 뺀다면 흔하기 짝이 없는 눈동자인데.

'……뭐지, 이 빨려 들어가는 느낌은?'

방심하고 있던 차에 뒤통수를 한 대 얻어맞은 느낌이었다. 카멜은 본능적으로 경계 태세로 돌아섰다. 매력적인 수컷을 차지하고 싶은 암컷의 경계 태세 말이다.

"누구? ……아!"

고개를 기울여 에일린을 빤히 바라보던 카멜이 조금 더 몸을 숙여 에일린의 가까이에 다가섰다. 아찔한 눈웃음으로 에일린을 바라보며 약이라도 올리듯 천천히 물었다.

"심부름하는 아이?"

피식 웃는 소리에 에일린은 입술을 앙다물었다. 아무리 눈치가 없고 경험이 없다고 하더라도 상대가 자신에게 적대감을 드러내는 것 정도는 알 수 있었다.

"그런 거 아니야. 당신이 알 필요는 없으니 더 묻지 말고."

"흐응. 그래요?"

더 말을 하고 싶지 않다는 카잔의 뉘앙스에 카멜은 화사한 웃음으로 화답했다. 사실 그다지 알고 싶지도 않았다. 그것보다 그녀가 알고 싶은 건 다른 것이었으니까.

"그것보다 달링. 오늘 밤 우리 집으로 올 거죠?"

카멜은 그에게 성큼 다가가 가슴 안에 안기며 축축한 혀로 입술을 핥으며 말했다. 섬세한 손끝이 사내의 탄탄한 가슴을 간질거리며 유영했다.

"글쎄."

카잔이 힐끗 에일린을 내려 보며 대답했다. 에일린의 눈동자는 바닥으로 내려간 채 그의 시선을 외면하고 있었다. 그 모습에 카잔의 눈썹 한쪽이 위로 밀려 올라갔다.

"어머, 오늘따라 왜 이리 튕기실까. 감칠맛 나게……? 후훗, 오든 안 오든 기다리고 있을게요."

멀리서 카멜을 부르는 목소리가 높아졌다. 그녀는 힐끗 뒤를 돌아보다가 카잔의 귓가에 다시 간드러지는 목소리로 속삭였다.

"당신이 올 때까지 아무것도 입고 있지 않을 거예요. 추워지기 전에 와요, 달링."

촉- 새빨간 입술이 아무렇지 않게 카잔의 입술을 닿았다 멀어졌다. 그녀의 진한 립스틱이 카잔의 입술 위에 어렴풋하게 흔적을 남겼다. 한쪽 눈을 찡긋하며 멀어지는 카멜의 모습에 카잔이 실소를 터트렸다. 카멜은 언제나 그렇듯 유쾌하고 섹시한 모습으로 그를 유혹하고는 유유히 그 자리를 벗어났다.

"쯧. 하여튼……. 가자."

카잔은 혀를 차며 멈춰 선 걸음을 재촉했다. 경직된 채 멍하니 서 있던 에일린이 카잔의 뒤를 좇아 걸음을 떼기 전, 우뚝 멈춰 선 채 다시 뒤를 돌아봤다. 멀어지는 여자의 뒷모습을 빤히 쳐다보고 있던 에일린의 입술이 앞으로 삐죽 튀어나와 있었다.

저녁을 먹고 방으로 돌아온 카잔은 잠시 앉아 있다가 방 한쪽에

세워놓은 검을 점검했다.

'날이 많이 갔어. 금이 간 곳도 있고……'

검의 상태를 꼼꼼하게 살펴보던 카잔은 이대로 있다간 검을 더 이상 못 쓸 것 같다는 결론을 내렸다. 크게 특별할 것 없는 검이었지만 그 크기만큼이나 묵직한 무게감과 파괴력이 꽤 마음에 들었던 것이었다. 정기적으로 점검도 하고, 잘 썼다고 생각했건만 겨우 4년 만에 날이 나가버렸다. 어떤 검을 들고 다녀도 5년 이상 가는 법이 없었다.

새로 사야 하나 고민하던 그가 깔끔하게 마음을 접었다. 이대로 못 쓰게 된다면 그냥 버리는 게 낫겠다 싶었다. 짐이 많아지고 있었으니 뭐라도 좀 줄이는 게 낫겠다 싶은 것이었다. 사실 그에겐 딱히 좋은 검이 필요한 건 아니었다. 검술보다 더 자신 있는 것은 체술(體術)이었고 그것보다 더 자신 있는 것은 힘과 감각이었으니까.

'그래도 일단 날을 좀 갈아놔야겠군.'

카잔은 숫돌과 칼을 챙겨 들고 테라스로 향했다. 그렇게 두어 발자국 가던 그가, 짧은 한숨과 함께 뒤를 돌아봤다.

"……"

그의 뒤에 에일린이 바짝 붙어 서 있었다. 에일린은 그의 옷자락 끝을 꽉 틀어쥔 채 아무것도 모른다는 그 순진한 얼굴로 그를 올려다봤다. 카잔은 말없이 그녀의 손을 바라봤고, 그의 노골적인 시선에 에일린이 살그머니 틀어쥔 옷자락을 놨다. 자유를 찾은 옷자락을 확인한 그가 다시 발을 놀렸다. 그러나 얼마 가지 못해 다시 멈추고 만다.

"……그러니까, 그것 좀 놓지그래?"

한숨을 쉬며 뒤돌아 선 그가 바짝 붙어 따라오는 에일린을 향해 말했다. 언제 다시 잡힌 건지 그의 옷자락이 야무지게 그녀의 손안에 감겨 있었다.

"……."

카잔은 무덤덤한 얼굴로 에일린을 내려다봤다. 표정은 없었지만 그 무표정이 오히려 위협적으로 느껴질 법한 그런 얼굴이었다. 하지만 에일린에게 통하는 위협은 아니었던지, 그녀는 여전히 그 말갛고 순진한 얼굴로 그를 멀거니 올려다보고 있었다. 마치 잘못한 것도, 잘한 것도 없다는 듯 순진한 얼굴이었다.

'하아…….'

숙소에 돌아온 이후부터 에일린이 졸졸졸 그를 쫓아다녔다. 성가시게 말을 붙이거나 시끄럽게 떠들지는 않았다. 그저 주인을 쫓아다니는 강아지처럼 그의 뒤를 쫓았다. 그리고 뭔가 이상하다 느껴지면 여지없이 그의 옷자락이 그녀의 손안에 감겨 있었다.

"할 말이 있으면 해."

카잔은 비뚜름하게 옆으로 돌아서서 에일린과 눈을 맞췄다. 말간 얼굴을 보고 있자면 아무런 악의도, 감정도 담겨 있지 않아서 도통 이유를 유추할 수가 없었다. 전할 말이 있다면 그 분홍빛 입술을 터트려 전하기만 하면 될 텐데…….

뭐, 딱히 그런 에일린이 귀찮거나 거슬린 건 아니었다. 그녀는 아주 조용히, 그리고 얌전히 따라다니기만 했을 뿐이니까. 아주 약간 신경이 쓰이긴 했지만 신기하게도 이 작은 성가심이 짜증스럽거나 귀찮지 않았다.

'분명 무슨 이유가 있을 텐데.'

하지만 저 조가비 같은 입술을 꼭 다물고만 있으니 알 길이 없다.

"좋아. 그럼 할 말 없는 거지?"

"……."

"흐응."

머뭇거리는 에일린을 보며 사악하게 눈을 빛내던 카잔은 순식간에 몸을 돌려 재빨리 테라스 안쪽으로 들어가 버렸다.

탁! 잡고 있던 그를 놓쳐버린 에일린이 당황한 틈에 테라스의 문을 닫고 잠가버렸다. 에일린이 뒤늦게 그를 쫓아 테라스의 문을 열어보려 힘을 줘봤지만 걸쇠가 걸린 문은 열리지 않았다.

"……!"

투명한 테라스 창 너머로 울 듯한 얼굴의 에일린이 보였다. 어쩔 줄을 몰라 자리만 서성거리던 그녀가 시무룩한 얼굴로 유리에 찰싹 달라붙어 그를 쳐다봤다. 끙끙 소리가 들릴 것만 같은 풀 죽은 얼굴이었다.

숫돌과 칼날을 쥔 카잔은 자리를 잡고 앉았다. 투명한 유리창을 사이에 두고 에일린도 그를 짜라 자리에 털썩 주저앉았다. 스윽스윽, 쇠가 갈리는 소리가 조용하게 울렸다. 그는 입꼬리를 올린 채 창에 바짝 붙어 저를 감시하고 있는 에일린을 의식하며 날을 갈았다.

'너무해.'

자리에 털썩 주저앉은 에일린은 큰 눈 가득 원망을 잔뜩 담아 카잔을 흘겨봤다. 투명한 유리벽에 막혀 더 이상 다가갈 수도 없고 손을 뻗을 수도 없었다.

할 말이 있으면 해보라는 카잔의 말에 에일린은 무거운 입술만 몇 번 벙긋거리다가 다시 다물어버리고 말았다. 물론, 하고 싶은 말은 너무나도 많았다. 그 말이 너무 많아서 가슴이 터져버릴 듯이 부풀어 오르는 것 같은 착각이 다 들 지경이었다.

'아까 그 여자는 누구예요?'

'왜 카잔에게 그렇게 달라붙어 있었죠?'

'그 여자는 나를 왜 그런 눈으로 본 거예요?'

'오늘 밤…… 그 여자에게 갈 거예요?'

그 모든 질문은 그가 던진 한마디 때문에 밖으로 나가지 못한 채 안으로 삭여야만 했다. 사생활을 캐묻지 말라던 그의 말, 개인적인 용무에 대해서 따져 묻지 말라던 그의 말. 거기다 떼쓰지도 말라는 말까지 들었는데 그녀가 어떻게 입을 열어 꼬치꼬치 캐물을 수가 있을까. 그래서 에일린은 그냥 그를 쫓아다니기만 했던 것이다.

차창 너머로 카잔을 쳐다보던 에일린의 입술이 불현듯 불만스럽게 달싹였다.

"억울해."

붉게 부픈 입술이 쀼루퉁 튀어나왔다. 조금 전, 그 여자와 함께 있던 카잔의 모습을 떠올랐다. 그때 마치 두 사람은 둘만의 세계에 빠져 있는 것처럼 보였다. 두 눈을 맞추고, 바짝 끌어안은 채 서로를 진득한 눈길로 바라보던 그 순간, 그때에 에일린은 그 자리에 없는 것만 같았다. 같이 있었지만 같이 있지 않은 그런 기분. 투명

인간이라도 된 것처럼 초라하고 불안했던 그 기분이라니.

불현듯 에일린은 매캐한 연기라도 들이마신 듯 목 아래가 탁하게 막혀왔다.

'……이 기분은, 뭐지?'

뭐라 말할 수 없는 진득진득하고 새까만 그런 기분. 그 거대한 가슴을 카잔의 몸에 밀착시킨 채 그를 다정하게 보고 있는 카멜이란 여자보다, 그 여자의 허리를 익숙하게 받치고 있는 카잔의 손이 더욱 눈에 거슬렸다.

에일린은 저도 모르게 더듬더듬 자신의 정수리를 매만졌다. 아침까지만 해도 그의 온기로 따스했던 머리꼭대기에 눅눅한 뭔가가 달라붙어 있는 듯 불쾌했다. 마치 저 여자의 거대한 가슴이라도 올라가 있는 것만 같은 착각마저 들었다.

거기가 그 여자가 에일린을 보고 누구냐 물었을 때 카잔이 뭐라고 했던가.

'……알 필요 없어.'

지끈. 그 한마디가 가시처럼 에일린의 가슴 한쪽에 박혀들었다. 처음 느껴보는 그 낯선 통증에 에일린은 무척이나 당황했다.

아, 머리 아프다. 홍수처럼 밀려들어오는 낯선 감정들과 생각들로 머리가 아파왔다. 저가 왜 이러는 건지, 무엇이 문제인지 하나도 알 수가 없었다. 유리창에 기대어 있던 에일린은 괜히 머리를 콩콩 찧기 시작했다. 무의식적으로 나온 행동이었다.

콩콩콩. 그렇게 몇 번이나 머리를 박고 있었을까.

"……으악!"

느닷없이 문이 열리더니 기대어 있던 에일린의 몸이 앞으로 그대로 고꾸라졌다. 그 찰나의 순간 묵직한 손 하나가 쓰러지는 에일린의 이마를 붙잡아주지 않았다면 아마 그대로 머리를 땅에 박았을 것이었다.

"문 열어달라고 시위하는 건가?"

카잔이 기가 찬다는 눈빛으로 에일린을 내려다봤다. 손바닥으로 동그란 이마를 쭉 밀어 제자리에 돌려놓은 그가 쯔쯧 혀를 차더니 얼떨떨한 얼굴로 저를 올려다보는 에일린의 머리카락을 흩으려놓듯 쓰다듬었다.

그 무심한 듯 따스한 손길에 조금 전까지만 해도 가라앉아 있던 기분이 금세 좋아졌다. 슬그머니 미소가 나오려는 얼굴로 발딱 일어난 에일린이 다시 카잔을 쫓았다. 간식을 기다리는 강아지처럼 졸졸졸 저를 쫓아오는 에일린의 모습에 카잔이 피식 웃음을 흘렸다.

"잠깐 여기 있어. 나갔다 올 테니까."

하지만 그것도 잠시. 그의 한마디에 에일린은 눈을 동그랗게 떴다.

"어, 어디요?"

"잠깐 갈 데가 있어. 나 기다리지 말고 먼저 자."

그는 그 한마디를 남기고 일말의 망설임도 없이 나가버렸다. 에일린이 당황해 있는 틈에 순식간에 나가버렸다.

'……오늘 밤 우리 집으로 올 거죠?'

거기로 가는 걸까? 왜 그 여자는 밤에 그에게 오라고 한 걸까? 다다다 복도 밖으로 달려간 에일린은 울상을 한 채 창밖을 내다봤다. 여관을 나오는 그가 보였다.

"카잔."

멀어지는 그의 이름을 불러봤다. 저 멀리 있는 그는 들을 수 없을 만큼 작고 가녀린 목소리였다.

카잔. 카잔. 카잔……. 이름마저도 날카롭고 단단했다. 하지만 마침내 끝에 가서는 부드럽다. 발음하는 순간 그녀의 목구멍을 타고 피 속으로 녹아드는 그런 이름이었다. 그의 이름이 그녀의 혈관을, 심장을, 뇌 속을 침범했다. 조용히, 강하게, 그리고 마침내 부드럽게 그녀에게 새겨진다.

"……카잔."

에일린은 그의 이름을 속삭여 부르는 자신의 입술을 매만졌다. 그러곤 오늘 낮에 보았던 생경한 광경을 떠올렸다.

그 여자와 카잔이 입을 맞췄다. 그건 대체 뭐였을까? 뇌리에서 잊히지 않는다. 지워지지 않는다. 무척이나 친밀하고 가까워 보이던 접촉. 입술과, 입술의 인사.

'뭘까, 그건…….'

멈춰 있는 얄팍한 12살의 지식으로는 세상은 아직 어려운 것 천지였다. 에일린은 모르는 게 너무 많았다.

그녀는 멍한 시선으로 이미 골목 너머로 사라진 그의 환영을 끊임없이 되새기고 되새겼다. 에일린의 미간이 저도 모르는 사이 실팍하게 구겨져 있었다. 아아, 정말 나는…… 모르는 게 너무, 많다.

푸쉭! 날이 잘 갈린 검이 허공을 가르자 새빨간 피가 그 뒤를 따라 튀어 올랐다. 검이 지나간 사체 위로 하얀 김이 아스라이 피어 올랐다. 서늘한 밤공기를 데우는 새빨간 피였다.

"······튀었군."

카잔은 이마에 묻은 핏방울을 무심히 닦아내며 저가 도륙한 괴수들의 사체를 돌아봤다. 10여 마리의 차우론 사체가 겹겹이 쌓아 올라와 있었다. 그 높이만 해도 카잔의 허리께까지 와 있었다.

'이것들 대체 어디서 온 거지.'

카잔은 망토로 비릿한 피비린내를 막으며 천천히 주변을 둘러 봤다. 그의 숙소에서 얼마 멀지 않은 야트막한 야산이었다. 인가와 인접해 있는 곳에 이렇게나 많은 차우론들이 우글거린다는 것이 믿기지 않았다.

날을 갈던 중, 공기 중으로 섞여 들어오는 피비린내를 감지했다. 가만히 있을까 하다가 편안한 잠자리를 위해 기꺼이 밖으로 나온 것이었다. 지내던 마을이 갑자기 밤새 초토화가 된다면 이것저것 불편할 것도 많을 듯했고.

'하지만 아직 공기가 어수선해.'

카잔은 깊게 침잔 된 눈빛으로 주변을 천천히 둘러봤다. 이것들 이 괴수들의 전부는 아닌 듯했다. 그러나 가까운 것은 없었다. 하나 여기에서 몇 10km는 떨어져 있는 듯했다.

획- 검에 묻은 핏방울을 허공에 대충 털어낸 카잔은 얼추 시간을 가늠해봤다. 숙소를 나온 지 이제 2시간이 좀 지나 있었다. 괴수들의 사체까지 처리해줄 생각이 없는 카잔은 그대로 자리를 빠져 나왔다. 비릿한 피비린내가 코를 찔러대는 통에 더 있고 싶지가 않았다. 물컹거리는 살과 강철처럼 단단한 뼈를 가른 손의 감촉이 아직도 선명했다. 덕분에 가슴의 피가 뜨겁게 끓어올랐다.

"이러면 곤란한데."

숙소로 돌아가려던 카잔은 곤란한 듯 이마를 문질렀다. 서둘러 처리하려고 했는데 이미 몸이 반응하고 있었다. 생각해보니 본의 아니게 금욕적인 생활을 꽤 오래 지속하고 있었다.

후우. 차가운 밤공기를 들이마시며 진정시키려 했지만 쉽사리 가라앉지 않았다. 강하게 치고 올라오는 거친 욕구에 오른팔이 다 간지러울 지경이었다. 힘이 들어간 오른팔 혈관이 두툼하게 튀어 올라왔다. 그가 아는 이 끓어오르는 욕구를 진정시킬 수 있는 방법 은 오직 하나밖에 없었다.

'빌어먹을 몸뚱이 같으니.'

숙소로 돌아가는 모퉁이 앞, 카잔은 욕지거리를 내뱉으며 발길 을 돌렸다.

카멜은 아찔해지는 정신을 가눌 길이 없었다. 이대로 까무러쳐 죽는다고 해도 이상하지 않을 지경이었다. 봉긋하게 솟아오른 가 슴이 사내의 억센 손길 아래 터질 듯이 부풀어 올랐다. 새빨간 손 자국을 남겼지만 그마저도 욕정에 젖어 그저 자극적이기만 했다.

"아! ……아아! 훗! 아앙!"

이 쾌락의 고통 속에서 그녀가 할 수 있는 일이라곤 속절없이 교 성을 내지르는 것뿐이었다. 그리고 그가 이끄는 대로 몸을 흔드는 것이 그녀가 할 수 있는 호응의 전부였다. 그는 별 힘도 들이지 않고 그녀를 번쩍 들어 올려 제 튼튼한 허벅지 위에 고정시켰다. 곧이어 치솟아 오른 거대한 사내의 중심이 그녀를 힘차게 꿰뚫었다.

"아, 흑! 으윽!"

가느다란 허리 위의 가슴이 위아래로 리드리컬하게 흔들렸다.

카멜은 그의 허리에 허벅지를 두른 채 안간힘을 내며 매달렸다. 질척거리고 끈적끈적한 공기가 뒤엉켜 있는 남녀의 주위를 농도 짙게 감싸고 있었다.

사내의 그것은 크고도 힘찼으며 적당한 테크닉으로 거대한 환희를 만들어냈다. 이리저리 그녀의 안을 헤집어놓는 그것에 카멜은 기쁨의 소리를 질러냈다.

미쳤다, 이 사내는 미쳤어!

거칠거칠한 손가락이 꼿꼿하게 솟아오른 젖꼭지를 비틀어대더니 덥석 물어 짓분거렸다. 부드러운 입맞춤은 아니었다. 부드럽기는커녕 이대로 완전히 파괴될 것만 같았다. 그는 마치 야수처럼 그녀를 이리저리 잡아먹고 있었으니까.

"당신, 훗, 나를 죽일…… 작정인 거죠?"

허벅지와 사타구니 사이로 주륵 흐르는 쾌락의 절정을 느끼며 카멜은 흐느끼듯 물었다. 물기 젖은 사타구니 안이 뜨거워 녹아버릴 것만 같았다. 비스듬히 흘겨 뜬 사내의 잿빛 눈동자 속에 숨어들어 온 달빛이 어둡게 번득였다. 이상하게도 그의 몸이 이토록 뜨거운데 그의 눈빛은 서늘하게만 느껴졌다. 그 온도 차에 카멜은 더욱 전율했다.

'이 남자, 정복하고 싶다.'

새빨간 혀로 입술을 축이며 그녀는 그를 탐욕스럽게 쳐다봤다. 짙은 유혹의 눈빛에도 흔들림이 없었다.

"자아, 당신도, 훗! 나, 나를 원한다고 하아, 말해요. 어서……!"

허벅지 사이를 한껏 조이며 카멜이 그를 채근했다. 사내의 근육이 팽팽하게 긴장하는 게 느껴졌다. 그녀는 더욱 안간힘을 내며 그를 조여댔다.

"어림없지."

낮은 목소리가 으르렁거리듯 낮게 울려 퍼졌다. 그러더니 그녀를 놀리듯 허리를 더욱 힘차게 놀려댔다. 아픔과 동시에 녹신하게 젖은 그녀의 꽃잎 사이를 오가는 뜨거운 기둥이 거세졌다.

철퍽철퍽, 듣기에도 민망한 소리가 방 안을 가득 메웠다. 그는 신음 한 번 없이 카멜을 비틀어 들어 올려 상상도 못 한 자극을 주고 있었다. 잘록한 허리를 비틀며 반항하던 카멜이 두 손을 뻗어 그의 목을 휘감으며 애원했다.

"흣! 아! 아아! 제발, 키스해줘요. 아아!"

그녀의 입술이 그의 입술을 담뿍 머금으려는 찰나, 그가 입술을 비틀어 심술궂게 웃더니 단박에 그녀를 뒤집어버렸다. 눈 깜짝할 사이에 엎드린 자세가 된 카멜이 엉덩이가 하늘로 치솟았고 억센 손길이 그 둥그런 살덩이를 억세게 붙잡았다.

퍽, 퍽!

"윽, 윽! 흑! 그, 그만……! 그만!"

마음에도 없는 애원을 하는 카멜의 머릿속은 하얗게 탈색되어버렸다. 하응, 아응! 쏟아지는 쾌락에 두 손으로 침대 시트를 비틀어 쥔 채 버티던 그녀는 그대로 몇 분을 더 버티지 못했다.

절정에 절정을 치고 오른 채 까무러치는 그녀의 허리를 붙잡은 채 사내는 가쁜 숨을 몰아쉬었다. 질끈 감은 눈, 잔뜩 힘이 들어간 미간이 희미한 달빛 아래 괴롭게 드러났다.

"……당신이 그리웠어요. 당신은 기다리지 말라고 야속한 말만

했지만 말이에요.”

바로 자리를 뜨려는 카잔을 온갖 엄살로 붙잡은 카멜은 서늘한 그의 가슴에 기대며 속살거렸다. 사내는 침대 헤드에 몸을 기댄 채 눈을 감고 있었지만 잠에 빠져 있는 것처럼 보이진 않았다. 대꾸 없는 그의 모습에 입을 삐죽이던 카멜은 이렇게 된 거 그의 외모를 마음껏 감상하자는 태도로 바꿨다.

반듯한 이마와 짙은 눈썹이 조각처럼 아름다웠다. 그 아래 꼭 감겨 있는 눈도 그 곁을 지키고 선 오뚝한 콧날 또한 사내의 외모를 더욱 빛나게 해줄 뿐이었다. 다물려 있는 저 도톰한 입술이 얼마나 뜨거웠던가. 카멜은 얼굴을 붉히며 카잔을 탐욕스럽게 바라봤다.

‘정말 멋지단 말이야. 떠돌이로 내버려두기엔 너무 아까워.’

사내의 허벅지 사이에 제 허벅지를 밀어 넣은 카멜은 은근슬쩍 그의 몸에 제 풍만한 육체를 비볐다. 저 감긴 두 눈을 뜨고 자신을 봐줬으면 했다. 두꺼운 그의 팔뚝에 제 가슴을 바짝 밀착시킨 채, 은근히 그를 유혹해보지만 그는 여전히 요지부동이었다.

‘뭐야, 자나?’

꿈쩍도 하지 않는 카잔의 반응에 카멜은 당황해 있었지만, 카잔은 그저 다른 생각에 빠져 있을 뿐이었다.

‘여기서 타르카지오에 가려면…….빠르면 한 달, 늦으면 세 달 정도.’

말을 달려가더라도 중간에 자르디오 해협을 건너야 했기 때문에 뱃길에서 10일 정도 소요됐다. 하지만 배를 타고 가지 않으면 한 달여의 시간을 들여 돌아가야 했으니, 배가 가장 빠른 교통편이었다.

'에일린은 말을 탈 수 있나?'

그럴 리가. 아마 말을 탄 지 5분도 되지 않아서 떨어질 게 분명했다. 휘청휘청, 바들바들 떨다가 균형을 잃고 떨어진 채 당황한 눈으로 그를 올려다보겠지. 그 모습이 저절로 눈에 그려졌다. 어쩔 줄 모르겠다는 듯 동그랗고 말간 갈색 눈으로 그를 올려 보는 모습. 하지만 그럼에도 불구하고 울지는 않을 것이었다.

카잔이 봤을 때 에일린은 잘 울지 않았다. 바람 불면 날아갈 듯 가녀려 보이지만 마냥 약한 여자는 아니었다. 참는 법을 알고, 억제하는 법을 알고, 기회를 잡을 줄 알았다. 생각해보니 제법 영특하지 않은가?

"카잔, 자는 거예요?"

'걷기만 하면 너무 시간이 많이 걸려. 마차는 거추장스럽고, 산길엔 어울리지 않으니……. 그래도 말을 타는 게 제일 빠르겠군.'

다음 이동 때는 말을 하나 구입해야겠다고 카잔은 생각을 정리했다. 말을 타는 법을 배울 때까지 에일린은 그와 함께 타고 가면 될 성싶었다. 한 일주일 정도 같이 타면 어느 정도 익숙해지겠지.

'아, 그러면 바지를 다시 사줘야 하나?'

말을 타려면 바지가 편했다. 치마는 바람에 펄럭거려 거추장스러웠고, 행동이 굼떠진다. 그런 이유로 여자들은 모두 바지를 한두 개 정도 가지고 있었다.

엑시움은 여자와 남자가 동등하게 활동했다. 남자가 할 수 있는 일은 여자도 했고, 여자가 하는 일을 남자가 하기도 했다. 이를 테면 의상실이라든지, 요리라든지, 검사나 용병 일도 마찬가지였다.

"……카잔?"

에일린은 바지를 입어도 잘 어울릴 것 같았다. 깔끔하게 정리된 단발도 그렇지만 묘하게 중성적인 구석이 있어서 썩 잘 어울릴 것이 분명했다.

"……"

'여비는 충분하니까 금고가 열리는 걸 기다릴 필요는 없겠고. 그래도 짐을 정리하고 말을 사려면 모레쯤 출발해야겠어.'

카잔은 저가 에일린만 생각하고 있다는 것을 한참 후에 깨달았다. 에일린, 에일린, 에일린. 그 작고 마른 계집이 머릿속에서 떠나지 않았다. 누군가와 동행하는 것이 처음도 아니었건만, 이상했다. 카잔의 머릿속에 똬리를 튼 듯 그 갈색 눈동자, 조용한 목소리가 떠나지 않는다. 카잔은 저 자신에게 질렸다는 듯 고개를 내젓다가, 그를 화가 난 눈으로 빤히 바라보고 있는 카멜을 발견했다.

"……왜 그러지?"

"무슨 생각을 그렇게 해요? 대답 한번 없이?"

"아무것도."

"거짓말."

뾰로통한 얼굴로 카멜이 입술을 삐죽였다. 카잔은 픽 웃으며 그녀의 턱을 부드럽게 들어 올렸다. 고양이같이 올라간 눈빛이 새침하게 그를 노려봤다. 하지만 이 쭉 올라간 눈을 금세 누그러트릴 방법을 알고 있었다.

"내 머리보다……"

그의 고개가 그녀의 목덜미로 향했다.

"몸이 하는 이야기가 궁금하지 않나?"

그녀는 조금 전, 뜨거웠던 정사를 떠올리며 부르르 몸을 떨었다.

단 한 번만 해도 그녀의 육체와 정신을 말살시키는 격정이었다. 그 뜨거움에 다정함은 느껴지지 않았다. 여자는 본능적으로 사내의 손길에서 감정을 읽어 내릴 수 있었다. 이 사내와의 교합에 감정 따위는 없다. 두 사람 다 처음부터 그것을 합의했음에도 카멜은 씁쓸했다. 그 어떤 사내도 그녀를 안고 난 후에도 이렇게 무감정하지 않았건만.

'아아, 정말 정복하고 싶다.'

카멜은 이 남자를 가지고 싶었다. 그의 마음을 정복한다면 굉장히, 아주 굉장히 달콤할 것 같았다.

"달링. 침대 위에서 다른 생각 하는 남자 따위 매력 없다고요."

카멜은 부드럽게 그를 밀어냈다. 부러 남자를 애태우기 위해 하는 행동이었다. 그의 가슴을 손톱 기른 손가락으로 밀어내며 카멜이 도발적으로 눈을 치켜떴다. 모험을 할 생각이었다.

"나 말고 다른 생각 할 거면……."

풍만한 젖가슴 아래로 팔짱을 끼니 터질 듯한 가슴이 더욱 도드라졌다. 카멜은 오만한 목소리로 그를 향해 명령했다.

"가버려요."

날이 밝았다. 에일린은 말똥말똥 뜬 눈으로 밤을 지새웠다. 이리 뒤척, 저리 뒤척거리다가 결국 밤을 새우고 말았다.

'머리 아파.'

결국 에일린은 어스름한 동이 터오는 창밖을 보며 몸을 일으켰다. 아무것도 한 게 없는데 이상하게 피곤했다.

꼬르륵. 거기다 배도 고파왔다. 계속 울어대는 배를 어루만지며 에일린은 당황하지 않을 수 없었다. 꼬륵, 꼬르륵. 요즈음 이상하게 계속 배가 고팠다. 18년을 참아 왔던 고성을 내지르는 건지 배는 시도 때도 없이 요란하게 울어댔다.

"왜 이러는 거지."

스윽스윽, 배를 문지르며 에일린은 허기를 달래보려 노력했다. 하지만 뱃가죽이 등가죽에 들러붙는 것처럼 고통스러운 배고픔은 가시지가 않았다.

뭐라도 먹고 싶었지만 방 안에는 아무것도 없었다. 성난 배를 달래주려고 에일린은 물만 들이켰다. 그렇게 연거푸 물잔을 비워내니 헛배나마 불러 굶주림이 진정되었다.

새벽 5시 40분. 기다리는 시간은 참 게으르다. 어려서부터 에일린은 종종 그렇게 느끼곤 했었다. 어서 이 밤이 지나길, 어서 이 기다림이 끝나길, 어서 이 보름달이 지나길 기다리던 그 어린 날의 시간들. 느릿느릿, 살금살금, 애가 타는 그녀의 마음을 약 올리며 기다림의 시간은 그렇게 게으르게 지나갔다.

침대에 앉아 에일린은 창밖을 바라봤다. 그를 기다린다. 기다리고 또 기다리……. 아니다. 아니야. 에일린은 도리질 쳤다. 그를 기다리는 게 아니다. 기다리다 보면 그가 어서 오기를 바라게 된다. 그가 빨리 오기를 기대한다. 나가지 않기를 소원한다.

그럼 그가 내건 조건을 어기는 것이었다. '떼쓰지 않는다. 고집 부리지 않는다.' 그 말을 지켜야 했다. 그래야 그의 옆에 있을 수 있었다. 적어도……. 적어도 그녀가 홀로 설 수 있을 때까지 에일린은 카잔이 필요했다. 그에게 성가신 존재가 되면 안 된다.

'……하지만 바라는 건 괜찮지 않을까? 드러내지만 않는다면,

고집부리지만 않으면 되지 않을까?'

에일린은 자문자답하며 스스로를 달랬다. 아주 살짝 바라는 건 괜찮을 거야, 스스로를 타일렀다. 그러는 사이 문밖으로 무심한 발소리가 몇 번을 스쳤다. 바짝 신경을 곤두세워봤지만 그녀가 기다리는 이는 도무지 올 생각을 하지 않았다,

실망한 에일린은 털썩 쓰러져 누워 문을 하염없이 쳐다봤다. 이제나저제나 그가 들어올까, 문을 바라보는데 뒤늦은 잠기운이 몰려왔다.

"설마……. 이대로 안 오는 건 아니죠?"

깜빡, 깜빡, 반쯤 감겨 있던 눈꺼풀이 천천히 내려왔다. 문을 보고, 눈을 감고, 문을 보고 다시 눈을 감고…….

'얼른 와요.'

그렇게 의미 없는 반항을 몇 번이나 반복하던 에일린은 기어이 감기는 눈을 이기지 못하고 스르륵 잠이 들고 말았다.

카잔은 자고 있는 에일린을 묘한 얼굴로 내려다봤다.

"들어오는지도 모른 채 곯아떨어졌네."

들어올 때까지 한숨도 못 잘 것 같은 얼굴을 했으면서 말이지……. 이불을 꽉 끌어안고 있었고, 푹신한 베개에 작은 머리가 완전히 잠겨 있었다. 그것이 무척이나 곤히 자고 있다는 느낌을 주었다. 그게 묘하게 심통이 나면서도 곤히 잠든 얼굴을 보고 있자니 마음이 편해졌다. 칭얼대고, 그를 지배하려 드는 다른 여자들과는 판이하게 다른 순진하고 순수한 얼굴.

가버리란 카멜의 말대로 그는 그대로 그녀의 집을 나왔다. 카멜

은 나긋나긋하고, 능숙하며 또 무척이나 매력적인 여자였지만 그만큼이나 남자에게 바라는 게 많은 여자였다. 그는 여자들이 매달리는 것도 부담스러웠지만 그렇다고 그를 가지고 놀려고 하는 것은 더더욱 질색이었다.

방 안으로 들어오자마자 에일린 특유의 편안한 아카시아 향기가 느껴졌다. 향수도, 별다른 향 제품을 쓰지 않았으니 이것은 에일린의 체향이 틀림없었다. 카멜의 향수 냄새가 너무 진해서 코가 예민한 카잔으로서는 머리가 좀 아팠지만 방으로 돌아오니 금세 편안함을 느꼈다. 에일린의 향은 그의 긴장을 완화시켜주는 힘이 있었다.

간단한 샤워로 카멜의 향수 냄새를 씻어낸 그가 잠시나마 눈을 붙이려 침대로 갔다. 그때, 그의 기척에 잠이 깬 것인지 뒤척거리던 에일린이 눈을 떴다.

"……카잔?"

카잔은 에일린이 그를 부르는 소리를 처음으로 들었다. 꿈에 젖어 몽롱한 목소리로 불러주는 두 글자가 썩 듣기 괜찮았다. 카잔은 흡족한 눈으로 에일린을 돌아봤다. 물기 젖은 차가운 손이 그녀의 눈꺼풀을 내려줬다.

"더 자. 아직 새벽이야."

차가운 그의 손이 기분이 좋다는 듯 에일린은 두 손으로 덥석 그의 손을 잡았다. 그리고 그새 조금 살이 오른 뺨을 그의 손안에 가득 들이밀었다.

"카잔. 카잔……."

카잔은 살짝 당황했다. 에일린은 잠에 취하면 애교가 많아지곤

하는 것 같았다. 아니면 원래 애교가 많은 성격이지만 잠에 취했을 때만 나타나는 건지도 몰랐다.

지난번에도 그랬다. 잠에 취해 그를 끌어안고선 저 분홍빛 입술을 그의 뺨과 목덜미에 비비적거렸다. 촉촉하고 부드러운, 그러면서도 소름 끼치도록 말랑한 감촉에 카잔은 저도 모르게 저 입술에 제 입을 맞추고야 말았다. 귀여워서, 참을 수 없을 만큼 부드러워서…… 그 순간, 맛을 보지 않을 수가 없었던 것이다.

그런데 세상에…… 저 분홍색 입술은 그에게 말도 못 할 부드러움을 보여줬다. 충동의 대가가 그런 달콤함이라니, 백 번이고 충동에 휩싸이고 싶은, 위험한 유혹을 불러일으켰다.

'진짜 확……'

카잔의 손끝이 에일린의 입술을 선을 따라 부드럽게 움직였다. 작게 입을 벌린 그 틈 사이로 따듯한 숨결이 깃털처럼 그의 손가락을 간질였다.

'가져버릴까.'

그는 별로 욕망을 참는 남자가 아니었다. 원하면 가졌고, 원하지 않아도 손에 들어오곤 했다.

'나는 당신 거예요.'

작지만 차분한 목소리로, 그런 귀여운 말을 했던 입술이었다. 그의 손끝이 그녀의 입술 틈을 슬쩍 벌리고 들어갔다.

촉촉한 숨결이 그대로 그를 집어삼켰다. 위험했다. 위험한 충동이 점점 짙어지고 있었다.

카잔은 알 수 없는 목마름을 느끼며 에일린의 입술을 잡아먹을 듯 바라봤다. 그의 고개가, 입술이 갈망하는 그곳을 향해 내려갔다.

"······으음."

입술과 입술 사이, 그 종이 한 장보다도 얇은 틈을 남겨두고 에일린이 몸을 뒤척였다. 석상처럼 굳어버렸던 카잔이 확 고개를 빼들었다.

"내가 잠자는 애를 상대로 무슨······."

그는 저 자신을 질책하듯 슬쩍 고개를 내저었다.

난 정말 짐승이로군. 씁쓸하게 중얼거리던 그가 자신의 침대로 몸을 뉘였다. 피곤했다. 혈관을 휘돌아다니는 뜨거운 혈액이 고스란히 느껴졌다. 카잔은 도통 해갈되지 않은 낯선 욕망을 이해하지 못한 채, 뒤늦게 억지로 눈을 감아봤지만 그가 잠이 든 것은 그로부터 시간이 더 지난 후였다.

따뜻하고 아늑한 느낌에 에일린은 기분 좋게 몽롱한 잠에서 깨어났다. 하지만 아침에야 겨우 잠이 들었던 탓에 머리는 여전히 꿈속을 헤매고 싶다고 아우성이었다. 조금만 더, 조금만······. 그녀를 깨우려는 듯 이마 위를 간질이는 햇살을 피해 베개 안으로 얼굴을 파묻었다. 아직 잠이 덜 깼던 탓인지 에일린은 피부에 닿는 베개의 감촉이 어제의 그것과는 다르다는 것을 인지하지 못했다.

"······에일린."

카잔의 목소리였다. 카잔의······. 에일린은 억지로 감기는 눈을 들어 올렸다. 깜빡깜빡, 졸음 가득한 눈동자가 위를 올려다보니 그곳에 카잔이 있었다. 아주 가까이서 묘한 얼굴로 그녀를 보고 있는 카잔이.

"카잔."

에일린은 기분이 무척 좋았다. 눈을 뜨자마자 그를 보는 게 좋았다. 그렇게 기다리던 그가 바로 눈앞에 있는 것처럼 가까이 있다니…….

'나는 아직 꿈을 꾸고 있는 게 틀림없어.'

부스스, 그녀의 입꼬리가 올라갔다. 이런 꿈이라면 아직 깨지 않았으면 했다. 천진한 미소를 매단 채 에일린은 꿈결처럼 느껴지는 그의 품으로 파고들었다.

꿈이라면……. 이것이 꿈이라면 그를 조금 더 가까이서 느껴도 되지 않을까? 그렇게 생각하며 에일린은 그에게 좀 더 밀착해 안겨들었다. 잠이 더 잘 왔다. 따듯하고 안락한 그의 품. 더없이 든든한 그의 품…….

에일린이 기대고 있던 탄탄한 가슴이 들썩거렸다. 하지만 에일린은 이미 다시 깊은 잠에 빠진 듯 미동이 없었다. 카잔은 후, 짧게 한숨을 쉬더니 결국 웃고 말았다.

"아주, 상습이군."

잠깐 잠이 들었는데 그사이 에일린이 그의 침대로 건너왔다. 몽유병인지, 아니면 잠결에도 습관적으로 그를 쫓아온 건지 모를 일이었지만, 어쨌든 눈을 뜨니 품 안에 에일린의 작은 몸이 안겨 있었다.

그의 손이 부드럽게 에일린의 어깨를 감싸 안는다.

"그래, 네 마음대로 해라. 네 마음대로."

그가 손대면 부서질 것 같이 작고 연약한 주제에 그를 아주 들었다가 놨다가, 제 마음대로 주물렀다. 너무나 어처구니가 없어서, 아니 사실은 그다지 화가 나지도 않아서 카잔은 웃고 말았다.

그러는 사이, 에일린이 더욱 그의 품을 파고들어 왔다. 문제는 다리였다. 그의 허벅지 사이로 에일린이 제 다리를 끼워 넣고선 파고들었다. 그의 다리 사이로, 제 다리를 바짝 집어넣었다.

이성보단 본능이 지배하는 하복부가 제멋대로 반응하고 있었다. 보드라운 허벅지가 그의 허벅지를 비벼대고 있으니 이 성급한 놈이 불뚝거리며 성을 내지 않을 수 없었다.

"……."

끙, 소리가 절로 나왔다. 카잔은 눈두덩이 위로 손을 짚고선 절레절레 고개를 내저었다. 그렇게 한참을 가만히 있던 그의 시선이 천천히 에일린에게 내려온다.

'오늘까지만 봐주는 거야. 오늘까지만. 하지만 다음은 없어.'

아주 유심히, 작은 초식동물의 탈을 쓴 나이트메어를 바라보던 그가 작은 턱을 들어 올리며 나지막하게 중얼거렸다.

"……나중에 잡아먹히고 후회하지 말라고."

물론, 잠이 든 에일린은 카잔의 말을 듣지 못했다.

완전히 동이 트고 한참이 지나서야 에일린은 깨어났다. 그리고 일어나자마자 당황하고야 말았다.

'내가 왜 여기 누워 있지?'

떡 하니 카잔의 침대를 차지하고 누워 있는 제 모습이 당황스러웠다. 방에 딸려 있는 샤워실에서 들리는 물소리를 보니 그녀가 잠든 사이에 카잔이 들어온 모양이었다.

"……카잔이 옮겨놨나?"

하지만 그럴 이유가 없는데? 몇 번이나 잠이 덜 깬 머리를 쥐어짜 생각이란 것을 해보지만 도무지 떠오르는 것이 없었다.

'뭐지? 뭐지? 어? 뭐지?'

에일린이 머릿속에 물음표를 가득 그리며 멍하니 앉아 있는 그때, 카잔이 욕실에서 나왔다. 물기 젖은 까만 머리카락이 햇살에 반짝반짝거렸다. 멍청한 얼굴로 깨어 앉아 있는 에일린을 발견한 카잔이 슬그머니 입꼬리를 올려 웃었다.

'아……'

젖은 머리카락, 그 편안한 미소에 에일린의 가슴이 순간 쿵 하고 움직였다.

"나가자. 준비해."

아니, 간질간질 간지러운 건가? 뭔지는 모르겠지만 가슴이 이상했다. 욕실로 들어선 에일린은 괜스레 가슴 언저리를 긁적이며 나갈 준비를 해야 했다.

간단하게 아침을 해결하고 두 사람은 다시 마담 아르델의 의상실에 들러 에일린의 바지를 샀다. 덜렁 들려주는 바지에 에일린이 뜻을 묻는 듯 카잔을 바라봤다.

"말을 타야 해. 잠깐 타는 거면 모르겠지만 본격적으로 달리려면 바지가 편할 거야."

"……다그닥, 다그닥. 그, 말이요?"

주먹 쥔 두 손을 앞에 두고, 에일린이 말을 달리는 시늉을 보였다. '말'이란 글자에 뺨을 붉히는 것을 보니 상당히 호기심이 동한 듯했다. 카잔의 손이 저도 모르게 에일린의 발그레한 뺨을 꼬집는다.

"아얏."

"그래, 그 말."

찡그리는 에일린의 표정이 귀여웠다. 에일린에게 표정이 하나둘 늘어갈 때마다 카잔은 은근한 기쁨을 느끼고 있었다. 정작 본인은 그것을 자각하지 못했지만.

"오늘 들를 곳이 많아. 얼른 움직여야 해."

바지를 갈아입은 에일린은 카잔이 이끄는 대로 바로 움직여야 했다. 다음 행선지는 약초상회였다. 몇 가지 필요한 물품을 산 그는 다시 또 무기점에 들렀다. 찾는 게 없는지 뭔가를 사지는 않았다. 그때쯤 되니 다시 배곯는 소리를 내는 에일린을 위해 쫀득한 육포를 하나 쥐여주고는 또 이곳저곳을 돌아다니고 있는 중이었다.

에일린은 카잔이 신기했다. 그는 뭐든 아는 것 같았다. 어디를, 어떤 곳을 들어가도 당황하는 법이 없었고, 그를 마주한 사람들은 그와 몇 마디만 나누면 항상 그를 깍듯하게 대했다.

설령 대화를 나누지 않더라도 깍듯했다. 그들이 카잔을 어려워하는 게 고스란히 보이는 태도였다. 심지어 그는 인상을 쓰거나, 언성을 높인 적이 없는데 왜 그들이 카잔을 어려워하는지 에일린으로서는 알 수도 없었고, 알고 싶은 생각도 없었다.

그를 졸졸 쫓아다니며 에일린은 하염없이 카잔을 관찰하고, 구경하고, 새겨 넣었다. 그의 작은 표정, 습관 하나까지 에일린에겐 너무나도 신기하고 흥미로웠다.

마음에 드는 손목 보호대를 발견한 카잔이 값을 치르고 다시 발을 옮기려는 찰나였다. 문득 멈춰 선 그가 새치름하게 그를 올려다

보고 있는 동그란 눈을 향해 눈썹 한쪽을 올리며 말했다.

"……그러니까 이것 좀 안 잡을 순 없는 거야?"

……이, 이게 또 언제 잡혀 있던 거지?

"어, 저기. 미안해요. 나도 모르게……."

난감해하는 카잔을 에일린 역시 난감한 얼굴로 바라보며 사과했다. 하지만 어쩌겠는가, 자신도 멍하니 그를 좇다보면 그의 옷자락을 잡고 있었다.

더군다나 그는 그녀보다 키도 컸고, 보폭도 컸다. 그런 카잔에게 맞추려 종종 걷다 보니 다급한 손이 자꾸만 먼저 나가고 말았다.

저도 놀란 듯 쩔쩔매는 에일린을 보며 카잔은 헛웃음을 터트리고 말았다. 절레절레 고개를 내젓던 그의 시선에 문득 기름 냄새를 솔솔 풍기는 옥수수 구이가 잡혔다.

"그럼 옷 대신 이거라도 잡고 있던가."

고소한 기름내와 달짝지근한 옥수수의 향이 적당히 어우러져 있는 옥수수 꼬치 하나에 에일린의 얼굴 위로 수수한 분홍 꽃이 피어났다.

'행복해. 맛있어.'

소리 없는 그 두 마디가 번들번들한 기름기 묻은 에일린의 뺨과 얼굴에 가득 쓰여 있다. 요란하게 좋아하는 것도 아닌데, 표정을 숨기지 못하는 에일린의 얼굴과 눈빛에 카잔은 이상하게 기분이 좋아졌다. 옥수수 꼬치 말고도 더 맛있는 걸 먹여주고 싶은 기분이 들었다.

"근데 우리 지금 어디 가는 거예요?"

야금야금 잘도 먹던 에일린이 문득 주변을 둘러보며 물었다.

"금고."

"금고?"

"음, 돈이나 귀중한 걸 넣어두는 곳이지."

"돈이나 귀중한 거?"

"그래. 귀부인들은 보석이나 장신구를 넣어두기도 하고, 어떤 사람들은 귀한 약초나 마도구를 맡기기도 하고. 뭐, 여러 가지를 맡길 수가 있지."

"그렇구나. 그럼 사람이나 기억도 넣어둘 수 있어요?"

생뚱맞은 에일린의 질문에 카잔이 가던 걸음을 멈추고 에일린을 돌아봤다. 그의 느른한 시선에 에일린은 적잖이 당황스러움을 느꼈지만 입을 꾸욱 다물고 그를 올려다봤다. 딱히 그녀를 이상하다는 눈으로 보고 있는 건 아니었기 때문이었다. 하지만 묘하게 긴장된 마음에 기름칠한 입술이 바짝 탔다. 저도 모르게 날름 혀를 꺼내 입술을 핥았다. 그러자 그의 시선이 그녀의 혀를 따라 얇아졌다.

왜 그렇게 보는 거죠? 물어보려다 에일린은 그냥 빙긋 웃으며 고개를 돌렸다. 방금 카잔의 눈빛은 어쩐지 조금 감당하기 버거웠다.

"농담이에요. 저도 그런 걸 보관하지 못한다는 것쯤은 알아요."

하지만 그랬으면 좋겠다. 정말, 기억을 보관해둘 수 있다면…….

그랬다면 지금 이 순간의 기억을 넣어놓고 나중에, 그와 헤어지더라도 길이길이 보관하고 꺼내 보고 그럴 텐데……. 아니, 할 수만 있다면 카잔을 금고에 보관해도 괜찮을 것 같았다.

금고라는 곳에 가본적은 없지만, 탁상 위나 서랍 안에 보관되어 있는 카잔을 상상하자니 웃음이 나왔다. 뚱한 얼굴로 쳐다보는 사람들에게 저 부리부리한 눈을 심술궂게 부라릴 것 같았다.

쿡, 혼자 웃음을 터트리며 걷는 그녀의 옆구리를 카잔이 쿡 찔러왔다. 상상 속에 딱 그 뚱하고 심술궂은 그 표정이었다.

"또 무슨 엉뚱한 생각을 했기에 그렇게 피식거려?"

"엉뚱한 생각이라뇨. 아니에요, 아무것도."

눈썹 한쪽이 스윽 올라가는 게, 에일린의 말이 영 못미덥다는 얼굴이었다.

"속으로 내 험담이라도 했나?"

뜨끔, 놀란 에일린이 데루룩 눈알을 굴리다가 들고 있던 옥수수를 불쑥 내밀었다.

"이거 맛있어요."

이미 반 이상이 사라졌지만 에일린은 개의치 않고 꿋꿋하게 내밀었다.

"먹어봐요. 어서."

아직은 누군가와 눈을 마주치며 환하게 웃는 게 영 어색했지만 입꼬리를 최대한 당겨 선하게 웃어 보였다. 의심쩍은 그의 눈빛에 가슴이 벌렁벌렁거렸다. 하지만 저 아름다운 눈동자를 피하고 싶은 생각은 도무지 들지 않았다.

"흐음."

노릇하게 구워진 옥수수와 순한 에일린의 얼굴을 번갈아 보던 카잔이 한쪽 눈썹을 삐죽 들어 올렸다. 그러더니 어서 먹어보라는 듯 옥수수를 들이미는 손을 카잔이 스윽 밀어낸다.

아, 먹기 싫은가 보다 싶은 마음에 시무룩하게 손을 거둬들이는 찰나, 그의 손이 뻗어 나오더니 에일린의 턱을 아프지 않게 잡아당겼다.

"어. 어어……."

에일린은 당황했다. 입술과 매우 가까운 뺨에 그의 입술이 스쳐 지나갔기 때문이었다. 촉촉한 뭔가가 닿았다가 떨어졌다. 매우 순식간에 지나갔기에 뭐라 딱 꼬집어 설명할 수 있는 감각은 아니었다. 하지만 입술과 매우 가까이 닿은 그 감각이 날카롭게 피부에 새겨졌다. 타들어가는 것 같았다. 뭐지? 왜 이러지?

"그래."

카잔의 혀가 날름 나왔다가 사라졌다. 특유의 비뚜름한 미소로 뭔가를 슬쩍 우물거린다. 에일린은 멍하니 그런 카잔을 바라보고만 있었다.

"맛있네."

그녀에게 미지의 폭탄을 던져놓고서 그는 매우 심드렁한 얼굴로 다시 길을 재촉했다.

"저기 다 왔다, 금고."

그의 너른 등을 에일린은 붉어진 얼굴로 한참을 바라보고 있었다.

"감사합니다, 고객님! 다음에도 저희 리츠금고를 이용해주십시오!"

그리 좁지 않은 골목길 사이로 지점장의 배웅인사가 우렁차게 울려 퍼졌다.

졸졸졸 카잔을 따라가던 에일린은 그런 환대가 이상하다는 듯 몇 번이고 뒤를 돌아봤다.

"신경 쓰지 마."

그녀의 눈과 뽀얀 뺨을 다 가릴 만큼 커다란 손이 그녀의 얼굴을 돌려놨다. 적당히 힘이 들어간 손길로 인해 한순간에 고개가 쑤욱- 돌아갔다. 그의 손이 닿은 뺨 한쪽이 불에 덴 듯이 뜨거웠다.

"아직도 저기 서 있어요."

"지점장이라면서 할 일도 드럽게 없나 보군."

심드렁한 그의 말을 들으며 에일린이 저도 모르게 다시 고개를 돌려 지점장을 쳐다봤다. 그녀의 시선을 느낀 탓일까? 지점장이 두 팔을 번쩍 들어 휘휘 휘저으며 인사했다.

"손도 흔들고 있는데요?"

너무 열정적인 손짓에 에일린은 어쩐지 지점장에게 똑같이 손을 흔들어줘야 할 것 같았다. 에일린의 손이 움찔거리며 위로 올라오려고 했다. 하지만 그녀의 손은 가슴께까지 올라오기도 전에 카잔의 손에 붙잡히고 말았다.

"신경 쓰지 말래도."

태연자약하게 말하며 그는 에일린의 손을 잡아 이끌었다.

"어······."

"시간이 많이 지체됐어. 마장 가는 길이 가깝지도 않은데 말이야."

"······."

그는 하늘을 올려다보며 조금 걸음을 빨리했다. 그의 손에 이끌려가는 에일린의 걸음도 덩달아 빨라지고 있었다.

'손이.'

그의 말마따나 등 뒤의 지점장은 더 이상 신경 쓰이지 않았다.

'손이……'

엄청나게 뜨거웠다. 꽁꽁 언 손을 미지근한 물에 녹이고 있는 것처럼 손 전체가 화끈거렸다. 이상한 일이지만, 아까까지만 해도 있는 줄도 몰랐던 심장이 세차게 뛰어댔다. 널뛰기를 시작한 심장이 가슴을 박차고 튀어나올 것만 같아 에일린은 자유로운 한 손으로 제 심장 부근을 덥석 움켜쥐고 말았다.

"왜 그러지?"

가슴을 부여잡은 채 뚫어져라 저를 쳐다보고 있는 에일린의 시선을 느낀 것인지 카잔이 홱 뒤를 돌아 그녀를 봤다.

"아, 혹시 내가 너무 빨리 걸어서 그래?"

카잔은 짐짓 미안한 얼굴로 속도를 늦췄다. 그리고 자연스럽게 잡고 있던 에일린의 손을 놓아주었다.

그 순간 에일린은 저도 모르게 떠나가는 손을 붙잡을 뻔했다. 뭐지, 이런 느낌은?

"아니, 그런 게 아니라."

"……?"

잡혀 있을 때보다 떠나버린 손길이 더더욱 아쉬워서, 가시처럼 남은 그의 온기가 따가워서 에일린은 입을 삐죽거리며 고개를 숙이고 말았다.

"……아니에요."

정말 이상한 감정이지만, 그냥, 괜히…… 카잔이 야속했다.

그의 말마따나 마장으로 가는 길은 꽤 멀었다. 하루 일정이 꽤나 길었던 탓에 오후 느지막이 카잔과 에일린은 겨우 마장에 도착했다. 해가 질락 말락, 애를 태우며 예쁜 주황색으로 타오르고 있는 시간이었다.

"와, 크다……."

마장이라는 곳은 생각보다 굉장히 큰 곳이었다. 드넓게 펼쳐진 푸른 대지와 지평선이 압도적이었다. 에일린은 굉장히 감격스러운 눈으로 끝없이 펼쳐진 들을 쳐다봤다.

"원래 마장이라는 게 말들의 훈련도 겸하고 있으니. 대부분 부지가 좀 커. 이곳도 그리 작은 부지는 아니군."

"말들을 훈련해요?"

"경마라는 게 있는데, 귀족들이 즐겨 하는 도박 같은 거야. 말의 주인이나 각 지역의 마장에 소속되어 있는 말들을 겨루게 해서 1등을 가리는 거지."

"달리기 시합이에요?"

"음. 뭐, 그런 거지."

아아, 그렇구나. 에일린은 가만히 고개를 끄덕이며 다시 대지를 바라봤다. 하늘과 맞닿은 저 드넓은 평지를 달리다보면 하늘로 날아오를 것만 같은 기분이리라. 하늘과 땅의 경계가 주는 경외심에 에일린은 한참이나 떨리는 눈으로 그곳을 바라봤다.

"대여도 가능하고, 망아지 매매에서부터 종마의 매매까지도 가능합니다. 하지만 망아지보다 이곳에서 키운 말이 조금 더 가격이 나갑니다. 전문적인 교육까지 마쳤으니까요."

안내인은 카잔과 에일린을 말이 있는 사육장으로 안내하며 설명을 덧붙였다.

"그럼 이곳에서 키운 말들은 다 믿을 수 있는 겁니까?"

"아! 그럼요! 당연하죠! 말도 잘 듣고, 어지간한 귀족들의 손을 탄 말보다도 훨씬 건강하고 튼튼합니다. 매일매일 다리를 풀어주고 좋은 건초만 먹였으니까요."

주르륵, 30여 마리의 말들이 서 있는 사육장에 들어섰다.

"자, 보십시오! 얼마나 얌전하고 멋진 말……."

안내인의 말이 나오기가 무섭게 말들이 일제히 몸을 일으키더니 히히힝! 목소리를 높였다. 나무로 만든 사육장이 흔들거릴 만큼 우렁찬 울음소리들이었다. 그러고선 푸드득푸드득 흥분한 콧김을 뿜어대더니 칸막이 너머로 저마다 고개를 내놓고 카잔과 에일린을 향해 인사를 건넸다.

"……얌전?"

짓궂게도 느리게 되묻는 카잔의 목소리에 안내인이 당황함이 역력한 얼굴로 웃었다.

"으, 으하하하! 하하하! 이상하군요! 오늘따라 말들이 기분 좋은가 봅니다! 으하하하!"

민망한 듯 마른기침 소리와 함께 한참을 웃는 안내인을 따라 에일린도 살포시 웃었다.

그사이 안내인이 두 사람과 가장 가까이에 있는 눈처럼 하얀 말의 곁으로 데려갔다.

"우리 마장에서 가장 인기 있는 예쁜이죠! 이 흰색 종은 앵글로아랍이라고 하는 혼혈 종인데 굉장히 기품 있고 고고한 매력이 있습니다. 부인들의 경주마로 인기가 좋죠."

"대신 성격이 까다롭고 관리가 어렵죠. 앵글로아랍 말고 서러브

레이드나 사브리나 종으로 보여주시죠.”

카잔의 말에 안내인은 조금 의외의 얼굴로 그를 돌아봤다. 말에 대해 문외한은 아닌 것 같았다. 이런 사람들이 제일 까다롭다. 안내인이 추천하는 대로 곧이곧대로 듣지 않기 때문이었다. 안내인은 자세를 고치며 조금 더 자세히 그가 원하는 것이 무엇인지 파악하려 했다.

“경종마 종류를 찾으십니까? 경주? 아니면 뭐, 일반 승용? 역용(役用)? 쓰임에 따라 다른 아이를 추천해드리죠.”

“경주마까진 아니더라도 필요할 땐 좀 달려줄 수 있는 게 좋겠습니다.”

“그럼 모건이나 서러브레이드 종이 좋겠군요. 마침 저희 마장에 수도의 기사단장님의 말과 한 핏줄로 태어난 아이가 있습니다. 아주 힘이 세고 점잖은 아이죠!”

“몇 살 정도 되었습니까?”

“이제 겨우 3살이 되었을 뿐입니다. 아직 젊고 튼튼해요! 우리끼리는 술란이라고 부르며 키우고 있죠. 이놈이 한번 달릴 때 속력이…….”

술란을 꽤 좋아하는지 안내인의 목소리는 들떠 있었고, 설명이 꽤 길어졌다. 카잔도 말에 흥미가 있는지 그런 안내인의 설명을 꽤나 유심히 들어주고 있었다.

그의 뒤를 종종 쫓아다니던 에일린은 문득 기묘한 시선을 느꼈다. 주변을 두리번거리며 에일린은 시선의 주인을 찾았다. 그리고 뒤돌아선 그때 마주친 유리알 같이 새까만 눈동자 2개.

“우와…….”

굉장히 새까만 말이었다. 주르륵 서있는 다른 말들과 달리 홀로 동떨어져서는 외롭게 서 있었다. 반지르르한 윤이 흐르는 털은 실크보다도 고와 보였고, 눈동자는 보석처럼 영롱한 예쁜 말이었다. 푸드득, 푸드득 발을 굴리며 말이 그녀를 향해 이리 오라 고갯짓을 했다.

"예뻐라……. 넌 이름이 뭐야?"

에일린은 붙어 있던 카잔의 곁을 떠나 천천히 말을 향해 다가갔다. 아무도 그녀에게 신경을 쓰지 않고 있기에 가능한 일이었다. 에일린이 곁으로 다가갈수록 말은 흥분했는지 콧김을 내뱉으며 제자리걸음을 했다. 하지만 에일린은 그마저도 귀여워 보였다.

"어, 어! 안 돼요! 걔는 사나워서……!"

신나게 말에 대해 설명하던 안내인이 뒤늦게 에일린을 발견하며 소리쳤다. 하지만 이미 에일린은 말에게서 겨우 두어 걸음 떨어져 있었을 뿐이었다. 검은 말은 제자리를 몇 번 구르더니 힘차게 도약했다. 아무리 다리가 튼튼한 종이라지만 순식간에 나무 칸을 뛰어오르다니! 놀라운 일이었다.

"에일린!"

카잔이 한걸음에 그녀 곁으로 다가갔다. 말은 이미 그녀의 코앞으로 다가와 있었다. 그때 더더욱 놀라운 일이 벌어졌다.

"……왜요?"

무슨 일이냐는 듯 다가온 말의 콧등을 쓰다듬으며 에일린이 주변을 돌아봤다. 요란한 탈출과는 다르게 에일린 앞에 선 말은 무척이나 얌전하고 고분고분한 태도로 그녀에게 제 머리를 내어주고 있었다.

사육장 안은 순식간에 침묵과 기괴함에 휩싸였다. 모두들 입을 쩌억 벌리며 에일린과 순한 양이 되어 고개를 조아리고 있는 검은 말을 쳐다보고 있었다.

'왜들 그러지?'

여전히 뭔지 모르겠다는 시선으로 에일린은 다가온 카잔을 올려다봤다. 그녀를 내려다보는 카잔의 눈빛이 심상찮았지만, 그것까지는 파악하지 못한 에일린이었다.

마장에서 여관으로 돌아올 때쯤은 이미 해가 떨어져 꺼뭇한 밤의 장막이 드리워졌을 때였다. 숙소는 마을의 번화가에 위치해 있던 탓에 돌아오는 길은 늦은 시간에도 제법 북적북적 사람들이 많았다. 그 거리를 조용히 걸으며 카잔은 그의 곁에 서서 신기한 눈으로 거리를 훑어보는 에일린을 내려다봤다.

'분명 에일린에겐 뭔가 있어.'

사냥꾼의 날카로운 감각이 그렇게 말하고 있었다. 이 아이는 심상치 않았다. 그저 피부색이 다르고, 얼굴이 다른 정도의 차이가 아니라 뭔가 확연히 다른 무언가가 있었다. 그러다 문득 한 사람이 생각났다.

'할멈을 찾아봐야 하나?'

그렇게 생각하자마자 카잔의 온몸에 소름이 돋아났다. 그는 그 정도로 할멈이라면 끔찍하게 생각했다.

타르카지오의 마귀할멈. 그렇게 부르는 것은 카잔이 유일했다. 그럴 수밖에 없었다. 그 할멈에 대해 알고 있는 사람은 단언컨대 이제 카잔밖에 없을 테니까.

생각해보면 그 할멈은 정말 수상한 구석이 많았다. 아무도 살지 않는 괴수들의 산, 타르카지오에 홀로 살고 있다는 것도 그랬고, 할멈의 집에는 듣도 보도 못한 기괴한 것들이 많이 있었다. 거기다 짐승이고 괴수고 그녀 앞에만 가면 순한 양이 되었으니…….

생각해보면 100살은 되어 보이는 늙은이가 등도 굽지 않고 항상 꼿꼿하게 서 있었던 것까지도 이상했다.

그러나 다른 걸 다 떠나서 카잔이 할멈을 마귀라고 불렀던 이유는 그녀가 그를 꽤나 심각하게 괴롭혔기 때문이었다. 타르카지오에 숨어 살던 카잔네 가족을 알게 모르게 챙겨줬던 탓에 그의 부모님은 할멈에게 무척 잘하곤 했었다. 그러면 할멈에게 심부름을 가는 것은 언제나 카잔이었는데 갈 때마다 울지 않고 오는 날이 없었다. 고작 여섯, 일곱 살이었으니 울었다는 게 부끄럽지도 않다. 그런데 그 고작 예닐곱 살의 아이에게 할멈은 늑대 불알이나 곰쓸개 같은 것을 생으로 먹게 하곤 했으니.

"……"

다시 생각해도 토기가 올라왔다. 아직도 그 비릿하고 역한 늑대 불알 맛은 잊히지가 않았다. 하지만 카잔이 알고 있는 한 '달 아래에 붉게 변하는' 종족에 대해 알고 있는 유일한 사람은 할멈이었다. 분명 그 할멈이라면 에일린이 어떤 힘을 가지고 있고, 어떤 종족인지 알고 있을 것이었다. 그럼에도 불구하고 그 마귀할멈을 다시 찾아야겠다는 마음은 영 내키지가 않았다.

문득 붕대에 칭칭 감겨 있는 그의 오른팔이 미친 듯이 간지러웠다. 그의 몸이, 그의 팔이 언제부터 이렇게 변했는지는 그조차 기억이 없었다. 타르카지오에 살고 있던 그 유년시절, 어느 날부터 이렇게 변해버렸지만 정말이지 그가 변하기 시작했던 그 세 달 동안의 기억이 거의 없었다. 카잔은 그가 변한 것 또한 어쩌면 할멈의 짓이 아닐까 조심히 추측했지만 할멈은 끝까지 모르쇠로 일관했다.

'그 수상한 늙은이……'

다시 보게 된다면 할멈이고 뭐고 가만두지 못할 것 같았다. 그래서 감히 찾지 않았다. 끔찍한 기억을 들추는 것도 싫었고, 괜히 늙은 목숨줄 하나 끊어놓게 될까 봐 찜찜하고 불쾌했으니. 카잔은 다시 이리저리 고개를 돌려 분주히 주변을 살피는 에일린을 내려다봤다.

가만히, 한참을 동그랗고 정갈한 정수리를 내려다보던 그는 문득, '무엇보다도, 내가 왜 이 아일 위해서 그렇게까지 해줘야 하는 거지?'이란 생각이 들었다. 천 번, 만 번 맞는 말이었다. 그리고 그런 생각이 들기가 무섭게 그의 걸음이 조금씩, 조금씩 느려지더니 어느새 그는 그 자리에 우뚝 멈춰 서고 말았다. 에일린은 화려하게 치장한 여자들의 행렬에 눈을 빼앗긴 채 여전히 앞서 걷는 중이었다.

한 걸음, 두 걸음, 세 걸음 그렇게 두 사람의 사이가 벌어지고 있었다. 카잔은 가만히 멈춰 선 채 점점 작아지는 에일린의 뒷모습을 바라봤다. 그리고 마침내 인파에 그녀의 모습이 완전히 감춰졌을 때 그는 정말 진지하게 이대로 돌아가 버릴까 하는 생각을 했다.

'……버리지 말아요.'

그런데 왜 하필이면 그 가녀린 목소리가 다시 또 귓가에 맴도는 것인지.

'뭐든지 다 할게요.'

왜 그 말갖고 투명한 눈동자가 머릿속에서 떠나질 않는 것인지.

'나는 당신 것이에요.'

왜, 왜, 어째서 그 말이 이리도 그의 귀에 달라붙어 떨어지질 않는 것인지, 왜. 저 작고 조그마한 여자의 존재가 이리도 그를 성가시고, 귀찮게만 하는데 어째서 저 여자를 곁에 둬도 괜찮겠다고 생각했던 것일까. 그리고 어째서 그는 이대로 뒤를 돌아 사라지지 않는 것일까?

"……카잔!"

그때였다. 다급하고 절박한 목소리가 사람들 사이를 헤집으며 가까워졌다. 퍼드득 고개를 든 그의 눈앞으로 허겁지겁 그에게로 달려오는 작은 몸이 보였다.

"카잔!"

얼마나 놀랐는지가 고스란히 보이는 갈색 눈동자가 촉촉하게 젖어 있었다. 눈동자의 작은 떨림까지 숨김없이 몽땅 보여주며 에일린이 그의 품 안으로 뛰어들었다.

"사, 사, 사라진 줄 알았어요."

그의 가슴 안에 포옥 감싸 안기는 작고 보드라운 몸뚱이.

"하아, 하아……."

파르르 흔들리는 속눈썹에 방울방울 매달려 있는 눈물이 새벽 이슬처럼 아름다웠다.

"나 너무 놀라서, 심장이, 심장이 막."

작은 새처럼 그의 품 안에 안긴 채 에일린이 그의 손을 덥석 잡아 올려 제 가슴께에 올려놓았다.

"심장이 막, 터질 것 같아요."

저가 지금 무슨 짓을 하는지 인식하지 못한 채 에일린은 제 가슴을 몽땅 카잔에게 내어주었다. 당황할 새도 없이 카잔은 에일린의 거센 심장 박동을 손바닥으로 고스란히 느끼고 있었다.

"사라지지 말아요."

한 치의 의심도 없이 그를 올려다보는 순진한 갈색 눈동자. 카잔은 그 순간 어쩐지 숨이 막히는 것처럼 느껴졌다. 뛰고 있는 것이 손안에 닿아 있는 에일린의 심장인지, 아니면 미친 듯이 끓어오르고 있는 그의 동맥인지 분간이 가지 않았다.

뭐지, 이 뜨거움은. 카잔은 혼란스러움을 가눌 길이 없어 잠시 동안 품 안에 안겨 있는 에일린을 쳐다봤다.

"……가자."

하지만 혼란스러움에 대한 해답은커녕 숨을 몰아쉬고 있는 달콤해 보이는 입술만 자꾸만 눈에 걸려 다시 서둘러 걸음을 빨리해야만 했다.

"카잔?"

순진한 눈동자, 종달새처럼 종알거리는 저 입술이 자꾸만 탐스러워 보였다. 그로서는 정말 미칠 노릇이었다.

7. 생각보다 달콤한

엑시움은 일천 년이 가까운 시간 동안 한 왕가의 지배를 받고 있었다. 그 어떤 나라도 한 왕가의 지배를 500년 이상 이어온 곳이 없었다. 오직 엑시움, 엑시움의 라신타가뿐이었다.

어떻게 라신타 가문이 왕좌를 틀어쥐게 되었는지에 대한 정확한 역사적 기록은 없었다. 왕가가 바뀌고 100여 년이 지났을 무렵 왕궁에 무시무시한 불이 났고, 모든 기록은 그때 유실되었다.

화마는 모든 것을 집어삼켰고 그것이 지나간 자리에는 아무것도 남아 있는 게 없었다. 안을 지키던 수백 명의 하인들이 불에 타 죽었다. 초대되었던 귀족들의 희생도 컸다. 하지만 기이하게도 왕의 일족은 단 한 명도 희생되지 않았다. 왕의 집에서 불이 났는데, 왕의 일가는 무사하고 손님들만 희생된 것이었다. 하지만 그 누구도 그 사건을 다시 입에 담지 못했다. 그 누구도.

새카맣게 타버린 왕궁으로 인해서 수도는 지금의 그라시아스로 천거되었고, 예전의 왕궁이 있던 터는 버려졌다. 그 버려진 자리는 지금도 유난히 흙이 검었고 척박했다. 사람보다 짐승과 괴수들이, 버려진 자들이 숨어들어가는 그곳, '타르카지오'였다.

베일에 가려진 신비한 왕가, 라신타(Racinta).

천 년의 시간 동안 그 어떤 귀족도 라신타에 대항하지 못했다. 그 것은 왕족과 귀족들 사이에서 내려오는 어떤 전설의 영향이 컸다.

마녀, 붉은 달, 그리고 저주에 관한 이야기.

초대 라신타 왕의 옆에는 항상 꿀을 바른 듯 탐스러운 금발 머리의 여자가 있었다고 한다. 그가 왕이 되기도 전, 아주 오래전부터 그녀는 그의 곁에 있었다. 그녀는 한번 보면 숨이 멎을 만큼 아름다웠고, 매우 친절하고 다정했으며 웃음이 많은 무척이나 매력적인 여성이라고 했다. 또한 그녀에겐 신비한 재주가 무척이나 많았는데, 고위 귀족일 뿐이었던 그가 엑시움의 초대 왕이 될 수 있었던 배경에는 그의 그런 신기한 힘이 작용했다고 했다.

그녀의 도움으로 왕이 된 남자는 그녀를 매우 아끼고 사랑하여 왕비로 맞았다. 하지만 그녀는 아이를 가지지 못했기 때문에 대를 이를 수 없었다. 하여 두 사람은 합의하에 차비(次妃)를 들였다. 그 녀 또한 매우 아름다운 여성이었고 무척이나 매력적인 음성을 가지고 있었다고 했다. 왕은 차비의 노래를 들으며 잠드는 것을 좋아하여 점차 그녀를 찾는 밤이 많아졌고, 차비는 후사를 가지는 것에 성공했다. 왕과 왕비, 그리고 차비 모두 행복했다.

그때까지는…….

"전하, 왕비마마를 조심하셔야 합니다. 손안에 쥔 칼은 조금만 잘못 다루면 곧 전하의 목을 치고 들어오려 할 것입니다."

"어불성설! 왕비를 모함하려 들지 마시오!"

하지만 차비는 포기하지 않았다. 그녀는 밤마다 달콤한 목소리로 왕의 귀에 속삭였다. 왕비는 마녀다. 왕비는 위험하다. 왕비가 배신하면 당신은 죽을 것이다. 당신이 죽인 전대 왕처럼…….

1년, 2년, 3년……. 그렇게 5년의 시간이 지났다. 어느 날부터 왕이 왕비를 보는 눈에 의심이 깃들기 시작했다. 그녀가 다른 대신들을 보고 웃으며 눈이 맞아 그를 죽일 것만 같았고, 왕자를 혼내고 있을 때면 그가 마음에 들지 않아서 그러는 걸로만 보였다. 차비의 계략은 성공했다. 왕은 왕비를 사랑하는 만큼 그녀를 의심하기 시작했고, 그 괴로운 마음은 마침내 그녀를 없애야겠다는 지경에 이르렀다.

하늘을 모두 뒤덮을 듯 웅장한 만월의 밤. 왕과 왕비는 오랜만에 나란히 침실에 들었다. 그는 몰아치듯 그녀를 안았고, 영혼까지 빨아들일 만큼 깊게 키스했다.

왕의 뜨거운 애무 앞에서 왕비는 열락의 비명을 내질렀다. 너무나도 오랜만이었다. 어느 날부터 차가워진 왕의 손길에 왕비는 소리 없이 눈물을 흘리며 외로운 밤을 지냈다.

"왕비! 나의 왕비여!"

왕은 뜨겁게 그녀를 끌어안으며 울부짖었다. 질척거리고 뜨거운 소리가 방 안을 울렸다. 왕비의 교성은 달에 다다를 듯 높이 올라갔고 두 사람의 몸이 한데 엉켜들었다.

"사랑하오, 내 그대를 사랑해!"

왕비의 허리를 강하게 움켜쥔 왕은 젖어 있는 눈으로 그녀를 내려다봤다. 왕비는 여전히 사랑스러웠다. 그는 점점 늙어가는데, 그녀는 여전히 20살 그때처럼 아름답기만 하다. 소녀 같은 장밋빛 뺨도, 신비한 호박색 눈동자도 그렇게.

"아아, 전하! 전하! 저를 놓지 마시어요. 저를 놓지 마시어요!"

의미심장한 그녀의 신음을 왕은 듣지 못했다. 그렇게 두 사람 모두 절정에 치달은 그 순간 왕은 숨겨놨던 칼을 꺼내 들었다. 달을 비추는 새파란 검날이 그녀의 목으로 날았다. 태양보다 아름다웠던 왕비의 금발이 붉은 피에 물들었고, 부릅뜬 눈 또한 혈관이 터져 빨갛게 충혈되었다.

"사랑하오……. 그러니 당신은 죽어야 해."

왕은 뜨거운 눈물을 흘리며 흐느꼈다. 두 눈을 부릅뜬 채 사늘하게 식어가는 아름다운 왕비의 몸을 끌어안고서, 그렇게 하염없이 흐느꼈다.

"……저를 놓지 마시라 하였건만."

흠칫, 왕은 놀랐다. 왕비의 목소리였다.

"기어이 제 목에 칼을 꽂아 넣으셨군요."

왕비는 살아 있었다. 목에 칼이 꽂혀 있는 그 상태 그대로 왕을 밀어내며 그녀가 일어났다. 피에 젖은 새빨간 머리, 새빨간 눈동자로 왕을 노려보던 그녀가 목에 꽂혀 있던 칼을 빼 들었다.

"나를 죽인 이 칼로, 당신의 목숨 또한 거둬가겠습니다."

검붉은 피가, 뚝뚝뚝 카펫을 적셨다. 왕은 움직일 수 없었다. 왕비의 피가 묻은 칼이 그의 정수리로 날아오는 것을 보면서도 그는 석상처럼 굳어서 파들파들 떨고 있을 뿐이었다.

푸욱!

"저주받을 것이야. 당신도, 당신의 자식도! 당신과 그년의 피를 이어받은 후손들은 사랑하는 이의 심장을 갈라야만 그 버러지 같은 목숨을 연명할 수 있을 것이야. 내 이 붉은 달에 대고 맹세하지! 제 심장을 가르는 것보다 더 고통스럽게! 그렇게 사랑하는 사람의 심장을 가르고 살아봐!"

표독스럽게 외치며 왕비는 달빛 아래 으스러졌다. 처음부터 그곳에 없는 것처럼, 그렇게 연기처럼 사라졌다.

왕국에서 내려오는 그 잔혹한 동화를 알고 있는 것은 오직 고위 귀족과 왕족뿐이었다. 또한 그 저주가 사실인지 아닌지를 알고 있는 것 역시 오직 고위 귀족과 왕의 일가뿐이었다.

사르륵, 사르륵. 시녀의 빗질을 따라 남자의 찬란한 금빛 머리카락이 단정하게 정리되고 있었다. 조심스러운 시녀의 손길을 받으며 남자는 눈을 감은 채 무척이나 편안하게 앉아 있었다. 최고급 실크와 가죽, 갖가지 귀한 천으로 만든 푸른 의복은 남자가 결코 평범한 신분이 아님을 잘 알려주고 있었다.

또한 무덤덤하게 빗질을 하고 있는 시녀장이 놀라울 만큼 그는 아름다운 남자였다. 감은 눈 아래로 길게 드리워진 속눈썹 그림자가 보였고 우아하게 뻗은 콧날은 적당히 높고 견고해 보였다. 날렵하고 깔끔한 턱선에서는 남성적인 힘이, 그러나 잡티 하나 없이 희고 깨끗한 뺨에서는 어딘가 모르게 섬세한 아름다움을 가지고 있었다.

"사뮤엘 전하."

남자의 머리 손질을 끝낸 시녀가 손을 거둬들이고 차분히 남자를 불렀다. 아주 잠깐, 스치듯 눈을 감은 남자의 모습을 훔쳐봤지만 이내 언제 그랬냐는 듯 그녀의 눈동자는 제자리를 찾아 아래로 내려갔다.

잠이 든 듯 평온하게 감겨 있던 남자의 눈꺼풀이 서서히 올라왔다. 나른한 호박색 눈동자가 거울 속에 비치는 화려한 남자를 응시했다. 천 년을 이어져 오는 이 지독한 저주의 흔적. 사뮤엘은 시녀장 리엔나의 손길에 깔끔하게 정리된 머리카락을 차갑게 응시했다. 세상 어디에도 찾아볼 수 없는 눈부신 황금빛 머리카락이었다. 그가 이 엑시움의 왕족이라는, 저주받은 피의 계승자라는 명백한 증거이자 족쇄.

"시간이 다 됐습니다. 이제 가셔야 합니다."

그저 가만히 거울만 응시하고 있는 왕자에게 리엔나가 조심스럽게 일정을 상기시켰다.

"아아. 그래. 귀족 회의……."

피식 웃던 그가 푹신한 가죽 소파에서 몸을 일으켰다. 그 순간 그의 발밑에서 꿈틀거리는 바랜 갈색 털을 가진 거대한 짐승 하나.

크르르.

잠에서 깨어난 듯 나른하게 그르렁거리던 황금 사자가 재빨리 사뮤엘의 옆으로 붙었다. 주인의 손에 제 머리를 들이미는 모습이 영락없는 애완 고양이었다.

"에일."

사뮤엘이 부드럽게 사자의 이름을 부르며 그의 정돈된 그의 갈기를 쓰다듬었다. 앞서 걷던 리엔나가 재빨리 문고리를 잡아 열었다. 그러자 벽 한 면이 모두 창으로 된 응접실이 나왔다.

"왕자님."

대기하고 있던 사뮤엘의 가드 기사 라울이 짧게 고개를 숙여 경례를 올렸다. 고지식한 늙은 기사의 경례를 웃으며 받아준 사뮤엘이 또다시 문을 향해 걸었다.

창은 모두 열려 있었고, 바람결을 따라 실크 커튼이 살랑거렸다. 창문 밖에서 날쌘 매 한 마리가 들어온다. 천장을 빙빙 돌던 새는 사뮤엘의 어깨에 살며시 다리를 얹었다. 사뮤엘은 반갑다는 듯 새의 턱을 간질였다.

"어젯밤부터 보이지 않더니 실컷 놀다 왔구나, 이 녀석."

기분 좋은 울음소리를 내는 매를 사랑스럽게 바라보던 사뮤엘이 문을 열고 그를 기다리고 있는 리엔나에게로 향했다. 리엔나는 조용히 눈을 내리깔고 문을 열어 그를 배웅했다. 끝없이 펼쳐진 대리석 복도가 보였다. 웅장한 기둥과 거대한 창이 이어진 복도.

'자, 가볼까.'

이 안과 밖은 철저히 다른 공간이었다. 사뮤엘은 빳빳한 목에 힘을 주고 힘차게 밖으로 발을 내디뎠다. 그의 뒤를 거대한 사자와 우아한 새 한 마리, 그리고 고지식한 수호 기사 한 명이 따르고 있었다. 기품을 숨기지 못하는 고귀한 사내의 한 걸음 한 걸음을 리엔나는 숨죽이며 뒤에서 지켜봤다.

"부디 오늘도……."

달싹거리는 입을 통해 흘러나온 가녀린 음성. 조금 서글픈 그녀의 푸른 눈동자가 사내의 뒷모습을 하염없이 바라봤다.

'무사히 돌아오시기를.'

복도의 끝에서 그의 모습이 사라질 때까지, 하염없이. 그렇게 하염없이…….

귀족 회의는 언제나 시끄러웠다. 그리고 그들의 주제 또한 언제나 비슷했다.

"왕자님의 왕세자 책봉이 먼저입니다."

"그 무슨! 혼인이 먼저입니다. 후계가 아무도 없는 이 시점에서 무엇보다도 후사를 위해서는 혼인을 추진해야 하는 거 아니겠습니까?"

"왕자비를 선별하는 일이 쉬운 일이 아니지 않습니까? 더군다나 앞서 전 왕세자님의 국상이 끝난 지 얼마 되지 않은 마당에 혼인이라뇨!"

"그것도 그렇지만, 공주를 내어줄 나라가 있을지 모르겠습니다. 앞서 첫째 왕세자비를 모시고 온 것도 꽤나 공을 들이지 않았습니까? 혼인을 맺자는 곳이 없으니."

3명의 공작과 5명의 후작, 그리고 상석에 왕비와 왕자가 참여하고 있는 고위급 귀족 회의였다. 국왕은 다섯 달 전에 병환으로 쓰러져 회복 중에 있었다. 작은 방 하나만큼이나 커다란 오크 테이블을 끼고 귀족들은 격렬하게 공방을 펼쳤다. 실상은 달걀이 먼저냐 닭이 먼저냐 따지는 그런 쓸데없는 공방이었다.

사뮤엘은 발치에 엎드린 에일의 갈기를 쓰다듬으며 무덤덤하게 그들을 바라보고 있었다. 슬슬 회의가 지루하다 느껴지던 차, 이제 막 후작의 지위를 단 크라이서가 조심스럽게 입을 열었다.

"꼭 왕자비를 외국에서 데려올 필요가 있습니까?"

순간, 장내에는 침묵이 돌았다. 10쌍의 눈이 크라이서 후작에게 쏠렸다. 그는 예상치 못한 모두의 반응에 놀란 듯 눈을 크게 떴다.

크흠흠, 누군가 불편한 듯 헛기침을 했다. 시바타 영을 다스리고 있는 라월 공작이었다.

"크라이서 후작이 작위를 받은 지가 이제 고작 한 달이 되었다지요?"

"아, 예."

"회의가 끝나면 제 저택으로 모시겠습니다. 아직 모르시는 게 많……."

"그도 그렇군. 꼭, 비를 국외에서 데려올 필요가 있나? 장차 이 나라의 왕비가 될 사람인데, 내 사람들에게서 나오는 것도 좋겠지."

라월 공작의 말을 싹둑 끊으며 사뮤엘이 말했다. 귀족들의 눈이 이번엔 일제히 왕자에게로 돌아갔다. 부드러운 금발 머리만큼 부드러운 미소를 건 왕자가 다시 입을 열었다.

"라월 공, 그대의 딸이 올해 열아홉이라 했던가? 무척이나 아름답고 현숙하다며 칭찬이 자자하더군."

라월 공작의 얼굴이 삽시간에 창백하게 질렸다. 그런 공작의 얼굴을 사뮤엘은 웃으며 바라봤다.

"아, 귀족이 아니면 또 어떤가. 리츠가의 네 번째 레이디께서 그렇게 총명하고 눈이 밝다는 소문을 들었는데……. 비록 나보다 나이는 조금 더 있지만 그건 또 문제가 아닐 게야. 아니 그런가?"

이번엔 모든 귀족의 얼굴이 하얗게 질렸다. 왕족과 마찬가지로 귀족들은 절대 리츠가와 타르페가를 건드리지 않았다.

귀족과 부호들은 서로가 뒤를 봐주며 상생하고 있었다. 어느 한 쪽과 척을 지는 일은 절대 생겨선 안 됐다. 그들의 영원한 부귀를 위해서.

"저, 전하."

보이지 않는 시선들이 정신없이 방 안을 오갔다. 큰 소리가 나오진 않았지만 수군거리는 소리가 곳곳에 가시꽃처럼 피어났다.

크르르.

소란스러움이 거슬린다는 듯 황금 사자 에일이 몸을 일으켰다. 이를 드러낼 듯 그르렁거리는 짐승의 소리에 귀족들이 움찔 몸을 떨며 목소리를 줄였다.

"호, 혼인은 조금 더 시간을 두고 결정합시다. 생각해보니 그렇게 급한 일은 아닌 것 같군요."

"그렇게 생각하는가? 나야 뭐, 서두르고 싶은 생각은 없지만…….경들의 생각을 존중하여……."

"아닙니다! 아닙니다, 왕자 전하! 신들이 경망했습니다. 조금 더 심사숙고하여 추후 다시 이야기를 하는 게 좋을 듯합니다."

"아아. 그렇게 하시겠소, 라윌 공?"

사뮈엘은 빙긋 웃으며 부드럽게 수긍했다. 그때를 기다렸다는 듯 샤르칸 후작이 서둘러 화제를 돌렸다.

"아, 그나저나 이번에 자르디오 수로에서 대형 선박들이 침몰하는 사건이 터지고 있는 것을 아시는지요?"

"아아, 안 그래도 그 시안에 대하여……."

"물밑 것들의 짓인……."

"경비정을……."

귀족 회의는 그렇게 또다시 지난번과 다를 바 없이 지나갔다.

탕탕!

"오늘의 회의는 이것으로 끝내겠습니다. 다음 회의는 보름 뒤 이곳에서 다시 진행될 예정입니다."

의장 라월의 선언으로 회의는 파했고, 모두들 사뮤엘과 왕비를 향해 예를 보이고 조용히 물러났다. 웅장한 회의실은 단숨에 망자의 방처럼 어둡고 음침한 고요의 방이 되었다. 모두가 떠나고 오로지 사뮤엘 왕자와 로자 왕비가 남아 있었다.

그때까지 꼭두각시 인형처럼 가만히 앉아 있던 왕비가 의자에서 일어났다.

크르르.

스르륵, 풍성한 드레스 자락이 움직이는 소리와 함께 얌전히 엎드려 있던 에일이 몸을 일으켜 움직이는 왕비를 주시했다. 그러나 조금 전 귀족들과는 달리 자그마한 왕비는 야수의 위협에 전혀 위축되지 않았다. 그저 고요하고 태연자약한 걸음걸이로 왕자의 앞을 무심히 지나쳤다.

스륵스륵, 앞을 지나쳐 가는 왕비를 사뮤엘의 호박색 눈동자가 좇았다. 풍성한 은빛 머리카락, 지나치다 싶을 만큼 아름다운 왕비의 얼굴은 마치 유리 가면을 쓴 듯 아무것도 보이지 않았다. 20여 년 전, 그러니까 사뮤엘이 3살이 되었을 때 홀연히 나타나 왕의 옆자리를 꿰찬 그녀였다. 머나먼, 아주 작은 소국의 공주라 했지만 그 나라가 어떤 나라인지 아무리 조사해도 나오지 않았다.

"……뒤통수가 따갑습니다, 왕자."

문 앞에서 멈춰 선 왕비가 뒤돌아보지 않은 채 말했다.

"뒤통수에도 눈이 달려 있으신지 미처 몰랐습니다."

왕비가 후후 작게 웃음을 터뜨렸다.

"폐하께도 가끔 들르세요. 많이 보고 싶어 하십니다."

"거참 이상하군요. 아바마마께선 항상 어마마마가 곁에 있을 때

284

만 깨어나시니."

왕비의 고개가 돌아가 사뮤엘을 본다. 유리알 같이 반짝거리는 눈동자가 웃음을 머금었다. 사뮤엘은 왕비를 볼 때마다 드는 기묘한 위화감에 인상을 찌푸렸다.

"저는 언제나 폐하 옆에 있으니까요."

"아아. 그러시군요."

"그럼 나는 이만."

왕비가 다시 몸을 돌렸다. 대기하고 있던 시종이 문을 열어주고, 왕비가 복도로 몸을 들이미는 그 순간, 그녀가 다시 입을 열었다.

"그대의 꿈은 여전히 평온한지요?"

흠칫 놀란 사뮤엘이 멀어지는 왕비를 바라봤다. 하지만 왕비는 뒤돌아보지 않았다.

숙소로 돌아온 에일린은 씻고 침대에 머리를 대자마자 잠이 들었다. 체력이 약한 그녀로서는 오늘의 일정이 퍽이나 고단했던 탓이었다.

보통 이 정도로 피곤하면 꿈도 꾸지 않고 깊이 잠이 들 법도 하건만 어쩐 일인지 그녀는 지금 꿈속을 헤매고 있었다. 언제부터인지 온통 하늘뿐인 텅 비고 광활한 공간에 그녀는 덩그러니 서 있었다. 신기한 것은 공기가, 하늘이, 공간이 손에 잡힌다는 것이었다.

'와.'

그녀는 신기한 듯 허공을 향해 손을 뻗었다. 몽글몽글하면서도 부드러운 감촉이 느껴졌다. 재미난 꿈이었다.

그 순간이었다. 아무것도 없는 공간 속에 새까만 벽이 일어났다. 그리고 하늘 위로 펼쳐지는 어둠, 그 속에서 반짝반짝 빛나고 있는 작은 별들.

'우와아…….'

밤하늘이 일어나 새파란 하늘을 삼키는 광경이었다. 에일린은 터져 나오는 탄성을 숨기지 못한 채 까만 하늘 위로 손을 올려다 봤다.

그러자 작은 구슬 같은 별들이 반짝거리며 손바닥을 간질였다. 에일린은 기쁘게 웃으며 그것을 꼬옥 손에 쥐었다.

'가져다줘야지.'

누구에게 가져다줘야 하는지는 떠오르지 않았다. 다만 이것을 보는 순간 누군가에게 전해주고 싶다는 강렬한 의지만이 떠오를 뿐이었다.

그런데 문득 누군가 그녀를 쳐다보고 있는 시선이 느껴졌다. 등 뒤가 쭈뼛거리며 소름이 일어났고, 그녀 앞으로 그림자가 지며 주변이 더더욱 어두워졌다. 천천히, 천천히 뒤를 돌아보니 그곳엔…….

'달…….'

달이 있었다. 거대하고 붉은 달이 그녀의 머리 꼭대기 위해서 그녀를 압도하듯 바라본다. 달달달 떨리는 다리로 에일린은 주춤 뒤로 물어나고 말았다. 그리고 어느 틈인가 에일린의 머리카락도 붉은 달의 그것처럼 붉게, 붉게 빛나고 있었다.

'도망가.'

낯선 목소리가 들렸다.

'도망가, 에일린.'

남자의 목소리였다. 처음 들어보는 것 같기도 하고, 익숙한 것 같기도 하고. 황급히 뒤를 돌아보니 저 멀리 처음 보는 누군가가 서 있었다. 어둠 속에서 호박색 눈동자가 영롱하게 빛나고 있었다.

누구지? 마음속으로 내뱉은 그녀의 말을 알아듣기라도 한 것처럼 남자는 더욱 슬픈 목소리로 말했다.

'내가 누군지 알려고 하지 말고, 네가 누군지 알려고도 하지 말고.'

하지만 말과는 다르게 남자는 그녀에게 조금씩 다가왔다. 무척이나 조심스럽게, 천천히 그렇게 에일린을 향해서 한 발자국씩.

'제발 너라도……'

그림자를 벗어난 존재가 달빛에 닿았고, 곧이어 그의 머리카락이 변했다.

'도망가.'

그녀처럼, 붉게, 시리게, 변했다. 그의 눈동자도, 머리카락도.

슬프다. 도망가라는 그의 목소리에서 가슴을 대못으로 쿡쿡 찌르는 것처럼 깊고 처절한 슬픔이 느껴졌다. 그의 눈빛에서, 그의 목소리에서부터 전해져 오는 슬픔에 에일린은 감응하고 있었다. 그는 무척이나 다정하게 웃었다. 따스한 미소였지만 그의 눈은 울고 있었다. 그를 대신해서, 에일린은 울었다. 뺨을 타고 흐르는 뜨거운 눈물을 닦을 생각도 하지 못한 채 그녀는 주르륵 눈물을 흘렸다.

두 사람의 머리 위로 달이 더욱 더 가까워졌다. 거대한 짐승만한 것이 집채만 해지고, 점점 산처럼 거대해졌다. 에일린에게 달의 존재는 언제고 두려움 그 자체였다. 에일린은 겁에 질린 눈으로 아름다운 사내를 바라봤다. 하지만 그는 도통 움직이지 않았다.

"에일린."

또 다른 사내의 목소리가 그녀를 불렀다.

순간 모든 두려움은 냉각되었고, 모든 불안은 연기처럼 아스라하게 사라졌다. 에일린은 눈을 크게 뜨고 서둘러 목소리의 존재를 찾았다.

"에일린."

낮고, 깊고, 그윽한 목소리. 그녀가 잡아야 할 단 하나의 구원.

"……카잔!"

에일린은 숨 막히게 달렸다. 보이지는 않지만 어딘가에서 느껴지는 카잔의 기운을 찾아 달과 사내를 남겨둔 채 죽을힘을 다해 달렸다.

카잔은 당황한 채 그 자리에 굳어버렸다. 자다가 갑자기 훌쩍거리는 소리가 들려 일어났더니 에일린이 침대 위에 아이처럼 웅크린 채 울고 있었다. 훌쩍훌쩍 작게 흐느끼는 소리가 귀여워 가만히 내버려뒀다가 곧 이게 몹쓸 짓이라는 것을 깨닫고 깨웠더니만 눈을 뜨자마자 그에게 안겨들었다.

"……에일린?"

그의 품에 전세라도 낸 것처럼 찰싹 들러붙어 있는 에일린을 카잔이 슬쩍 불렀다. 번쩍 고개를 든 에일린이 멍하니 쳐다보다가 이내 데루룩 눈알을 굴리기 시작했다. 아이처럼 그의 품 안에 안겨 있는 제 모습을 인식한 모양이었다.

"어, 저기……."

양 뺨을 발그스름하게 물들이곤 어물어물 입을 연다. 하지만 그의 가슴을 끌어안은 팔에 힘은 여전했다. 어서 말해보라는 듯 카잔이 입을 다물고 눈썹 한쪽을 추켜올렸다.

"어, 음, 죄송한데……."

에일린이 뭐라고 말을 꺼내기 시작한다. 근데 왜 또 젖어 있는 저 작은 입술이 또 눈에 들어오는 거야, 젠장.

카잔은 사나운 눈길로 퉁퉁 부어 있는 작은 입술을 노려봤다. 그런데 곧 그녀의 다음 말이 카잔을 더더욱 당황하게 만들었으니. '나 조금만 더 이러고 있을게요.'라고 말하며 품 안으로 강단 있게 파고드는데, 카잔은 저도 모르게 웃음을 터트리고 말았다.

에일린이 밤새 흠뻑 땀에 젖어버린 몸을 씻고 나오니, 악력기를 쥐었다 펴며 가볍게 운동을 하고 있던 카잔이 그녀를 바라보고 있었다.

"꿈이라토 꾼 건가?"

어쩐지 수줍어져 에일린은 입술을 잘근거리며 머쓱한 웃음을 지었다.

"무서운 꿈?"

"아뇨."

젖은 머리카락을 수건으로 닦아내며 에일린은 고개를 가로저었다. 그럼 뭐냐는 듯 그녀를 보는 카잔을 향해 에일린은 보스스 웃음을 보이며 대답을 어물거렸다.

'당신이 나와서, 무섭지 않았어요.'

그 말은 접어두고 싶었다. 그녀에게 카잔은 이 세상의 빛이고,

구명줄이었으며, 하나밖에 없는 소중한 보물 같은 인연이었다. 하지만 그것이 어쩌면 이 남자에게 짐이 될 수도 있을 거란 생각이 들었다. 그는 그녀가 없어도 되지만 그녀는 그가 없으면 안 된다. 버림받지 않기 위해서는 이 투정 부리고 싶은 마음, 기대고 싶은 마음을 절대 드러내지 않아야 했다.

그렇게 다짐하며 에일린은 이상하다는 듯 그녀를 보고 있는 카잔을 향해 평소처럼 입을 열었다.

"배고파요, 카잔."

때마침 그녀의 배에서 꼬르륵, 주린 배가 소리를 질렀다. 화끈, 얼굴을 붉힌 그녀를 보며 카잔은 웃고 말았다.

"그래, 밥부터 먹자."

히이잉! 식사를 마치고 자리에서 일어날 때쯤, 저 멀리 새까만 검은 말 한 마리와 안내인이 여관을 향해 오고 있는 게 보였다.

"우와, 말⋯⋯."

어제 본 그 녀석이었다. 칠흑 같은 갈기를 휘날리고 있는 검은 말을 보며 에일린은 반가움에 눈을 반짝거렸다.

"너구나. 안녕? 반가워."

에일린이 말의 콧등을 조심스럽게 쓰다듬었다. 푸르르, 조심스럽게 인사를 건넨 말이 에일린의 뺨에 제 콧등을 비볐다. 간지럽다는 듯 웃는 에일린을 안내인이 혼란스럽다는 얼굴로 바라봤다.

"거참, 이 녀석 성깔이 보통이 아닌데, 신기한 일입니다. 평생을 본 나한테도 제 등을 허락하지 않는 녀석인데 말입니다. 그런데⋯⋯

정말 괜찮으시겠습니까, 손님? 아직 완전히 길들여진 녀석이 아니라서……."

"괜찮습니다."

카잔은 짧게 대답하며 안내인에게 잔금을 치렀다. 말은 꽤나 비싼 값에 거래되는 종이였지만 돈을 치르는 그의 손은 망설임이 없다.

"말 타는 걸 배운 적은 있어?"

카잔은 조심스럽게 에일린을 안장에 올려주며 물었다. 방긋 웃던 에일린이 고개를 내젓는다.

"아니요."

너무나 천진하고 당당한 대답에 카잔은 할 말을 잃고 말았다.

"괜찮아요. 하와는 내 말을 잘 들어줄 거예요."

"하와?"

"네, 이 아이 이름……."

안내인이 말해주고 갔나? 카잔은 들은 적이 없었다. 하지만 이름을 불린 것이 좋은 듯 말은 푸드득푸드득 기분 좋은 반응을 보였다. 뭐, 아무래도 상관은 없었다. 다음 거점지가 올 때까지는 같이 타고 가면서 말에 대한 감각을 익히면 되니까.

"근데 우리 어디 가나요?"

그동안의 짐을 싸서 내려왔다. 말 위에 꼼꼼히 짐을 올린 카잔이 말의 안장에 발을 얹으며 고개를 끄덕였다.

"타르카지오."

"타르카지오?"

올라가려는 카잔을 향해 하와가 푸르르 성질을 냈다. 허락하고 싶지 않다는 듯, 반항의 색이 짙었다. 카잔은 문득 행동을 멈춘 채 낮은 목소리로 명령했다.

"건방지게 굴지 마."

에일린은 하와가 움찔 떠는 것을 느꼈다. 신기한 일이었다. 그는 마치 목소리와 기운으로도 상대를 제압하는 법을 아는 것만 같았다. 그것이 인간이든 짐승이든.

얌전해진 하와를 본 카잔이 단숨에 에일린의 등 뒤에 자리를 잡았다.

"가자."

등 뒤로 카잔의 체온이 가득했다. 그의 온기, 그의 냄새, 그의 기운이 가득하다. 마치 처음 그가 에일린을 구해줬던 그 밤, 그녀를 안아 올렸던 것처럼 에일린은 지금 그의 품 안에 온전히 갇혀 있는 기분이었다.

막 카잔이 발을 구르려고 하던 그때였다.

"자, 잠시만! 거기! 잠시만 기다려 봐!"

누군가 다급하게 그를 불러 세웠다. 한참을 뛰어와 에일린과 카잔의 앞을 막아선 남자가 숨을 몰아쉬었다.

"차, 찾았다. 헉! 허억! 찾았어!"

"당신은……."

크라네 집에서 봤던 젊은 경비대원 푸죠가 절박한 얼굴로 카잔을 붙잡았다.

"제발, 제발 저랑 좀 같이 가주십시오!"

에일린과 카잔은 푸죠의 손에 이끌려 다시 크라의 가게로 왔다.

마을 시가지는 여느 때와 다름없이 평온하고 시끄러운 데 비해 크라의 가게 안은 초상이 난 것처럼 침울하고 어두웠다. 짙은 좌절과 우울의 냄새가 그곳을 가득 채우고 있었다.

"오, 에일린. 다신 못 볼 줄 알았는데……. 밥은 먹었니?"

에일린은 당황스러웠다. 다시 본 크라의 얼굴이 반쪽이 되어 있던 탓이었다. 그녀가 아는 크라는 밝고, 유쾌했고, 힘이 넘쳤다.

처음 본 그녀에게조차 따뜻한 스튜를 건네주고, 방을 내어주고, 상처를 돌봐줬다. 그 따스하고 밝은 그녀의 얼굴에 짙은 어둠이 내려앉았다.

어쩌지, 어떻게 하지? 에일린은 안절부절못하다가 예전에 크라가 했던 대로 그녀의 손을 잡아줬다. 중년의 아줌마는 작은 손이 전해주는 온기에 잠시 놀란 듯 그녀를 보더니 살며시 웃었다.

"걱정해주는 거니?"

걱정을 담은 갈색 눈동자가 그녀를 빤히 응시하고 있었다. 크라가 처음 봤던 다치고 불안했던 그 눈이 도리어 그녀를 위로하려고 애쓰는 모습이 어여쁘게 다가왔다.

"괜찮단다. 부촌장님…… 괜찮을 거야. 길을 잃으신 것뿐이야."

그렇게 말하며 크라는 창문 너머의 어딘가를 바라봤다. 에일린도 그녀를 따라 창문 너머로 시선을 던졌다.

"우리로선 처음 보는 괴수였어. 분명 외형은 차우론이었지만 그런 집채만 한 크기는……. 머리의 뿔도 괴상망측했고. 어쨌든 그놈과 어우러졌던 작은 녀석들은 다 해치웠지만 아직 그놈이 잡히지 않았지."

"자이언트 차우론이군요."

"아, 아는 놈인가?"

"주로 오목나무와 그 열매를 갉아먹고 사는 놈입니다. 육식은 잘하지 않는데……. 어쨌든 북쪽 산지로 조금 더 올라가면 간간이 보이는 녀석이죠."

북쪽 산지라고 하면 보통 수도인 그라시아스 쪽을 가리킨다. 하지만 거대한 아르마르 산맥이 중간을 가로막고 있었고, 북쪽 산지와 이쪽과의 거리가 상당하기 때문에 그쪽의 생물들이 이곳까지 침범하는 일은 거의 없었다.

"그렇군. 자이언트 차우론……."

카잔의 말을 듣던 촌장은 가슴을 쓸어내리다가 문득 다시 근심 어린 얼굴로 카잔을 돌아봤다.

"우리 쪽에서는 오목나무종이 없는데……. 허면 그게 없으면 육식을 하는 건가?"

그의 곁에 있는 10여 명의 경비대원들도 희망은 오직 카잔뿐이라는 듯 그를 보고 있었다.

카잔은 긍정도 부정도 하지 않은 채 입을 다물었다. 그러나 침묵은 곧 긍정이란 뜻이었다. 이곳저곳에서 신음성이 터져 나왔다.

"젠장! 너무 거대해서 공격이 먹혀들지 않더군요. 화살은 튕겨 내고, 근접전은 도무지 무리였으니……."

"한두 명이 달려들어서는 어림도 없어. 그나저나 이놈이 어디까지 내려올지 정말 걱정이군. 부촌장은…… 가망이 없겠지?"

카잔은 침묵으로 일관했다. 그곳에 없던 그로서는 부촌장의 일신에 대하여 그 어떤 섣부른 말도 해줄 수가 없었다. 다만 그가 아는 몇 가지 지식만을 전달해줄 수 있을 뿐.

"자이언트 차우론은 먹을 게 없어지는 건기나 겨울이 되면 동면에 빠져듭니다. 물론 지금이 겨울은 아니지만 만약 배가 고프면 사냥보다는 잠이 드는 것을 택하는 녀석이니…… 피 냄새를 흘리고 다니는 것만 아니라면 딱히 옆에 뭐가 있다고 바로 잡아먹지는 않을 것입니다."

"오! 그래! 마지막에 봤을 때는 부촌장이 멀쩡했었지!"

화색이 도는 촌장의 얼굴을 보며 카잔은 괜한 말을 했나 싶었다. 희망이 없었을 때 바람이 이루어지는 것보다 희망이 있었을 때 그것이 꺾이는 강도가 훨씬 컸다. 이러다 만약 괜한 기대만 품게 되는 것은 아닌지 걱정이 앞섰다.

"자네! 제발 부탁이네! 오래는 부탁하지 않을 테니, 하루만, 딱 하루만 수색조를 맡아주겠나?"

"……예?"

"수색은 촌각을 다투는 일이라 오늘 밤 당장 가야 해. 하지만 우리는 부상을 입었고, 또 그놈에 대해서 아는 것이 너무 없어. 잡아달라고 하지는 않겠네. 제발, 하루만 수색이라도 도와줄 수 없겠나?"

간절한 촌장의 얼굴을 바라보고 있던 카잔은 난감했다. 그래, 그가 마음만 먹는다면 자이언트 차우론 10마리도 너끈히 잡을 수 있었다. 그것들의 약점과 공략법은 얼마든지 꿰고 있었으니까. 하지만 그가 곤란한 것은 이들의 희망이었다. 이 희망을 그가 짊어지고 산을 오르는 것은 딱 질색이었다. 아아, 누군가의 희망이라니. 그런 건 정말 할 게 못됐다.

"물론 공짜로 해달라는 것은 아니야. 수색에 참여해주는 대가로 선금 30골드를 주지. 돌아오면 70골드를 채워서 주겠네."

총 100골드. 이런 작은 마을에서 한 사람의 일일 고용비로 건네주기에는 정말 어마어마하게 큰돈이었다. 하지만 카잔에겐 돈이 문제가 아니었다. 카잔은 고민하는 듯 턱밑을 문질렀다.

그러다 문득 곁에 선 에일린을 돌아봤다. 혹시라도 그녀가 이 일을 해달라 부탁하는 얼굴인지 살피려는 의도였다. 조금 전 분명 크라를 걱정하는 얼굴을 봤던 그였다. 그 어설픈 동정심에 이들을 도와달라 부탁이라도 할까 걱정했는데 정작 그녀의 눈동자에 별다른 감정은 없어 보였다.

'……알 수 없군.'

에일린의 갈색 눈동자에 박혀 있는 것은 오직 카잔밖에 없었다. 그것은 서늘한 위화감을 들게 하는 한편, 묘하게 짜릿한 기분을 느끼게 했다. 이 눈동자는 오직 그 하나만 좇았다. 그 보름달이 뜨던 밤, 그 밤 이후로 에일린의 눈엔 오직 그 자신밖에 없었다. 누군가의 희망을 오롯이 짊어지는 것은 딱 질색이라고 했으면서도, 이상하게도 모든 것을 내어줄 듯한 에일린의 눈빛에선 묘한 쾌감을 느꼈다. 참으로 이율배반적이었다.

한참 에일린을 내려다보던 카잔은 선뜻 고개를 끄덕였다.

"……좋습니다."

그를 채근하지 않는 에일린의 눈빛이 도리어 그를 자극했다.

"도움이 될지는 모르겠지만, 동행하겠습니다."

조르지는 않았지만, 이렇게 하면 에일린이 좋아할 것 같았다. 그런 생각이 그를 움직이고 있었다.

"절대 안 된다니까! 위험한 곳이야!"

크라의 앞에는 처음 그녀가 두르고 왔던 가죽 망토를 뒤집어쓴 에일린이 반듯한 자세로 그녀를 올려다보고 있었다. 그 모습이 마치 빨간 망토를 둘러쓰고 심부름을 나갔다던 동화 속의 소녀처럼 귀엽기는 했다. 하지만 눈을 동그랗게 뜨고 순진하게 쳐다보는 그 얼굴은 결코 크라의 말을 귀담아듣는 모양새는 아니었다.

꿍 소리를 내던 크라가 짐을 싸고 있는 카잔을 향해 애원했다.

"아, 거기 젊은 남편이 좀 말려봐요. 그 위험한 데를 이 아가씨가 어찌 따라가!"

"안 돼. 여기 있어."

카잔의 한마디에 에일린이 움찔 몸을 떨었다. 그래도 남편 말은 듣는구나, 하고 크라가 안심하는 사이 에일린이 카잔의 곁으로 살며시 다가가 물었다.

"이건 개인적인 용무가 아니잖아요."

무슨 뜻이지? 하고 잠시 머리를 굴리던 그가 이내 예전에 에일린과 나눴던 대화를 떠올렸다. 그때 그 조건을 말하는 듯했다. 카잔이 에일린의 코를 약하게 때리며 다른 두 가지 항목을 일러주었다.

"그러면 더 안 되지."

에일린이 당황해 되물었다.

"왜요?"

"떼쓰지 말 것, 고집부리지 말 것. 지금 이건 아무리 봐도 떼쓰는 것 같은데?"

아차 싶었던지 에일린이 입술이 꾹 다물어졌다. 씨익 웃는 카잔의 입술이 얄궂기만 했다. 가만히 서 있던 에일린이 다시 그를 쫓아가 말했다.

"아니에요. 그게 아니에요."

할 말을 찾은 듯 에일린은 제법 야무진 얼굴로 그를 올려다봤다. 그러더니 어깨를 펴고 하는 말이 제법 앙큼하다.

"나도 가고 싶다고 주장하는 거예요. 고집이 아니라."

아 다르고 어 다른 말일 뿐이었다. 그러나 저 작은 머리를 굴려 쥐어짜낸 대답이 썩 싫진 않았다. 그렇다고 그녀가 동행하는 것을 허락한다는 것은 아니었다.

"안 돼."

한 번 더 그 '주장'이란 것을 해보려던 에일린은 서늘한 카잔의 눈빛 앞에 어깨를 늘어뜨렸다. 그가 안 된다고 하는 것은 안 되는 거였다.

그들이 약한 실랑이를 벌이는 사이 정찰대의 준비가 모두 끝이 났다. 카잔은 몇 개 없는 제 짐을 들고 밖으로 나섰고, 에일린도 그를 따라 밖으로 나왔다. 촌장을 찾기 위해 고개를 돌리던 카잔이 누군가를 발견하곤 그대로 얼굴을 굳혔다.

"여어!"

눈부신 금발에 곱상하게 생긴 사내. 첸이 환한 얼굴로 그를 향해 손을 흔들었다.

"인연인가 봅니다. 이렇게 다시 만나고."

"그것참 끈질긴 인연이군요."

첸이 넉살 좋게 웃으며 어깨를 으쓱했다. 못 믿으면 말라는 듯 대수롭지 않은 태도를 보였지만 사실 이 사내와 그 꼬마 여자애 때문에 이곳에 온 것은 사실이었다. 괴물 같은 사내가 자이언트 차 우론을 잡으러 간다는 소식을 들었으니 호기심이 동하지 않을 수 있나. 거기다, 그 여자애. 뭐하나 특별할 것 없어 보였는데 이상하게 신경을 자극했다.

'같이 있을 텐데?'

첸이 힐끗 카잔의 주변을 살폈다. 역시나 몇 발자국 떨어진 곳에서 서서 그들을 멀뚱히 바라보고 있는 자그마한 계집이 보였다.

"어이, 거기 있었네, 다람쥐!"

첸이 반색하며 에일린을 불렀다. 배웅하러 나온 크라의 곁에 서 있던 에일린이 달려오는 첸을 경계하듯 바라봤다.

"오랜만이다, 꼬맹이! 그때 다친 곳은 괜찮아? 뭐야, 너도 가는 거야?"

반갑다는 듯 그녀의 곁을 한 바퀴 빙글 돈 첸이 주변을 밝힐 듯 환한 미소로 에일린에게 말을 걸었다. 그의 접근이 부담스러웠던 에일린은 주춤 뒤로 물러서며 고개를 저었다.

"아니요. 안 가요."

"아, 진짜? 왜? 가는 거 아니야?"

당연히 그녀도 갈 줄 알았다는 듯 되묻는 그의 말에 에일린은 입을 꾹 다물었다.

"아우, 이 총각 정신 사납네. 가만히 좀 있어요. 그리고 이 아가씨가 그 험한 곳을 왜 쫓아가?"

"험한 곳? 그렇게 험하지는 않을 텐데요? 이미 차우론 무리도 다 잡혔고. 그리고 든든한 기사들도 여럿인 데다……."

"떽! 이미 부상자가 여럿이야! 어쭙잖게 따라갔다가는 위험해요."

엄한 크라의 말에 첸이 속으로 셈을 하듯 머리를 톡톡 두드렸다.

"위험하다라, 흠……. 그럼 나도 여기 남을까?"

충동적인 결정이었다. 저 무서운 사내에 대한 호기심에 이곳으로 왔는데, 막상 꼬맹이를 보니 이 단발머리 꼬마숙년에게 더 큰 호기심이 일었다. 본능적으로 이쪽에서 뭔가 더 재미있는 게 나올 것 같았다.

에일린은 마음대로 하라는 듯 고개를 돌렸다. 그가 남든 말든 그녀는 관심 없었다. 어차피 카잔이 없는 사이 하염없이 밖만 보고 있을 테니까.

"좋았어. 그럼 나도 여기에 남기로."

"에일린!"

그때였다. 촌장과 이야기를 나누고 있던 카잔이 그녀의 이름을 소리쳐 불렀다. 놀라 쳐다보니 그가 심상치 않는 얼굴로 그녀를 부르고 있었다. 그림자 진 미간이 뭔가 굉장히 마음에 들지 않는다는 듯 보였다.

"네, 카잔?"

"너도 가자."

"……네?"

그게 무슨 말이냐는 듯 에일린이 눈을 끔뻑거리고 있자니 그녀의 손목을 잡아당겨 제 옆에 붙인 채 카잔이 힘주어 다시 말했다.

"너도, 같이 간다고."

카잔의 눈은 그들을 쳐다보고 있는 첸에게 고정되어 있었다. 허공에서 두 사내의 눈빛이 사납게 마찰했다. 냉랭한 분위기도 모르고 에일린이 좋아서 손뼉을 짝 쳤다. 쪼르르 달려가 제 물건을 챙겨 나오는 에일린을 크라가 덥석 잡아챘다.

"아, 아이고, 내가 미쳐요, 미쳐! 너 남편 따라서 산에 올라가면 이것보다 훨씬 아파서 올 수도 있다고. 알아들어? 저기 밖에 봐봐, 저렇게 다친 아저씨들도 다 산에서 무시무시한 괴수들을 만나 저렇게 다친 거라고. 무시무시한 괴수들! 그것들이 뭐, 이 작은 주먹으로 몇 번 친다고 물러나는 것들이 아니에요. 무려 괴수라고, 괴수!"

크라는 에일린을 겁주려고 두 손을 짐승의 이빨처럼 구부리며 포효했다. 마치 호랑이가 어흥 한다는 식으로 무서운 표정과 포즈로 에일린을 협박하려 했지만 도리어 그녀의 웃음만 사고 말았다. 키득키득, 수줍게 웃던 에일린이 담담하게 중얼거렸다.

"그런 것들은 별로 무섭지 않아요. 전 괜찮을 거예요. 그러니까 걱정 마세요."

뭔가 믿는 구석이 있는 듯한 얼굴이었다. 하지만 믿을 거라곤 남편밖에 없을 이 작은 시골 아가씨를 어찌하면 좋을지, 크라는 여전히 근심을 지우지 못한 얼굴이었다.

"고요하군요."

누군가 새까만 숲을 내다보며 불안한 목소리로 중얼거렸다. 카잔은 그의 말에 동조하듯 짧게 고개를 끄덕였다. 구름이 달을 가린 흐릿한 밤이었다. 밤 부엉이 소리가 간간이 들려오긴 했지만 숲은 대체적으로 무엇 하나 가지고 있지 않은 듯 정적이기만 했다.

"조금 더 올라가봐야 해. 그때도 여기까지는 아무 이상 없이 올라갔으니까."

"하긴 고작 2시간 올라왔을 뿐이니."

"중턱까지는 올라가야지. 자, 모두들 힘내시게! 모두 함께 웃으며 돌아가서 크라가 우는 꼴을 좀 봐야 하지 않겠어?"

"그럼요!"

예순이 넘은 촌장이 앞장서서 사람들을 이끌었다. 괜히 우두머리의 자리에 있는 것은 아닌지 촌장은 사람을 다룰 줄 알고 있었다.

"괜찮나?"

카잔은 옆에서 묵묵히 따르고 있는 에일린을 향해 물었다. 살짝 숨이 찬지 벌어진 입술에선 가쁜 숨이 미약하게 흘어져 나왔지만 지쳤다는 기색을 보이진 않았다.

"발은?"

그의 물음에 에일린은 살짝 당황한 듯 보였지만 이내 고개를 가로저으며 괜찮다 했다. 하지만 카잔은 그것이 거짓말임을 알았다. 그의 기억 속에 에일린의 발바닥은 연약하기 짝이 없었다. 지금도 아물지 않은 상처가 꽤 될 것이라고 짐작하지만 에일린은 단 한 번도 아픈 티를 낸 적이 없었다. 성큼성큼 걷던 카잔은 발걸음을 늦추며 덧붙였다.

"옷 잡아. 잡고 가면 한결 수월해질 테니까."

"……그러면 카잔이 힘들잖아요."

차마 그럴 수 없다는 듯 고개를 내젓는 에일린의 모습에 카잔은 살짝 입꼬리를 올렸다. 무심하게 그녀의 뒤통수를 슥슥 매만진 그가 아무렇지 않다는 듯 뒷말을 덧붙였다.

"나를 무시하는 건가? 너 정도는 어깨에 들쳐 메고 뛰어도 아무렇지 않아."

또다. 또……. 에일린은 그의 손길이 닿았던 뒤통수가 화끈거리는 것을 느꼈다. 그런데 이번엔 뒤통수뿐만이 아니었다. 그의 웃는 모습을 지켜보던 눈가도 빨갛게 달아오를 것만 같았다.

'뜨거워.'

머리도, 눈가도, 심장도 뜨겁다. 그를 보면 이렇게 뜨겁다. 너무 뜨거워서 현기증이 날 것만 같았다.

"조금 쉽시다! 막바지 점검도 한번 하고요."

30여 분을 더 걷고 잠시 휴식을 가지기로 했다. 촌장이 다가와 바로 앞에서 차우론 무리와 마주쳤다 설명했다.

"이제부터 조심해야 하네. 어디서 튀어나올지 몰라."

"나올 거면 차라리 빨리 나오는 게 낫습니다. 시간이 지나봤자 지치는 것은 우리 쪽이니까요."

카잔의 말에 촌장이 바로 수긍하며 대답했다.

"흠, 그럴까? 허면 조금 쉬고 바로 수색에 들어가야겠군."

"준비시키겠습니다."

카잔과 촌장, 그리고 경비대 몇몇이 모여 회의에 들어갔다. 에일린은 한 발자국 물러나 그들과 이야기를 나누는 카잔을 바라보고 있었다.

"다람쥐!"

불쑥 누군가 그녀의 옆으로 다가왔다. 흠칫 놀란 에일린이 갑자기 다가온 남자를 경계 어린 눈으로 바라봤다.

"뭐 해? 안 힘들어, 너?"

안 간다고 했으면서 따라온 첸이 또다시 에일린의 주위를 뱅뱅 돌았다. 에일린은 잠시 경계 어린 눈으로 그를 올려다봤다. 그는 성큼성큼 다가오더니 허리를 구부려 그녀와 눈을 마주치며 싱글 거렸다.

"내가 잡아먹나? 뭘 그런 눈으로 봐? 대답 좀 해주지? 응? 왜 이 렇게 망토를 뒤집어쓰고 있는 거야? 안 답답해?"

"안 답답해요."

에일린이 머리 위에 두른 후드에 더욱 깊숙이 몸을 집어넣으며 대답했다. 달이 뜨고 있었다. 완연한 보름달은 아니지만 몹시도 환한 달빛이 마음에 걸렸다. 하늘 위의 달을 노려보던 그녀가 후드 안으로 더욱더 깊이 몸을 집어넣었다.

"흐음, 그래? 아 참, 그놈은 잘 지내. 너무 잘 지내서 탈이다."

그놈이 누구지, 하고 생각에 빠지기도 전에 에일린의 머릿속으로 작고 통통한 돼지 한 마리가 떠올랐다. 아, 그 아이를 잊고 있었구나. 새끼 미크론을 떠올리자 바짝 세웠던 경계심이 조금 누그러졌다. 그녀는 한풀 꺾인 목소리로 조심스럽게 첸을 향해 물었다.

"그 아인 잘 지내나요?"

"잘 지내다 뿐이겠어? 아주 엄청난 속도로 크고 있어, 그놈. 하루가 다르게 크는 게 무서울 지경이라니까. 거기다 먹성은 어찌나 좋은지. 집안 거덜 나겠어, 아주."

과장된 그의 설명에 에일린은 살며시 웃음을 보였다. 누그러진 그녀의 태도에 첸이 조금 더 다정하게 말했다.

"보고 싶으면, 한번 보러 와."

"됐어요. 잘 지낸다니."

에일린은 곧바로 고개를 저었다. 떠나간 것은 떠나간 것이었다. 인연이 닿으면 다시 보겠지만, 당장 내일 그녀는 떠날 예정이었으니까. 의미 없는 미련 따위 두 번 생각할 것 없이 잘라내야 했다.

"흠? 그래, 의외네. 아, 그것보다 졸리고 배고프다. 어디 보자, 뭘 들고 왔더라."

그녀 옆에 자리를 잡은 첸이 주머니를 뒤적거렸다. 그의 말마따나 에일린도 배가 고파오고 있었다. 든든히 먹고 나왔지만 꽤나 고된 야간산행에 이미 에너지가 고갈되어버렸다.

"어, 있다, 있어!"

이것저것 큰 주머니에서 뭔가를 뒤적거리던 첸이 불쑥 뭔가를 꺼내 에일린에게 내밀었다.

"자, 이거 먹어."

뭔가가 한가득 담겨 있는 그의 손을 보며 에일린은 잠시 망설였다. 그녀로서는 처음 보는 것들이 그의 손 위에 그득 올라와 있었다.

"뭐 해? 얼른 먹으라니까? 야밤에 뛰어다니려면 당 보충해야 한다."

……이게 뭐지? 결국 호기심을 이기지 못한 에일린이 하나를 집어 들었다. 새까맣고 동그란 그것에선 달콤한 냄새가 났다. 한입에 쏙 들어오는 그것을 입안에 오물거리던 에일린의 표정이 한순간에 밝아진다.

"우와아……."

입안에서 달콤함이 춤을 췄다. 사르르 녹아내리더니 입안 전체를 휘젓고 목구멍을 타고 부드럽게 흘러들어 간다. 이런 맛은 처음이었다. 에일린의 눈동자에 놀라움의 빛이 반짝 빛났다.

"초콜릿 처음 먹어봐?"

"초콜릿? 이게 초콜릿이에요?"

우물우물 거리던 에일린이 손안에 쥐고 있던 다른 한 개의 포장을 조심스럽게 벗겨냈다.

"초콜릿……."

뭔지는 모르겠지만 이름마저 달콤한 과자였다. 에일린은 조금 상기된 얼굴로 그것을 입안에 쏘옥 집어넣었다. 아아, 행복해지는 맛이다.

"맛있다."

달콤한 것에 장사 없다고, 에일린은 어느새 완전히 경계를 허물고 반짝거리는 눈으로 그를 보고 있었다. 이래서 엄마들이 사탕 준다고 따라가지 말라고 하는 말을 하는 것인데, 에일린은 그것을 몰랐다. 첸이 뿌듯하고 흐뭇하게 웃으며 설명을 덧붙였다.

"맛있지? 우리 집 파티시에가 만든 거야. 그리고 우리 집 파티시에는 엑시움 최고의 일류 요리사지. 어디 가서 사먹지도 못한다고. 자, 더 먹어."

그가 내미는 초콜릿을 덥석 집은 에일린이 고개를 돌렸다. 때마침 회의가 끝났는지 저 멀리 카잔이 그녀에게 다가오고 있었다. 눈을 마주친 카잔은 뭔가 굉장히 마음에 안 든다는 얼굴이었다. 약간 첸을 노려보는 것 같기도 하고. 그를 발견한 그녀가 벌떡 일어나 그에게 달려갔다. 그녀가 맛본 이 달콤함을 그에게도 전해주고 싶었다.

"카잔! 여기 이거……. 엇!"

하지만 후들거리던 다리에 힘이 풀렸던 탓에 몇 발자국 뛰지 못하고 그대로 고꾸라졌다.

"하여튼, 한시도 내버려둘 수 없다니까."

다행히 재빨리 다가온 카잔이 한숨을 쉬며 그녀를 번쩍 들어 올렸다. 그러나 덜렁 들어 올려진 에일린의 얼굴은 이미 넘어진 것처럼 울상이었다.

"……떨어트렸다."

"뭘?"

"초콜릿이요. 달콤했는데……. 카잔에게도 주고 싶었는데……."

안타까워 죽을 것만 같은 목소리였다. 아쉬운 마음에 떨어진 그것만 망연자실하게 쳐다보던 에일린이 결심한 듯 확 고개를 돌렸다.

"더 있나 물어볼게요."

첸에게로 돌아가려는 에일린의 손목을 카잔이 강하게 움켜쥔 채 돌려세웠다.

'뭐지?'

순식간에 다시 그의 품 안에 갇힌 에일린의 시야에 카잔의 얼굴이 가까워지고 있었다. 너무나 빠르게 일어난 일이었지만 에일린의 머릿속에서는 동작 하나하나가 느리게 진행되고 있었다. 천천히, 천천히 그의 얼굴이 다가왔다.

"맛이라면."

"……."

속살거리던 카잔의 입술이 그대로 그녀의 입술을 덮었다. 바로 눈앞에서 보이는 카잔의 잿빛 눈동자에 에일린은 빨려 들어갈 것만 같다는 착각이 들었다.

촉촉하고, 부드러운 타인의 입술. 살짝 벌어진 그녀의 입안을 가볍게 빨아들인 그가 마치 맛을 보는 듯 그녀의 입술을 슬쩍 깨물 었다.

'아······?'

깜짝 놀란 듯 에일린의 몸이 움찔 떨렸다.

"이렇게 보면 돼."

만족한다는 듯 카잔을 혀를 날름거렸다. 눈을 동그랗게 뜬 에일 린의 얼굴을 힐끔 내려다본 그가 지그시 입술 끝을 올려 웃었다.

놀라 붉어진 에일린의 얼굴을 보는 게 무척이나 마음에 들었다. 저 멀리서 넋이 빠진 얼굴로 두 사람을 쳐다보고 있는 첸을 보고 있자니 더더욱 기분이 상쾌해졌다.

"이제, 출발하죠."

저번에도 생각했던 거지만, 에일린의 입술은 정말 생각했던 것 보다 훨씬 달콤하다.

조금 전 그 일이 있은 후, 에일린에겐 곤란한 변화가 생겼다.

'어떡하지, 자꾸 카잔의 입술만 보여.'

부드럽고, 따스했고, 기분이 좋았다. 뭔가 한마디로 정의 내릴 수 없는 수많은 감촉이 입술에 문신처럼 남아 있었다. 기분 좋은 접촉이랄까. 그러고 보니 그때 거리 위에서 카잔은 그 여자와도 입 맞춤을 나눴었다. 그녀의 기억 속에 두 사람의 입맞춤이 조금 전 두 사람의 그것보다 훨씬 진했었던 것 같았다.

순간 기분이 나빠졌다. 그 가슴이 호박만 한 여자와 이 감촉을 공유했다는 게 기분이 나빴다. 카잔을, 나눠가진 기분이었다.

'이건 뭐지?'

이런 접촉이 흔한 것일까? 사람들은 이런 입맞춤을 자주 나눌까? 하긴 이렇게 기분이 좋은데, 그녀라도 매일같이 하고 싶을 것 같았다.

에일린은 가만히 제 입술을 더듬어봤다. 말캉말캉 보드라운 느낌이었다. 그의 입술도 이런 느낌이었는데…… 아니, 이것보단 조금 더 단단한 느낌이었다. 깨물려서 그런 것일까?

'또…… 느껴보고 싶어.'

발그레 뺨을 붉힌 그녀가 힐끔 카잔을 올려다봤다. 그녀의 시선을 느낀 듯 카잔이 그녀를 내려다봤다. 입술을 만지작거리는 그녀의 행동을 보던 카잔이 씨익 웃는다.

맙소사. 에일린은 그의 미소를 보다가 저도 모르게 속에 있던 말을 뱉어버릴 뻔했다.

'또 하고 싶어요. 아까 그게 뭐예요?'

입술 끝에서 튀어나오려던 간지러운 그 말을 주변을 의식해서 간신히 참아냈다. 불쑥, 촌장이 말을 걸어왔다.

"라르고는 어디에 있는 거지, 대체."

"이 근처가 확실합니까?"

"음. 확실해."

카잔은 집중한 듯 미간을 찌푸렸다. 뭘 뚫어지게 보는 것은 아니었지만 무언가를 찾아내려는 듯 날카롭게 눈을 돌려 주변을 살폈다.

"……냄새가 없는데."

"뭐?"

"아, 아닙니다. 이쪽은 아닌 것 같군요. 그럼 지금부터 흩어져서 찾아보는 게 좋겠군요. 너무 멀리 떨어지지 않는 선에서요."

모두가 일사불란하게 흩어졌다. 그의 뒤에 붙어 있던 에일린이 무심결에 중얼거렸다.

"그게 나타나지 않으면 곤란한 건가요?"

"뭐, 조금."

곤란하다는 그의 말에 에일린은 고개를 돌려 멀리 보이는 산봉우리를 응시했다. 그 뒤로 30분이나 흘렀을까.

크르르……!

얼핏 들어도 엄청 사나운 짐승의 포효가 그들의 곁으로 다가왔다.

"왔다!"

진영 사이로 긴장감이 흘렀다. 모두 몸을 낮춰 다가올 위험에 대비했다. 선두에 서 있던 카잔이 제 뒤에 바짝 붙어 있는 에일린을 돌아봤다. 티 하나 없이 맑은 얼굴로 에일린이 그를 보며 방금 웃음을 보였다.

"이제 카잔이 곤란할 일은 없는 거죠?"

그게 무슨 말이냐고 물을 틈도 없이, 마른 낙엽을 밟는 소리가 빠른 속도로 가까워졌다. 카잔은 재빨리 에일린을 한 팔에 감고서 근처 나무 위로 그녀를 올려놓았다.

"여기 있어, 내려오지 마."

"난 괜찮은데."

"어리석은 소리 말고 여기 있어."

엄한 그의 목소리에 앙상한 팔뚝으로 나무를 단단히 끌어안은 에일린은 얌전히 고개를 끄덕였다.

"난 진짜 괜찮은데……."

정말 괜찮다 몇 번을 되새김질하며 말했지만, 카잔은 그녀에게서 멀어진 후였다.

쿵, 쿵, 쿵! 지척을 울리는 거대한 발소리와 함께 자이언트 차우론과 10여 마리의 미크론이 수풀을 헤치고 쏟아져 나왔다.

"뭐 이렇게 많아?"

들이닥친 괴수들의 무리에 첸은 피곤한 듯 머리를 짚었다. 겁이 나는 것은 아니었지만 굳이 저가 나서고 싶은 생각도 들지 않았다.

"안타깝게도 나는 육체파가 아니란 말이지."

비명 소리와 칼날이 난무하는 그곳에서 요리조리 몸을 놀려 적당히 피해 다니던 첸이 이대론 안 되겠다 생각하며 고개를 틀었다. 어디 가서 이 상황을 피해 있자 생각하던 차에 에일린이 올라가 있는 고목이 보였다.

'저기다!'

대치하고 있던 차우론 등으로 단검을 쑤셔 넣으며 첸이 가벼운 몸으로 나무 위로 올라섰다. 에일린은 갑자기 그가 나타난 것에 놀란 듯이 보였다. 깜찍한 그 표정을 보며 첸이 히죽 웃어 보였다.

"내 전문은 활이라서 말이야."

그가 등 뒤에 메어놓았던 활을 꺼내 들었다. 그의 외모처럼 금빛으로 각인되어 있는 화려하기 짝이 없는 활이었다. 에일린이 잠시 그것을 신기한 듯 힐끔거리다 다시 시선을 돌려 카잔을 바라봤다. 이곳저곳 화살을 쏘아대던 첸이 문득 에일린을 바라보며 기가 차다는 듯 물었다.

"다람쥐, 너 은근히 겁이 없다? 소리 한 번을 안 지르네?"

"내가 소리를 왜 질러야 하는데요?"

오히려 그런 질문을 한 첸이 이상하다는 듯 에일린이 반문했다. 들고 보니 그녀의 말도 일리는 있었다. 하긴 뭐, 그래, 네가 소리를 질러댈 필요는 없지.

마지막 대답을 끝으로 에일린은 다시 입을 다물었다. 그리고 저 멀리서 혼자 자이언트 차우론을 상대하고 있는 카잔을 하염없이 바라봤다. 첸은 과연 이 둘의 사이가 무엇인지 궁금했다. 조금 전 그 도발적인 입맞춤도 그렇고, 저 사내의 눈빛도 그렇고. 짐작건대 평범한 사이는 아니었다. 하지만 그렇다고 이들의 말처럼 부부 같지는 않았다.

"……어?"

바로 그때였다. 자이언트 차우론 하나가 더 나타나 카잔을 향해 몸통을 들이받았다. 그러는 사이 그와 대치하고 있던 다른 한 마리가 숲 속으로 줄행랑을 쳤다. 벌떡 일어난 카잔이 도망가는 자이언트 차우론을 쫓아 숲으로 달려갔다. 놀란 에일린이 자리에서 벌떡 일어났다.

"어, 야! 일어나면 안 돼!"

첸이 일어서는 에일린을 미처 붙잡을 틈도 없이 에일린이 나무 아래로 훌쩍 뛰어내렸다.

"쫓아오지 마요."

쫓아가고 싶어도 쫓아갈 수가 없었다. 어디서 나타난 건지 차우론 2마리가 나무를 향해 달려들었기 때문이었다.

"젠장!"

욕지거리를 내뱉은 첸이 허벅지에 매달려 있던 단검을 꺼내 들었다.

부촌장 라르고는 무사했다. 발목을 삐끗한 채로 길을 잃긴 했지만 대체적으로 그는 무사한 편이었다. 하지만 꼬박 이틀하고도 반나절을 헤맨 그는 이제 기력이 거의 다했음을 느꼈다.

'아아, 이대로 죽는 것인가.'

이제 고작 쉰둘의 나이가 되었고 막내딸은 아직 결혼도 하지 않았다. 첫째 딸이 만삭의 몸으로 찾아온 게 지난달이었으니 곧 있으면 그는 할아버지가 된다. 손자 얼굴 한번 보지 못하고 이렇게 이승을 떠나는구나, 생각하니 눈시울이 뜨거워졌다.

그는 평생을 살았던 마을이 보이는 절벽의 어딘가로 오게 됐다. 이곳까지 와본 것은 처음이었다. 이 절벽 아래로 보이는 저 평지까지는 온 적이 있었지만, 이 위로 올라가는 법 따위는 평생 모르고 살았던 그였다.

'뛰어내릴까……. 뛰어내리면 살 수 있을까?'

대략 20여 미터 정도. 거기다 바닥은 돌바닥이었다. 떨어지는 순간 머리가 깨질 게 틀림없었다. 머리가 아찔했다. 라르고는 현기증이 이는 몸을 견디지 못하고 풀썩 바닥에 주저앉고 말았다. 입은 바싹 말랐고, 온몸에선 오한이 들었다. 몸은 추운데 땀이 줄줄줄 흐르기 시작했다.

"……틀렸군."

겨우 이틀 헤맸다고 몸이 이 지경이 되다니……. 차우론을 피해 정신없이 달리고 구르다가 내장이 망가진 것이 틀림없었다.

"……틀렸어, 난."

또르르, 뜨거운 눈물이 그의 마른 뺨을 스치고 흘러내렸다. 체념하고 곧 다가올 깊은 잠을 기다리려는 그때. 쿵, 쿵, 쿵! 질기게도 쫓아 붙은 그 공포의 소리가 다시금 가까워졌다.

크르르!

번쩍 고개를 들고 옆을 보니, 이틀을 피해 다녔던 그 거대한 차우론이 그를 향해 진격하고 있었다.

'나의 배는 주릴지라도, 너의 배라도 채워진다면 그것 또한 값어치 있는 죽음이겠지.'

라르고는 모든 것을 받아들인다는 듯 눈을 감았다. 하지만 희망은 항상 그런 순간에 찾아오기 마련이었다.

"거기 계십니까, 부촌장님!"

감겼던 눈이 번쩍 떠졌다.

카잔은 한달음에 달려가 라르고의 앞을 막아섰다. 저 거대한 몸뚱이로 치받아온다면 아무리 카잔이라도 몇 미터를 날아가야 했다. 하지만 피한다면 뒤에 있는 라르고를 지키기가 어렵다.

"괜찮으십니까?"

카잔은 그의 뒤에 서 있는 라르고를 향해 물었다. 라르고는 파르르 떨리는 눈을 지저분한 팔에 묻고 흐느꼈다.

"응, 응……. 괜찮네. 나는, 괜찮아."

가늘게 떨리는 부촌장의 흐느낌을 카잔은 모르는 척했다. 절망의 끝에서 희망을 맛본 자만이 저 눈물의 의미를 알리라. 묵묵히 검을 바로 잡은 카잔이 성난 콧김을 내뿜는 자이언트 차우론을 바라봤다.

이 까짓것, 한 방이면 처리할 수 있는데……. 하지만 여기서 그를 폭발시킬 수는 없었다. 더군다나 뒤는 한 발자국도 물러나기 어려운 절벽이었고, 보호해야 할 대상은 걷기조차 힘든 상황.

"……치잇."

그가 곤란해하는 것을 느끼기라도 한 듯 차우론이 성큼 그에게 다가왔다. 쾅! 괴수의 공격을 흘리며 재빨리 라르고의 손을 이끌어 옆으로 피했지만, 차우론 또한 그를 끈질기게 따라붙으며 몰아붙였다. 낡아빠진 검으로 차우론의 뿔을 막아봤지만 주춤, 뒤로 한 발자국 물러나고야 말았다.

파지직. 절벽 끝으로 돌이 굴러떨어지는 소리가 들렸다.

"부촌장님, 피하실 수 있다면……. 옆으로, 크윽!"

"아, 알겠네. 알겠어."

라르고는 달달 떨리는 몸을 일으켜 옆으로 가려고 했다. 하지만 비틀거리더니 기어이 앞으로 고꾸라진다. 넘어진 그 상태로 라르고는 기어가려고 했다. 차우론이 몸뚱이로 카잔과 그를 몰아붙이지만 않았다면.

"으윽! 으아악!"

파스스, 무너지는 소리와 함께 라르고의 비명 소리가 들렸다. 안간힘을 쓰던 라르고가 절벽 끝에 간신히 매달려 있었다. 카잔이 손을 뻗어 들어 올리기만 하면 되건만, 그의 손은 차우론을 막아선 검에 고정되어 있었다.

'젠장!'

"사, 살려줘! 살려주시게! 제발 살려줘!"

절망 끝에서 희망을 봤고 희망의 끝에서 다시 절망으로 추락했다. 라르고는 겸허하게 죽음을 맞이하려 했던 조금 전과는 확연하게 다른 처절함으로 삶의 끄트머리에 매달려 있었다.

이젠 어쩔 수 없는 상황이었다. 카잔은 이를 악물고 질끈 눈을 감았다.

'한 번만, 잠깐이면 통제될 거야.'

번쩍 눈을 뜬 그가 눈앞의 괴수를 노려봤다. 피가 끓어올랐다. 뜨거워지는 심장을 느끼며 그가 오른팔에 모든 신경을 쏟아부었다.

"크아아악!"

오른손의 혈관이 터질 듯이 부풀어 올랐고, 몸속을 휘도는 피가 역류하는 것처럼 끓어올랐다. 곧이어 그의 오른팔을 감고 있던 붕대가 터질 듯이 팽창하고 그의 칼을 들고 있던 오른 주먹이 부풀어 오르더니 형태가 변했다.

"젠장, 젠장! 고작 네놈이 나를……!"

카잔은 끓어오르는 흥분을 주체하지 못했다. 이 상태로 변하면 위험했다. 피를 보고 싶었고, 공격하고자 하는 본능에 몸이 근질근질했다. 온몸의 작은 세포 하나까지도 뜨겁게 박동하는 것이 느껴졌다.

"크으으."

카잔의 회백색 눈이 희번덕하게 빛났다. 무언가를 감지한 것인지 자이언트 차우론이 주춤 뒤로 물러났지만 이미 늦은 상황이었다. 카잔은 마치 눈앞에 맛있는 먹이를 두고 있는 것처럼 눈을 번득이며 으슥하게 웃었다.

"……죽여버리겠어."

말이 끝나가기 무섭게 카잔의 몸이 용수철처럼 튀어 올랐다. 사냥을 하는 한 마리의 늑대처럼 빠르고 냉정하게 차우론의 목덜미에 오른손을 박아 넣었다. 살이 찢어지는 섬뜩한 소리와 함께 새빨갛고 진득한 피가 분수처럼 터져 나왔다. 카잔은 더욱 더 잔인하게 손을 쑤셔 넣었다.

키헤에엑! 숲을 꿰뚫은 단말마의 비명에 놀란 새들이 푸드득 날갯짓을 하며 달아난다. 피를 흠뻑 뒤집어쓴 채 카잔은 거칠게 숨을 몰아쉬었다.

'진정해. 진정하라고. 네 안의 괴물을 깨우지 마. 카잔!'

부질없는 세뇌를 쉴 새 없이 중얼거렸다. 하지만 몸이 말을 듣지 않았다. 조금 더, 한 번 더! 사냥을 하고 싶었다, 사냥을…….

피는 피를 불러들이는 법이었다.

번득 빛나는 카잔의 눈이 간신히 매달려 있는 부촌장 라르고를 봤다. 두 눈으로 보고도 믿을 수가 없는 원초적 살육의 현장이었다. 피가 낭자하고 죽음의 냄새가 짙게 내리깔렸다. 그 앞에서 라르고는 바들바들 떨리는 온몸을 주체하지 못하고 있었다.

'진정해, 이건 사냥이 아니야. 아니야……!'

카잔은 거칠어지는 숨을 진정시키려고 노력했다. 하지만 이미 흥건히 뒤집어쓴 피 냄새가 그를 자극하고 있었다. 살을 가르고 튀어나와버린 손톱이 근질거려 참을 수가 없었다.

카잔의 걸음이 천천히, 라르고를 향해 움직였다.

'어차피 죽을 몸이었어. 괜찮아…….'

그 안에 있는 야수가 속삭였다. 질끈 이를 악물었다. 카잔과 야수가 싸우고 있었다. 짐승과 인간이 한 몸 안에서 전쟁을 벌이고 있었다.

'그래, 어차피 죽을 몸. 아무도 모를 거야.'

악마의 속삭임은 달콤했고, 그는 지금 너무나 흥분해 있었다. 저벅저벅, 매서운 눈빛으로 카잔은 라르고 앞에 섰다. 으득 이를 갈던 그의 손이 번쩍 위로 올라가는 그때였다.

"카잔!"

고막을 가르고 들어오는 낭랑한 여자의 목소리. 거짓말처럼 카잔은 우뚝 멈췄다. 그의 뒤로 한걸음에 달려오는 발소리가 들렸고 곧이어 연약한 두 팔 가득 그의 등을 감싸는 작고, 가녀린 온기가 느껴졌다.

"……그러지 마요, 카잔."

그가 괴수의 피를 흠뻑 뒤집어쓴 것도 아랑곳하지 않고, 에일린은 카잔의 등에 매달렸다. 일말의 흔들림도, 떨림조차도 없는 낭랑한 목소리가 그를 달래고 있었다.

"카잔, 카잔……."

단단한 그의 허리를 꽉 감싸 안은 채 그녀는 쉴 새 없이 그의 이름을 불렀다. 꽃처럼 향기로운 목소리가 그의 이름을 노래하는 것을 듣고 있다 보니 잔혹한 살육의 충동이 서서히 사그라지는 것이 느껴졌다. 그의 흥분이, 그의 끓어오르는 피가 그녀의 등장으로 단박에 진정되고 있었던 것이다.

"……에일린."

순식간이었다. 이렇게 빨리 진정된 적은 한 번도 없었건만, 에일린이 그의 이름을 부른 순간 마치 그의 안에 있던 야수가 잠에 빠지기라도 한 듯 얌전하게 가라앉았다.

"부촌장님을 구해줘요."

에일린의 목소리가 그를 지배했다. 카잔은 차분해지는 것을 느끼며 바들바들 떨며 매달려 있는 부촌장을 끌어다 올렸다. 부촌장은 다시 육지에 발이 닿는 그 순간, 까무러치며 쓰러져버렸다.

카잔은 쓰러진 라르고를 바닥에 눕히고 뒤를 돌아서 에일린을 봤다. 다급하게 뛰어왔는지 단정하게 여며져 있던 망토는 엉망으로 흘러내렸고 그녀의 붉은 머리카락이 허공에 넘실거렸다.

"……변했군."

카잔은 어느새 원래대로 돌아온 오른손을 뻗어 부드럽게 손에 감기는 붉은 머리카락을 매만졌다. 실크처럼 부드러운 감촉이 그의 거친 손을 휘감았다. 매끄러운 머리카락 끝이 그의 손가락을 스치고 처연하게 낙하했다.

말끄러미 그를 올려 보던 에일린이 제 두 손으로 그의 오른손을 꽉 붙잡았다. 넝마가 된 그의 손을 천천히 자신의 품으로 끌어당겨 따스하게 감싸 안았다.

"당신도요."

그 순간, 카잔은 뭔가 가슴속에서 폭발하는 것을 느꼈다. 그의 가슴을 긁고, 뜨거운 혈관을 타고 올라와서는 마침내 그의 심장을 콱 움켜쥐는 무언가…….

카잔은 어느새 이를 악물었지만, 잇새로 터져 나오는 억눌린 신음성을 참지는 못했다. 에일린의 눈빛, 에일린의 목소리가 미약처럼 그를 자극하고 흥분시키고 있었다. 어쩌면 그것은 그의 혈관 안에 남아 있는 처절한 야수성일 수도 있었다.

달빛 아래 영롱하게 빛나는 붉은 계집, 그리고 햇살 아래 순수하게 빛나는 갈색 눈동자. 그 모든 게 하나로 합쳐져 지금 그의 눈앞에 먹이처럼 던져졌다. 카잔은 에일린의 손목을 움켜쥐었다. 아픈 듯 슬쩍 찡그린 에일린의 얼굴을 바라보는 그의 눈빛이 타오를 듯 이글거렸다. 이상하게도 진정되어 있던 피가 다시 끓어오르고 있었다.

'가져야 해.'

그 생각만이 그를 지배했다. 가지고 싶다. 가져야 한다. 가질 것이다. 가슴속이 끊임없이 부글거리며 끓어올랐다. 카잔의 머리가 그것을 이해하기도 전에 카잔의 뜨거운 몸이 그녀를 억세게 품 안으로 끌어당겼다. 저항 하나 없이 그대로 그의 품 안으로 파고드는 작은 몸. 그녀는 순수한 기쁨의 얼굴로 두 팔을 벌려 그를 안았고, 그의 가슴에 자신의 뺨을 기대어왔다.

혈관을 미친 듯이 돌고 있는 피를 간신히 진정시키며 카잔은 두 팔로 힘껏 그녀를 들어 올리며 물었다.

"에일린…… 너는 대체 뭐지?"

그의 잿빛 눈동자는 혼란과 욕망이 점철되어 어둡게 번들거리고 있었다. 어느새 그를 위에서 아래로 내려다보게 된 그녀가 반짝거리는 눈을 반으로 접어 슬며시 웃었다. 카잔으로부터 배운 그녀의 미소.

"나는……."

그의 뺨을 두 손으로 감싼 그녀가 그의 이마 위로 살며시 입술을 내렸다. 카잔에게 배운 입맞춤.

"에일린."

카잔은 눈을 감았다. 그녀의 입술이 주는 온기를, 감촉을 온전히 받아들이고 싶었기 때문이었다. 그의 이마에 입술을 붙인 채 그녀가 살며시 속삭였다.

"……당신이 살려준, 에일린."

피를 향한 갈구, 살육에 대한 욕구가 한순간에 가라앉았다.

"에일린."

하지만 그것보다도 더욱 끔찍하고 지독한 욕구가 생겨버렸다. 타는 듯한 갈증, 가지고야 말겠다는 집착, 놓칠 수 없다는 절박함을 한데 끌어모아 그녀를 더욱 바짝 끌어안았다. 카잔의 두 팔은 마치 거대한 쇠사슬처럼 에일린의 가녀린 몸을 칭칭 옭아맸다.

그녀라는 사막에, 카잔은 함몰되고 말았다.

8. 붉은 빛에 취하다

새벽의 여명이 밝아오고, 기절한 부촌장을 짊어진 채 카잔과 에일린은 산을 내려왔다. 촌장은 촉촉이 젖은 눈시울을 숨기지도 않은 채 카잔의 손을 붙잡고 몇 번이나 고맙다고 했다. 하지만 지금 카잔에겐 그들의 고마움도, 되돌아올 황금도 전혀 중요한 게 아니었다.

'에일린, 너는 대체 뭐지.'

카잔의 짙어진 눈빛으로 에일린을 응시했다. 단 하룻밤, 그사이로 그는 에일린에게 홀려버린 것만 같았다. 조금 전 그를 집어삼켰던 그 기분이란…….

"붉은 운명이라고 하지."

불쑥 나서는 목소리에 카잔은 뒤를 돌아 첸을 응시했다.

"그게 무슨 말이지."

"붉은 운명, 아쉴. 달빛 아래 붉게 물드는 저주."

카잔의 미간이 꿈틀 요동쳤다. 첸이 말하는 대상이 바로 에일린이었기 때문이었다. 조금 전에 그 광경을 본 듯했다. 하지만 카잔은 이자의 냄새를 맡지 못했다.

그럼 대체 어떻게 본 것일까? 카잔의 눈빛이 더욱 차가워졌다. 아무리 봐도 이 금발의 도련님은 수상하기 짝이 없었다. 묘한 눈빛으로 에일린을 쳐다보고 있던 첸이 카잔의 시선을 느낀 듯 다시 입을 열었다.

"나라에서도 극비에 해당하는 비밀. 저 존재를 알고 있는 사람은 얼마 안 돼. 오직 상위의 몇 명만이……."

"그런 것을 네가 어떻게 아는 거지?"

카잔의 물음에 첸은 씨익 웃는 걸로 화답했다.

"……네놈도 그 상위의 몇 명 중 하나라, 이거군."

"뭐, 그렇게까지는 아니지만 내가 좀 정보에 민감해서 말이야. 어쨌든 붉은 운명 아쉴, 그것을 내가 직접 보게 될 줄이야."

첸은 조금 감격스러운 어조로 말했다.

"정말 있을 거라고 생각하지 못했는데……."

떨리는 목소리, 떼지 못하는 시선. 카잔은 에일린을 바라보는 첸의 눈빛이 도무지 마음에 들지 않았다. 불쾌해서 참아줄 수가 없었다.

처음 느껴보는 강렬한 적대감이 이 사내를 향해 들고 있었다. 단지 에일린을 보고 있다는 것만으로, 단지 그녀에게 관심을 가지고 있다는 것만으로 카잔은 이 사내를 죽이고 싶다는 충동까지 일었다. 이상했다. 그의 안에 뭔가가 변하고 있었다.

"그래서, 어쩌라는 거지?"

카잔은 냉정하게 반문했다.

"뭐?"

"아쉴이라고 해서, 뭐가 달라지는 거지? 저주? 저주라면 어떤 저주지?"

"그것에 관해서는 본가로 돌아가 다시 조사를 해봐야겠지만⋯⋯."

"알고 싶지 않군."

카잔은 딱 잘라 말했다. 붉은 운명이고 아쉴이고 간에 달라질 것은 없었다. 정해진 운명이라는 것은 없었다. 인간은 운명을 개척하는 힘을 가졌고, 카잔은 지금껏 그렇게 살아왔다.

그러니까 어떤 모습으로, 어떤 환경에서 태어났다고 한들 이렇게 살아가면 되는 것이었다. 제 힘으로, 제 발로 앞으로 나아가면 되는 것이었다.

"무슨 속셈인지 모르겠지만, 앞으로 당신 모습은 보지 않았으면 좋겠군. 그게 당신에게도⋯⋯."

카잔은 나무에 기댔던 몸을 떼어내 에일린이 있는 곳으로 몸을 틀었다. 발을 떼기 직전, 카잔은 슬쩍 첸을 돌아봤다.

"그리고 당신의 목에도 좋을 거야."

날카로운 눈빛이 첸을 베어버릴 듯 서늘하게 빛났다.

밤새 잠 한숨 자지 못하고 그들을 기다렸던 크라는 상처 하나 없이 무사한 에일린의 얼굴을 보며 참아왔던 눈물을 쏟았다.

"그래도, 그래도⋯⋯. 무사해서 다행이야. 다행⋯⋯."

크라는 간밤에 10년은 더 늙은 듯 초췌하고 지친 기색으로 에일린을 끌어안고 그렇게 한참을 흐느꼈다. 밤새 고생하다 돌아온 이들을 위해 크라는 따뜻한 수프와 부드러운 빵을 준비해두었고 경비대는 그것으로 아침을 해결하고 각자의 집으로 돌아갔다.

에일린과 카잔도 오늘 다시 출발하는 것은 무리라 판단하고 크라네서 하루를 더 묵고 가기로 결정했다.

"욕실은 이 복도 끝에 있고, 남편이 씻는 동안 에일린도 내 방에서 씻도록 해."

카잔에게 방과 욕실의 위치를 일러준 크라가 에일린의 손을 이끌고 자신의 방으로 향했다.

"수건이랑 갈아입을 옷은 여기 있어. 탕에 따뜻한 물 받아놨으니까 마음껏 씻고 천천히 나와. 나는 어차피 식당에 있을 테니까."

에일린의 등을 따뜻하게 두드려주고 크라는 방을 나갔다. 에일린은 덩그러니 남겨진 방을 잠깐 돌아보곤 욕실로 들어갔다. 크라의 말대로 욕조 안에는 따뜻한 물이 가득 담겨 있었다. 조심스럽게 피가 묻은 옷을 벗어 내리고 천천히 욕조에 몸을 담갔다. 마치 발가벗은 온몸이 따뜻한 물을 흡수라도 하는 것 같았다. 에일린은 탕 속에서 물이 몸인지, 몸이 물인지 모를 따스한 일체감을 느꼈다.

"하아……."

절로 입이 벌어지고 참지 못한 신음이 터져 나왔다. 부르르 몸을 떨던 에일린은 마른 어깨에 따뜻한 물을 끼얹으며 더더욱 깊숙이 욕조에 몸을 담갔다.

그녀가 살며시 눈을 감는 순간, 지난밤의 잔상이 떠올랐다. 피를 뒤집어쓴 채 살기를 숨기지 못했던 거대한 그의 뒷모습.

'……카잔.'

그는 마치 피에 굶주린 사나운 야수 같았다. 평소엔 더없이 점잖고 느른하게 움직이지만 사냥감 앞에서는 잠재웠던 사나운 성격을 모두 드러낸다.

늑대? 그런 걸로 감히 카잔을 비유할 수 없었다. 사자? 호랑이? 아니었다. 그 무엇도 그와 비견할 수 없었다. 그 어떤 짐승도, 괴수도. 그는 그저 독보적인 한 마리의 야수였으니.

에일린은 그의 강함이 좋았다. 겉으로 보이는 것보다 숨겨진 강함이 있다는 것도 어렴풋이 알 수 있었다. 에일린은 그의 손길 또한 좋았다. 굳은살이 단단히 박여 있는 거칠고 뜨거운 그의 손이 그녀에게 닿는 느낌이 좋았다. 그의 눈빛은 또 어떤가. 마치 먹이를 쫓는 사냥꾼처럼 그녀의 뒤를 쫓는 그의 눈길. 그를 보지 않고 있어도 그의 시선이 따끔따끔하게 느껴졌다. 그녀가 살아 있음을, 그의 눈길이 온전히 그녀에게 있음을 느끼게 해주는 그 시선…….

뜨거운 물의 기운 탓인지 에일린의 몸은 붉게 달아올라 있었다.

"……카잔."

에일린은 그저, 그가 좋았다.

씻고 나온 에일린이 방 안으로 들어왔을 때 카잔은 이미 침대에 누워 있었다. 에일린은 잠깐 당황했다. 두 사람이 누워도 넉넉할 정도로 커다란 침대였지만, 카잔이 그 한가운데를 떡하니 점령한 채 누워 있던 탓이었다.

그는 겹겹이 쌓아 올린 베개 위에 상체를 뉘이고 한 팔로 이마를 가린 채 느른하게 누워 있었다.

저 옆으로 가서 누워야 하나, 아니면 조금만 옆으로 비켜달라고 해야 하나 고민하는 찰나, 눈을 감은 채 그가 손을 까딱 흔들었다.

"뭐 해. 이리 와."

그는 너무나도 당연하게 한쪽 품을 벌려 그녀를 불러들였다. 멀건 얼굴로 그를 쳐다보던 에일린이 그의 곁으로 몸을 뉘였다. 그러자 곧 그의 두툼한 팔이 그녀를 옭아매듯 가두어 안았다.

이상한 건 에일린 그녀였다. 목욕으로 달아오른 몸이 아직 식지 않은 듯 더웠다. 그가 닿은 모든 부분이 화끈거렸다. 다행히 뺨에 닿은 그의 피부가 시원했다.

"……피부가 차가워요."

"찬물로 씻었거든. 열이 식지 않아서……. 추워?"

에일린은 가만히 고개를 저었다. 아침이 주는 고요한 공기 속에 적당한 긴장감이 섞여 있었다. 피곤함을 이기지 못한 그녀가 까무룩 잠이 들려는 찰나 카잔이 입을 열었다.

"에일린, 네가 몇 살이더라."

막 잠이 들려던 차였기에 에일린의 머릿속은 조금 굼뜨게 돌아갔다. 부스스 눈을 깜빡거리던 그녀가 속삭이듯 조용한 목소리로 중얼거렸다.

"지난달에 막 열여덟 됐어요."

그녀의 대답에 카잔은 만족스럽게 웃었다. 열여덟, 엑시움이 인정하는 성인의 나이였다.

느지막한 저녁이 돼서야 에일린은 허기를 느끼며 깨어났다. 언제 나간 건지 침대 위에는 카잔 없이 그녀 홀로 남아 있었다. 카잔을 찾아 밖으로 나오니 촌장과 크라, 그리고 카잔을 포함에 열대여섯 명의 사람들이 우글우글 모여 만찬을 즐기고 있었다.

"이리 와."

카잔은 쭈뼛거리며 밖으로 나오는 에일린을 제 옆으로 불러들였다. 그의 앞으로 에일린이 처음 보는 온갖 산해진미가 가득했다. 냄새마저 향기로운 갖가지 음식을 보고 있자니 허기진 배가 요동을 쳤다. 그런 에일린의 상태를 알고 있다는 듯 카잔이 그녀 앞으로 음식을 밀어주며 물었다.

"잠은 잘 잤어?"

"네."

"그래, 아주 푹 잔 얼굴이군."

그렇게 말하면 카잔은 에일린의 뺨을 매만졌다. 그 손길이 간지러워 베시시 웃던 에일린은 앞에 있는 먹음직스러운 미트볼 집어 들었다.

와하하하! 왁자지껄한 사람들의 목소리로 식당 안은 떠들썩했다. 무사히 돌아온 저마다의 무용담을 늘어놓으며 너스레를 떨어대고 있었다. 가만히 그들과 섞여 있던 촌장이 카잔에게 술을 따라주며 부촌장의 안부를 전했다.

"조금 전 부촌장한테 다녀왔다네. 자네한테 고맙다고 전해달라는군."

"······그렇습니까."

"그리고 이 은혜는 침묵으로 갚겠다는 말도 전해달라더군."

촌장은 그게 무슨 뜻인지 궁금해할 법도 한데 더 이상 묻지는 않았다. 대신 그저 다시 한 번 고맙다는 말로 모든 것을 덮어두었다.

카잔은 씁쓸하게 웃으며 잔을 가득 채운 마유주를 한 입에 털어넣었다. 그러자 잔을 내려놓기가 무섭게 에일린이 그의 옷가지를 잡아당겼다.

"카잔, 그게 뭐예요?"

"이거?"

에일린이 그가 들고 있는 빈 잔을 빤히 바라보고 있으니, 옆에 있던 칸이 끼어들며 대답했다.

"그건 우리 크라가 만든 특제 마유주지! 특별한 날에만 꺼내 마시는 거라고!"

"좀 독한 술인데······. 마셔보고 싶나?"

술이 뭐지? 뭐기에 특별한 날에만 꺼내 마시는 걸까? 호기심이 동한 에일린이 적극적으로 고개를 끄덕였다. 옆에서 보고 있던 촌장이 허허 웃으며 끼어들었다.

"오, 젊은 부인 술 좀 마실 줄 아나? 그렇다면 내 한잔 주지."

촌장이 기분 좋게 마유주를 따라 에일린에게 건넸다. 잔에 그득 담긴 뽀얀 술을 바라보던 에일린이 먼저 쿵쿵 냄새를 맡아봤다.

우유처럼 생겼는데 우유와는 다른 냄새가 났다. 하지만 뭔지 모르게 약간 고소한 냄새가 섞여 있었다. 입맛을 다시던 에일린이 조심스럽게 혀끝으로 맛을 봤다. 살짝 시큼했지만 고소하기도 했고, 달콤하기도 하고. 오묘한 맛이었다.

'근데 맛있어.'

혀끝으로는 감칠맛만 날뿐이었다. 에일린은 이내 목구멍으로 마유주를 시원하게 넘겼다. 탁! 호쾌하게 잔을 넘기는 에일린의 모습에 모두가 와, 함성을 터트린다. 그 소리에 쑥스럽다는 듯 헤실 웃음을 보인다.

"잘 마시는구먼. 자! 여기 한 잔 더!"

촌장은 호탕하게 한 잔을 더 따라줬고, 에일린은 다시 홀딱 그 것을 받아 마셨다. 신이 난 사람들이 촌장의 뒤를 이어 여기저기서 그녀에게 술을 따라줬다.

마침내 다섯 번째 잔을 비웠을 때 에일린이 탕, 소리를 내며 잔을 내려놓았고 그녀의 뺨은 발그레한 홍조가 올라와 있었다.

"한 잔 더."

술을 재촉하는 그녀 옆에서 카잔이 재미있다는 듯 잔을 따라줬다. 과연 알고나 덤비는 것인지……. 저렇게 마시면 혹 가기 십상이었다.

하지만 볼을 빨갛게 물들인 채 취기가 올라온 그 모습이 귀여웠던지라 카잔은 굳이 말리려 들지는 않았다. 뭐, 결국 에일린이 취해 쓰러지는 곳은 그의 품일 테니까 말이다.

그렇게 밤은 깊어갔고 자정이 될 때쯤 겨우 사람들이 돌아갔다. 카잔이 씻으러 나간 사이, 에일린이 다시 비틀비틀 식당으로 나왔다. 설거지하는 크라의 뒤에서 주섬주섬 테이블을 정리하니 크라가 깜짝 놀라 에일린을 말렸다.

"왜 나왔어? 아이고, 괜찮아. 들어가. 이제 이런 건 나한테 일도 아니야."

"도와드릴게요."

뺨을 발그레하게 물들인 에일린이 무딘 손끝으로 테이블을 닦았다. 괜찮다고 몇 번이나 말하던 크라가 이내 에일린의 고집에 선하게 웃으며 고맙다 중얼거렸다.

"그럼 테이블 정리만 부탁할게."

"네."

에일린은 평소보다 야무지고 씩씩하게 고개를 끄덕였다. 이리 저리 흩어진 테이블을 정리하고 또 뭐 할 게 없나 돌아보던 에일린의 시선에 조금 전, 그렇게 실컷 마셨던 마유주 병이 보였다.

"아, 남았다."

병에 자박자박 남아 있는 뽀얀 알코올을 보며 에일린은 입맛을 다셨다. 손은 이미 병의 입구를 잡아채고선 빈 잔에 탈탈 쏟아붓고 있는 중이었다.

"그나저나, 참 술을 잘 마시네. 그렇게 안 보이는데 주당이야. 전에도 자주 마셨어?"

"……."

"응? 에일린?"

물음에 대답이 없었다. 깨끗한 물에 그릇들을 헹구던 크라가 힐끗 뒤를 돌아보다가 저도 모르게 놀라 소리를 높였다.

"아이고! 그걸 또 마시고 있네!"

켁! 쿨럭쿨럭! 몰래 마시다 걸린 탓에 에일린은 사레들린 마른

기침을 쏟아냈다. 그런 그녀를 황당하게 쳐다보던 크라가 까르르 웃기 시작했다.

"마셔, 마셔! 뭘 놀라고 그래. 아유……. 더 줄까? 뭐, 안주라도 줘?"

기침과 부끄러움으로 얼굴을 발갛게 물들인 에일린이 웃으며 도리도리 고개를 저었다. 하지만 그 와중에도 들고 있는 술잔을 꼬옥 쥔 채 내려놓지 않았다.

"……이거 엄청 마시써요."

혀가 짧아져 있었다. 이미 맛이 가고 있다는 증거였다. 크라는 그런 에일린이 귀엽다는 듯 웃고 말았다.

"그래, 그래. 뭐든 맛있게 먹으니 보기는 좋네."

"마시써요, 크라가 만든 건 다."

기분이 좋았다. 아까도 좋았지만 어쩐지 지금은 더 좋아졌다. 몸이 붕 뜨는 기분이었다. 한 잔 더 마시겠다고 잔을 채우는 그때, 언제 나온 건지 카잔이 그녀의 손에서 잔을 빼앗아 들었다.

"그만."

"……카잔."

"그만 마셔."

젖은 머리를 수건으로 털어낸 그가 에일린의 손에서 잔을 뺏어 제 입에 털어 넣는다. 젖어 있는 검은 머리 아래로 카잔의 눈빛이 엄하게 빛났다.

"이거 완전 술꾼이네."

한쪽 눈썹을 비죽이 들어 올린 그를 보며 에일린이 배시시 웃으며 그의 말을 따라 했다.

"······술꾼이네."

"아까지 멀쩡하더니, 이제야 취기가 올라오나 봐. 얼른 데리고 들어가."

깔깔 웃던 크라가 두 사람을 방으로 내쫓았다. 못 살겠다는 듯 한숨을 내쉰 카잔이 에일린을 끌고 방으로 들어갔다.

"어지럽거나 그러진 않고?"

"그러진 않고."

헤실헤실 웃으며 에일린이 장난스럽게 대답했다. 그 모습에 결국 카잔이 웃고 말았다. 그녀의 뺨을 꼬집어 흔든 그가 침대 위에 그녀를 올려놓고 물잔을 내밀었다.

그에게서 잔을 받아든 그녀가 머리를 말리는 카잔을 빤히 올려다봤다. 왜 그러냐는 카잔의 시선 앞에 에일린이 발딱 일어나 그에게서 다가왔다.

"내가 해줄게요."

그렇게 말하며 에일린은 카잔에게서 수건을 빼앗아 들었다. 그러더니 조심스러운 손길로 그의 머리카락을 말려줬다.

"내가 항상 해주고 싶었어요."

"······."

"카잔."

"음?"

체념한 듯 카잔은 눈을 감은 채 나른하게 대답했다. 그의 대답 소리에 에일린은 숨죽여 웃으며 다시 그를 불렀다.

"카잔."

"응?"

그녀가 부르면 그가 대답한다. 그 사실이 가슴을 간질였다. 기분이 좋아진 에일린은 섬세한 손끝으로 그의 머리카락 사이사이를 매만지듯 쓰다듬었다. 평소라면 상상도 못 할 대담한 손놀림이었다.

그의 머리카락을 만지던 손가락이 천천히 아래로 움직였다. 굵은 목덜미와 탄탄하고 너른 어깨가 만져졌다. 어깨의 근육이 돌처럼 딱딱하게 굳어졌다.

"카잔, 카잔."

"⋯⋯."

혀끝에 기분 좋게 감기는 그의 이름을 노래하듯 부르며 그녀는 손가락을 내려 그의 등을 쓰다듬었다. 꿈틀거리는 근육이 손끝에 닿았다. 곧 그의 몸이 움찔하고 떨리는 게 느껴졌다.

"에일린."

카잔이 신음을 내뱉듯 에일린을 불렀다.

"네?"

"⋯⋯그만해."

그의 말에 잠깐 고민을 했지만 이내 고개를 내저었다. 그러고 싶지 않았다. 그리고 이상한 용기가 그런 그녀를 부추기고 있었다.

"싫어요."

고집스럽게 대답한 그녀가 까르르 웃었다. 나 지금 좀 미친 것 같아. 하지만 멈출 수가 없었다. 그녀는 지금 기분이 매우 좋았으니까. 그가 만져주는 것만 좋은 게 아니었다. 그를 만지는 것도 이렇게 기분이 좋았다. 에일린은 그렇게 실컷 그를 만지작거리다가 불쑥 고개를 숙여 옆으로 봤다.

"카잔."

볼을 붉힌 채 에일린이 그의 귓가에서 속삭였다. 감겨 있던 카잔이 눈꺼풀이 떠졌다. 깊고 어두운 눈빛이었지만 에일린은 사내의 그런 눈빛을 읽을 만큼 능숙하지 못했다. 그랬더라면 그 순진한 눈빛으로 이런 대담한 말을 하진 않았을 테니까.

"우리 그거 한 번 더 해요."

"그거?"

"응, 그거."

고개를 끄덕끄덕한 에일린이 그의 뺨을 두 손으로 잡아 저에게 향하게 했다. 술에 젖어 반짝거리는 눈이 감기더니 그의 입술에 제 입술을 가져다 댄다.

"이거."

슬며시 입술을 비비던 그녀가 수줍게 웃으며 몸을 떼어냈다. 만족스럽다는 웃는 그 모습에 얼이 빠진 것은 카잔이었다.

아아, 너를 어쩌면 좋을까.

카잔은 신음이 새어나려는 입술을 악다물어야 했다. 아무것도 모른다는 듯 순하게 웃고 있는 저 눈이 지금 그를 더욱 미치게 만들고 있었다. 고작 입 한번 맞췄다고 애가 닳았다. 작정하고 그를 꾀려 들었던 농염한 여자들에게도 느껴보지 못했던 초조함이 그를 괴롭히고 있었다.

"⋯⋯미치겠군."

이걸 어떻게 해줘야 하지. 아아, 정말 참아보려고 했는데, 참아보려 했는데⋯⋯.

"⋯⋯!"

왜 그러느냐는 듯 눈을 동그랗게 뜨는 에일린을 그대로 끌어안아버렸다. 얄실한 허리를 두꺼운 팔뚝으로 휘감은 그가 바람 하나 샐 틈 없이 그녀를 꽉 끌어안은 채 이를 갈았다. 참으려던 카잔의 고삐를 풀어버린 것은 에일린 본인이었다.

"카, 카잔. 숨 막혀요."

그의 팔에 짓눌린 탓에 에일린이 숨을 헐떡거렸다. 벌어진 입술 사이로 분홍빛 혀가 아슬아슬하게 그의 시야를 어지럽혔다. 카잔은 안고 있던 그녀를 그대로 침대 위에 눕혀버렸다.

"꺅!"

어느새 그에게 깔린 채 침대 위에 눕혀져 있었다. 잠깐 놀란 듯하던 에일린이 이내 까르르 웃음을 터트렸다. 뭐가 그렇게 즐거운지 오늘따라 웃음이 잦았다. 그게 저한테 위험한 줄도 모르고.

"내가 분명 말했지."

그윽한 카잔의 목소리가 방 안에 낮게 으르렁거렸다. 그는 참았던 숨을 토해내듯 거칠게 속삭였다.

"잡아먹히고 후회하지 말라고."

잡아먹다니, 나를? 에일린은 귓가에 윙윙거리는 카잔의 말을 되씹어봤지만 좀처럼 이해가 되질 않았다. 머릿속이 갑자기 빙글빙글 돌았고, 기분은 너무 좋아서 아무 생각도 하고 싶지 않았다.

그저 맞닿아 있는 뜨겁고 단단한 카잔의 육체가 좋았다. 아니, 그저 카잔이 앞에 있다는 사실이 좋았다. 그의 체온, 그의 향기, 그의 느낌이 에일린의 기분을 널뛰게 만들었다.

"카잔 나 잡아먹으려고요?"

"아마도."

"에이……. 그러지 마요. 나 맛없어요."

배시시 웃던 그녀가 크게 고개를 저으며 말했다. 피식 웃던 카잔이 고개를 내려 그녀의 귓불을 깨물며 중얼거렸다.

"글쎄, 그건 먹어봐야 알지 않을까?"

따끔하면서도 축축한 느낌에 에일린은 어깨를 움츠렸다. 귓가에서 바로 들리는 나른한 그의 목소리 때문에 온몸에 자잘한 소름이 돋아났다.

'이상해…… 카잔은 아무것도 안 했는데 온몸이 간지러운 느낌이야.'

그의 지분거림에 반응하는 몸의 감각들이 낯설었다. 에일린은 그 낯설고도 짜릿한 느낌에 키득키득 웃던 에일린이 고개를 들어 제 위의 올라타 있는 카잔을 멍하니 올려다봤다.

카잔이 지금 장난을 치고 있는 걸까? 하지만 그런 것치고는 그의 얼굴 위에 미소가 없었다.

에일린은 손을 더듬어 그의 양 뺨을 붙잡았다. 그녀의 서툰 손길에 가만히 있어주는 카잔이 좋았다. 그의 웃는 얼굴이 보고 싶었던 에일린은 그의 입꼬리를 들어 웃는 낯으로 만들었다.

"카잔이 웃으면 세상이 환해져요."

기가 막혀 하는 카잔을 향해 에일린이 순하게 웃어 보였다. 그러곤 뭐라 한마디 내뱉으려는 그의 입술을 제 손으로 더듬으며 그의 입을 봉쇄해버렸다.

"이 입술…… 되게 부드러운데."

에일린은 손끝으로 카잔의 입술 선을 세심하게 매만졌다. 부드러운 그의 입술을 한참이나 뜨겁게 바라보던 에일린이 기어이 그의 목뒤로 팔을 휘감으며 카잔을 끌어당기며 말했다.

"카잔, 우리 아까 그거 또 해요."

저가 얼마나 위험한 짓을 하고 있는지도 모른 채 카잔을 향해 입술을 졸랐다.

"……또 해요. 그거. 응?"

천진하고, 순진하고 순수한 얼굴로 그를 바라보며 중얼거리며 그를 유혹한다. 투명해서 더욱 치명적인 유혹이었다.

"안 봐준다."

"뭘 봐줘요?"

"네가 자초한 거야. 이제 봐주지 않아."

카잔은 의미심장한 말을 중얼거리곤 이내 눈앞에 먹음직스럽게 벌어져 있는 그 입술을 한입에 꿀꺽 삼켜버렸다.

"……!"

갑자기 밀어닥치는 카잔의 공격에 놀란 에일린의 작은 몸이 놀라 바르작거렸다. 움찔거리면서도 그의 입술이 주는 부드러움이 싫지 않은지 기분 좋은 신음을 낮게 흘렸다. 도톰하게 부풀어 오른 에일린의 입술을 빨아 당기며 카잔은 그녀의 옷 속으로 능숙하게 손을 집어넣었다. 실크처럼 매끄러운 살결이 기분 좋게 피부에 감겨들었다.

"으응."

그가 주는 신선한 쾌락이 썩 마음에 든 에일린은 어린 고양이처럼 가르릉거리는 소리를 흘려댔다. 술에 취한 건지, 그의 손길에 취한 건지 달아오른 얼굴로 순진한 미소를 흘려대니 카잔은 정말 매 초 미칠 지경이었다.

'이걸 참으면 넌 병신이야.'

카잔은 속으로 자신을 향해 합당한 변명을 지껄여주었다. 그러는 사이에도 쉴 새 없이 입술과 혀를 오가며 그녀의 정신을 말살시키는 것을 멈추지 않았다.

　적당히 맛있게 살이 오른 입술 안으로 카잔의 혀가 욕심껏 돌아다녔다. 겁을 내는 혀를 들어 올리고, 그 밑의 연한 살을 샅샅이 탐색하기도 하며 에일린의 입을 한껏 벌리게 만들었다. 달콤한 숨이 거칠게 차오르고 있었다.

　"하아. 으, 으응. 카잔, 카잔……. 숨 막혀요."

　"괜찮아. 입이 아닌 코로 숨을 쉬는 거야. 옳지. 그렇게."

　어린 제자를 가르치는 자상한 스승처럼 카잔은 그녀를 부드럽게 타일렀다. 하지만 그 달콤한 목소리와는 다르게 가느다란 목을 옭아매며 동시에 가녀린 허리를 바짝 제 배에 밀착시키는 손길은 거침이 없었다.

　"킥, 간지러워요."

　옷 안으로 슬그머니 침입한 손이 예민한 허리를 스치고 올라갔다. 제 몸 위를 유영하는 그의 손길에 에일린은 부르르 몸을 떨다 불현듯 제 옷이 어느새 홀렁 벗겨져 있는 것을 깨달았다.

　"나 옷이……."

　당황한 에일린이 눈을 둥그렇게 뜨고 그를 올려다보자 카잔은 이제껏 보여준 적 없는 신사적인 미소를 띤 채 그녀의 귓가에 속삭였다.

　"봐주지 않는다고 했잖아."

　도대체 뭘 봐주지 않는다는 걸까? 술에 취한 머리로 그것을 생각해보려 애써보지만 카잔이 그녀를 가만히 그리하게 두지 않았다.

"아, 음."

그의 입술이 야금야금 그녀의 목덜미를 핥고 빨아댔다. 그 와중에 그의 손은 수줍게 여물은 에일린의 가슴을 부드럽게 감싸 쥐며 주물러댄다.

크게 뜨여 있던 에일린의 눈이 꼬옥 감기는 순간이었다. 그의 입술이 움직일 때마다, 그리고 그의 손이 그녀의 몸을 쓰다듬을 때마다 머릿속이 하얘지는 것만 같았다. 숨이 가빠오고 온몸이 부르르 떨려왔다.

"아응……. 카잔 기분이 이상해요."

"어떻게 이상하지? 싫어?"

결코 싫은 것은 아니었는데, 숨이 벅차지고 다리 사이가 바짝 오므라드는 그런 기분이었다. 더군다나 카잔의 손가락이 그녀의 곤두선 젖꼭지를 두 손가락으로 꼬집을 때는 허리가 절로 튕겨져 올라왔다. 제 몸이 제 몸이 아니었다. 거기다 그 누구에게도 허락한 적 없는 몸의 곳곳을 그가 만져대고 빨아댔다.

싫다니. 아니었다. 결코 아니었다. 오히려 그 반대편에 가까웠다.

"말해봐, 에일린. 기분이 어떤지."

그의 입술이 가녀린 빗장뼈를 훑으며 점점 내려와, 봉긋하게 솟아오른 가슴을 맴돌며 속삭였다. 그가 말을 할 때마다 가느다란 숨결이 그녀의 가슴을 자극시켰다. 하악, 하악, 숨을 몰아쉬던 에일린은 제 가슴 앞에 있는 카잔의 머리를 꼭 끌어안으며 몸서리를 쳤다.

"……간지럽고 뭔가 부끄러운 기분인데."

"기분인데?"

"근데…… 좋아요. 으응, 좋아요."

에일린은 뺨을 붉게 물들인 채 멍하니 중얼거렸다. 그리고 그 말이 끝나기가 무섭게 그녀의 가슴 주위를 맴돌던 그의 입술이 덥석 그녀의 가슴을 베어 물었다. 이제까지와는 전혀 다른 쾌락에 에일린은 헉 하고 숨을 들이마셨다.

"아! 으……."

뜨겁고 질척하고 짜릿했다. 그의 입술 안은 말도 못하게 뜨거웠고, 동시에 그녀의 엉덩이를 주물럭거리는 손길은 매우 거칠었다. 그 간극이 그녀의 머리를 빙글빙글 돌게 만들었다. 제 양 가슴을 번갈아가며 애를 태우는 그의 입술이 너무 좋다 못해 까무라칠 지경이었다.

"귀여워. 정말 귀여워, 넌."

카잔은 봉긋한 둔덕 위로 솟아오른 조그마한 돌기를 혀로 섬세하게 핥고 빨며 중얼거렸다. 이 자그마한 돌기에 꿀이라도 발라 놓은 것 같았다. 달콤하고 부드러운 것이 딱 그의 입맛에 맞았다.

쾌락에 바들바들 떨리는 작은 몸이 그의 품 안에서 바스라질 것만 같았다. 평소의 그였다면 더욱 거칠고 거침없이 상대를 가질 것이었다. 하지만 에일린은 달랐다. 머리부터 발끝까지 신중하게 맛보고, 이 아이가 가지고 있는 모든 체취와 체온을 음미하고 싶었다.

"아, 응! 하읏."

에일린의 통통한 엉덩이를 주물럭거리던 카잔은 그녀의 양 허벅지 사이에 자리 잡은 샘으로 손을 옮겼다. 화들짝 놀란 에일린이 다리를 오므렸지만 점잖게 달래는 그의 손길에 조금씩 힘을 풀었다.

오, 이런. 흠뻑 젖어 있었다. 이 순진한 샘물이 언제 이렇게 젖은 건지 얇은 속옷을 모두 적셔버렸다. 검지로 젖은 그곳을 슬금슬금 문지르니 움찔움찔 잘도 떨어댔다. 그런데 이제껏 얌전히 그가 주는 쾌락에 몸을 맡기고 있던 에일린이 그의 어깨를 잡은 채 그를 막아 세웠다.

"아, 안 돼요. 카잔."

몹시 떨리는 목소리에 힐끗 에일린을 올려다보니 새빨개진 얼굴로 울듯이 그를 쳐다보며 고개를 도리질 치고 있었다. 술이 확 달아난 듯 맑아진 눈동자에 눈물이 그렁그렁했다. 그 순간 카잔은 아차 싶었다.

아, 내가 너무 성급했던 건가.

미안한 마음에 카잔은 손을 떼고 그녀를 품에 안았다. 생각해보니 세상에 갓 태어난 아이처럼 순진한 에일린한테 그가 너무 성급하게 굴었던 것 같았다. 하지만 그의 가슴 안에 갇혀 우물우물 쏟아내는 그녀의 말은 그가 전혀 예상하지 못했던 그것이었다.

"미안해요. 나, 나……. 실례를 한 것 같아요."

"뭐?"

"그러니까……. 내가……."

차마 끝까지 말을 못하고 우물거리던 에일린은 듣는 이도 없는 이 방에서 그의 귓가에 수줍게 제 실례를 털어놓았다.

"소변이 나온 것 같아서. 그래서……. 더러워서."

카잔은 저도 모르게 헛웃음이 나왔다. 너털웃음을 터트린 그가 품에 갇혀 있는 에일린을 꽉 끌어안았다. 그의 웃음을 곡해한 것인지 에일린의 얼굴이 더욱 새빨갛게 변한 것을 뒤늦게 발견한 그가 그녀의 눈꺼풀과 뺨에 입을 맞추며 오해를 풀어주었다.

"아니야. 에일린, 그곳이 젖은 것은 네 탓도 아니고, 네가 생각하는 그런 더러운 게 아니야."

그게 무슨 말이냐는 듯 깜빡거리는 두 눈꺼풀. 앞으로 그가 가르칠 것이 아주 많을 것이 자명한 눈빛이었다. 하지만 그마저도 어쩐지 즐겁게 느껴졌다. 어떤 걸, 어떻게 가르쳐줄까. 처음부터 끝까지 그가 알고 있는 걸로 그녀를 채울 생각을 하니 못된 즐거움이 그를 흥분시켰다.

"에일린, 네 몸이 나에게 반응한다는 표시야. 그건 절대 더러운 게 아니야. 네가 생각하는 그것과는 완전히 다른 물이야."

"……다른 물이라고요?"

"응. 전혀 다른 거지."

카잔은 그녀를 끌어안고, 그녀의 귓가에 은밀하게 속삭였다.

"그리고 많이 나올수록, 네가 많이 젖을수록 난 좋아."

이게 대체 무슨 말이지? 에일린은 그가 알려주는 새로운 상식에 눈을 크게 떴지만 아직 그것을 이해하기엔 경험이 터무니없이 부족했다. 거기가 그것을 배우려는 학구열 또한 잠결에 흐물흐물 녹아버리고 말았다. 온몸이 나른했고 너른 그의 품은 따뜻하고 든든했다.

"원한다면 더 알려주고."

카잔은 조금 들뜬 목소리로 에일린에게 다음 진도를 나가자 재촉했다.

"……궁금해요. ……그런데……."

"에일린?"

하지만 가늘어지는 그녀의 목소리가 심상치 않았다. 꼬물거리는 움직임도 잦아들었다. 힐끔 내려다본 카잔은 헛웃음을 보이며 절레절레 고개를 내저었다. 어느새 꼭 감겨 있는 눈, 새액새액 고운 숨을 내뱉고 있는 붉은 입술.

"넌 참…… 신기해."

카잔은 품에 안긴 그녀의 정수리에 입 맞추며 듣는 이 없는 독백을 중얼거렸다.

그 순간 카잔은 문득 생소한 불안감을 느꼈다. 이 작은 계집은 확실히 이제까지 그가 겪었던 그 어떤 여자와도 달랐다. 에일린과 함께 있으면 그는 더 이상 예전의 그가 아니었다. 처음 가져보는 느낌, 감정, 경험. 그런 것들이 차고 넘치게 그에게 몰려왔다. 감당이 안 될 만큼이나.

'감당이 안 돼?'

아니다. 그럴 리 없었다. 자신을 통제하지 못했던 적은 단언컨대 단 한 번도 없었으니까. 다만 지금 그는 에일린이 가지고 싶은 것뿐이었다.

'당신의 것.'

아니, 이미 그는 그녀를 가진 것일지도 몰랐다. 그래, 에일린은 그의 것이니까. 그러니까 내 것에 대한 그런 사랑스러움일 뿐일 것이었다.

내 것이니까. 그냥, 내 것이라서. 그래서 그런 거지, 감정은 없다. 절대 없었다.

"······그런 거라고. 알아들어?"

잠이 든 에일린의 귓가에 카잔은 심술궂게 속삭였다.

'난 절대 너에게 홀린 게 아니야.'

하지만 그렇게 말한 그의 두 팔은 절대 놓칠 수 없다는 듯 에일린을 단단히 결박하고 있었다. 절대 무너지지 않는 철옹성처럼, 단단하게 말이다.

그 시각 리츠가의 저택.

"흐음. 흐음. 흐으으음."

사냥에서 돌아오고 첸은 서재에 정확히 15시간을 처박혀 있었다. 그는 연신 신음 비슷한 콧소리를 내며 빠르게 어떤 낡은 책 하나를 읽고 또 읽었다. 자르디오로 오는 길, 우연히 낡은 고서적당에서 발견한 왕녀의 일기(Dolce's dairy).

어떻게 흐르고 흘러 그 낡은 고서점에 있었는지는 모를 일이지만, 이 책은 정말 왕실의 것이 틀림없었다. 왕실의 것이 아닌 이상 300년이나 지난 양피지의 보관이 이렇게 잘되어 있을 수가 없었다.

"그러니까, 왕좌는 아쉴만이 가질 수 있다······?"

그렇다면 현재의 왕도, 차기의 왕도 붉은 운명 '아쉴'이란 말이었다.

"대체 아쉴이 뭐죠?"

첸을 대신해 책상에 앉아 서류를 정리하고 있던 파비안이 문득 고개를 들어 물어왔다. 하룻밤 가출을 하고 돌아오더니 미친 듯이 무언가를 찾기 시작한 주인님의 입에서 드디어 그 정체가 나온 것이었다.

'아쉴.'

파비안으로서는 들어보지 못한 생소한 단어였다.

정보를 쥐락펴락하는 엑시움의 수장 중 하나이지만, 그들이 취급하는 정보는 오직 귀족의 더럽고 추잡스러운 비밀과 치정에 관한 것이었다. 첸과 달리 딱히 세상에 대한 호기심이 없는 파비안으로서는 딱, 필요한 정보만 모을 뿐이었다.

책에서 고개를 든 첸이 빙그레 웃음을 보였다.

"왕위 계승의 비밀이자……."

"이자……?"

"아주 오래된 저주."

"예? 저주요?"

"응."

첸은 고개를 끄덕이며 왕녀의 일기를 내려놓고 창가로 다가갔다. 먹구름에 가린 달은 오늘따라 은밀하기 그지없었다.

"왕족들은 대부분 탐스러운 금발을 가지고 있는 것은 알지? 나 같은 금발이 아니라 정말 황금처럼 반짝이고 샛노란 금발 말이야."

"네. 그래서 중의적 의미로 황금의 일족이라고 불리는 것 아니겠습니까."

"그래, 하지만…… 왕족 중에서도 선택받은 사람들이 있어."

잘 이해가 가지 않는다는 듯 파비안이 가만히 눈살을 찌푸렸다. 선택? 왕족이라는 것 자체가 이미 선택받은 운명이건만, 그 안에서도 선택을 받는다고?

"수많은 왕자 중에서도 오직 한 사람만이 달빛 아래 변화한다.

붉게, 붉게 변한다고 해서 붉은 운명이라고 불리는 그 사람. 바로 그 한 사람이 차기 왕이 되는 거지."

충격적인 이야기였다. 너무나 충격적이어서 쉬이 믿을 수가 없는 이야기였다. 파비안은 믿을 수 없다는 듯 잠시 숨을 멈추더니 조금 소리를 낮춘 목소리로 첸을 향해 물었다.

"그 선택받은 한 사람이, 아쉴이라는 겁니까?"

"그렇지."

"이상하군요. 단지 색이 변한다는 이유로 선택받았다는 건 조금⋯⋯."

"그렇지. 단. 지. 색이 변한다는 이유만이라면 왕좌를 탐내는 다른 후계자나 왕족이 죽이고도 남았을 테니까. 하지만 그게 다가 아니야. 아쉴에겐 아주 특별한 능력이 있어."

"특별한 능력이요?"

첸은 창가에서 멀찍이 떨어져 있는 파론의 우리를 쳐다봤다. 불이 환하게 켜진 그곳을 라이가 여전히 청소하고 있었다.

"괴수들을 통제하고 지배하는 능력. 비스트 마스터(beast- master)."

"예?"

"아쉴에겐 바로 그 능력이 있어. 그렇기에 아무도 왕좌에 도전하지 못하는 거지."

"괴수들을, 통제한다고요?"

파비안은 믿을 수 없다는 듯 인상을 찌푸렸다. 아무리 세상이 넓고, 말도 안 되는 신비하고 신기한 것들이 판을 친다고 하더라도 그런 능력이라니.

"예전에 왕궁에 숨어든 적이 있었던 거 기억나?"

"아, 예. 4년 전이지요."

그걸 어찌 잊겠습니까. 오래된 기억을 끄집어내는 첸의 말에 파비안이 떨떠름하게 고개를 끄덕였다. 호기심 덩어리인 주인님 덕에 목을 내놓고 다녀야 했던 때가 있었다.

'순백의 왕궁, 그라시아스.'

같은 수도에 있으면서도 말을 달려 한참을 들어가야 하는 베일에 싸인 왕궁. 뒤로는 괴수들의 둥지인 험준한 아르미르 산맥을 지고 있고 앞으로는 미로처럼 복잡한 정원을 지나쳐야만 들어갈 수있는 그런 신비한 곳이었다.

본궁에 들어갈 수 있는 것은 오지 고위 귀족과 왕족들뿐이었다. 그 외의 국가행사와 회의는 미로 같은 정원의 앞, 작은 소궁(小宮)에서 이뤄지고 끝이 난다.

"그때 내가 탈레스 경전을 훔쳐봤잖아. 카피를 해오고 싶었는데 그 어떤 마법도 통하지 않아서 얼마나 아까웠던지. 지금 생각해도 참, 멋진 모험이었어."

첸은 빙글빙글 웃으며 자랑스럽게 고개를 끄덕였다.

"저로서는 다시는 생각하고 싶지 않은 끔직한 악몽입니다."

"너는 너무 호기심이 없어서 탈이야. 쯧, 인류는 호기심으로 성장하고 호기심으로 발전한다고. 알아들어?"

"예, 예, 그렇죠."

"각설하고! 무튼 탈레스 경전 제일 앞에 있는 구절이 뭐였냐면 말이야."

첸은 기억을 더듬어 4년 전 읽었던 구절을 정확하게 기억해냈다. 그는 한번 읽은 것은 절대 잊어버리지 않았다.

특히 고도의 집중력을 발휘한다면 토씨 하나 틀리지 않고 모두 기억할 수 있는 비상한 머리를 가지고 있었다.

〔……누군가는 이미 천 년 전에 사라진 마녀의 저주라고도 했고, 또 누군가는 하늘의 축복이라고도 했다. 저주이건 축복이건 중요한 것은 살아야 한다는 것. ……그 붉은 운명의 승자는 과연 누가 될 것인가? 붉은 운명으로 태어난 자, 그 누구든 황금의 일족을 조심해야 한다.〕

읊조리는 첸의 말을 듣고 있던 파비안이 눈살을 찌푸렸다. 첸이 찌푸려지는 파비안의 미간을 흡족하게 바라봤다.

파비안은 똑똑한 사내였다. 가문 내에서 상당히 많은 형제가 능력 있고 빠릿빠릿한 파비안을 탐내는 것을 첸은 알고 있었다.

그런 파비안이었으니, 그가 읊어주는 구절에서 오는 이상함을 느낄 것이었다. 그리고 역시나, 파비안은 첸의 의도를 정확하게 파악하는 질문을 던졌다.

"붉은 운명, 그러니까 그 아셜이란 것이 왕족 단 한 사람이 아니라는 겁니까?"

"빙고!"

"그럼, 왕실의 저주라는 건……."

"여기, 이 귀중한 다이어리의 주인 돌체 왕녀가 하는 말이, 그녀의 오라비였던 제12대 선왕 카히트는 13세가 되는 해에 어떤 여자를 들여왔대. 그리고 카히트는 그 여자를 데리고 올 때부터 그렇게 사랑했대. 마치 처음 보는 사람이 아닌 것처럼…… 그렇게 끼고 돌았다고. 중요한 건 말이지…… 그 여자 역시나 달이 뜨면 모습이 변했다는 거야."

"……그럼 설마."

"그래, 아쉴은 두 명이야. 한 세대에 두 명."

손가락 2개를 좌악 펴서 보여주던 첸은 씨익 웃으며 파비안을
향해 다음 질문을 던졌다.

"자, 그럼 여기서 질문."

첸이 눈을 반짝이며 파비안을 바라봤다.

"그렇다면 왜 또 다른 아쉴, 그러니까 여기 쓰여 있는 '여자'는
왕비 혹은 왕자비라는 호칭으로 쓰여 있지 않은 걸까? 카히트 왕
이 그렇게 사랑했다는 여자는 도대체 어디로 간 거지?"

파비안은 첸의 말을 곱씹었다. 그러다가 불현듯 그의 비상한 머
리를 스치고 지나가는 한 구절을 중얼거렸다.

"붉은 운명을 가지고 태어난 자, 그 누구든 황금의 일족을 조심
해야 한다."

이런 똑똑한 자식……. 첸은 다시 한 번 흐뭇하게 제 수족을 바
라봤다.

"그렇군요. 여자는."

파비안은 턱을 문지르며 덤덤한 목소리로 깨달은 바를 중얼거
렸다.

"……죽는 거로군요."

"이게 말린 과일이고, 이건 가면서 먹을 도시락이야. 아, 그리고
이건 파블로 나무로 만든 수통인데 물을 깨끗하게 만들어줘. 여행
할 때는 이게 필수라고 하더라고."

"아, 저기……."

"아! 그리고 자르디오로 향한다고 했지? 그럼 수로(水路)를 이용하려는 거겠네? 잘됐네, 잘됐어. 마침 내 동생이 거기서 이동선(移動船) 사업을 하고 있거든. 꽤 크게 한다고 하니까, 아마 목적지로 가는 배편을 보유하고 있을 거야. 걔한테 이 편지를 보여주면 아마 군말 없이 잘 해줄 거야. 자, 이것도 들고 가."

에일린의 양손 가득 무언가를 안겨주고도 더 주고 싶은 건지 크라는 쉴 새 없이 무언가를 꺼내줬다.

양손에 차고 넘치는 물건들에 당황스러워하던 에일린이 어쩔 줄 몰라 하며 카잔을 올려다봤다. 이것을 다 받아도 되는 것인지, 어떻게 처리해야 할지 묻는 눈이었다.

두 사람을 지켜보고 있던 카잔이 하는 수 없다는 듯 슬쩍 한숨을 내뱉고는 에일린의 손에 들린 짐을 들어주었다.

"감사합니다만, 저희도 이 많은 것을 그냥 받을 수는 없습니다. 값을 치러드리겠습니다."

"아이고! 돈은 무슨! 됐어, 됐어. 내가 챙겨주고 싶어서 그래. 이렇게 마른 몸으로 여행을 다닌다는 것도 걱정이 되고. 또, 우리 마을이 두 사람에게 빚을 진 것도 있으니까."

펄쩍 뛰던 크라가 에일린의 손을 다독이며 다정하게 말했다. 카잔으로서는 공짜로 해준 일도 아니었고, 그로서도 부촌장을 완전히 구해준 것이라 말하기도 찝찝했던 탓에 이런 무조건적인 호의가 마냥 편한 것은 아니었지만 에일린을 보는 크라의 눈빛이 너무나도 따스했던 탓에 더 이상 돈 이야기를 꺼낼 수가 없었다.

"아프지 말고, 건강하고. 나중에, 정말 나아중에 인연이 닿으면 또 보자고. 응?"

두 손을 포개어 감사는 따스한 손길을 빤히 내려 보던 에일린은 가슴 한구석이 찌르르 울리는 것을 느꼈다. 어미가 있다면 이런 느낌일까. 크라가 주는 따스함은 카잔에게서 느끼는 것과는 조금 달랐다.

한참을 잡힌 두 손을 내려다보던 에일린이 크라의 손을 털어낸다 싶더니 팔을 크게 벌려 그녀를 끌어안았다.

"어, 어어."

갑작스러운 에일린의 행동에 그녀를 제외한 주변의 모두가 놀라 눈을 동그랗게 떴다. 하지만 에일린은 그런 것을 의식하지 못한 듯 마른 두 손으로 크라를 꽉 끌어안더니 기어이 그녀의 볼에 제 입술을 꾹 찍어 누르며 속삭였다.

"제가 더 감사합니다."

"……."

"고마워요 아줌마."

입술이 닿는 것은, 에일린이 아는 가장 친밀하고 따스한 접촉이었다. 생소한 그 접촉이 부끄럽고 어색하긴 했지만 에일린은 크라에게 저가 아는 것 중에 가장 살가운 인사를 해보이고 싶었다. 어쩌면, 이제 다시는 보지 못할 것을 알기에 더욱 용기를 냈는지도 몰랐다.

"건강하시길 바랄게요."

이곳에서 에일린은 새로운 삶을 시작했다. 단단한 껍질을 깨고 연약한 그 상태로 처음 새 삶에 발을 내디뎠을 때, 이 낯선 땅, 낯선 장소에서 처음으로 마주친 것이 크라였다.

"으이그, 주책없게 왜 눈물이 나누."

에일린의 품에서 떨어져 나온 크라는 시큰거리는 눈가를 손등으로 억세게 찍어 누르며 웃었다. 다 큰 어른이 무슨 눈물이냐며 핀잔을 주는 촌장의 말에도, 왜 그런지 크라는 계속해서 눈물을 찍어냈다.

"또 와. 꼭."

정이 많고, 말이 많고, 손이 따뜻한 크라 아줌마. 아무것도 모르는 천둥벌거숭이인 그녀에게 크라의 친절은 정말 굉장한 행운이었다고.

"네."

에일린은 진심으로 그렇게 생각했다.

호페를 떠나 말을 달린 지 얼마 안 됐을 때였다. 제 앞에 에일린을 앉힌 채로 함께 말을 타고 가고 있던 카잔이 문득 침묵을 깨고 입을 열었다.

"그, 인사."

"네?"

"크라한테 했던 그 인사. 볼에 한, 그거 말이야."

힐끔 올려다본 그의 시선은 전방에 고정되어 있었지만 그의 말투는 어딘가 모르게 조금 딱딱해져 있었다.

"네."

'그런데요?'라는 듯 에일린이 그를 빤히 올려다봤다. 점잖게 이맛살을 찌푸린 카잔은 그것도 모르냐는 듯 에일린을 빤히 내려다

보며 느릿한 목소리로 말했다.

"앞으로 아무한테나 막 그러지 말라고."

"크라 아줌마는 아무나가 아니었는데요?"

이제 제법 말대답도 한다. 동글한 눈을 되똥하게 올려 뜨며 말하는 에일린의 모습에 잠시 당황했던 카잔이 다시 힘주어 말했다.

"아, 물론 그래. 크라는 너한테 무척 친절했고, 여자인 데다가 중년이고…… 아니, 그게 중요한 게 아니라, 이제 앞으로 그런 인사하지 말라고."

생각을 읽을 수 없는 크고 맑은 갈색 눈이 몇 번을 깜빡거리더니 이내 알겠다는 듯 고개를 끄덕였다. 왜 그러느냐는 토도 달지 않은 채 얌전히 알겠다 순응하는 에일린의 모습이 썩 마음에 들었다.

만족한 카잔이 다시 길을 재촉하려는데, 에일린이 휙 고개를 올려 말똥거리는 눈으로 그를 올려다봤다. 할 말이 있는 눈이었다.

"그럼……"

"음?"

"앞으로 카잔한테도 하면 안 되는 거예요?"

아니, 그게 아니잖아. 카잔이 와락 인상을 찌푸리며 단호하게 말했다.

"말도 안 되는 소리. 나한테는 해도 돼. 난 아무나가 아니잖아."

"하지만 크라 아줌마도 아무나는 아니었잖아요."

순간 말문이 턱 하고 막혀버렸다. 뭐라 할 말을 잃은 카잔의 입 대신 반듯한 미간이 주름을 만들어내며 언짢음을 표출했다.

에일린의 말을 되씹던 카잔은 문득 기가 막혀 묻고 말았다.

"그럼 너는 나랑 크라가 같다는 건가?"

놀라운 사실을 깨달았다는 듯 화들짝 놀라 눈을 크게 뜬 에일린이 고개를 저었다.

"아뇨."

"그럼?"

"카잔은 유일하고 절대적이에요. 그 누구와도 같을 수 없어요."

에일린의 대답이 썩 마음에 들었다. 그는 만족스럽게 고개를 끄덕였다.

"그런 행동은 원래 좋아하는 사람한테만 하는 거야. 알아들었어?"

"그런 게 뭔데요?"

"입으로 하는 모든 접촉. 끌어안고, 입 맞추고 뭐, 그런 것들."

카잔의 설명에 에일린이 홍조를 띠며 더듬더듬 되물었다.

"카잔이랑 나랑 했던, 그런 것들이요?"

"응, 그렇지. 그런 것들."

카잔이 흡족하게 고개를 끄덕이며 에일린의 정수리에 입을 맞췄다. 아카시아 꽃향기를 닮은, 에일린 특유의 청명한 향이 느껴졌다. 이 향기는 카잔의 것이었다. 아니, 에일린 자체가 그의 것이었다. 그것이 새삼 매우 만족스러운 카잔이었다.

그러나 에일린은 여전히 잘 모르겠다는 얼굴이었다.

"그럼 크라 아줌마한테는 해도 되는 거 아니에요? 크라 아줌마는 아무나가 아닌 데다가 내가 좋아하는 사람인걸요. 그리고 크라 아줌마도 종종 다른 분들의 뺨에 입을 맞추던데요……."

에일린의 반박에 카잔은 또다시 말문이 막히고 말았다. 사실, 에일린의 말은 틀린 것이 없었다. 볼에 하는 가벼운 키스는 반가움을 표현하는 인사로도 잘 쓰이니까.

하지만 그렇다고 하더라도 카잔은 그런 사소한 것조차 타인과 에일린에게 양보하기 싫었다. 그게 솔직한 그의 마음이었다.

뭐라고 말하지, 어떻게 말하지. 복잡한 머리통을 숱하게 굴리던 그는 문득 모든 게 귀찮아졌다. 또한 아무리 에일린에게 구구절절 설명한다 하더라도 그녀는 모든 것을 다 이해하고 넘어가지 않을 것이었다. 그리고 그는 사실 침묵에는 일가견이 있지만 말을 꾸며 대는 일에는 재능이 없었다.

흥, 콧방귀를 뀐 그가 앞뒤를 잘라먹고 딱딱하게 말했다.

"그냥 나 말곤 아무하고도 하지 마."

아무 생각 없이 뱉은 말이지만 마음에 들었다. 그래, 결국 솔직한 게 최선이 되기도 했다.

카잔의 말에 에일린이 다시 고개를 갸웃거렸다. 그녀는 지금 머릿속이 혼란스러웠다.

"왜요? 좋아하는 사람한테 하는 거라면서요? 그럼 내가 좋아하는 다른 사람들한테 하면 안 돼요?"

"……."

무심하게 종알거리는 에일린의 말을 듣고 있던 카잔은 뒤통수를 후려치는 충격을 받고 말았다.

'내가 좋아하는 다.른. 사람'

세상에! 그런 걸 생각하다니! 말도 못하게 기분이 언짢아졌다. 고작 그 한마디에 카잔은 기분이 바닥을 치는 것을 느꼈다. 고요했던 그의 가슴 안으로 샛바람이 쉴 새 없이 드나들었다.

이 깜찍한 얼굴로, 오직 그만 바라볼 것만 같은 이 얼굴로, 이 입술로 숱하게 그의 이름을 부르짖었으면서 다른 사람이라고? 도무지 용납이 안 됐다. 저가 느끼는 이 감정이 뭔지도 모른 채 카잔은 몹시도 짜증 섞인 목소리로 단호하게 말했다.

"안 돼."

그의 딱딱한 목소리에 에일린이 힐끔 그를 올려다봤다. 뭐라 더 말을 하고 싶다는 듯 달싹거리는 그녀의 입술에 카잔의 시선이 내리꽂혔다. 그러더니 곧 카잔이 그녀의 턱을 들어 올렸다.

"읍……."

갑자기 몰아치는 그의 입술에 놀란 에일린이 팔을 버둥거렸다. 휘청하던 몸이 곧 카잔의 팔뚝을 잡고 안정을 취했다.

입안으로 날카로운 혀가 곳곳을 헤집었다. 입안을 삳삳이 휘저으며 에일린의 혼을 쏙 빼놓았다. 짧지만 강렬한 입맞춤에 에일린은 정신이 아찔했다.

"아…… 흡."

입술은 떨어졌지만 두 입술 사이를 오가는 간헐적인 혈떡거림은 여전히 이어져 있었다. 발갛게 달아오른 눈으로 에일린이 카잔을 올려다봤다.

"절대. 절대 안 돼."

그는 에일린에게 대답을 종용하듯 한 음절, 한 음절 힘을 주어 말했다. 얼떨결에 에일린이 고개를 끄덕거렸다.

그의 얼굴 위로 언뜻 만족스러운 빛이 스쳤다. 그것을 놓치지 않은 에일린이 다시 한 번 힘주어 말했다.

"절대 안 할게요."

그녀의 말에 카잔이 웃음을 보였다. 배부르게 먹고 만족한 포식자처럼 나른한 웃음이었다.

그의 웃음에 에일린은 가슴 한쪽이 간질간질한 것을 느꼈다. 아직, 숨이 가빠서 그런 것일까?

"좋아. 착하네."

부풀어 오른 에일린의 입술에 다시 한 번 짧게 입을 맞춘 카잔이 만족한 듯 다시 말을 재촉했다. 빨라지는 속도와 함께 바람이 일었다.

에일린의 향기가 코끝을 간질였다. 기분 좋은 아카시아 향. 도대체 이 몸은 어떻게 이뤄졌기에 이런 향이 나는 걸까. 이것도 그녀가 보름달 밤에 변하는 것과 관련이 있는 걸까? 문득 궁금증이 일었지만 이내 생각을 털어냈다.

붉은 운명이고 뭐고, 에일린은 에일린일 뿐이었다. 그의 손에 떨어진 탐스러운 작은 여자. 그만을 바라보고, 그에게만 매달리고, 그만을 쫓는 그의 것이었다.

카잔은 가진 게 별로 없었다. 그리고 가진 것이 별로 없는 만큼 저가 가진 것에 대한 애착과 소유욕이 남달랐다.

'나의 것. 내 것.'

그리고 어느새 그의 가슴 안에 에일린은 그의 것으로 각인되어 있었다. 에일린이 제 입으로 그리 말했고, 제 발로 그에게 뛰어들지 않았던가. 그는 절대 그것을 물릴 생각이 없었다.

그녀에게 느끼는 남다른 소유욕, 애착을 카잔은 눈치채지 못했다. 얼마나 깊숙이, 빠르게 빠져들고 있는지 스스로도 알 수 없었기에 그는 속절없이 에일린을 욕심내고 있었다.

9. 흐르는 물에 잠기 듯

승마가 생소한 에일린이 말에 익숙해지도록 천천히 걷던 것도 잠시. 문득 카잔은 저 멀리서부터 다가오는 거슬리는 누군가의 익숙한 기척을 읽고선 눈살을 찌푸렸다.

"에일린."

"네?"

"꽉 잡아. 달릴 테니까."

쯧, 혀를 찬 카잔은 두 팔 안에 갇혀 있는 에일린을 더욱 단단하게 붙잡았다. 그리고 그의 경고처럼 이제까지와는 전혀 다른 속도로 하와가 달리기 시작했다. 말의 탄력적인 근육이 요동치며 바람을 가르는 속도가 에일린의 귓가를 스산하게 스쳐 지나갔다.

당황한 에일린이 동그랗게 허리를 구부리며 손가락의 마디가 하얗게 질리도록 안장을 틀어쥐었다.

"왜, 왜 달리는 거예요?"

"성가신 게 쫓아와서."

상체를 구부리는 카잔으로 인해 저절로 에일린의 상체도 말의 목에 바짝 밀착되었다.

콧김을 내뿜으며 신나게 달리는 말의 목덜미에서 뜨겁게 요동치는 핏줄이 느껴졌다.

바람에 눈이 따가워지는 것을 느끼며 에일린은 실눈을 뜨고 힐끔 뒤를 돌아봤다. 하지만 그들의 뒤로 울창한 나무숲 말고 보이는 것은 아무것도 없었다.

"어……?"

아니, 아무것도 없었다. 불쑥, 무언가가 구불한 노란 길 위로 삐죽삐죽 튀어나오기 전까지는.

"어지간히 좋은 말로 달리는 모양이야."

힐끔 뒤를 돌아보던 카잔이 짜증 가득한 목소리로 중얼거렸다. 따라오는 속력이 아주 근소한 차이로 더 빨랐다. 두 말의 간격이 조금씩, 조금씩 가까워졌다.

카잔과 에일린을 태운 채 달리고 있는 하와도 매우 훌륭한 말이긴 했지만 두 사람을 태운 채 최고의 속력을 낼 수 있을 리 없었다. 이내 속력을 높이는 것은 무의미하다는 것을 느낀 카잔이 천천히 말의 속력을 내렸다.

"어- 이!"

그러는 사이 척 보기에도 날렵해 보이는 말을 탄 금발의 미남자가 머리를 흩날리며 두 사람을 따라잡았다.

'이 남자는……'

에일린은 따라온 첸을 보며 두 눈을 동그랗게 떴다.

"어휘! 못 따라잡을 줄 알고 식겁했지 뭐야. 하하! 집에서 제일 빠른 말이라고 했지만 설마설마했거든. 근데 진짜 빠르네! 아하하하!"

첸은 숨을 헉헉 몰아쉬며 넉살 좋게 웃는 하와의 옆으로 말을 붙였다. 카잔의 마음을 대신하듯 하와가 푸르르 거친 숨을 몰아쉬며 제자리에서 발을 굴렸다.

"용건이 있나?"

차가운 카잔의 목소리에도 아랑곳하지 않는 첸이 넉살 좋은 웃음을 보였다.

"오는 길에 들었는데 자르디오로 간다며? 같이 가자고, 같이. 길동무가 있으면 적어도 심심하진 않을 것 아니겠어?"

"심심하지도 않고, 수상한 길동무 따위도 필요하지 않아."

"수상하다니! 허, 그것참 섭섭하게 말하네. 우리 모두 같이 밤을 지샌 사이 아니……. 엇!"

눈 깜짝할 사이에 카잔의 날카로운 검 끝이 첸의 목덜미에 위협적으로 와 닿았다.

"자꾸 성가시게 하는 이유가 뭐지."

서늘하게 빛나는 카잔의 잿빛 눈동자는 별다른 동요가 없었다. 그것은 이미 결단을 내린 눈빛이었다.

'더 이상 성가시게 하면 죽인다.'

부분부분 날이 나간 두꺼운 검은 그다지 위협적이지 않았지만 눈앞의 이 남자가 가진 괴력은 꽤나 두려운 것이었다.

아마 저 검으로 자신의 목뼈를 으스러뜨리며 태연하게 목숨을 앗아갈 것이리라. 첸은 마른침을 꿀꺽 삼키며 검과 카잔을 번갈아가며 쳐다봤다.

'성질 한번 무시무시하군.'

이미 카잔의 뒷조사는 완료되었다. 베일에 싸인 부분이 적지 않았지만 적어도 이 사내가 사냥터와 전쟁터에서 잔뼈가 굵은 남자라는 것쯤은 쉽게 알아낼 수 있었다. 그 말인즉, 무언가를 죽인다는 것에 벌벌 떨며 두려워하는 그런 사내는 아니라는 것이다.

그렇지만 첸도 아무 방비 없이 무턱대고 이 괴물 같은 남자에게 들이댔던 것은 아니었다.

"으으. 무섭게 왜 이러실까? 자 봐봐, 에일린도 놀라서 눈을 동그랗게 떴잖아."

첸이 길쭉한 손가락을 들어 위협적인 검을 슬쩍 밀어내며 멍하니 앉아 있는 에일린을 가리켰다. 싱글싱글 웃는 낯의 첸을 보는 카잔의 눈길이 더욱 가늘어졌다.

"자, 그러지 말고 나랑 잠깐 이야기를 나눠보자고."

하지만 세상에 검과 힘 말고도 우아하고 깨끗하게 사람을 지배하고 파괴할 수 있는 절대적인 것이 있었다. 첸은 그것의 마력을 너무나도 잘 알고 있었고, 또 그것을 활용할 줄도 알았다. 첸의 넘치는 지적 호기심. 그것은 결국 그의 힘이 되었고, 그의 수완이 되었으니. 정보가 곧 세상을 지배하리라.

"내가…… 아주, 흥미로운 이야기를 들려줄 테니까."

찰나의 시간 동안 카잔은 눈앞의 이 곱상한 남자의 말을 과연 믿어야 하는지, 아니면 무시해야 하는지 치열하게 고민했다.

"……에일린이 죽을지도 모른다고?"

"음. 아직 100% 확신하기에는 자료가 조금 부족하긴 하지만……. 여하튼 알아본 바에 의하면 아쉴 여자가 19살을 넘겨 나타났다는 기록은 없어."

카잔은 의심을 거두지 못한 눈으로 첸을 노려보다 마지못한 어조로 물었다.

"그, 아쉴이란 것에 대한 기록이 정말 있기는 한 건가?"

전국 방방곡곡을 돌아다녔던 카잔조차도 에일린을 만나기 전까지 '아쉴'이란 말은 처음 들어봤다. 그나마도 어렸을 적 그 미친 할망구 때문에 알고 있는 것이었지, 그렇지 않았다면 평생을 몰랐을 것임이 틀림없었다. 사실, 할멈의 말도 이제까지 까마득하게 잊고 살았던 그였다.

"아주, 아아아주 희귀하지. 하지만 나한테는 그런 희귀한 자료를 모을 수 있는 천부적인 재능과 능력이 있거든."

첸은 녹색 눈을 빛내며 자신만만하게 웃었다.

"그 어떤 자료도 내 손에 넘어오지 않는 건 없어. 시간이 걸릴 수는 있어도 포기는 없으니까."

"모든 자료가 진실을 말하는 것은 아니지."

카잔의 날카로운 말에 첸이 호탕하게 웃었다.

"당신 말이 맞아. 하지만 기록에는 반드시 이유가 있는 법이야. 기록한다는 것은 무지하게 섬세하고 성가신 작업이거든. 설령 어떠한 기록이 진실보다 허구와 거짓으로 포장되어 있다고 하더라도 그 허구와 거짓에도 이유가 있기 마련이니까."

제법 의미심장한 말을 지껄이고 있는 첸을 보며 카잔은 다시 한 번 고개를 내저었다.

"네가 진실을 말하고 있는 게 아닐 수도 있지."

"음, 그렇지. 그것도 맞는 말이야."

제 입으로 자신이 거짓을 말할 수도 있다고 인정하는 것이 어처구니가 없었다.

하지만 아이러니하게도 그런 무덤덤한 인정이 처음으로 남자에게 약간이나마 신뢰를 느끼게 만들었다.

"네가 진실을 말하고 있다는 근거는?"

"프라이드."

카잔을 바라보던 첸은 오만하게 웃었다. 도톰한 입술에서 지금까지 들어본 적 없는 차가운 목소리가 흘러나왔다.

"나는 상인이지 사기꾼이 아니야. 거짓을 가지고 장난치면서 썩은 돈 따위를 추구하는 싸구려 행위 따윈 딱 질색이라고. 그런 건 하루살이 벌레들이나 하는 짓이니까. 고객의 니즈를 파악하고 꼭 필요한 사람에게 쥐여주기만 한다면 얼마든지 원하는 대로 가격을 취할 수 있는데, 내가 뭣하러 그런 품위 떨어지는 짓을 하지?"

첸은 카잔의 눈을 똑바로 바라보며 말했다. 나이는 많지 않지만 많은 사람을 부려본 자의 냄새가 났다. 드러낼 것은 드러내고, 숨기는 것은 숨기는 맑은 눈동자엔 총기가 가득했다.

카잔은 이런 부류를 알고 있었다. 계층이나 신분을 떠나, 자신의 머리와 영혼의 질서로 살아가는 부류. 육체의 고통이나 눈앞의 현실보다 자신의 이상과 생각에 따라 사는 족속들. 죽을 때까지 자신의 이상을 좇아 사는 매우 피곤한 종족. 하지만······.

"그렇다면."

카잔은 나무에 기댄 채 팔짱을 끼고 있던 그 자세 그대로 고개를 비뚜름하게 흘려 첸을 바라봤다.

"네가 우리에게 원하는 그 대가는 뭐지?"

'거래'를 하기에는 더할 나위 없이 괜찮은 부류들이었다.

"좋아. 이제야 얘기가 좀 통하겠어."

첸은 흡족하게 웃으며 굳어 있던 얼굴을 풀었다. 카잔은 그런 첸을 빤히 바라보며 무미건조하게 입술을 달싹였다.

"대가."

"간단해. 너와 나는 계속 거래를 하는 거야."

"거래?"

"내가 너에게 정보를 주지. 그것이 너에게 도움이 되고 말고는 내가 판단하는 게 아니라 너의 몫이야. 그것을 주고 내가 얻는 것은……."

말끝을 흐리는 첸의 시선이 저 멀리 2마리의 말과 놀고 있는 에일린이 담긴다. 갈색 말과 검은 말의 콧등에 뺨을 비비며 천진하게 웃고 있는 어린 여자.

곧바로 차가워진 카잔의 시선을 의식한 듯 두 손바닥을 펼쳐 보인 첸이 빙그레 웃으며 말했다.

"동행."

"……."

"난, 두 사람과의 동행을 원해."

에일린은 도무지 스스로를 믿을 수가 없었다. 창피하기도 하고, 억울하기도 하고……. 그녀는 복잡한 심정으로 배를 움켜쥐었다.

'밥 먹은 지 얼마나 지났다고 어떻게 또 배가 고프지?'

텅 빈 위가 바짝 쪼그라드는 느낌이 적나라하게 전해졌다. 조금 전, 한참을 달리던 세 사람은 볕이 좋고 판판한 바위 위에서 간단히 식사를 해결했다. '간단히'라고는 했지만 워낙 손이 큰 크라가 준비해준 도시락이었기에 푸짐하기가 여느 식당 못지않았다. 그런데 그 도시락의 반을 에일린이 먹어치웠는데도 불구하고 얼마 가지 않아 그 많은 것이 소화가 돼버린 것이다.

"왜 그래? 배 아파?"

배를 끌어안고 있는 에일린을 눈치챈 카잔이 섬세하게 물어왔다.

"아, 아뇨. 괜찮아요."

"근데 배는 왜 그렇게 잡고 있어?"

"그냥요."

"그래? 정말 아픈 건 아니고?"

"네, 아니에요."

에일린은 힘차게 고개를 저으며 자세를 바로잡았다. 아픈 게 아니라 고픈 거예요, 라는 말은 차마 입에서 떨어지지 않았다.

조금 더 달리던 카잔은 품 안에 안겨 있는 에일린의 귓가에 부드럽게 속삭였다.

"……아픈데 참는 바보 같은 짓은 하지 마."

귓가를 간질이는 카잔의 낮고 서늘한 목소리를 들으며 에일린은 부르르 몸을 떨었다.

카잔의 목소리, 작은 행동, 스치는 손길 하나하나에 에일린의 몸속에 있는 열꽃은 시도 때도 없이 피어났다. 고작 하룻밤 사이에 그녀의 몸은 마치 스위치를 켠 듯 빠르게 변했다. 온몸의 솜털 하나하나가 느껴지는 듯이 예민해졌고, 얼굴은 열이 나는 듯 뜨거워졌다가 식었다가를 반복했다.

그런데 더더욱 곤란한 것은 에일린의 몸이 이렇게 긴장과 이완을 반복할 때마다 텅 빈 배가 더욱 팽팽하게 조여온다는 것이었다. 에일린은 울상을 지으며 다시 아랫배를 끌어안았다.

'나는 돼지야. 돼지가 틀림없어.'

잠은 또 어찌나 많은지, 밥을 먹고 나면 꾸벅꾸벅 졸기 일쑤였다. 먹고, 자고, 먹고 자고를 무한 반복하는 저 자신이 가축장의 돼지와 다를 바가 없이 느껴졌다.

주린 배를 끌어안고 시무룩하게 풀이 죽은 에일린이 허리를 편 것은 그로부터 장장 두 시간이나 더 지나서였다.

"워- 어!"

야트막한 언덕의 끝에 멈춰 선 카잔이 거대한 산맥 아래 울창하게 군락을 이루고 있는 숲의 길목을 가리키며 말했다.

"오늘 밤은 저 숲의 초입에서 노숙을 해야겠어."

"에? 저기서? 노숙을?"

"더 이상 가봤자 사람 사는 곳은 안 나오니까."

단호한 카잔의 말에 첸이 말의 옆구리에 매어놓은 가방에서 지도를 꺼내 들었다. 첸의 가방은 신기하게도 그렇게 크지 않음에도 굉장히 많은 물건이 들어 있었다. 마정으로 만든 마도구의 일종이었는데 일반인은 구경도 못하는 것으로 전쟁 시 장군들이나 탐험가들이 쓰는 굉장히 고가의 상품이었다.

"흠, 앞으로 반나절은 더 달려야 작은 마을이 하나 나오는데……."

"더 가면 말들이 지쳐서 다음 날 힘들어."

단호한 카잔의 말에 첸이 고개를 끄덕여 수긍했다. 그는 이제 겨우 여행을 시작한 초보자였고, 이쪽은 평생을 떠돌아 살아온 사내였다. 이자가 저기라고 하면 저기인 거겠지.

카잔과 첸은 조금 더 말을 달려 숲의 초입까지 와서 멈춰 섰다. 먼저 말에서 내려 땅에 발을 디딘 첸이 나무로 만들어진 숲의 입구를 가리켰다.

"더 안 들어가?"

카잔은 가만히 고개를 내젓고 먼저 말에서 내리고 난 후 에일린을 향해 두 손을 뻗으며 말했다.

"이 지방의 숲은 밤이 되면 기온이 뚝 떨어져서 노숙을 하기엔 무리야. 그리고 여기가 강가에서 더 가깝고."

"강? 강이 있다고?"

첸이 눈을 동그랗게 뜨고선 요란하게 주변을 살폈다. 분명 저 멀리에서 봤을 때도 강은 보지 못했는데? 여기에 강이 있다고?

믿을 수 없다는 듯이 몇 번을 둘러봤지만 강은커녕 물소리 하나 들리지 않았다.

"대체 강이 어디 있다는 거지? 숲 안쪽에 있는 거 아냐?"

의심에 찬 첸의 말에 카잔은 귀찮다는 듯 두 사람을 이끌고 숲이 시작되는 옆길을 걷기 시작했다.

수풀이 무성한 그곳을 지나 주먹만 한 돌멩이들이 가득한 지점을 지나고 나니 희미하지만 물소리가 나기 시작했다.

그리고 곧 발목만 한 풀들이 무성한 평지가 나오고, 그 너머로 졸졸졸 물이 흐르는 강가가 빼꼼 모습을 보였다.

"……진짜 강이 나왔네."

첸이 우뚝 멈춰 선 채 신기하다는 듯 강과 카잔을 번갈아가며 쳐다봤다.

"전에 와본 적 있나 봐."

"아니."

"거짓말! 근데 어떻게 여기에 강이 있는 줄 알았지?"

"냄새."

"뭐?"

되묻는 첸이 귀찮다는 듯 카잔은 말의 등에 매어놓은 침낭을 푸르며 단답형으로 다시 말했다.

"물 냄새."

"물 냄새가, 났다고?"

믿을 수 없다는 듯 미간을 찌푸리는 첸의 옆에서 에일린이 콧잔등을 찡긋거리며 킁킁 냄새 맡는 시늉을 내봤지만, 그 '물 냄새'라는 것은 느껴지지 않았다. 카잔이 귀엽다는 듯 찡긋거리는 에일린의 콧등을 손가락을 콱 잡아당겼다.

"으앗."

코끝이 시큰거리는 것을 느끼며 에일린이 쌜쭉하게 카잔을 노려봤다. 그 매서운 눈길을 여유롭게 받아 넘기며 카잔은 특유의 못된 악당 같은 미소로 에일린을 바라봤다.

"……못됐어요, 정말."

"알아, 나도."

픽 웃던 카잔이 말의 등에서 침낭과 짐을 내리기 시작했다.

가끔 보면 카잔이 다정한 건지 못된 건지 헷갈릴 때가 있었다. 머리부터 발끝까지 푹 감싸 안아주는 것처럼 다정하다가도 그 단단하고 두꺼운 팔뚝으로 으스러트릴 듯 그녀를 끌어안아버리는 것처럼.

하지만 그게 싫은 것은 아니었다. 그녀를 향한 다정함에 비하면 그의 괴롭힘은 거대한 바위에 붙어 있는 이끼보다도 작았으니까.

그리고 무엇보다도 그녀를 툭 건들고 나서 마지막에 스윽 보여주는 그 웃음이 에일린은 미치도록 좋았다. 슬쩍, 입꼬리를 끌어올리고 나른하게 눈을 접어 웃는 못된 악당의 미소.

지친 말의 콧잔등을 쓰다듬으며 카잔을 노려보던 에일린은 이내 배시시 웃고 말았다. 그냥 카잔은 다 좋다. 절대적으로, 그의 모든 것이 좋았다.

'귀여워하는 방식 한번 참……'

옆에서 두 사람을 지켜보던 첸이 쯧쯧 혀를 찼다. 사실 첸도 여자에게 그다지 좋은 남자는 되지 못했다. 하지만 그렇다고 제 여자를 괴롭히며 좋아하는 취미를 가지고 있는 것은 아니었다. 어려서 첸을 교육했던 대고모 메레디아는 '레이디'를 대할 때는 손안에 쥔 달걀처럼 조심스러워야 한다며 누누이 강조하곤 했다. 거기다가 이제까지 첸이 마주한 여자들, 이를테면 사촌누이에서부터 이모님, 고모님들, 그리고 이제까지 그가 만난 여자들까지 모두 약간의 불만도 크게 부풀려 말하기 일쑤였고, 조금만 그가 무관심해져도 눈물 콧물을 쏟아내며 속상해했으니……. 첸으로서는 여자가 세상에서 가장 어려운 난제이며, 가장 조심해야 하는 종류의 그런 것이었다.

눈앞에 있는 이 작은 동물 같은 에일린은 제외지만.

"……초콜릿 먹을래?"

첸이 가방에서 꺼낸 초콜릿을 에일린 앞으로 불쑥 내밀었다. 동그란 눈이 초콜릿을 발견하자 반짝 빛이 난다. 아직 남아 있는 약간의 경계심이 달콤한 초콜릿 앞에서 무너지는 게 보였다.

'이 눈은 오히려 너무 투명해서 탈이지.'

조용히 기뻐하는 갈색 눈동자로 빤히 첸을 올려 보던 그녀가 손을 뻗는 그때, 첸이 재빨리 손을 거두어들였다. 갈 곳을 잃은 작은 손이 허공에 우뚝 멈춰 선다. 첸은 빙긋 웃으며 당황한 에일린을 향해 손가락 하나를 좌악 피며 말했다.

"첫 번째 규칙. 낯선 사람이 무엇인가를 호의로 주려고 한다면 의심부터 하라. 세상에 공짜는 없으니."

"……네?"

"특히, 그냥이라는 말은 더더욱 믿으면 안 돼. 어른들의 그냥은 진짜 그냥이 아닐 때가 많으니까. 그것이 이 세상의 치사한 이치지."

잔잔한 호수 같은 눈동자가 첸을 빤히 올려다봤다. 뭔가를 생각하는가 싶더니 몇 초가 흐른 후 총기 어린 눈동자로 되똑하게 대답했다.

"그럼 됐어요."

그런데 됐다, 라는 말이 나오자마자 그녀의 말에 반박하는 소리가 장하게 울려 퍼졌으니.

꼬르륵.

"……응?"

'이게 무슨 소리야?'라고 중얼거리던 첸이 주변을 확 돌아봤다.

말 등 위의 모든 짐을 내려놓고 잠자코 두 사람을 지켜보고 있던 카잔이 픽 웃음을 보인다. 그는 소리의 정체를 알고 있었다.

"방금 무슨 이상한 소리 나지 않았어?"

소리의 근원지를 찾는 듯 주변을 휘휘 둘러보던 첸이 다가오는 카잔을 향해 물었다. 눈썹 한쪽을 스윽 올리던 카잔이 첸을 지나쳐 에일린의 곁으로 다가왔다. 당황한 갈색 눈을 동그랗게 뜬 에일린이 제 배를 두 팔로 꽉 움켜쥐며 그를 올려다봤다.

"돼지 멱따는 소리였나? 아니, 하늘이 무너지는 소리 같았는데?"

쯧, 혀를 차던 카잔이 눈치 없이 호들갑을 떨며 주변을 살피는 첸을 돌아봤다.

"이봐."

"어? 못 들었어, 당신? 방금 하늘이 무너지는 소리가 났다고. 꾸르륵! 꾸룩! 이렇게!"

눈치가 없는 건지 아니면 일부러 그러는 건지 첸이 조금 전 그 소리를 과장하며 흉내 냈다.

눈살을 찌푸리던 카잔이 그의 앞으로 불쑥 손을 내밀었다.

"그거 좀 주지그래."

"어? 엉? 뭘?"

"그거, 손에 쥔 거."

첸의 앞으로 쫙 펼쳐진 굳은살 가득한 손바닥이 마치 어서 내가 가지고 있는 그것을 내놓으라는 듯 위협적이었다.

"뭐? 이거? 초콜릿?"

첸이 손에 쥐고 있는 초콜릿을 내려다보자 순식간에 카잔이 그가 쥐고 있는 그것을 낚아챘다. 한순간에 텅 비어버린 손바닥을 황당하게 보는 첸을 향해 카잔이 어깨를 으쓱했다.

"당신 말마따나 세상에 공짜는 없으니."

그의 말투는 무덤덤했고, 눈빛은 서늘했지만 그것과는 너무나 대조적이게도…….

"그러니 이건 에일린을 약 올린 대가쯤으로 하자고."

에일린의 작은 손에 초콜릿을 올려주는 손길은 더없이 부드러웠다.

"하! 참 나. 그게 배 곯는 소리였다니……. 그런 우렁찬 소리가 그 작은 몸에서 나왔을 거라고 누가 상상조차 했겠냐고! 어라, 음? 이쪽이 머린가? 아니 이쪽인가?"

홀로 남아 있던 첸이 불퉁거리며 마른 흙바닥 위로 어설프게 침낭을 깔았다.

"어라? 이게 왜 이래? 어라? 음? 이게 아닌가?"

침을 가지고 한참을 지지고 볶던 첸은 겨우 자리를 피고 장작불 옆에 자리를 잡고 누웠다.

"뭐 하나 쉬운 게 없구만. 그나저나 이것들 왜 안 오는 거야."

불쏘시개로 장작 안을 몇 번 뒤적거리던 그가 문득 눈을 가늘게 뜨며 강가 쪽을 노려봤다. 카잔과 에일린이 목마른 말들을 데리고 간 바로 그 방향이었다.

"치사하게, 이 남자 나만 떼놓고 도망간 건 아니겠지?"

보이지도 않은 길 너머를 한참이나 노려보고 있는 차에 갑자기 매캐한 연기가 그의 눈과 코를 찌른다. 역방향의 바람이 그를 공격했다. 덕분에 꼴사나운 눈물, 콧물이 올라왔다.

"으! 콜록콜록! 부채! 부채, 부채, 켁!"

부채 찾으랴, 눈물 닦으랴, 불씨 살리랴 또다시 한바탕 혼자 바삐 움직이던 첸이 간신히 자리를 잡고 앉았다. 가출해서 겪지 않아도 될 온갖 고생을 다 하고 있는 그였다.

"켈룩켈룩! 으윽……. 불 피우는 것도 쉬운 게 아니고만. 잠입조들의 임금을 올려줘야겠어."

새삼스럽게 바깥일 하는 부하들의 노고를 여실히 체험한 첸이 그네들의 임금 인상에 대해 심각하게 고민했다. 멍하니 불이 일렁거리는 것을 보고 있던 첸이 뒤늦게 벌여놓고 온 사고를 생각했다.

'파비안 그놈은 알아서 잘 해결하겠지?'

혼인 계약서를 들고 코앞까지 찾아온 마리아 타르페 백작 부인을 피해 저택을 빠져나온 첸이었다. 사실 충동에 가까운 탈출이었다. 즉흥적이고 자유로워 보이는 첸이었지만 이제까지는 그래도 어느 정도 적당히 타협하는 선에서만 일을 저질러왔다. 괜히 소동을 크게 벌려 눈에 띄는 일 따위는 사양이었기 때문이었다.

'하지만 결혼이라면 이야기가 달라지지.'

타오르는 불꽃을 바라보던 첸의 눈빛이 싸늘하게 바뀌었다. 그는 아직 누군가를 맞이할 생각도, 준비도 되어 있지 않았다. 그의 곁을 내어줄 여자에겐 많은 것이 요구되었다. 그것에 맞춰 그도 많은 것을 내어줄 작정이었다. 그러니 타인에 의해 강제로 진행되는 정략결혼은 절대 할 수가 없었다.

더군다나 이 정략결혼의 내정자는 본래 그가 아니지 않았던가?

그럼에도 불구하고 그를 의식한 몇몇 형제들이 작당을 하고 그에게 이 짐을 떠밀어버린 듯했다. 그중에서도 그의 바로 손위 후계자인 크리스의 견제가 상당히 거슬렸다.

"후계 자리 따위 관심 없다고 백번 말해도 소용없다니까. 멍청한 크리스 때문에 이게 대체 무슨 고생이야."

첸은 불쏘시개로 장작불을 뒤적거리다가 벌러덩 뒤로 누워버렸다. 그는 우아하지 못한 영역싸움에는 정말 관심이 없었다. 그가 하려는 일은 가문의 그것과는 완전히 다른 뜻을 품고 있었으니까. 그 위험한 욕심을 위해 가문의 힘을 이용할 수는 있겠지만, 그렇다고 가문 전체를 짊어지고 갈 생각 따윈 없었다.

할 일이 얼마나 많은데 고작 가주 자리 하나 갖자고 치고받고. 에너지 낭비일 뿐이었다.

하늘의 별이 빼곡하게 들어차 있었다. 바닥에 누워 하늘을 보니 그에게로 별이 쏟아지는 것만 같은 착각이 들었다. 한기를 달래주는 모닥불에 지친 등을 기댈 수 있는 땅과, 별이 박혀 있는 이부자리까지. 아무것도 없는데 모든 게 갖춰져 있는 느낌이었다. 모자람도 넘침도 없이, 그저 딱 알맞게.

"모두가 이렇게 살면 좋을 텐데 말이야."

첸은 기분 좋게 콧노래를 흥얼거리며 발을 까닥거렸다. 잠깐 분노에 찬 파비안의 얼굴이 떠올랐지만 이내 지워버린다. 쪽지라도 남기고 왔으니 알아서 잘하겠지. 카잔과 에일린이 오기 전까지 첸은 그렇게 모처럼 혼자만의 시간에 흠뻑 빠져 있었다.

에일린은 눈앞에 펼쳐진 강가의 모습을 경이로운 눈으로 바라봤다. 잔잔히 흐르고 있는 야트막한 강물은 달과 별의 빛을 받아 반짝거리며 일렁이고 있었고, 물이 흐르는 소리는 마치 음악처럼 그녀의 귓가를 간질였다.

사실 그렇게 크고 아름다운 강은 아니었지만 스타르테와 호페 외에 세상을 떠나본 적이 없는 에일린에게는 이렇게 웅장하고 아름다운 장관이 없었다. 거대한 물줄기는 살아 있는 듯 역동적이었고 그 뒤로 겹겹이 겹쳐진 산이 수려한 병풍처럼 든든하게 서 있었다. 에일린의 심장이 벅차게 뛰어올랐다.

"뭘 그렇게 멍하니 보고 있어?"

물가 근처 거대한 바위에 말을 묶어놓은 카잔이 멍하니 강줄기를 보고 있는 에일린에게 다가와 물었다.

"강이요. 예뻐요."

"그렇게 눈을 반짝이며 좋아할 정도는 아닌 것 같은데."

"아니에요. 무척 예뻐요. 반짝반짝. 보석처럼 빛나고 있잖아요."

조금 흥분한 듯 에일린의 말투가 빨라졌다. 살그머니 올라가는 에일린의 미소를 보던 카잔도 새삼스럽게 강을 다시 돌아봤다.

"……너무너무 예뻐요."

에일린의 말을 들으니, 이 평범하기 그지없는 강의 모습이 조금 특별해 보이는 것도 같았다.

에일린의 곁에 서서 차분히 흐르는 강물을 보고 있던 카잔은 문득 물속에 손을 집어넣더니 에일린을 향해 물을 튀겼다. 눈을 동그랗게 뜬 채 화들짝 놀라던 에일린이 작게 웃음을 터뜨리며 얼굴을 닦아냈다.

"갑자기 뭐예요."

"좋은 건 느껴봐야지. 자, 좀 더 느껴봐, 에일린."

카잔은 장난스럽게 말하며 에일린에게 연거푸 물을 뿌려댔다. 차가운 물방울에 놀라 몸을 움츠리던 에일린의 얼굴에 서서히 웃음이 번졌다.

"그만해요. 카잔, 이러면 옷이 다 젖는단 말이에요."

"뭐, 어때. 옷은 어차피 마르는걸."

"하지만 카잔이 사준 옷인걸요. 소중히 하고 싶어요."

야속하다는 듯 그를 흘기는 눈초리가 왜 여여쁜지 모를 일이었다. 수줍은 저 미소가 더 큰 미소로 번지는 것을 보고 싶었다.

카잔은 에일린이 더 많이 웃고, 더 많이 말하고, 더 많이 감탄했으면 했다. 신기한 것도, 감동할 것도 많은 저 풍부한 눈동자에 비하여 에일린은 기쁨을 표현하는 것에 인색했다. 아니, 그 방법을 잘 모르는 듯 언제나 수줍게 웃거나 떨리는 눈으로 멍하니 바라보는 게 끝이었다. 카잔은 그런 에일린에게서 더 많은 표정을 끌어주고 싶었다.

그녀가 놀라워할수록, 그녀가 기뻐할수록 그것을 다 담아내지 못하는 에일린의 억눌린 표정이 이상하게 그를 안타깝게 만들었다. 그가 때때로 그녀를 짓궂게 놀리는 이유 또한 어쩌면 그녀에게서 즉각적인 반응을 보는 게 즐거워서 그러는 것일 수도 있었다. 누군가에게 이런 감정을 느껴본 적은 처음인지라 이게 정확히 어떤 감정인지는 모르겠지만, 어쨌든 카잔은 에일린을 그냥 두고 볼 수가 없었다.

저절로 손이 갔고, 저절로 그녀를 도와줬다. 자기도 모르는 사이 카잔은 항상 에일린에게 신경을 쓰고 있었다. 에일린을 처음 구해주었던 그날 밤, 그때부터 지금까지…….

에일린을 잡고 있던 팔을 놓아준 카잔이 입고 있던 상의를 벗어 저 멀리 뭍으로 던져버렸다. 넓게 펼쳐진 어깨 아래 강인한 근육들이 꿈틀거리는 가슴이 달빛 아래 훤히 드러났다. 군살이라곤 하나 없었고, 온갖 상처들이 빼곡한 그의 몸은 군신(軍神)처럼 아름다웠다. 성큼성큼 물 안으로 들어간 그가 달빛을 등지고 그녀를 돌아봤다.

"이리 와."

그가 에일린을 향해 팔을 뻗으니 불필요한 살은 단 하나도 붙어 있지 않은 근육질의 상체가 유연하게 움직였다.

"……."

떨리는 눈으로 그를 올려 보고 있는 에일린을 향해 카잔이 한 번 부드럽지만 강인한 어조로 그녀를 불렀다.

"이리 와봐, 에일린."

에일린은 홀린 듯이 그를 향해 다가갔다. 발목이, 장딴지가, 그리고 마침내 허벅지까지 물에 잠겨들었다.

그러나 거기까지였다. 에일린은 망설이며 여전히 그녀를 향해 뻗어 있는 카잔의 손을 쳐다봤다. 카잔은 서두르지 않고 그녀를 기다려줬다. 앞으로 나아가기 위해 마지막 한 걸음이 어렵다는 것을 그 또한 왜 모르겠는가.

"뭐가 그렇게 두려운 거지? 내가 두려워?"

아니라며 에일린은 고개를 내저었다. 카잔은 그런 에일린을 향해 웃어 보였다. 서늘하고 강인한 눈동자가 휘어지니 세상 그 어떤 것도 두려울 것 없이 든든하게 느껴졌다.

에일린의 가슴이 다시 한 번 세차게 뛰었다.

"너는 아직도 너무 갇혀 있어, 에일린."

"갇혀, 있다고요?"

"이제 그 누구도 너를 가두지 않아. 괴롭히지 않아."

순간 에일린의 귓가에 바람처럼 살고 싶다던 어머니의 목소리가 이명처럼 다가왔다. 머무르고 떠나는 게 자유로웠던 그녀의 어린 시절은 그 언젠가 꿨던 꿈과 같이 아스라한데, 가축처럼 갇혀 살던 지난 몇 년은 아직도 그녀 안에 선연하게 남아 있었다. 에일린은 잔인한 과거가 할퀴고 간 상처가 욱신거리는 것을 느꼈다.

지끈거리는 가슴 위를 움켜쥐는 에일린을 향해 카잔이 다시 한 번 손을 뻗으며 말했다.

"그러니 너 자신을 좀 더 해방시켜줘. 내가 도와줄 테니."

해방. 순간 가슴속에 뭔가가 뻥 뚫리는 것을, 에일린은 똑똑히 느낄 수 있었다. 그토록 그녀가 갈망하던 자유의 바람이 가슴속에 휘몰아쳤다. 그녀를 짓누르던 녹슨 자물쇠가 바스라지고 꽁꽁 닫혀 있던 마음의 문이 활짝 열리는 해방감을 느끼며 에일린은 카잔의 품으로 성큼 뛰어들었다.

"잘했어, 에일린."

단단한 두 팔고 그녀를 안아 올린 카잔이 그녀를 향해 씩 웃어 보였다. 그 미소를 보고 있자니 에일린은 가슴께를 압박하는 물의 압력이나 낯선 감각들이 전혀 두렵게 느껴지지 않았다. 생경한 감각들이 파도쳐 밀려오는 것에 대한 은밀한 기대감이 피어올랐다. 에일린은 벅찬 감정을 이기지 못하고 수줍은 입매를 환하게 끌어올려 웃었다.

"이상해요 몸이 둥둥 떠 있어요."

"춥진 않고?"

"네. 기분 좋아요."

물의 저항력이 온몸으로 느껴졌다. 낯선 감각의 파도에 몸을 맡기며 에일린이 카잔의 목에 손을 두르며 부르르 몸을 떨었다. 기분이 좋을 때면 나오는 에일린 특유의 습관이었다.

마치 어린 고양이가 기지개를 켜듯 바르르 진동하는 그녀의 몸을 느끼며 카잔은 크게 숨을 들이켰다. 한없이 순진하고 나른한 몸짓이 도리어 그를 은밀하게 유혹하고 있었다.

젖은 머리카락이 찰싹 달라붙어 있는 가느다란 목덜미를 바라보던 카잔이 이내 그곳으로 깊게 입술을 묻었다. 목덜미에 묻어 있는 물방울을 혀로 핥아 내리니 에일린이 움찔 놀라 그의 목을 더욱 힘주어 끌어안았다. 미약한 숨을 헐떡거리던 에일린은 천천히 고개를 내려 물에 젖어 있는 흑색의 눈을 지그시 바라보며 배시시 웃었다.

유리로 만든 인형처럼 조금만 힘을 쥐도 바스라질 것 같은 미소였다. 그 미소를 보고 있는 카잔은 어쩐지 가슴이 아려왔다. 차가워진 두 손으로 카잔의 뺨을 들어 올린 그녀가 그의 입술에 보드랍게 입 맞추며 웅얼거렸다.

"좋아하는 사람에게만 하는 거, 맞죠?"

그와 눈을 맞추며 에일린은 해사하게 웃었다. 그 사랑스러움에 신음을 흘린 카잔은 입술이 그녀의 입술 안쪽으로 빨려 들어갔다. 작은 입술 안쪽을 정신없이 탐하고, 약탈했다.

숨을 헐떡거리면서도 그를 받아주려 애쓰는 에일린을 보며 카잔은 다시 한 번 가슴이 뜨겁게 요동쳤다. 그녀를 향한 욕망과 욕심, 그리고 정체를 알 수 없는 마음이 그를 죄여왔다.

뭘까, 이게 뭘까. 너는, 내게 뭘까. 에일린…….

타르페 가문의 미망인 마리아 타르페를 마을 어귀에서부터 에스코트해 돌아온 파비안은 텅 비어 있는 주인의 서재를 보며 잠시 지끈거리는 관자놀이를 문질렀다.

"하아, 정말 쉴 틈을 안 주시는군."

수백 골드를 지불하며 사들인 최고급 오크 책상 위에 덩그러니 놓여 있는 성의 없는 쪽지 하나. 그것이 파비안을 더욱 분노케 했다.

[가출 중. 그라시아스에서 봐.]

주인 첸의 욕심과 야망을 알고 있는 유일한 이가 파비안이었다. 나라를 쥐락펴락하는 리츠의 권력과 부 따윈 관심 없는 주인이었다. 가지고 있는 것을 이용은 하겠지만 이것을 위해 이용당할 생각 따윈 눈곱만치도 없는 그였으니 아마 정략결혼을 눈치챘을 때부터 이런 사고를 칠 생각을 하고 있었을지도 몰랐다.

"……그래도 이런 극단적인 방식은 아니지 않습니까."

파비안은 으득 이를 갈며 손에 쥐고 있는 종이를 구겨 휴지통에 던져 넣었다. 귀한 손님이라면 귀한 손님일 수 있는 마리아 부인을 상대하는 것은 이제 온전히 파비안의 일로 남았다.

파비안은 부인이 기다리고 있을 응접실로 걸음을 옮기며 빠르게 머리를 굴렸다. 부인의 심기를 거스르지 않으면서 이 위기를 벗어날 방법을 찾아야 했다.

'자, 이제 어쩐다.'

조용한 저택 복도의 끝, 화려한 응접실 앞에 다다랐을 때쯤 파비안의 영특한 머리가 단순하고 명쾌한 해답을 찾아냈다. 그는 빙그레 웃으며 거대한 나무 문을 열고 안으로 들어섰다.

"아, 파비안 공. 그대의 주인은 어찌 손님이 왔는데 모습 한번 보이지 않는 건지요."

화려하게 치장한 미망인 마리아가 짜증 가득한 얼굴로 성급하게 파비안을 재촉하고 나섰다. 한눈에 봐도 허영과 욕심이 가득한 여자였다. 파비안은 그녀를 향해 더없이 정중하고 군더더기 없는 미소를 보이며 말했다.

"죄송합니다, 백작 부인. 저희 주인님께서 맡고 계신 리츠금고 중앙 지사에 급한 일이 터져서 방금 전에 자리를 비우셨다고 합니다."

마리아의 미간이 단숨에 구겨졌다. 여기까지 오는 데 자그마치 20일이나 걸린 그녀였다. 물론 출발하고 나서 전보를 치긴 했지만 그래도 저와 결혼할지도 모르는 여자가 오는데 어떻게 자리를 비울 수가 있는지. 그깟 일이 저보다 더 중요하단 말이지 않은가!

마리아는 수치스러움에 얼굴이 붉어졌다. 저보다 10살이나 어린 애송이에게 재가가 결정되었을 때 썩 기쁘지만은 않았다. 하지만 그가 리츠 후계 서열 7번째라는 말에 그 달갑지 않은 마음은 고이 접어두었다.

파르페 가문 또한 재력으론 뒤처지지 않는 곳이었지만, 그 안에서도 마리아는 내놓은 자식에 속했다. 가주가 젊었을 때 만난 시골

처녀에게서 낳은 혼외 자식이었기 때문이다. 실수를 인정한 가주가 파르페를 제 호적에 옮겨주었지만 다른 형제들에 비하여 그다지 만족할 만한 삶을 살지는 못했다. 한껏 멋을 내고, 욕심껏 사치를 부려도 형제들은 저를 언제나 싸구려 취급했다. 그녀가 결혼했던 시나시오 백작은 그런 마리아의 사치를 감당하지 못해 파산을 신청했고, 결국 그녀는 파혼을 당했다.

엑시움 최고의 가문 리츠는 후계들 간의 서열로 재산을 분배했고, 최고위의 서열은 곧 차기 가주가 된다는 말이었다. 체니오는 7번째 서열을 가진 사내였다. 아주 높지도 않았지만, 그렇다고 무시할 수 있는 수준의 위치는 아니었다. 적어도 마리아가 평생 놀고먹어도 될 만큼의 재산은 가지고 있을 테니까.

하지만 그렇다고 그녀가 이런 취급을 용인할 수 있는 것은 아니었다.

"정말 불쾌하군요. 그대의 주인은 원래 이리도 경우가 없습니까?"

"제 불찰입니다. 깊이 사과드리겠습니다."

파비안은 깊숙이 고개를 숙이며 절제된 정중함으로 그녀에게 사죄를 표했다. 하지만 고작 그런 걸로 부인의 화를 누를 수 없음을 알고 있었다.

붉어진 안색으로 부들부들 떨고 있는 마리아를 향해 파비안은 저가 더 속상하고 안타깝다는 듯 능숙하게 표정을 바꾸며 말했다.

"주인님께선 직접 부인을 맞이하지 못하신 것을 굉장히 안타까이 여기시며 부인께 최고의 대우와 최고의 접대를 하라 신신당부

하셨습니다. 연약한 몸으로 이곳까지 오시느라 얼마나 고단하셨습니까? 저희 저택에서 그런 부인을 위해 준비한 것들이 있습니다."

"준비한…… 것들?"

파비안의 말에 마리아의 얼굴이 움찔하며 흔들렸다. 그 틈을 놓치지 않은 파비안이 빙긋 웃으며 마리아를 향해 성큼 다가왔다. 단숨에 가까워지는 파비안의 기세에 마리아는 잠시 놀란 듯 숨을 들이켰다. 정중하게 고개를 숙이고 있는 모습만 봐서 몰랐는데, 파비안은 무척이나 장신이었고, 짙은 눈빛을 가진 사내였다. 누군가의 명령을 받는 남자라기보다는 오히려 누군가의 위에 군림할 것 같은 그런 고고한 기백이 느껴졌다.

'고작 집사 주제에 이런 눈빛이라니…….'

날렵한 그의 눈빛 아래에 선 마리아는 마른침을 꿀꺽 삼키며 상기된 얼굴로 그를 쳐다봤다.

"분명히 부인께서 만족하실 만한 것들입니다. 그러니 부디……."

한층 가까워진 파비안이 마리아의 손등에 정중하게 입을 맞추며 속살거렸다.

"주인님의 성의를 생각하시어, 저희 측의 선물을 받아주십시오."

은근한 눈빛으로 친절하게 말하는 파비안의 태도에 마리아의 눈빛이 사정없이 흔들렸다. 그녀는 곧 붉어진 얼굴로 고개를 끄덕였고, 고개를 숙인 파비안은 비밀스럽게 웃어 보였다.

파비안이 주인을 위해 미망인의 손등에 억지 키스를 하며 맡은 바 소임을 다하고 있을 때, 그의 존경하는 주인 첸은 우아하지 못하게 입을 쩌억 벌리며 억 소리를 내고 있는 중이었다.

"으하! 놀랍다, 진짜! 도대체 그 많은 음식이 다 어디로 들어가는 거야?"

그를 이렇듯 우아하지 못한 꼴로 놀라게 한 인물은 그 앞에서 순식간에 성인 남성 3인분에 달하는 음식을 해치운 에일린이었다. 구운 돼지 뒷다리 하나와 맑은 양송이 수프 두 그릇을 싹싹 비우고 숲에서 구해온 야생딸기를 한 바가지나 더 먹고 있던 에일린이 첸의 경악에 우물거리던 입을 멈췄다.

"네?"

"네가 방금 먹은 돼지 뒷다리 하나가 얼마나 컸는지 기억 안 나, 에일린? 어떻게 네 몸의 반절만 한 걸 먹어치웠는데 이렇게 평온한 얼굴이지? 배 안 불러?"

기억 안 나는데…….

에일린은 얼굴을 붉힌 채 지그시 입술을 깨물었다. 그냥 들어가기에 계속 집어넣었다. 더군다나 고기는 언제 먹어도 꿀맛 아닌가. 그렇게 먹다 보니까 다리 한쪽을 다 해치웠다. 하지만 그래도 배가 차지 않아 야생딸기까지 해치우고 있는 중이었다.

"괜찮아. 더 먹어. 그깟 돼지쯤이야 한 마리 통으로 더 먹어도 돼."

"아니에요. 이제 배불러요."

남은 딸기에서 눈을 떼지 못한 채 에일린이 괜찮다 말했다. 미련이 뚝뚝 떨어지는 그 눈길에 카잔이 웃고 말았다.

"지금 안 먹으면 이거 버린다?"

"음, 버리면 아까우니까 그건 다 먹을게요."

협박 같지 않은 협박에 홀랑 넘어간 에일린이 다시 딸기 바구니를 품에 안고 집어 먹기 시작했다. 그 모습에 첸이 감탄을 내뱉는다.

"와, 그러니까 아직 더 들어갈 공간이 있다는 말이네? 와, 진짜 엄청나네. 엄청나."

울상을 지은 그녀가 다시 바구니를 내려놓으려고 하자 카잔이 그를 저지하며 첸을 못마땅한 시선으로 흘겼다.

"예의가 없군, 당신. 먹고 있는 숙녀한테 많이 먹는다는 말이나 하고."

그제야 첸이 아차 하는 표정으로 제 입을 때렸다. 그렇다, 원래 이런 말은 실례였다.

"아, 미안, 미안. 내가 실수했어. 후…… 아무리 에일린이 한 끼에 성인 남자 3인분을 거뜬히 해치운다고 해도 그런 말을 소리 내서 하는 것은 아니었는데 말이야. 아무리 어마무시한 양을 먹고도 늘씬한 몸을 유지하는 게 놀랍더라도 면전에 대고 이런 말을 하는 건 실례였어. 점잖게 속으로 놀랐어야 하는데."

"……미안해요. 내가 너무 많이 먹죠?"

"아. 아냐, 아냐. 미안할 일은 아닌데 말이야. 내가 좀 놀라서 말이지. 원래 그렇게 많이 먹었어?"

에일린은 서둘러 고개를 도리질 쳤다.

"그냥, 요즘 들어 부쩍 배가 고파요. 먹어도 금방 꺼지고……. 역시 좀 이상하죠?"

"흠, 요즘 들어, 란 말이지."

그녀의 말에 생각에 잠긴 듯 잠시 턱을 문지르던 첸이 불현듯 에일린을 요리조리 훑어보기 시작했다. 머리부터 발끝까지 차근차근 훑어보는 첸의 시선에 카잔의 미간이 좁혀질 때쯤 그가 손바닥 위에 주먹을 탁 내리치며 말했다.

"성장기네."

"네?"

"⋯⋯성장기라고?"

"응, 성장기. 당신은 매일같이 붙어 있었다고 잘 못 느꼈는지 모르겠지만 난 보자마자 에일린이 뭔가 달라졌다고 느꼈거든. 생각해보니 간단해. 키가 컸어. 워낙 말라서 젖살이 빠진지는 모르겠지만 몸 라인도 좀 달라졌고. 어때, 그렇지?"

첸의 말을 듣고 보니 카잔 또한 에일린이 조금 자란 것 같기도 했다. 더군다나 첸은 모르겠지만 카잔은 알고 있었다. 저 헐렁한 옷 너머로 에일린의 몸이 얼마나 성숙하게 영글어있는지.

부드러운 속살의 탱글탱글한 감촉이 떠오르자 카잔은 저도 모르게 옆에 앉아 있던 에일린의 허리를 슬쩍 끌어당겨 안았다. 잘록한 허리가 손안에 감겨 왔다.

"그런 것 같기도 하고."

카잔이 군살 하나 없이 매끄러운 그녀의 허리를 매만지자 어느새 에일린의 얼굴이 붉어져 있었다. 움찔거리며 어쩔 줄 모르는 그 얼굴을 보고 있자니 자꾸만 위험한 욕구가 끓어올랐다.

'아, 이러면 안 되는데.'

이대로 가다간 제멋대로 움직이는 손이 어디까지 내려갈지 몰라 위험했다. 카잔은 아쉬운 마음에 반듯한 척추를 한번 쓰다듬고 손을 거둬들였다.

"이렇게 눈에 띄게 키가 크면 뼈마디가 꽤 쑤셨을 텐데……. 에일린, 너 혹시 아프거나 하진 않았어? 무릎이라든지, 허리라든지 말이야."

"조금."

아팠다는 에일린의 대답에 카잔은 놀란 눈으로 그녀를 내려다봤다. 이제껏 단 한 번도 아프거나 어디가 불편한 기색 따위 없었던 에일린이었다. 상대의 기색을 읽는 게 능숙한 그가 눈치채지 못할 정도였다는 건 에일린이 정말 아무렇지 않게 행동했다는 것이었다.

"아팠다고? 언제? 얼마나?"

"밤에 잠들기 전에요. 매일 아팠던 건 아니고 하루걸러 한 번 정도였어요. 왜요?"

"그게 거의 매일 아팠던 거잖아. 근데 왜 아프다고 말하지 않았지?"

카잔의 물음에 당황한 것은 에일린이었다. 그에게 아프다는 말 따위를 해도 되는 거였나? 아주 어릴 적, 어미가 죽고 나서는 누군가에게 어리광을 부려본 적도, 건강 상태를 물어본 사람도 없던 에일린으로서는 그것이 여간 당황스럽고 어색한 일이 아닐 수 없었다.

"……그런 걸 말해도 되는 거예요?"

"멍청이. 아프면 아프다고 말을 해야지. 진즉 알았으면 이렇게 무리해서 이동하지 않았을 텐데."

"그런 거면 전 정말 괜찮아요. 낮에는 아무렇지 않았어요. 그냥 잘 때 조금 욱신거리는 정도라…… 그렇게 아프지 않았어요. 견딜 만했으니, 그 정도는 아픈 것도 아닌걸요."

에일린은 마치 변명이라도 늘어놓듯 더듬거리며 말을 이었다.

'견딜 만했으니, 그 정도는 아픈 것도 아닌걸요.'

카잔은 에일린의 뒷말이 내포하는 뜻을 알기에 입이 썼다. 팔이 한번 부러져 봤다고 땅바닥에 넘어지는 것이 아프지 않을 리가 없었다. 그런데 이 녀석은 전에는 더 많이 아팠다며 지금의 아픔을 무시하려고 했다. 씁쓸하게 한숨을 내쉰 카잔이 눈치를 보듯 그를 올려다보고 있는 에일린의 뒷목을 쓰다듬으며 부드럽게 말했다.

"앞으로 아프면 아프다고 말해. 내가 아무리 눈치가 빠르다고 해도 모를 수 있으니까."

"네."

"……목소리가 작잖아."

"네!"

씩씩한 그녀의 대답에 만족한다는 듯 미소를 보인 카잔은 이내 다시 아무 일도 없다는 듯 읽고 있던 책을 들여다봤다. 힐끔 그를 훔쳐보던 에일린이 내려놨던 야생 딸기를 입에 물며 배시시 웃음을 걸었다.

'어떡하지, 심장이 너무 뛰어.'

그의 손이 닿은 뒷목이 불에 덴 것처럼 뜨거웠다.

좋든 싫든 어쨌거나 카잔과 에일린, 그리고 첸의 묘한 동행은 계속되었다. 세 사람은 상의 끝에 작은 마을이나 인가가 있는 편한 길보다는 조금 투박하고 거칠어도 빠르게 갈 수 있는 산길로 가기로 결정했다. 덕분에 노숙의 연속이었으나 나름 절경을 구경하며 유유자적하게 갈 수 있었다.

물론 그것은 카잔과 에일린만의 생각이었지만.

"아아아, 내 허리! 허리 아파 죽겠다. 어후, 매일 이렇게 자다간 언젠가 허리가 두 동강 날 거야."

제일 흙이 부드러운 자리에 침낭을 펼친 첸이 쓰러지듯 뒤로 철썩 몸을 뉘였다. 별의 낭만이고 뭐고 5일 동안 차갑고 딱딱한 길바닥에서 자고 일어난 후유증으로 온몸이 근육통이었다.

"고작 5일 노숙했다고 엄살은."

"엄살? 돌덩이 같은 당신 몸이랑 완벽하고 우아한 몸을 지닌 나랑 같은 취급은 사양이야."

"그렇게 따지면 당신보다 연약한 에일린은?"

첸의 시선이 모닥불을 피우고 있는 에일린에게 향했다. 동행하는 동안 에일린이 앓는 소리를 들어본 적이 없었다. 나름 체력이 좋다고 자부하는 첸도 이렇게 고된 강행군에 온몸이 쑤시고 있는데 정작 조그맣고 가녀린 에일린은 아무렇지 않다는 얼굴이었다.

"그런 강아지 같은 얼굴을 하고선 참 독종이야."

"……네?"

"아냐. 너 대단하다고."

멍한 얼굴로 저를 바라보고 있는 에일린을 향해 절레절레 고개를 내저은 첸이 그대로 다시 눈을 감았다.

"난 잠시 휴식. 당신 사냥 갔다 올 거지? 뭐라도 잡아 오면 저녁 준비는 내가 할게."

"근처에 강이 있으니 들짐승이 꽤 있을 거야. 어제, 그제 내내 감자만 먹었으니 오늘은 고기를 좀 잡아 와야겠어."

"오, 좋지. 아, 에일린이 제일 좋아하겠네."

그의 말마따나 에일린의 얼굴에 벌써부터 홍조가 올라와 있었다. 며칠 내내 감자랑 당근만 먹었더니 먹어도 먹은 것 같지 않았는데, 마침내 고기라니.

'고기다, 고기야!'

소리 없이 발을 동동 구르는 에일린의 모습에 카잔이 저도 모르게 입꼬리를 말아 올리고 말았다. 날카로운 눈매가 부드럽게 휘어지며 근사한 미소를 만들어냈다. 에일린을 보며 저가 웃고 있는지도 모른 채 카잔이 자리에서 일어났다.

"그럼 다녀오지."

"그럼 전 강가에 좀 다녀올게요."

"강가는 왜?"

"씻고 싶어서요. 땀이 많이 났거든요."

알겠다는 듯 카잔이 고개를 끄덕였다. 카잔이 에일린과 동행을 결심한 이후부터 부쩍 카잔은 에일린의 일거수일투족을 궁금해했다. 이를테면 그가 없는 사이 뭘 했고, 뭘 먹었는지부터 무슨 생각을 하는지까지 모두 물어보곤 했다.

'너는 내 거라며? 나는 내 거에 이상이 생기는 걸 원치 않아. 그러니까 관리하는 거지. 혹시라도 탈이 날까 봐.'

그는 별거 아니라는 듯 심드렁하게 대답했지만 그 말을 들은 에일린은 기분이 조금 이상했다. 진짜 '그의 것'이 된 것 같아 기쁘기도 했지만 한편으론 단지 너는 내 거라서 그런다는, 별다른 감정은 없다는 듯이 들렸던 탓에 가슴이 서늘하기도 했다. 마치 언젠가 그 여자에게 했던 '알 필요 없어.'라는 말을 들었을 때처럼 말이다.

하지만 에일린은 이내 생각을 비웠다. 카잔에겐 아무것도 바라면 안 되니까, 그에겐 짐이 되면 안 되니까 하는 마음이 무거운 자물쇠가 되어 그녀의 마음을 억눌렀다.

"그럼, 저 다녀올게요."

상념에서 벗어난 에일린은 서둘러 마른 옷가지와 수건을 챙겨든 채 자리를 떴다.

"……."

사냥용 나이프를 허리에 채우던 카잔은 멀어지는 에일린의 뒷모습을 끝까지 쳐다보고 있었다. 그가 에일린과 다니면서 생긴 습관 중 하나였다. 어쩐지 그녀를 제 몸에서 떼어내는 일이 부쩍 불편했다. 처음 그녀를 만났을 때, 끈질기게 따라붙던 에일린을 모질게 내치고 가버렸던 날의 잔상 때문인 것 같았다. 저가 구해준 목숨을 끝까지 건사해주지 못한 죄책감? 아니면 책임감? 뭐가 되었든 카잔은 에일린을 보고 있자면 어딘가 모르게 불안하고 신경이 쓰여 가만히 둘 수가 없었다.

고작 계집 하나를 주워서 데리고 다니는 것뿐인데, 카잔의 많은 것이 변하고 있었다. 입는 것, 먹는 것, 자는 것. 무엇 하나 신경 쓰지 않는 게 없었다. 심지어 잠이 들 땐, 땅바닥에서 자는 것이 힘겨울까 품에 안고 잤다. 혹여 달빛에 머리카락이 변하는 것을 첸이 볼까 불안해하는 그녀를 위해 한 치의 틈도 없이 제 몸으로 감싸 안고 잤다. 덕분에 그는 밤마다 저 자신과 힘겨운 혈투를 벌이고 있었지만 말이다.

'······큰일이군. 이제 슬슬 한계가 오는데.'

카잔은 한숨을 쉬며 눈을 감았다. 밤이면 밤마다 한 치의 틈도 없이 밀착해오는 에일린 때문에 그는 지금 거의 죽을 맛이었다. 보드랍고 향기로운 몸뚱이를 제 품에 바짝 밀착시킨 채 꿈틀거릴 때면 카잔의 욕망도 함께 꿈틀거렸다. 근 5일간 한숨도 편히 잘 수가 없었다. 에일린이 그의 가슴에 뺨을 비비거나, 그의 사타구니 사이로 파고들 때면 아찔할 만큼 위험한 욕구가 솟구쳤다. 첸, 저 애물단지 놈이 붙어 있는지라 에일린을 마음껏 안지 못하니 갈증은 더더욱 커져만 갔다.

이틀만 더 버티면 자르디오에 도착한다. 도착하면 이제 따로 방을 잡을 수 있을 것이었다. ······아, 물론 첸과 말이다.

카잔은 흡족한 미소를 지었다. 이제 한방에서 지내게 된다면 그는 에일린에게 알려줄 것이 무척이나 많았다. 에일린은 생각보다 적극적인 학생인지라 하나를 알려주면 둘을 더 알려달라 성화이니, 가르쳐주는 입장에서는 얼마나 뿌듯한지 모른다. 그 향기로운 입술, 매끄러운 살결을 마음껏 가져볼 요량이었다. 노숙의 끔찍함과 노곤함은 아마 그 바르작거리는 작은 품 안에 사르르 녹아내릴 것이다. 고작 맛만 본 채 끝냈던 지난밤이 아쉬워 지금 더욱 힘든지도 몰랐다. 며칠을 그리 안고, 안고, 안아서 울려보고 싶기도 했다. 이제 그만하라며, 힘들다며 칭얼대는 그 목소리는 또 얼마나 귀엽겠는가. 상상만으로 비식 웃음이 나왔다.

사냥을 가려다 말고 에일린이 사라진 방향을 보며 못된 웃음을 짓고 있는 카잔의 모습에 첸이 불쑥 입을 열었다.

"당신 또 에일린 괴롭힐 생각 하고 있지?"

흠칫, 놀란 카잔이 첸을 놀아봤다. 모로 누워 한쪽 눈썹을 비뚜름하게 들어 올린 첸이 의미심장한 표정으로 그를 쳐다보고 있었다.

"당신 얼굴에 뭔가 다른 표정이 드러날 때는 에일린이 관련되어 있거든."

카잔은 어쩐지 간파당한 느낌에 기분이 썩 좋지 않았다.

"흥, 시간이 남아도나 보군."

"동행인에게 관심을 기울이는 것은 자연스러운 일이라고."

"그럼 우리가 동행하게 된 근본적인 이유로 돌아가 보는 것도 자연스러운 일이 아닐까 싶은데."

"오호, 그래. 그 말도 일리가 있지."

납득한다는 듯 고개를 끄덕이던 첸이 다시 벌러덩 뒤로 누우며 대답했다.

"하지만 당신이 원하는 건 지금 나한테 없으니까. 일단 자르디오 도착하면 이야기하자고."

저 뺀질이 놈. 카잔은 지그시 첸을 바라보다 가만히 한숨을 내쉬었다. 뺀질거리는 것도 그렇지만 더 마음에 안 드는 것은 첸의 잔머리였다.

'자, 이게 왕녀의 일기 1권.'

'……1권?'

첸이 건네준 왕녀의 일기는 총 2권짜리라고 했다. 한데 첸이 카잔에게 건네준 것은 그중 1권뿐이었다. 게다가 원본도 아니었고 복사본이었다. 짜증이 나지 않을 수가 없었다. 표정이 험악해지는 카잔을 보며 첸이 서둘러 두 손을 들어 올렸다.

'그렇게 무서운 눈빛 하지 말라고. 나라고 당신 약 올리려고 그런 게 아니야. 만약 내가 원본 2권을 들고 왔으면 당신이 그냥 무력으로 빼앗았을 수도 있지 않겠어? 그렇게 되면 내 무기가 사라지는 건데, 내가 그렇게 순진하게 당하면 재미없잖아.'

그렇게 말하며 첸은 나머지 2권은 자르디오에 도착하면 건네준다 했다. 그것 말고도 다른 정보는 여행하는 내내 조금씩 공유해주기로 약속했다.

'왕녀의 일기에 보면 궁에 들어온 아쉘은 20살 이후에 사라졌다고 했다. 어떻게 없어졌는지, 혹은 어떻게 죽었는지는 쓰여 있지 않지만. 뭐, 어쨌든 그것 말고도 다른 흥미로운 사실이 몇 개 적혀 있었지만 그것의 진실 여부는 앞으로의 에일린을 보며 판단할 수 있을 것 같고.'

'……그 흥미로운 사실을 몇 개 말해봐.'

'으흠. 좋아. 왕녀가 말하길 어느 날 갑자기 왕자가 데려온 그 여자는 점점 모습이 변했다고 하더라고. 날이 갈수록 뭐라 말할 수 없는 아름다운 분위기가 생겼다고 해. 그것이 아쉘이라서 그런 건지, 그 여자라서 그런 건지는 좀 더 두고 봐야 할 것 같아.'

'그런 것 말고. 네가 말했던 그 죽을 수도 있다는 말과 관련된 건?'

'솔직하게 말하자면 그 사항에 관해서는 나도 아직 확신할 수는 없어. 조금 더 정보를 모아봐야 해. 그리고 그것이 핵심 사항인데 벌써부터 알려고 하시나? 그것보다도 중요한 것은 아쉘이 가질 수 있는 특별한 힘이야.'

특별한 힘. 카잔은 첸의 말에 바로 그날 밤을 떠올렸다. 부촌장을 구하러 갔던 그날 밤, 차우론의 피를 뒤집어쓴 그가 이성을 상실한 채 한 마리의 짐승이 되었던 그 밤. 자신조차도 통제되지 않는 광포한 피의 욕구에 사로잡혔던 그의 귀에 생생하게 들려온 에일린의 목소리.

'카잔……!'

피의 안개로 자욱한 그의 머릿속을 단숨에 휘어잡았다. 그녀의 목소리는 어두운 밤하늘을 밝히는 별빛처럼 영롱했고 메마른 사막 위에 내리는 단비처럼 청명하게 그를 깨웠으니.

"……특별한 힘이라."

운 나쁘게 그에게 발견된 토끼 두어 마리와 굵은 뱀 한 마리를 손에 쥔 채 카잔은 씁쓸하게 중얼거렸다. 정확히 아쉴이 무엇인지는 모르겠으나, 어쨌든 그것이 가진 특별한 힘을 에일린이 가지고 있는 것은 틀림없었다. 붉은 운명, 아쉴이라니.

카잔은 운명 따위는 믿지 않았다. 그런 것은 정해진 대로 살아가는 것들이 순응하기 위해 만든 허울 좋은 단어일 뿐이었다. 생명을 불어넣은 것은 신일 수 있겠지, 이 삶을 연장하는 것은 온전히 본인의 의지였다. 그러니 그 아쉴이란 것이 제멋대로 에일린을 굴리는 걸 두고 보진 않을 작정이었다. 그녀가 가진 힘이란 것도, 그녀가 가진 운명도 다 필요 없었다.

'이젠 내 것이니까, 내 손으로 지켜내겠어.'

더 복잡하고, 넘치는 감정이 꿈틀거리고 있었지만 카잔은 그것을 무시했다. 아직 에일린에 대한 그 어떤 감정도 인정하고 싶지 않았다.

카잔은 사냥물을 손질하기 위해 물가로 발을 옮겼다. 물 냄새가 점점 짙어진다 싶을 때쯤 그 사이로 익숙한 아카시아 향이 섞여 들어왔다.

"아이야⋯⋯. 되어라, 바람이⋯⋯ 데려다 줄 것이란다. 라라라⋯⋯."

찰박찰박 물장구치는 소리와 잔잔한 콧노래가 들린 것도 같은 순간이었다.

달빛이 부서지는 밤이었다. 검은 수면 위로 하얗게 부서지는 달과 별의 빛이 눈부셨고 그 아래 에일린이 서 있었다. 고요한 그곳에 에일린의 흥얼거림만이 가느다랗게 울려 퍼졌다. 카잔은 홀린 듯이 발을 놀렸다.

혹여 노랫소리가 멈출까 발소리를 죽인 채 가까이 다가간 강가에는 바다에서 잘못 흘러들어 온 것 같은 작은 인어(人魚)가 물장난을 치고 있었다. 찰박찰박.

"아이야, 꽃씨가 되어라. 바람이 너를 저 높은 곳으로 데려다 줄 것이란다."

물장난을 치는 에일린의 목소리는 조금 더 또렷해졌고,

"아이야, 불씨가 되어라. 바람이 너를 그 사람에게 데려다 줄 것이란다."

그녀를 보는 카잔의 눈빛 또한 진해졌다.

"아이야, 씨앗이 되어라. 씨앗이 되어라. 무언가를 움트게 만드는 특별한 씨앗이 되어라."

흥얼거리는 노래 가사처럼 그녀의 목소리가 그의 심장 안으로 파고들어 꽃을 피우고 있었다.

눈이 시리도록 반짝거리는 것은 수면 위의 달빛일까. 물기에 젖은 새하얗고 어린 육체일까. 무엇이 되었든 카잔은 도무지 저 반짝거리는 것에서 시선을 뗄 수가 없었다. 벌써 세 번째였다. 카잔이 에일린에게 시선을 빼앗긴 것이, 도무지 시선을 뗄 수 없게 된 것이.

처음 그녀가 달빛에 붉게 번지는 것을 봤을 땐 그 신비함에 눈을 빼앗긴 것뿐이었다. 신기하고 신비한 어떤 '것'을 쳐다보고 있었던 것이었다.

두 번째, 이성을 잃고 날뛰던 그가 정신을 차렸을 때 또한 저를 뒤흔드는 목소리의 주인공을 바라본 것이었다. 에일린의 목소리, 에일린의 붉음이 그를 깨워 흔들던 바로 그 순간이었으니.

하지만 바로 지금, 세 번째. 카잔은 어쩐지 자신의 무언가가 송두리째 흔들렸다는 것을 부정할 수가 없었다. 그가 여자의 알몸을 처음 본 것도 아니었고, 에일린의 새하얀 육체가 그가 봤던 그 어떤 여자보다 훌륭한 것은 더더욱 아니었다.

그런데 이상하게 눈이 빠질 듯이 아름답게 느껴졌다. 물에 젖은 가녀린 어깨도, 뽀얀 피부도, 적당히 솟아오른 가슴과 탐스러운 유륜까지도 그저 사랑스러웠다. 촉촉하게 빛나는 어리고 순한 얼굴과 눈동자 모두, 모두 사랑스럽기만 했다.

잠시간 물장난을 치던 에일린은 한기를 느끼는지 큰 바위 위에 올려놓았던 수건을 어깨에 둘렀다. 부르르 떨던 그녀가 천천히 물가로 걸음을 옮겼다. 가슴 밑에서 찰박거리던 수면이 배꼽 아래로, 아래로 내려갔다.

온몸의 피가 거칠게 휘몰아쳤다. 카잔은 어쩐지 참을 수가 없어 에일린이 있는 곳을 향해 성큼 다가갔다. 강가의 돌이 그의 발에 치여 달그락 소리를 냈다. 그 소리에 노래를 흥얼거리던 에일린이 화들짝 놀라 고개를 들었다.

"……아, 카잔."

투명한 얼굴 위로 삽시간에 붉은 홍조가 올라왔다. 알몸이 부끄러운지 가는 어깨에 두른 수건을 내려 가슴께를 가렸다.

하지만 고작 그런 천 조각 하나로는 매끄러운 여체의 선을 다 가릴 수가 없었다. 아슬아슬하게 드러난 곡선이 더욱 카잔을 달아오르게 만들었다. 사냥한 죽은 짐승들을 바닥에 던진 채 그녀에게 다가갔다.

삽시간에 그녀 앞으로 다가온 그가 말없이 그녀를 내려다봤다. 에일린의 눈빛이 잠시 흔들린다 싶더니 대담하게 그에게 손을 뻗어왔다.

"그렇게 보지 말아요."

물기 때문인지, 아니면 다른 긴장감 때문인지 서늘하게 식어버린 손이 그의 눈두덩이 위를 덮었다.

"……부끄러워요."

그녀의 말마따나 속삭이는 에일린의 목소리에는 수줍음이 가득했다.

'언제 온 거지?'

에일린은 카잔의 뜨거운 눈빛을 감당하기가 어려웠다. 저를 바라보는 그의 눈빛을 좋아하지만 조금 전의 그 눈빛은 그녀를 달아오르게 만들었다. 소리 없이 다가온 카잔으로 인해 쿵, 하고 떨어진 심장이 지금은 그저 그의 존재만으로 미친 듯이 뛰고 있었다.

카잔의 거친 손이 에일린의 손등 위를 덮었다. 그러곤 손을 잡아내려 그 손바닥 위에 가만히 입술을 내리눌렀다.

아…….

그 순간 에일린은 왠지 모를 한기에 부르르 몸이 떨렸다. 피부 위로 자잘한 소름이 돋아났지만 얼굴은 그와 반대로 뜨거운 열이 홧홧하게 올라왔다. 더 빠르게 뛸 수 없을 거라 생각했던 심장이 착각하지 말라는 듯 더 세차게 뛰어댔다.

"넌 정말 사랑스러워."

"네?"

"널 보면 자꾸 사랑스럽다는 생각이 들어. 이상해. 그 누구한테도 이런 생각이 든 적이 없었는데."

그는 다정하게 속삭였다. 귀가 녹을 것 같다는 생각이 들 만큼 다정하고 달콤하게.

"섹시한 구석이라곤 하나도 없는데 자꾸 널 안고 싶다는 생각이 드는 것도 이상해."

"……날, 안고 싶어요?"

멍하니 그의 말을 되뇌는 그녀를 향해 카잔은 한 걸음 더 다가갔다. 위협적이라고 느껴질 만큼 커다란 그가 성큼 다가오니, 에일린은 저도 모르게 한 발자국 물러나고 말았다. 하지만 카잔은 멈출 기미가 보이지 않았다.

다시 또 성큼 다가온다. 마침내 카잔이 그녀의 가는 허리를 한 팔로 감싸 안았다. 차가워진 에일린의 맨살에 카잔의 뜨거운 팔이 휘감겼다.

"나한테만 하는 게 뭐라고 했지?"

나직한 목소리로 카잔이 묻자 에일린은 말 잘 듣는 모범생처럼 그의 목에 팔을 둘러 정답을 보여줬다.

"이거요."

가볍게 닿았다가 떨어진 입술. 카잔은 피식 웃으며 잘했다는 듯 나머지 한 손으로 그녀의 뒤통수를 쓰다듬었다. 웃는 그를 따라 호를 그리며 올라가는 그녀의 입술, 방심한 틈을 타 카잔의 입술이 거칠게 파고들었다.

허리와 머리를 강하게 옭아매는 그의 손길이 에일린을 꼼짝없이 옭아맸다. 날카로운 혀가 입안 곳곳으로 침입해 들어왔고 에일린은 정신없이 그가 가르쳐주는 향락을 받아들였다.

허리에 휘감겼던 그의 손이 점점 내려와 동그랗고 탄력적인 엉덩이를 움켜쥐었다. 보드라운 맨살이 손가락 사이사이로 흡착되듯 달라붙었다. 썩 만족스러운 그 느낌에 카잔은 신음을 흘렸고, 에일린은 숨을 헐떡거리느라 정신이 없었다.

"음, 아……."

적당히 살이 오른 가슴이 그의 가슴께에 밀착했다. 카잔의 손길이 꼿꼿하게 솟아오른 에일린의 분홍 돌기를 향해 다가갔다. 그가 손을 움직일 때마다 에일린은 허리를 비틀어대며 반응했고 그것이 귀여워 카잔은 더욱 섬세하게 민감한 몸을 쓰다듬었다.

"……자르디오에 도착할 때까지 참지 못하겠는데."

그의 혼잣말이 무슨 뜻인지 에일린은 알 길이 없었다. 다만 그의 입술이 떨어지는 것이 아쉬워 아이처럼 그에게 매달려 입술을 깨물었다.

카잔의 품에 있을 때면 에일린은 안도를 느꼈다. 철옹성처럼 굳건한 그의 품은 모든 어둠으로부터 그녀를 지켜주는 것 같았다. 노골적이다 싶을 만큼 뜨거운 그의 눈빛도, 욕심껏 저를 끌어안는 그의 완력도 좋았다.

하지만 에일린은 카잔이 조금 더 저를 욕심냈으면 했다. 숨이 막혀도 좋으니 저를 조금 더 힘껏 안아줬으면 했다. 그를 향한 그녀의 마음은 마치 채워지지 않은 항아리처럼 끊임없이 허기졌다.

"……!"

그래서 에일린은 부끄러움도 잊은 채 그의 입술 안으로 서툰 혀를 집어넣었다. 서툴지만 적극적으로 그를 유혹했다. 말캉거리는 작은 혀가 그의 입술을 귀엽게 헤집고 다녔다.

가만히 그녀가 하는 것을 지켜보던 카잔이 피식 웃었다. 허술하기 그지없는 움직임이었다. 하지만 그 어설픈 시도에 그의 욕정이 선다는 게 문제였다. 카잔은 조금 더 에일린이 하는 대로 내버려두려다 도무지 감질나서 참을 수가 없어질 때쯤 주도권을 다시 빼앗아 왔다.

"아, 음!"

그의 입안으로 잡아먹히듯이 혀를 빼앗겼고, 뜨겁고 질척한 타액이 오갔다. 차가운 강물을 단숨에 달궈놓을 만큼 그는 뜨겁게 그녀를 헤집어놓았다. 뿌리 끝까지 빨려 들어갈 것처럼 흡입하다가도 어느새 부드럽게 치열을 훑어 내리는 그의 놀라운 스킬에 에일린은 까무러치기 직전이었다.

카잔이 번쩍 에일린을 안아 들어 강가로 나왔다. 부드러운 풀밭 위에 제 망토를 펼친 카잔이 그 위에 에일린을 조심스럽게 내려 놨다. 달빛 아래 드러난 새하얀 나신이 눈부셨다. 몸 이곳저곳에

나 있는 자잘한 상처는 그녀의 아름다움을 해치지 못했다. 오히려 에일린의 상처는 그를 더욱 뜨겁게 만들었다. 절절 끓는 분노가 카잔의 가슴속에서 치밀어 오르고 있었다. 왜 그 짐승 같은 새끼를 더 잔인하게 죽이지 못했을까. 입을 찢고, 혀를 뽑아놓을 것을. 팔, 다리 하나하나를 잘라 짓이겨놓을 것을. 왜……!

"왜요? 나, 이상해요?"

한층 어두워진 눈으로 저를 바라보고만 있는 카잔의 모습에 에일린이 주춤거리며 다시 몸을 움츠렸다. 카잔은 가슴 앞을 가리려 드는 그녀의 두 팔을 잡아 벌리며 고개를 저었다.

"가리지 마, 에일린."

"……부끄러운걸요."

"아니, 내 앞에서는 아무것도 가리지 마. 그럴 필요 없으니까. 넌 충분히 아름다워."

아름답다니……. 에일린은 태어나 처음 들어보는 찬사에 숨이 막혔다. 울컥 치솟는 감정으로 인해 두 눈덩이가 뜨거워졌다. 눈물이 나올 것 같아 눈자위를 가리고 싶었지만 두 손이 카잔에게 잡혀 있는 통에 움직일 수가 없었다.

"내가요? 정말요?"

도무지 믿을 수가 없어 되물으니, 카잔은 가만히 고개를 끄덕였다. 그리고 그 말을 반증이라도 하듯 그는 에일린에게서 눈을 떼지 못하고 있었다.

'아아. 내가 아름답다니…….'

괴물이라 생각했다. 에일린은 자신이 틀림없는 괴물이라 생각하며 살아왔다. 흉악하고, 쓸모없고, 비루한 괴물이라 숨겨진 채 살아왔던 것이다. 어느새 그것이 당연하다 생각하며.

그런 그녀에게 아름답다는 카잔의 한마디가 얼마나 큰 의미인지, 그는 모를 것이다. 얼마나 그녀를 자유롭게 만드는지, 카잔은 알 수 없을 것이다. 그가 알아주지 않아도 괜찮았다. 모르면 어떤가. 그로 인해 저가 이토록 행복함을 느끼는데.

에일린은 그가 좀 더 자신을 예쁘다고 느낄 수 있도록 미소를 지어 보였다. 촉촉하게 젖은 눈동자가 반달처럼 휘어졌고, 분홍색 입술은 호를 그리며 해사하게 피어났다.

"고마워요, 카잔."

뭐가 고맙다는 걸까.

"고마워요, 정말⋯⋯."

아름답다는 그 한마디가 고맙다는 걸까? 그래서 이토록 예쁜 미소를 지어주는 거라면 카잔은에일린에게 매일 밤 아름답다 속삭여줄 수 있었다.

카잔에게 에일린은 꽃처럼 느껴졌다. 덩굴 아래 구부정하게 태어난 꽃을 조심스럽게 꺼내 햇살 아래 내놓으니 이토록 예쁘게 피었다.

나의 꽃, 나의 에일린.

카잔의 입술이 에일린의 이마를 타고 코끝을 지나 입술을 머금었다. 거칠었던 조금 전과는 달리, 조심스럽고 부드럽게 에일린의 입술을 파고들었다. 잠시 몸을 떨어뜨린 그가 상의를 벗어 던졌다. 달빛 아래 드러난 사내의 근육은 한껏 부풀어 있었고 단단하게 뭉쳐 있었다.

에일린은 저와 다르게 자잘하게 갈라진 그의 배를 손끝으로 쓰다듬었다. 그녀의 손길을 따라 꿈틀거리는 근육이 느껴졌다. 그와 동시에 조금씩 부풀어 오른 그의 하체가 보였다.

"여기, 뭐가 있어요."

제 것 위에 올라와 있는 에일린의 손을 움켜쥐며 카잔은 신음했다. 완연한 여자인가 싶다가도 이토록 순진한 소녀 같았다. 그 순수한 눈으로 카잔을 고문했다. 제 손길에 반응하는 것이 신기하다는 듯 눈을 반짝이며 손에 힘을 줬다.

'……요망하긴.'

카잔은 가늘어진 눈으로 에일린을 노려보다 그대로 그녀의 가녀린 목덜미에 이를 박아 넣었다. 흰 목덜미를 깨물고, 커다란 손으로 가슴을 힘껏 움켜쥐니 깜짝 놀란 에일린이 바르작거리며 작게 비명을 질렀다.

카잔이 에일린의 가슴 언저리에 얼굴을 묻고 한 손으로는 바지 버클을 풀려는 그때였다.

"사, 살려줘! 으아아악!"

찢어지는 비명이 들려왔다. 익숙한 목소리에 에일린과 카잔의 눈이 허공에서 부딪쳤다. 그러는 사이 다시 한 번 끔찍한 비명이 들렸다. 번쩍 고개를 든 카잔은 서둘러 몸을 일으켰다.

"첸 목소리죠?"

"보고 올 테니 여기 있어, 에일린."

카잔은 서둘러 제 망토를 에일린의 몸에 둘러주며 비명의 진원지로 달려갔다.

"아아악! 악악! 저리 가, 괴물아!"

"……."

"아아아악! 사, 사람 살려! 악! 악!"

하아. 첸을 발견한 카잔은 눈앞에 펼쳐진 진풍경에 두 눈을 질끈 감고 한숨을 쉬었다. 이마 위에 절로 손이 올라갔다. 뭔가 엄청난 적이라도 쳐들어왔나 싶어서 서둘러 달려왔더니만 겨우 지네라니.

"거기서 지금 뭐 하는 거야."

한창 좋았던 분위기를 망친 것이 지네와 첸이라는 것에 카잔은 기분이 썩 좋지 않았다.

"오! 카잔! 당신 마침 잘 왔어. 저, 저, 저 괴물 녀석 좀 처리해줘. 뭐 해? 얼른 저 징그러운 것 좀 치워봐!"

기다리던 카잔이 마침내 나타나자 반가웠던 첸은 두 팔 벌려 그를 반겼다.

"으악! 이 미개한 놈들아, 뭐 하는 거야! 저리 가! 아니, 꿈틀거리지 말라고! 아, 제발 사라져!"

카니악이라는 거대 지네 3마리가 그들의 야영지 안에서 꿈틀거리며 돌아다니고 있었다. 나무 위에 올라가 벌벌 떨고 있던 첸이 제 배낭 쪽으로 다가가고 있는 카니악 한 마리를 향해 버럭 화를 내기 시작했다.

"야, 야야! 그건 내 가방이야! 으악! 안 돼! 그, 그거 중요한 거야! 먹지 마! 씹지 마! 으아아악! 내 통신구!"

아그작, 아그작. 마치 입맛 까다로운 미식가처럼 첸이 꼭꼭 숨겨놓은 통신구를 쏙 빼내 그것만 씹어대고 있었다. 하얗게 질린 첸이 나무 위에서 발을 동동 굴렀다.

"죽여버린다! 너, 이 지네 새끼, 너 죽여버린다! 이 나라에서 박멸하고 말 거야! 으아악! 안 돼! 그만 씹으라고!"

첸은 다리 많이 달린 것들은 딱 질색이었다. 그것들이 몸이라도 일으켜 양옆에 달린 발을 꿈지럭거릴 때면 온몸에 소름이 돋아났고, 쇠를 긁는 소리 같은 게 이명처럼 들렸다.

심지어 저 요상한 것은 첸이 소리를 지를 때마다 다리를 꿈틀거리며 약을 올리고 있지 않은가! 첸은 구역질이 날 것 같아 나무에 이마를 박은 채 그저 소리만 질렀다.

"살려줘. 으아아……."

그 꼴을 한심한 눈으로 바라보고 있던 카잔이 첸의 가방을 뒤지고 있는 카니악을 발로 쳐냈다. 꾸에엑, 이상한 소리를 내던 카니악이 거칠게 꿈틀거리며 벌러덩 뒤로 뒤집어졌고 수십 개의 짧은 다리가 분주하게 움직였다.

"우욱."

그 모습을 곁눈질로 쳐다보고 있던 첸이 마침내 나무 위에서 헛구역질했다.

히이이잉!

다른 한 마리는 한편에 잘 묶어둔 말을 향해 달려들었다. 푸드득거리던 하와가 다가오는 카니악을 뒷발로 후려 찼고 뭔가 부서지는 둔탁한 소리와 함께 카니악 한 마리가 고꾸라졌다.

카잔은 이깟 것들 때문에 좋았던 분위기를 다 망쳤다는 생각에 기분이 썩 좋지 않았다. 옆구리에 매어놨던 단도를 꺼낸 그가 고꾸라진 카니악의 대가리에 꽂아 넣었다.

콰직! 딱딱한 표피가 으스러지는 소리와 함께 푸른 체액이 터져 카잔에게 튀어 올랐다.

"더러…… 우우욱! 우엑!"

그래, 참 더러웠다. 카니악의 체액을 몽땅 뒤집어쓴 카잔의 기분이 정말 몸서리치게 더러웠다.

카잔은 뒤집어쓴 카니악의 체액을 씻으러 다시 강으로 돌아갔고, 그사이 옷을 잘 챙겨 입은 에일린이 야영지로 돌아왔다. 젖은 머리카락을 말리려 모닥불을 찾던 그녀는 곧 야영지의 위치가 조금 바뀐 것을 깨달았다.

"아, 여기서 엄청 끔찍한 괴수 한 마리가 처참하게 죽었거든. 영 찝찝해서 불자리를 옮겼어."

현장을 보지 못했던 에일린이 믿을 수 없다는 표정으로 말갛게 쳐다보자 첸은 장난 반, 진심 반을 섞어 사기를 치기 시작했다. 덩치는 카잔을 훌쩍 뛰어넘을 만큼 거대했고 강철 같은 껍데기를 두르고 있었으며 수십 개의 다리를 자유자재로 움직이는 엄청난 괴수라 말하며 저가 얼마나 처절하게 저항했는지를 장황하게 덧붙였다.

반신반의하는 듯한 에일린의 표정에 첸은 비장한 표정으로 이야기에 더욱 살을 붙였다.

"정말 엄청났지. 끔찍하고……. 난 죽음의 사신을 거의 코앞에서 봤다니까! 그에 맞서 싸우고 저항했던……."

히이이잉!

가만히 서 있던 하와가 타이밍 좋게 끼어들었다. 잠깐 말이 끊긴 첸이 목소리를 가다듬고 다시 입을 열었다.

"어디까지 얘기했지? 아, 그래 괴물에 맞서 싸우고 저항하던 내 자신이 어찌나 대견한지 모르겠다. 그래도 그 끔찍한 자리에 네가 없어서 정말 다행이야, 에일린. 아마 너라면 까무러쳐……."

히이잉! 히잉! 힝!

다시 하와가 거칠게 콧김을 내뱉었다. 마치 거짓말하지 말라는 듯 정확한 타이밍에 치고 들어오는 하와의 신경질적인 푸덕거림에 첸이 가만히 그를 째려보며 중얼거렸다.

"젠장, 내 활약이 없었다면 네 녀석부터 잡아먹혔을 거라고!"

히이잉! 힝! 히이잉!

첸의 말끝에 하와가 조금 더 거칠게 푸드득거렸다. 하와와 첸을 번갈아 쳐다보던 에일린이 피식 웃음을 보였다.

"……거짓말이네."

움찔. 그녀의 중얼거림에 첸의 어깨가 미세하게 떨렸다. 어떻게 알았지? 설마 아직 그 끔찍한 것들이 남아 있나 싶어 주변을 샅샅이 둘러봤지만 흔적도 보이지 않았다.

허둥지둥대는 첸을 보며 키득거리던 에일린은 이내 흥미를 잃은 듯 불가에 앉아 젖은 머리를 말렸다. 뭔가 치열한 전투가 벌어진 것처럼 자리가 어지럽긴 했다.

그것을 감흥 없이 훑어보던 에일린의 눈이 첸의 가방 한쪽에 비죽 튀어나온 무언가에 멈췄다. 거짓 무용담을 펼쳐보려다 김이 새버린 첸도 에일린을 따라 엉덩이를 붙였다. 그러다 에일린의 시선 끝에 걸린 제 물건을 발견했다.

"아, 맞다. 이걸 가져왔었지."

가방에서 그가 꺼낸 것은 악기였다. 기타를 닮았지만 그것보다는 작아 가지고 다니기엔 간편하지만 연주하는 게 쉽지는 않은 비웰라라는 악기였다.

첸이 그것을 꺼내 들자 에일린의 시선이 따라붙었다. 그의 손끝을 따라 현에서 맑은 소리가 튕겨 나왔다. 가만히 쳐다보고 있던 에일린의 눈동자가 동그랗게 커졌다.

'오호.'

첸은 에일린이 관심을 보이자 현을 튕겨 몇 개의 음을 불어넣었다. 그러자 그녀의 입술이 망설임 끝에 호기심을 드러냈다.

"그게…… 뭐예요?"

처음 있는 일이었다. 에일린이 첸에게 먼저 무언가를 물어본 것은. 경계심 많은 작은 짐승을 오랜 시간에 걸쳐 친구로 만들었을 때 느끼는 희열이 이런 걸까? 첸은 과도하게 기뻐하지 않으려 노력하며 담백하게 대답했다.

"이거?"

작게 끄덕거리는 에일린의 고갯짓을 따라 깨끗한 물 냄새가 풍겨왔다. 첸은 에일린의 시선을 즐기며 흥겹게 비웰라를 연주했다.

"이건 비웰라라는 악기야. 처음 보는구나?"

다시 고개를 끄덕인 에일린은 첸이 가르쳐준 악기의 이름을 되새겼다.

"비웰라. 비웰라……."

예쁜 이름. 에일린은 처음 보는 이 악기가 마음에 들었다. 홍조로 물든 뺨이 그것을 증명했다.

"한번 쳐볼래?"

망설일 줄 알았던 에일린이 서슴없이 첸 곁으로 다가왔다. 어쩐지 첸은 그것이 기뻐 선뜻 제가 들고 있던 악기를 건네줬다.

가까이 다가온 에일린에게서는 깨끗한 계곡의 냄새와 함께 은은한 향기가 느껴졌다. 아카시아 향 같기도 하고 바람 냄새 같기도 한 청명한 향기는 코를 확 찌르는 매혹적인 느낌보다는 눈을 감고 가만히 음미하고 싶게 만드는 편안함을 주었다.

비웰라를 받아 든 에일린이 조심스럽게 그것을 쓰다듬었다. 기쁜 듯이 보이는 에일린의 모습에 첸이 비식 웃음을 짓다 멈칫하고 말았다.

'가만, 길들여진 건 에일린이 아니라 나인 건가?'

고작 말 한번 붙여줬다고 신나서 몇백 골드짜리 악기를 기쁘게 쥐여주다니. 첸은 이런 저의 모습이 신선하기도 하고 충격적이기도 했다.

첸이 에일린에게 가지는 관심과 호기심은 그녀가 '아쉴'이기 때문만은 아니었다. 에일린이 아쉴이라는 것을 몰랐던 때부터 그의 시선은 종종 에일린을 찾지 않았던가. 그렇다고 첫눈에 반해 사랑을 느끼고 하는 그런 로맨틱한 감정도 아니라고 생각했다. 뭐라고 표현할 수는 없었지만, 적어도 사랑은 아닐 것이었다.

사랑이라면 에일린이 이렇게 가까이 다가왔을 때 심장이 미친 듯이 뛰어야 하는 것 아닐까? 그런데 그의 심장은 놀랍도록 평온했다. 너무 평온해서 도리어 그를 당황스럽게 만들 정도로.

"이렇게 치는 건가요?"

"음. 잘하고 있어. 현이 4개밖에 없어서 만지기 어렵지 않을 거야. 거기에 손가락을 끼우고 가볍게 퉁기면 돼."

첸이 악기 다루는 법을 가르쳐주자 에일린은 서툴지만 제법 그럴듯한 소리를 튕겨냈다. 띠리링.

"……우와."

에일린은 그 소리가 기뻐 어쩔 줄 몰라 했다. 뽀얗게 살이 오른 뺨은 탐스럽게 반짝였고 매끄럽게 올라간 입꼬리는 귀여움을 듬뿍 받고 자란 아가씨처럼 사랑스러웠다.

간단한 멜로디를 알려주자 마른 손가락을 부단히 놀린다. 현이 제멋대로 움직이고 잠시간 아이들 장난치는 소리가 엉성하게 울려 퍼졌다. 하지만 그마저도 타닥타닥 불이 타는 소리와 절묘하게 어우러져 듣기에 썩 나쁘지 않았다.

첸은 악기를 가지고 노는 에일린의 옆모습을 가만히 바라봤다. 얼마나 집중하고 있는지 에일린은 그의 시선을 느끼지 못하는 듯했다. 모닥불에 비친 어여쁜 옆모습을 훔쳐보고 있자니 처음 에일린을 봤던 때를 떠올리지 않을 수 없었다.

첸이 일하던 사무실에서는 광장이 무척 잘 보였다. 그러던 어느 날 광장을 빙빙 도는 작은 계집을 봤다. 문득문득 내려다보면 여지없이 같은 곳을 빙빙 돌던 그 모습이 우스웠다.

심드렁하게 지나치던 그의 시선을 다시 붙잡은 것은 그다음 날이었다. 그날도 여지없이 비슷한 루트를 빙빙 돌던 그날, 소란한 소리와 함께 난데없이 들쥐 수백 마리가 난입했다. 모두가 혼비백산한 와중에 홀로 고고하게 서 있던 계집 하나.

범상치가 않았다. 해서 다음 날 내려가 계집을 다시 봤다. 그가 생각했던 것보다 훨씬 말랐고, 작았으며 초라했지만, 단 하나 마음에 들었던 것은 독하게 살아 있던 눈빛이었다.

그런데 그 살벌하고 투명한 눈동자를 가진 소녀가 '아쉴'이라니.

"······이 다음이 뭐예요?"

불쑥 에일린이 고개를 들어 그를 쳐다봤다. 그 소름 끼치도록 투명하고 깨끗한 눈동자로, 그를 돌아봤다.

"어, 어?"

"이 다음이요."

첸이 한눈을 팔았던 그 잠깐 사이 에일린이 4개의 줄을 어설프지만 리드미컬하게 퉁겼다. 첸은 놀라 눈을 크게 뜨고 에일린을 바라봤다.

"너, 너, 너······."

"이거 맞죠? 이거 다음은 어떻게 하는 거예요?"

방금 전 그가 친 순서대로 에일린이 손가락을 정확하게 움직였다. 음이 약간 매끄럽지 못했지만 오늘 악기를 처음 만진 사람이 내는 흉내라고는 믿기지 않을 정도였다. 비웰라는 그렇게 쉬운 악기가 아니었으니까.

"너, 지금 나 따라 한 거야? 이게 기억이 났어?"

고개를 끄덕이는 에일린을 황당하다는 듯 한참을 보던 첸이 순간 와하하 웃음을 터트렸다.

"히야, 너 재능이 있구나? 파비안은 아무리 가르쳐줘도 기본음 잡는 것만 일주일이 걸렸는데······."

"파비안?"

"아, 있어. 그런 녀석. 고약한 놈이. 자, 그럼 이것도 칠 수 있어?"

첸이 비웰라를 들고 다른 노래를 퉁겼다. 조금 전 그가 쳤던 것과 비슷한 난이도였지만 음이 좀 더 빠른 곡이었다.

유심히 보고 있던 에일린이 첸에게서 비웰라를 받아 들고 또다시 그대로 흉내 냈다. 모닥불 옆으로 악기 선율이 흥겹게 울려 퍼졌다. 가르치는 것에 흥이 붙은 첸이 에일린에게 이것저것 다른 음을 알려주었다. 이 놀라운 제자는 그가 알려주는 모든 것을 스펀지처럼 흡수했다.

"진짜 악기는 처음 다뤄보는 거 맞아?"

"처음이에요."

"히야, 신기하네. 생각지도 못한 곳에서 재능 있는 인재를 발견했어. 너 진짜 진흙 속의 진주구나?"

그게 무슨 말이냐는 듯 빤히 바라보는 에일린의 눈빛이 사랑스러웠다. 에일린을 보고 있자면 첸은 참 다양한 기분이 들었다. 그러는 사이 몸을 씻고, 먹을 고기까지 정리한 카잔이 야영지로 돌아왔다.

"비웰라?"

"아, 이건 내가 가져온 건데……. 그보다 놀라운 재능을 발견했어. 에일린, 얼른 쳐봐."

잠깐 사이에 한결 부드러워진 비웰라 음이 고요한 그곳에 울려 퍼졌다. 완벽하다 말할 순 없지만 썩 듣기 좋은 멜로디였다. 젖은 머리를 털어내던 카잔이 흥미롭다는 듯 에일린을 쳐다봤다.

"원래 칠 줄 알았어?"

"아뇨. 방금 배웠어요."

수줍게 고개를 내젓는 그녀 옆으로 자리를 잡은 카잔이 다시 해보라는 듯 턱짓으로 그녀를 재촉했다.

다시 한 번 공기 중으로 투박하고 수줍지만 기분 좋은 선율이 울려 퍼졌다. 악기의 소리는 주인을 꼭 닮아 있었다. 타닥타닥, 모닥불이 타는 소리와 삐릉삐릉 벌레 우는 소리가 어우러졌다. 세 사람의 얼굴에 비슷한 미소가 올라왔다.

"잘 치네. 듣기 좋아."

카잔의 칭찬이 좋은 듯 에일린은 뽀얗게 웃으며 그를 올려다봤다. 그 웃는 얼굴에 어찌 마주 웃지 않을 수 있을까. 카잔 또한 그녀와 비슷한 웃음을 지으며 에일린의 젖은 머리카락을 뒤로 넘겨주었다. 에일린은 그의 손길에 어리광을 부리듯 머리를 비볐다.

솔직하고 천진함을 가득 채운 눈동자가 그를 올려다보며 웃는다. 그 순간, 잠시나마 첸은 어쩐지 카잔의 마음을 알 수 있을 것만 같았다. 저런 온전한 순응과 친애를 담은 눈을 본 적이 없었다. 충성과는 다른, 애욕과 집착과는 또 다른 완전하고 무결한 순정이었다. 가지지 않아도 알 수 있었다. 분명 한번 맛을 보면 다시는 놓을 수 없을 것이 틀림없었다.

'벗어나지 못하겠군. 아니, 벗어날 생각도 없을 것 같아.'

저런 눈으로, 저런 얼굴로, 저런 마음으로 자신을 보는 이를 그 누가 떠날 수 있을까?

사내를 하나의 완전체로 만들어주는 사랑스러움, 그것이 에일린 특유의 특별함과 어우러져 사람을 미치게 만들리라. 마치 당신을 위해서라면 무엇이라도 할 수 있다는 저 눈이, 순간 첸은 조금 탐이 났다.

'진정해. 내가 원하는 건 그런 단순한 것이 아니잖아?'

그러나 이내 첸은 마음을 가다듬었다. 작고, 귀엽고, 특별한 에일린. 보호 본능을 자극하고 옆에 두고 싶게 만드는 기묘한 소유욕을 자극하는 에일린. 하지만 그녀는 아쉴이었다.

'아쉴……'

천 년 왕국 엑시움의 비밀을 쥐고 있는 저주의 산물. 그리고 첸이 이 왕국을 무너뜨릴 수 있는 가장 중요한 단서였다.

-2권에 계속-